KB261115

겨울우화

겨울우화

신경숙 소설

문학동네

겨울 우화

1

어디다 뒀던가?

네 칸짜리 여닫이 서랍을 온통 다 뒤져도 장갑은 보이지 않는다. 여닫이 뒷벽에 아이들이 보내온 크리스마스카드들이 제각기 다른 모습으로 나를 보고 있다. 심심해서 도착한 순서대로 붙여본 것인데 방을 나갈 때나 들어올 때 그들의 어리광스런 그림 솜씨, 붙인 솜씨들이 웃게 만든다. 무료함으로 짜증을 내는 그들의 표정, 뒤채임, 꼼지락거림이 절로 떠오른다. 방학이 끝나고 새 학기가 시작되면 그들과 작별을 해야 하리라.

내 방법에 내가 또 넘어갔는가? 간수 잘해야겠다는 물건일수록, 잃어버려서는 안 되는 것일수록, 보관 장소를 몇 번씩 옮기고 만다. 그러다가 어느 때는 어디다 뒀는지 그 행방을 잊어버린다. 기억을 살려 옮긴 장소를 한 켜씩 되짚어가면 생각지도 않은 틈서리에 그것들이 끼어 있다. 중요한 걸 메모해둔 쪽지가 묵은 수첩 속에서 나오기도 하고, 밤새 순위를 매긴 아이들 성적표가 쓰레기통에 들어가 있기도 했다.

그때마다 망연해진다. 나도 모르는 구덩이 속으로 미끄러지는 기분이다. 생의 강줄기 한 자락을 움켜잡고 스물여섯 해를 흘러오는 동안 스스로 파놓은 구덩이 속으로. 잃어버린 것들을 찾느라 허둥대고 있으면 부지불식간에 찾아온 허전한 욕망이 가슴을 휘젓기도 한다. 곧 시들어버리긴 하지만 욕망에 사로잡혀 있는 동안은 그 구덩이에서 올라올 수 있을 것 같은 희망에 가슴이 달아오르기도 한다. 그 내팽개쳐짐과 희망 사이의 기복에 나는 잘 길들어져 있다. 그 들뜸을 음미하려고 일부러 물건의 보관 장소를 수없이 옮기는 게 아닐까 싶을 만큼.

정말 어디다 둔 것인가? 여닫이 맨 위칸 서랍을 다시 열었다. 얇은 내의가 한쪽에 포개져 있고 팔 부분이 접혀진 봄 스웨터가 보인다. 계절에 맞지 않는 옷들을 뒤적일 때, 손등에 찬 이물질이 닿은 것처럼 섬뜩하다. 작년엔 겨울옷을 벗어낸 다음에도 가방에 넣어 가지고 다니면서 아침저녁으로 끼었는데.

구부린 몸을 일으키는데 비릿한 무엇이 입술로 흘러든다. 손을 갖다대자 손등으로 붉은 핏물이 한 방울 맥없이 떨어진다. 두루마리 화장지를 뜯어 코를 막으면서 방바닥에 누웠다. 천장의 연속 사각무늬가 눈 안으로 쏟아진다. 지난 어느 날 밤, 한밤중에 잠을 깨어 서걱거리는 감각들을 잠재우려고 저 연속무늬를 따라갔었지. 천장 가운데쯤에서 우연찮게 누런 얼룩을 만났다. 얼룩은 두 칸의 사각을 건너 꽤 먼 곳까지 번져 있었다. 내가 방을 비웠거나 잠든 사이 쥐가 오줌을 눈 것일까? 얼룩의 끝간데를 찾다가 돌아왔을 때 그만 따라가던 연속무늬를 잃고 말았다. 사각의 엘리베이터 흰 벽에 갇힌 채 '열림'의 신호를 잃어버린 듯한 낭패감에 몸을 움츠렸다. 그때 왜 엘리베이터를 생각했던 것일까? 마찬가지로 홀로 깨어 있던 어느 밤엔가는 방 안에 누워 하늘을 보기도 했지. 낡은 한옥 청기와를 뚫고 저 연속무늬 천장을 뚫고 나를 찾아온 별빛은 그대로 아름다운 꽃무더기였다. 총총한 별빛은 엘리베이터 안에 갇힌 것과는 느낌부터가 달랐다. 아무리 깊은 어둠이 닥친다 해도 그 어둠 속을 몸을 세우고 걸을 수 있을 것 같아, 뚫린 천장으로 통하는 길을 따라 나가서 지붕 꼭대기에 또다른 별로 앉아 있고 싶었다. 그리고 은밀하게 반짝이고 싶었다. 아주 오랫동안. 아, 그는 어디로 숨어버린 것인가? 창규는 정말 그의 소식을 가지고 있는 걸까?

누운 채로 팔을 들어올려 핏방울을 봤다. 마른 꽃잎 한 장을 따 붙여놓은 것 같다. 지나치게 피곤을 느낀다고 생각한 것은 벌써 오래전 일이다.

서 있는 것이 힘들어 교탁에 두 팔꿈치를 기대거나 의자를 갖다놓고 앉아 수업을 해야 했다. 조금 오래 걸으면 이마에선 미열이 나고 등에선 식은땀이 났다. 온몸에 기운이 쏙 빠져나가는 것 같아서 귀갓길에 언덕을 오르면서는 장소를 정해놓고 두 번씩 쉬곤 했다. 방학이 되고, 정해놓고 하는 일이 없으니까 점점 더 그랬다. 어젯밤은 뭘 했던가? 창규의 전화를 받고…… 아침까지 잠을 잤는데.

탁상시계 시침이 여덟시를 향해 가고 있다. 늦었다. 코를 틀어막았던 휴지 뭉치를 빼고 일어섰다. 저 동그라민 뭐지? 벽에 붙어 있는 설경이 아름다운 달력, 오늘 날짜에 동그라미가 표시되어 있다. 뭐지? 생각이 안 난다. 가끔씩 찾아오는 이 아득한 상실감이 겁이 난다. 언젠가는 이 방으로 돌아오는 버스 노선, 언덕길, 골목까지 까마득히 잊고 마는 게 아닐까?

엉뚱하게도 장갑은 다락에 올려놓은 반짇고리 안에서 나온다. 더는 낡아지지 못할 정도로 허름해진 반짇고리가, 못 입게 된 스웨터 실을 풀어 뭉쳐놓은 구석에 박혀 있어서, 장갑이 빨강색이 아니었다면 못 찾았으리라.

거울 앞에서 장갑을 한 쪽씩 꼈다. 빨 때마다 줄어들고 털이 뭉쳐 꼭꼭 눌러주고 잡아당겨야 했다. 장갑에서 뜯은 보푸라기로 코밑과 손등의 핏물 자국을 지운다. 거울 속을 들여다보며 매무시를 다듬는데 예기치 못한 눈물이 핑그르 돈다. 그리움인가? 명치께가 움찔 아프다. 대문에 매달린 우편함에서 편지를 꺼내 가방에 쑤셔넣는다. 그리움이 아니라 회한인지도 몰라.

다닥다닥 늘어붙은 낡은 한옥을 밀어낼 듯 바람이 사납게 분다. 뼛속까지 들어갔다 나올 기세다. 목도리를 풀어 얼굴을 감쌌다. 한결 따뜻하다. 겨울에다 이른 시간 탓일까? 유난히 아이들이 많은 골목인데 한 아이도 만나지지 않는다. 내 얼굴을 알고 있는 아이는 놀고 있다가도 쪼르르 달려와 꾸벅 인사를 했다. 어떤 아이는 학교에서 훔쳐온 색분필로 전신주에 기차를 그리고 있다가 달아나기도 했다. 아이들은 겨울 밖 어디로 숨어버린 걸까?

"어디 가?"

펄럭이는 포장을 안으로 감치고 있던 연쇄점 여자가 묻는다.

"네."

"이렇게 이른 시간에?"

일이 있어서요, 라고 대답을 하려는데 연쇄점 여자의 치마가 바람에 치켜지며 속내의가 드러나 웃고 만다.

"오늘 약속 알지?"

무슨 소리지, 약속이라니?

"내가 대준 사람이라서가 아니라 사람은 정말 믿을 만해."

이제야 알겠다. 달력 속의 동그라미는 어머니가 그렸지. 결혼을 하면 케냐 지점 근무를 해야 된다는구나. 함께 가게 될 거란다. 더운 나라라 마뜩지 않긴 해도. 그리고 뭐라고 하셨던가. 집안도 괜찮고 성품도 좋다니까 한번 만나나 보자. 내가 대답을 안 하자 어머니는 면목없구나, 그런 눈빛으로 나를 봤었지.

"어머닌 케냐에 가서 살아야 되는 게 걱정이신가보던데, 젊은 시절 몇 년, 그런 경험도 괜찮지 않아? 더구나 결정난 것도 아니고 맞선인데 뭐."

"네."

시간이 더 지체될 것 같아 빨리 대답을 하고 걸음을 뗐다. 여자가 내 등에 대고 소리친다.

"한시야, 시간 지켜!"

언덕길을 내려오는데 연쇄점 남자가 짐자전거에 야챗거리를 싣고 힘들게 올라온다. 털모자의 끈을 꼭 죄어 쓴다. 남자는 항상 부지런하고 건강해 보인다. 남자의 손길이 닿는 골목엔 낙엽이나 눈이 쌓일 겨를이 없었다. 여자가 아침을 짓는 사이, 가게 물건을 진열하고 콩나물, 파, 시금치단을 줄 세우고, 거스름돈을 셈해주는 모습을 여러 번 보았다. 부지런하기는 연쇄점 여자도 비슷했다. 가게에 손님이 뜸한 시간이면 그녀는 연쇄점 앞 비치의자에 앉아 늘 무엇인가를 한다. 반찬거리를 다듬기도 하고, 뭔가를 열심히 옮겨적기도 하고, 딸아이를 앉혀놓고 1, 2, 3, 4……를 가르치기도 했다. 지난가을에 여자의 손에 털실이 쥐어져 있더니 그걸로 저 모자를 뜬 걸까? 남자는 나를 못 알아보고 스쳐가버린다.

어머니를 보면 나는 그리움으로 후들거리는 다리를 지탱하기도 힘들면서 그냥 심드렁한 표정을 짓고 만다. 교사라는 직업이 심드렁한 표정 연기를 더욱 원숙하게 만든다. 내가 맡은 이학년 아이들은 감정에 거짓이 없고, 생각나는 대로 말하고, 틀렸다고 생각되면 곧 수정을 한다. 표정도 솔직했다. 야단을 치면 당황하면서 금세 울먹거린다. 아이들만이 가질 수 있는 천진한 얼굴을 보면서도 나는 벌을 내려야 했다. 숙제는 안 해올 수도 있고 청소시간에 게으름을 피울 수도 있는 일이었지만 꼬박꼬박 지키는 아이들이 있으므로. 내가 아이들 앞에서 가장 힘든 일은 체벌이 끝날 때까지 엄숙한 표정을 짓고 있어야 하는 것이었다.

버스정류장 맞은편 삼층 건물 계단을 타고 밍크코트를 입은 파마머리 여자가 키 큰 남자의 보호를 받으며 내려온다. 운전기사인 듯싶은 청년이 삼층 건물 앞에 세워놓은 상앗빛 승용차 문을 열고 나와 꾸벅 고개를 숙인다. 곧 시동이 걸리고 차는 미끄러져간다. 이문희 산부인과. 그들이 사라진 뒷배경으로 병원 간판이 보인다.

나는 목도리 속에 얼굴을 묻고 이문희라는 이름을 바라본다. 시간
은 한참 더 지났을 것이다. 나는 달려오는 노란 택시를 향해 손을
쳐든다.

2

　삼학년 일학기 시험을 앞둔 강의실엔 그와 나 둘뿐이었다. 여름
햇살은 폭죽처럼 터져 묵은 먼지가 앉은 유리창에서 반짝 튀었다.
강의실 안은 정적이 감돌았다. 어느 순간, 강의실 문이 벌컥 열리고
늘 그와 함께 있던 창규가 들어왔다. 창규는 나를 한 번 쳐다보더니
그에게로 성큼 다가갔다. 나는 이상한 굴욕감으로 고갤 꺾어버렸다.
나가! 뒷자리에서 높아진 그의 목소리가 튀어나왔다. 넌, 도대체 뭐
야. 돌아다봤다. 창규는 서 있고 그는 앉아 있었다. 그의 눈이 창규
를 뚫어져라 쳐다보고 있었다. 어쩌면 쏘아보았는지도 모를 일이다.
나가! 그가 손짓으로 문을 가리켰다. 창규는 주먹을 불끈 쥐더니 그
의 책상을 소리나게 내리치고는 붉어진 얼굴로 거칠게 문을 닫고
나갔다. 그런데 놀라운 건 그였다. 그의 얼굴엔 조금의 동요도 없었
다. 그는 잠깐 창밖을 내다보던 시선을 거두다가 시선이 나와 부딪
혔다. 고개를 돌려버렸다. 내가 창규였어도 그렇게 할 수밖에 없었
으리라. 그는 동료들의 주동자였다. 그가 왜 합의(?)에 찬표를 던지
지 않았는지 의아스러웠다. 유리창 밖 수목의 그림자가 늘어져 있
는 건너편으로 동료들이 창규를 중심으로 모여들고 있는 게 보였

다. 아, 나도 저들과 섞일 수 있다면. 입술을 깨물었다. 비질비질 웃음이 나왔다. 햇살 속으로, 동료들 속으로 뛰어들려고 발딱 몸을 일으켰으나 늦어 있었다. 심란한 표정을 짓고 시험감독 교수가 들어왔다. 그의 손에는 육십여 명분의 시험지가 들려 있었다.

녹번동에서 택시가 신호에 걸려 멎는다. 외투에 두 손을 꾹 찌른 행인 몇 사람이 길을 건넌다. 모자를 눌러쓴 소녀의 볼이 빨갛게 얼어 있다. 입시정보 같은 얇은 인쇄물이 벙어리장갑 낀 손에 쥐어져 있다. 저만한 소녀들을 보면 보풀거리는 꿈이 함께 보인다. 구겨지지 않은 백지. 무엇을 그릴 것인가를 선택할 수 있는 청운의 꿈. 푸르다는 느낌만으로도 소녀들은 충분히 아름답고 신선하다. 그들에겐 금방 머리를 감고 나온 것 같은 향기로움이 있다.

등록금 융자 문제로 은발이 은성한 노교수를 만나야 했을 때, 소녀들이 갖고 있는 향기로움이 내게선 없어져버렸다는 것을 실감했다. 노교수 주변에는 늘 학생들의 발걸음이 끊이질 않았다. 연구실 화병에는 화원에서도 귀한 꽃들이 꽂혀 있었다. 늘 넉넉하고 풍족해 보이는 노교수에겐 당연한 일일 터였다. 그 점이 늘 벽처럼 느껴졌지만. 무슨 특별한 일이 있나? 노교수는 무슨 말이라도 다 들어주겠다는 표정이 되어 있었다. 무엇을 물어도 잘 알고 있을 것 같고 도와줄 힘이 있는 듯이 보이는 노교수 앞에서 나는 전혀 생각지도 않은 불행한 나를 조금도 떨지 않고 창조해냈다. 단숨에 만들어낸 나는 고혈압으로 전신마비가 된 아버지를 갖고 있었고, 리어카 생선 장사를 하던 어머니마저 다리를 다쳐 있었다. 다음번엔 장학금을 절대로 놓치지 않겠어요, 마침말을 하며 실제로 나는 사뭇 비참한 기분이 되어버렸다. 노교수는 힘을 주어 내 어깨를 다독여줬다. 용기를 내게. 자넨 젊지 않은가. 그에게서 특별히 다른 말을 기대한 것은 아니었지만 노교수에게서조차 그 말을 듣는 순간 몹시 짜증스러웠다. 학교 신문에 게재된 내 수필을 용케 기억해낸 노교수는 열심히 하면 문필가가 될 가능성이 보이더라고도 덧붙였다. 연구실을 나오면서 나는 피식 웃고 말았다. 열심히 하는데 가능성이 안 보이는 사람도 있던가 하고.

신호등이 다시 붉어졌다. 길을 건넌 소녀는 공중전화박스 안으로 들어간다. 정보를 교환하고 전화를 걸어서 확인하고 안심이 되는 곳에다 소녀는 반명함판 사진을 붙이리라.

"어디까지 가시죠?"

차가 미끄러져나가는 동시에 기사가 돌아다보며 묻는다.

"서울역."

어디로 그렇게 꼭꼭 숨었냐? 네 전화번호 찾으려고 그 변두리 학교까지 갔었다. 수화기 저편에서 창규의 목소리가 멀리 들려왔다. 듣고 있어? 듣고 있는 거야? 네. 좀 만나야겠어, 무슨 일이냐고 물어봐! 나는 피식 웃었다. 웃고 있는 거야, 지금? 무슨 일예요? 정작 내가 그렇게 묻자, 그는 숨을 몰아쉬었다. 어쩌면 휴, 하는 한숨소리였는지도 모른다. 만나서 얘기해. 내일 아침 서울역 모인으로 와. 모인? 우체국 맞은편에 있어. 뚜— 신호음이 울려왔다. 은영인 잘 있어요? ……으응, 그래 잘 있어. 잠시 말이 멎은 사이 전화가 딸각 끊겨버렸다. 전화 속 목소리가 창규임을 확인하는 순간, 그의 소식을 전해주려는 것임을 나는 육감으로 느꼈다. 딱히 그 순간이 아니면 주인집 전화번호를 찾으려고 변두리 초등학교까지 찾아갔다는 말을 듣는 순간이었는지도 모른다. 당직 선생님이나 서무실 직원의 의아한 시선을 그가 어떻게 받아넘겼을까? 숨으려면 아예 흔적도 남기지 말고 숨어버리든지. 그렇게 내게 화를 냈을지도……

그날 시험을 끝내고 뭘 해야겠다는 생각도 없이 학교를 나왔다가 학교 뒷골목의 극장으로 들어갔다. 삼류 극장답게 적당히 오물 냄새가 났고 적당히 음침했다. 중국 남자의 우스꽝스럽게 땋은 머리가 스틸로 그려져 있는 무술영화 외에 주간잡지의 표지 모델로 자주 등장하는 여배우가 출연하는 동시상영관이었다. 여배우는 틈만 있으면 빨간 루주를 칠한 입술을 벌렸다. 나는 의자 깊숙이 몸을 파묻고 그 여배우의 잇몸까지 보았다. 누구에게랄 것도 없는 증오와 나 자신을 어디론가 추락시키고 싶은 모멸감에 번갈아 시달리면서. 몇 번인가 정신을 놓을 뻔도 하였다. 그러면서도 난 여배우가 남자 주인공의 품에 안길 때 눈을 다 감지 말고 반쯤 떴다면 더 섹시했을 거란 생각을 했다. 스타킹을 내릴 때도 치마를 다 올리지 말고 반쯤만 올렸더라면. 다시 학교 도서관으로 올라왔을 때 그가 구석자리에 환하게 앉아 있었다. 광장과 후문에서 동료들의 사박자 구호가 계속 들렸다. 누가 그를 보고 다음날 선언문을 낭독할 사람이라 할까? 그가 콧날이 오똑하고 그 오똑함 때문에 옆모습이 섬세해 보인다는 것과 머리숱이 많다는 걸 처음 알았다. 모든 것이 무위하게 느껴졌던 내게 그건 새로운 발견이었다. 도서관 서쪽 창을 통해 저녁 햇살이 비껴들었다. 얼굴에, 목에, 땀이 *끈끈히* 배어, 화장실을 두 번 다녀오는 동안 물수건으로 꼭꼭 눌러 닦아내야 했지만 그는 전혀 움직임이 없었다. 미열과 두통에 들떠서 나는 그에게 화를 내고 있었다. 화장실도 안 간단 말인가? 나는 시험공부를 위해서 의자에 앉아 있는 게 아니었다. 그의 무저항, 그의 끈기와 맞서 있었다. 앉아 있기가 힘들수록 단단해져야 해. 수없이 나를 다독였다. 조용히 페이지를 넘기고 있는 그를 몇 번인가 훔쳐봤다. 그의 시선은 고정되어 있는 것처럼 조금의 흐트러짐이 없었다. 어느 순간, 나 자신도 책 속으로 스며들었다. 얼마나 지났을까. 고개를 들었을 때 날은 이미 어두워졌고, 온종일 크고 작게 들리던 함성도 끊겨 있었으며 어느새 도서관 천장엔 형광등 불빛이 반짝이고 있었다. 꿈을 꾸었던가? 허공에 헛손질을 하고 있는 난감한 기분으로 그의 자리를 바라봤다. 그가 펼쳐놓은 책 사이에 얹어놓은 안경이 먼저 보였다. 그가 자리에 없다는 사실이 왜 그렇게 가슴을 뛰게 했는지 난 한참 후에야 알았다. 양팔을 들고 적진에 뛰어드는 기분으로 의자에서 일어났다. 오후 내내 괴롭히던 두통과 미열은 간 곳 없고 이상한 흥분이 전신을 훑었다. 오랫동안 나른한 무력감에서 허우적대던 의식이 스스로 껍질을 깨고 있다는 느낌. 그건 서먹하면서도 정말 황홀했다. 그의 구석자리 창밖으로 어둠이 휘장처럼 넘보였다. 책갈피 사이에 놓여 있는 그의 안경을 노트장 위에 내려놓았다. 그의 책을 옆에 끼었다. 남의 것을 가질 땐 더욱 내 것인 양 굴어야 한다는 걸 알고 있었으므로 아주 자연스럽게. 그의 동요 없는 표정을 흉내내며 도서관을 나왔다. 나는 시력이 괜찮은 편이었다. 벤치에서 담배를 피우고 있는 사람의 실루엣이 그란 것쯤은 한눈에 가려낼 정도로. 그 앞을 지날 때, 불빛 아래서는 어둠 속을 못 보지만 어둠 속에서는 불빛 속이 환히 보인다는 것도 알았다. 그리고 그가 앉아 있는 벤치는 도서관 구석자리와 정면이었음도. 흐흐. 만일 내가 웃었다면 그렇게 웃었으리라.

"감기가 드셨군요."

기침을 하고 가슴을 쓸어내리는 모습을 백미러로 엿봤는가? 바람이 극성을 떠는 겨울 이른 아침, 감기를 얻어 꽁꽁 얼어붙은 모습으로 택시를 탄 내가 백미러엔 어떻게 비쳤을까? 엉겁결에 적선을 받은 것 같아 언짢다. 인왕산 굽이로 굽이져 쌓인 눈이 빠르게 스쳐간다. 쓸데없는 적의야.

그의 어머니 기침소리가 떠오른다. 만지면 툭툭 터질 것 같은 가을 햇살이 운동장에 널려 있었다. 칠판에 필기해둔 일년초와 다년초 식물들의 특성을 아이들이 자연노트에 옮겨적기를 기다리는 동안 창틀에 몸을 기댔다. 손바닥에 묻은 분필가루를 닦아내다 후문으로 들어서는 사람의 그림자를 보았다. 철봉대 근처에 육학년 사내아이들이 한 무리 있을 뿐 운동장은 텅 비어 있어 쉽게 눈에 띄었을 것이다. 걸음이 너무도 느려서 나는 그 사람이 서 있는 줄 알았다. 화단에 질펀히 깔린 늦핀 분꽃들에게 눈길을 돌렸을 즈음, 노트장을 넘기고 연필을 깎고 의자를 끌어당기는, 필기를 다 마쳤다는 신호를 기척으로 느끼며 창가를 떠나왔다. 이십여 분이 지나서였다. 숙제장에 차례로 도장을 찍어주고 있는데 사환아이가 손님이 왔다고 전해왔다. 손님이란 말에 가슴이 철렁 내려앉은 것은 그 손님이 그일지도 모른다는 생각에서였다. 손님은 그의 어머니였다. 색시를 찾아오면 행여 그눔 있는 곳을 알까 해서. 가파르고 창백한 노인의 입술은 수분이 전혀 없이 말라 있었다. 따로 연락을 하고 지낸 것도 아닌데 길도 어두웠을 노인이 어떻게 내 근무지를 알고 찾아왔을까? 그의 어머니를 부축하고 포플러나무 사이 의자에 가 앉았다. 겨우 참아왔는지 노인은 기침을 토해냈다. 목구멍에서가 아니라, 가슴에서가 아니라, 폐부 깊숙한 곳 어둡고 캄캄한 곳에서 올라오는 소리였다. 노인은 감추려고 애썼지만 한 번 뱉어낼 때마다 고통으로 일그러지는 얼굴을 봤다. 기침소리를 들으면서 나는 하마터면 뒤로 넘어질 뻔했다. 서로 상심해 있기는 노인이나 나나 같은 무게였다. 그가 내게 연락을 주지 않는 동안 나는 그가 노인에게 가 있기를 바랐었다. 그의 행방이 묘연해졌다는 사실보다 내게 무심한 게 안심이 되었으니까. 무심한 데가 있는 놈이기는 하지만 힘이 들어서…… 나는 불안하게 기침소리를 듣고 있을 수밖에 없었다. 내 발밑에서 나뭇잎들이 짓이겨졌다. 햇살이 너무도 눈을 아프게 찔러 자꾸 눈을 감았다. 환청인가 싶었다. 기침소리, 수업 시작벨 소리, 꽃이 피면 꽃밭에서 아주 살았죠, 오학년 교실에서 들려오는 합창 소리들이. 노인은 당신의 아들이 나와 함께 있기를 바랐을 것이다. 내가 도시적 상승욕구를 가진 여자고, 노인의 살비듬내를 맡으면 소화기능이 딱 멈추는 체질을 가졌다 해도, 나와 마찬가지로 아들의 행방이 묘연한 것보다는 안심이 되었을 테니까. 내가 노인에게 할 수 있는 일이 고작 고개를 끄덕이는 것뿐임에 화가 났다. 내가 묻고 싶은 말들을 노인이 내게 물어올 때마다 아득한 현기증이 일었다. 내가 먼저 노인을 찾아가지 못했던 건 두려워서였다. 그가 어머니 곁에도 없다는 걸 확인하기엔 너무 많은 용기가 필요했다. 확인되지 않은 유보는 결과가 마찬가지여도 덜 두렵지 않은가. 개미들이 줄을 지어 포플러 가지를 타고 기어올랐다. 그들의 행렬은 계속 줄을 이었다. 내려올 거리는 생각지도 않고 오르기만 할 셈인가? 순간, 대열에서 이탈한 한 마리가 노인의 치맛자락으로 방향을 바꾸었다. 자세히 보니 놈은 다른 개미보다 몸집도 크고 속도도 빨랐다. 치마 말기까지 올랐을 때 기침소리가 멎고 노인이 내 손등을 탁 쳤다. 뿔개미여, 물리면 붓고 아프지. 내 손등에서 털린 뿔개미는 나무의자 밑에 깔린 벌레 먹은 나뭇잎 속으로 후딱 모습을 감췄다. 어머니 치마에도? 내가 잘못 본 것일까? 손을 내밀었으나 개미는 보이지 않았다. 가려움증을 느낀 건 그때였다. 내가 모르는 사이 개미들이 줄을 지어 내 등이며 겨드랑이를 타고 슬금슬금 기어다니는 것 같은 가려움증으로 몸을 뒤틀어야 했다. 느닷없는 가려움증에 시달리면서 느꼈다. 내 온몸을 가렵게 하는 것이 개미떼가 아니라, 운동장으로 잘게 부서지는 마른버짐 같은 햇살이 아니라, 지친 모습으로 운동장을 바라보는 주름진 노인의 뺨에서 반짝이는 액체라는 것을. 처음으로 그에 대한 원망이 솟았다. 몹쓸 사람. 돌발적으로 끼어든 그 생각은 오랫동안 미루어오던 일을 결정짓게 만들었다. 짧게 진저리를 쳤다. 힘들게 나무의자에서 몸을 일으켰다. 울고 있는 노인을 남겨두고 화단 뒤로 깔리는 그림자를 끌고 교무실로 들어왔다. 유리창을 통해 노인이 몸을 일으키고, 낯선 곳이라는 듯 사방을 둘러보다가 내가 걸어들어왔던 화단 곁길을 한참 바라보는 걸 보았다. 그리고 아주 천천히 후문으로 걸어갔다. 그때야 자연시간에 분꽃 사이로 보이던 느린 사람의 그림자가 그의 어머니였다는 걸 알았다. 운동장을 달려서, 내 아이들보다 더 빠르게 달려서, 후문 뒤에 서 있다가 천천히 걸어나오는 그녀의 메마른 가슴팍에 얼굴을 파묻고 싶은 욕구에 다시 한번 짧게 진저릴 쳤다.

세계지도 속의 우리나라가 새끼손톱보다 작다고 화를 내던 반 아이가 있었다. 그러잖아도 그 아인 유별났다. 비슷한 말을 찾아 적어오라 숙제를 내면, 아침마다 새는 나뭇가지에 올라가 웁니다, 접시꽃나무에 꽃이 안 핍니다, 그런 말들을 노트장에 꽉 채워오곤 했다. 하늘을 빨간색으로 칠하고 사람을 그리면 꼬리를 함께 그려넣기도 했다. 새로 그려줘요, 선생님. 아이는 진지하고 또렷하게 말했다. 새끼손톱보다 작아도 한 몸을 숨기기엔 넓은 땅이란 생각을 하면서 색연필로 그 아이 지도책에 곁엣나라들 바다와 황황한 벌판을 우리나라 속에 합해 그려주었다. 아이는 만족해서 여기보다 더 커요, 선생님! 하면서 손뼉을 쳤다. 아이가 가리킨 곳은 아프리카였다. 내가 다시 노인을 만나도 그녀의 가슴에 얼굴을 파묻고 울고 싶어질까?

3

"새파랗게 얼었군."

모인은 창규가 한 설명대로 우체국 맞은편에 있었다. 창규는 변함이 없었다. 사십 분이나 늦은 여자에게 화를 내는 대신 여러 개의 담배꽁초를 보이는 것도.

"미안해요."

창규는 그대로인데 나는 달라졌다. 나는 창규에게 이런 식의 사과를 해본 적이 없었다. 사십 분에 한 시간을 보탠 시간을 늦어놓고도.

그때는 나를 발랄하게 하는 무엇이 있었다. 숲속 같은 데, 들판 같은 데를 뛰어다니다 온 것 같은 야생 같은 그것은 무엇이었나? 카운터에 서 있던 여자가 종종걸음으로 다가온다. 그녀의 가슴에 아르바이트 학생이란 명찰이 붙어 있다. 종업원이 아니고 아르바이트 학생이니까 차를 깍듯이 주문하란 얘긴가, 아니면? 그만두자. 쓸데없는 적의다.

"추운데 커피 마시지."

창규의 말만 듣고 그녀는 물러간다. 어깨까지 내려오는 까만 머리가 출렁거린다.

"꽤 이른 시간이에요."

나는 괜히 객쩍어서 모인 안을 둘러봤다. 나무벽에 판화가 걸려 있다. 검은 먹물 판화 속에서 긴 머리를 늘어뜨린 여자가 나신으로 고개를 숙이고 있다. 어느 나라 여자일까, 케냐?

네가 나는 곳까지/나는 날지 못한다/너는 집을 떠나서 돌아오지만/나는 집을 떠나면 돌아오지 못한다// (……) //저녁이 오면/너는 들녘에서 돌아와/모든 슬픔을 꿀로 만든다.

"일곱 번도 넘게 읽으니까 네가 오더군."

판화 곁의 액자 속에 담긴 시구에서 눈길을 떼자, 창규가 웃는다.

"누가 쓴 시죠? 제목은요?"

"글쎄, 시인 이름은 몰라. 제목은 꿀벌이라 써 있잖아, 맨 아래."

"그렇군요."

대형 스토브 위에 놓인 큰 주전자가 물 끓는 소리를 내고 있다. 누가 쓴 시이든, 그 시를 빚은 사람이 누구든 내게 무슨 소용인가.

창규가 탁자 위에서 담뱃갑을 집는다.

"그래도 잘 참는데? 서둘러 묻질 않으니."

그가 성냥불을 붙인다. 불꽃이 반짝 튀고 유황 냄새가 코끝으로 감지된다.

"또 사북에 있어요, 그 사람?"

창규가 연기를 뿜어내다 말고 나를 빤히 본다.

"우선 목도리부터 풀어. 에스키모인하고 앉아 있는 것 같아."

창규가 긴장하고 있다는 걸 알겠다. 언젠가도 그의 소식을 전해 주면서 저렇게 담뱃재 털 생각을 잊고 있었다. 제풀에 겨워 깊게 타오른 재가 탁자에 떨어진다.

"으응……?"

알 수가 없다. 그보다 더 열광적이었던 창규는 저렇게 건재한데. 아르바이트 여대생이 창규와 나 사이의 낯선 침묵을 깨준다. 검은빛 커피잔과 프림, 설탕 통을 내려놓고 간다. 한 잔뿐이다.

"마셨어요?"

"사십 분이나 늦었다는 거 잊었나보군."

"……그렇군요."

장갑 한 쪽을 벗고 프림통을 연다. 커피잔에서 더운 김이 솟는다. 싸락눈 같은 프림이 가득해서 넘칠 지경이다. 안개, 장미, 화초토마토…… 짚으로 엮은 큰 통에 마른 꽃들이 가득 담겨 있다.

"뭐해?"

"네에?"

"설탕 다섯 스푼째야, 들이부을 참이야?"

"내가요?"

스푼을 든 채로 창규를 바라보았다.

"누구한테 실컷 두들겨맞고 난 기분이에요. 가물가물하고 붕 떠다니는 것 같아."

창규가 재떨이에 담배를 비벼껐다.

"잊을 만하면 넌 날 안타깝게 해. 그렇게 초조해하지 말고, 서두르지 말고 좀 의연해져봐. 장갑을 마저 벗고 목도리도 풀고 오버 단추도 하나쯤 따봐. 잘 지냈느냐고 한마디쯤 물을 수도 있잖아. 나를 통신사라 여기지 않는 다음에야."

"……미안해요……"

"그런 말 듣자고 한 거……"

얼른 손을 내저었다.

알아요, 그동안만도 얼마나 고마웠는데요.

꺼내지 않았어도 내 말을 알아들었는가. 창규는 다시 담배에 불을 붙인다. 한 모금도 빨지 않고 도로 눌러끈다. 그답지 않게 안절부절못하는 게 불안하다.

"더 앉아 있어야 너 속만 탈 테니 일어서. 좀 멀리 가야 해, 안양."

창규는 저 혼자인 것처럼 일어서서 성큼 걸어간다. 그가 눌렀던 담배 끝에 불꽃이 살아 있다. 카운터에서 계산을 마치고 창규가 돌아다본다.

"뭐해?"

면회 대기실 창밖으로 오르막길이 보인다. 오르막길이라 했지만 반대편에서 보면 내리막길이리라. 양편으로 늘어선 나무들이 바람에 몸을 휘고 있다. 오르는 사람도 내려가는 사람도 없는 처음 보는 오르막길 풍경은 바람만 아니라면 영락없는 정물이다. 다듬어지지 않은 무심한 풍경이 눈물을 핑 돌게 한다.

"녀석이 자가용 운전을 했다는군."

"……?"

"사고를 친 거야. 어린애였는데 다리를 절단했대."

무릎 어디께가 꿈벅 아프다. 휘청대는 사이 창규가 다가와 내 어깨를 잡아준다. 썰렁한 나무의자에 나를 앉힌다. 구석켠에 고개를 숙이고 앉아 있던 사내가 나를 건너다본다. 의자 모서리 페인트칠이 벗겨져 엉성한 나뭇결이 들여다보인다. 창규는 내 어깨에 얹었던 손을 거두고 등을 보이고 좀전에 내가 섰던 창가로 가 섰다.

"마음을 단단히 해. 나는 말야 네가……"

창규가 돌아서면서 말을 끊는다. 창규는 내 곁에 그림자처럼 서서 실패한 나를 부추겨주면서 나는 말야 네가, 하곤 말을 줄인다. 끊임없이 받기만 하고 난 어쩔 줄 몰라했다. 그냥 있으면 창규는 멀어지다가 잊혀지다가 불쑥 나타나 내 안부를 물었다. 난 부자야. 나한테 와서 편히 살면 어때? 다른 얘기 속에 농담처럼 그 말을 섞어넣곤 했다. 어때? 라는 물음표는 늘 제자리를 못 잡고 어설프게 흐려지고 말았지만.

벗겨진 페인트 끝을 따라가 만나지는 부분을 손톱으로 긁어냈다. 부스러기를 모았다가 흩뜨리고 모았다가 다시 흩뜨렸다. 괜히 낯이 뜨거워지고 연쇄반응처럼 다리가 모아진다. 속이 묘하게 뒤틀린다.

"그게 언젯적 얘기예요?"

"지난해 여름이었어."

숙인 시선 속으로 창규의 구두코가 잡힌다. 지난해 여름이라면…… 그에게서 소식이 끊긴 것과 시기가 맞아떨어진다. 그가 내게서 달아난 게 아니었던가?

"그런데 어떻게 이제?"

창규가 창문을 연다. 찬바람이 거칠 것 없이 들어온다.

"나는 알고 있었어. 놈이 동거인을 대라니까 날 댄 거야. 최종 공판까지 보호자 노릇 해줬다."

열었던 창문을 신경질적으로 다시 닫는다. 차단된 바람이 밖에서 윙윙댄다. 구석켠에 앉아 있던 사내가 코를 휑 푼다. 멍하니 그의 등을 바라보고 있다가 창규가 몸을 돌려세우는 통에 정면으로 시선이 부딪힌다. 너무나 황급히 창규의 시선을 피한 당혹감으로 모아두었던 지저분한 페인트 부스러기를 바닥으로 쓸어냈다.

"왜 여태 숨겼냐고 묻고 싶은 거 알아."

문이 열린다. 간수가 들어와 사내를 불러간다. 사내는 바닥에 침을 퉤 뱉고 끌려가듯 간수의 뒤를 따른다.

"녀석이 그렇게 해달라고 했어. 어머니와 너에게 절대 알리고 싶지 않다고. 녀석이 그런 말 안 했어도 너에게 알리지 않을 작정이었어."

창규가 나무의자 끝에 구겨지듯 앉는다.

"갑자기 널 만나야겠다는군. 마지막이라고 단서를 붙였어."

그해 여름을 나는 기억한다. 느닷없이 사이렌이 울리고 라디오에선 음악을 죽여버렸다. 인천 지역이 적기로부터 공습을 받고 있습니다. 실제 상황입니다. 국민 여러분은…… 뙤약볕이 극성을 떨어 바닷속도 사람, 백사장도 사람이었던 뜨거운 여름 주말, 실제라는 말이 그렇게 실감 있게 들린 적이 없었다. 무슨 일이 터지고 말았다는 충격이 그때 있었다. 무슨 일이죠? 사람들은 골목으로 튀어나와 영문을 물었고, 까닭을 몰라 긴장한 이웃들의 모습은 활기차고 아름다웠다. 비밀스럽게 안으로만 사려들던 이웃들과의 벽을 쉽게 헐어버렸다. 그 실제 상황은. 십칠 분 동안의 갑작스런 공습경보가 풀리고 실제 상황은 중공 항공 용사의 귀순으로 밝혀졌다. 그날 석간은 비행장도 없는 곳에 귀순기를 안전하게 착륙시킨 우리측의 침착성과 정확한 레이더망의 믿음직스러움에 대한 기사가 실려 있었다. 귀순용사의 얼굴을 담은 큰 사진과 함께. 굳은 얼굴 표정에 까만 머리털, 황색 피부를 가진 동양인이었다. 귀순기에 대한 대서특필이 게재된 맨 아래에 학교측에서 그의 제명을 알리는 기사가 있었다. 구석진 곳에. 뭔가에 속았다는 느낌으로 나는 달아오른 8월의 아스팔트를 눈살을 찡그리며 걸었다. 안타까움에 젖기도 전 속았다는 그 까닭 모를 분노는 무엇이었을까? 신발 속까지 진득하게 배어든 땀, 모든 것들을 태워버릴 기세의 그 8월의 폭양, 나는 거리의 모든 것들, 그 무더위의 모든 것들에 적의를 느끼며 그를 찾아다녔다. 끊임없이 그의 뒷전에서 깜박이던 내 안의 촛불 같은 것이 사랑이었다고 확신하면서. 땅거미가 질 무렵 학교 강의실에서 그를 찾았다. 방학중인 빈 캠퍼스의 나무들은 햇빛에 지쳐 늘어져 있었다. 사위는 죽은 듯 고요했다. 일몰의 잔양을 받고 그는 꼼짝없이 앉아 있었다. 덩더쿵, 덩더쿵. 가을 축제 공연 계획이 있는 탈춤반원들의 반주가 서관 잔디밭에서 들려왔다. 그는 망연히 앉아만 있었다.

그는 다만 물 날린 청바지와 흰 셔츠를 입고 앉아 있는 대학 삼학년생일 뿐이었다. 알 수 없었다. 거의 삼 년 동안이나 마주쳐온 정든 친구들과, 책상과, 웃음소리들로부터 왜 그를 떼어놓으려 하는지. 문을 열고 들어가 나는 그의 손을 잡았다.

그리고 난 전혀 무방비 상태인 한 남자의 진한 눈물을 보았다. 창으로 비껴들어온 잔광이 그의 숱 많은 머리숲에서 은빛을 띠고 반짝이는 것도.

대기실의 문이 열리고 간수가 고갤 내민다.

"764번."

창규는 그냥 앉아서 나를 본다.

"따라 들어가봐."

나만? 말은 않고 눈만 크게 떴다.

"기다릴게."

짧고 간단하다. 주머니를 찾아 손을 찌르고 창규가 몸을 일으킨다. 오르막길을 내다보고 섰다가 뒤돌아본다. 아직도 서 있는 나에게 턱짓으로 어서, 라고 말한다.

몇 개의 문을 지나 구부러진 복도를 돌았다. 면회를 마치고 나오는 사내와 어깨가 부딪쳤다. 그는 전혀 낯선 모습으로 서 있었다.

머리는 짧게 깎여 있고, 수염이 자라 턱이 거뭇했다. 움푹 파인 눈빛. 북청색 수의. 일그러진 표정. 믿기지 않아 눈을 크게 떴다. 이 낯선 곳은 도대체 어디란 말인가? 삶의 어디에 숨어 있다가 불쑥 튀어나온 복병인가?

"오지 않을지도 모른다고 생각했어."

그의 목소리는 어둠에 헹궈올린 듯 암울하고 침침하다. 가슴이 저리다.

"어머닌?"

내 오가는 감정과는 달리 그는 침착하게 어머니 안부를 묻는다.

"건강하세요."

그가 나를 빤히 본다. 어디에 갈무려져 있던 저항이 저린 가슴을 상쇄시킨다. 어머니가 건강하신지 아닌지는 나도 모를 일이다.

"겨우 여기예요, 내게서 도망친 곳이?"

말도 안 돼. 정말 말도 안 된다. 도망쳤다는 표현이 말도 안 되고 상쇄되는 저린 가슴도 말도 안 된다.

"운전은 언제 배운 거예요, 대체?"

"군대에서 운전병이었어."

그랬던가. 그가 운전을 할 줄 알았다는 걸 전혀 몰랐다.

"학교 앞 로터리였어."

속이 울렁거린다. 또 그 로터리가 문제인가. 의심과 염려, 불안에 시달렸던 시간들이 밀려온다.

"첫날부터 왜 그곳을 지나게 됐는지…… 재수가 없었어. 후배들의 가두시위 때문에 택시와 버스 들이 겹겹이 늘어섰더군. 창을 닫아도 눈은 맵고 땡볕은 쨍쨍 내리쬐고."

 그가 말을 멈추고 잠깐 나를 올려다본다. 떨떠름하고 쓸쓸한 표정으로. 일정한 기상, 취침, 식사, 차가운 벽이 만들어준 생경한 질서가 그에게 배어 있다.

 "셔츠가 땀에 젖어 등에 달라붙었어. 머리가 아프고 구역질이 날 것 같더라. 주인 여자는 시간 늦었다고 짜증을 내고…… 기사들은 아예 시동을 죽여버리고 가게로 들어가 음료를 마시기도 하고 가로변에 주저앉아 눈물을 닦아내면서 화를 내더군. 제기럴, 저놈들이 먹고살기 힘든 줄 알기나 해? 미친 놈들. 도서관에 처박혀 있어도 아니꼽고 뒤틀릴 놈들이…… 그런 시간이 세 시간이나 가까이 됐어."

 허리에 빳빳한 힘이 들어간다.

 "저놈들이 원하는 게 대체 뭐야? 짜증을 내던 주인 여자가 욕설을 퍼붓더군. 정신 나간 놈들, 세상 판국이 어떤지도 모르면서 날뛰기는. 겨우 교통이 풀리고 로터리를 빠져나오는데 내 정신이 아니었지."

 그가 더이상 말 안 해도 알겠다. 우리가 그동안 은밀히 주고받은 건 이런 직감일 것이다. 틀리길 바랄수록 꼭 들어맞는 직감의 통로가 그와 나 사이에 뚫어져 있다. 이젠 그 길을 메워버릴 테다. 다시 뚫리지 않도록, 연탄가스가 새나오는 틈을 발라버리듯.

 "순전히 내 과실이었지. 내 실수로 그 아인 평생 불구로 살아가야 할 텐데 난 겨우 사 년 형이라니…… 그런데 어머니에게는 너무 길어."

 그랬구나. 이제야 알겠다. 그는 날 찾은 것이 아니구나. 어머니를 찾은 것이구나. 갑자기 웃음이 비어져나온다. 그의 어머니의 기침소리가 곁에서 들리는 것만 같다.

"부탁이 있어 널 보자 했어. 들어줘야 한다."

"말하세요."

내 음성은 터무니없이 은밀하다. 쇠창살을 쥔 손에 힘이 들어가 아파온다. 자꾸 그의 푸른 민둥머리가 시야를 가려 눈이 감긴다.

"……"

"말하세요."

"어머니한테 다녀와줘. 가서 그래. 외항선을 탔다고. 너무 급히 떠나 연락을 못 한 거라고."

"일 년 반이 지났으니까, 이 년 반 남았다고도 해드려요?"

"명혜야."

"……"

"너한테 할말 없어. 마지막 부탁이라고 생각해라. 재수없는 놈 만나…… 이런 말 하기 싫어 널 안 만나려고 했다. 어머니한테 갔다 와줘."

"어머니 만나는 일을 왜 내가 해요?"

"……"

"왜 내가 하냐구요?"

어디서부터 잘못된 것일까? 얼굴이 확 뜨거워지고 그에게 두 번씩 내뱉은 말이 첨예한 칼끝으로 변해 명치를 찌른다.

"명혜, 네 말이라면 믿으실 테니까."

그가 고개를 숙인다. 끝에 닿았다고 체념을 하고 나면 어느 구석에서 작은 희망이 다시 솟아오르곤 했다. 부질없는 일인 줄, 곧 다시 처음보다 더 나빠지고 말 줄 알면서도 나는 그 희망을 버리지 못했다.

"노인에게 삼 년은 너무 길어. 그러나 난 어머니를 알지. 희망이 있으면 어머닌 견디신다. 지금 많은 걸 잃고 포기해야 된다 생각하니까 어머니 생각만 간절하다."

너에 대한 연민은 버릴 수 있다고 덧붙이면서 눈물이 그렁이 고인다. 우습게도 난 어떡해요, 라고 말하고 싶어진다. 후줄근한 북청색 수의에 달린 단추 귀퉁이가 깨져 있다.

그 8월의 울적한 무더위를 나는 못 잊는다. 그와 함께 강의실을 나오면서 가슴 밑바닥에 굳게 엉겨붙던 그 앙금도. 정문을 빠져나오는 그가 걸음을 멈췄다. 어스름이 깔린 교정을 돌아다봤다. 그 침묵의 짧은 어느 순간 그가 내 어깨를 돌려세우고 말했다. 어머니한테 뭐라고 해야 되지?

"가주겠냐?"

다시 와주겠냐? 왜 내 귀엔 그렇게 들렸을까.

"그래야 안심이 된다면요."

불안하고 초조한 내 심경은 애초부터 문제가 안 되었다. 이젠 걸러내리라. 살이 촘촘한 채에다 모두 걸러내리라. 내 일상을 끊임없이 들쑤시는 이 연민과 안타까움을.

간수가 표정 없는 얼굴로 들어온다.

"시간 종료."

매듭지고 모난 데 없이 직업에 충실한 건조한 목소리가 섬뜩하다.

그와 동료들이 햇살이 작살처럼 꽂히는 잔디밭 위에서 스크럼을 짜고 사박자의 구호를 외칠 때, 나는 화장실에서 최루가스에 매운 눈을 씻어내며 늪 속 같다는 생각을 하곤 했다. 옥상에서 그와 동료들이 학교를 빠져나가 로터리로 향하는 걸 보며 느낀 아득함을 어떻게 설명할까? 일정한 간격의 계단 그 맨 아래칸으로 내 몸이 구르는 듯한 위기, 환각에 한참씩 시달려야 했다. 상황과 생각 들이 모두 절망으로 가득 차면 햇살의 빛깔이 보인다. 그 무심한 투명한 색. 굴러서라도 어디로든지 박히고 싶은 나른한 유혹.

그의 뒷모습에서 그 유혹을 느낀다. 간수의 인도로 그의 모습이 아예 사라지고 말았을 때야 간절하게 솟구쳐오는 것이 겨우 난 지쳤어요, 라니.

4

"시간이 좀 있어. 삼십 분 후야."

기차표에 적힌 시간을 읽고 창규는 차표를 내민다. 새로운 공기 들을 묻혀들이기엔 겨울은 너무 추운 계절일까? 대합실 안은 한산하다.

"커피 마실래? 아니면 간단한 걸로 요기라도 하든지."

섭섭해할 줄 알면서도 반사적으로 고갤 흔들고 만다. 얌전한 고양이 부뚜막에 먼저…… 가두 판매대에 꽂혀 있는 주간지에 TV에서 자주 본 탤런트 이름이 고딕으로 박혀 있다. 판매대 곁에 의자를 놓고 구부리고 앉아 있던 사내가 발이 시린지 동동 구른다. 저 예쁜 여자가 왜 부뚜막에 올라야 했을까? 언젠가 멜로물에서 비운의 여주인공으로 나왔던 그녀의 말간 눈빛이 떠오른다. 그녀에 대해 싱그러운 찬사를 늘어놓았을 때 그녀는 부뚜막이 아닌 어느 신성한 곳에 있었을까?

"저 주간지 사줘?"

"네에?"

뭘 볼 게 있다고 뚫어져라 봐?

창규는 시선으로 그렇게 말한다. 아무도 모르게 죽으면 아무에게도 발견되지 않고 썩어버릴까요? 갑자기 창규에게 그렇게 묻고 싶어진다.

"내가 지친 것같이 보여요?"

생각도 않은 말이 터무니없이 튀어나온다.

"뭐라고 대답해줄까?"

창규에겐 이제 더 들킬 것도 없다. 그래서인가? 창규에게 따뜻할 수가 없는 것은.

"너 리포트를 언제 본 적 있었지. 철저하게 연구, 분석, 검토, 거기에 확인까지 거듭했더군."

무슨 말을 하려고 창규는 연구, 분석, 검토, 확인까지 덧붙이는 걸까?

"이런 말 나도 하기 싫은데, 지금 가야겠어 꼭?"

창규가 울적하게 나를 본다.

"네."

창규의 저 눈빛에 서리는 하염없음을 안다. 가슴속에 체념이 들어서기까지 얼마나 아파야 하고, 자신을 책망해야 하는 건지도.

"녀석을 생각하면 큰 죄를 진 것 같아 마음이 안 편해. 내 일이 순조로울수록, 그래."

파카를 귀밑까지 올리고 여행용 가방을 멘 남자가 열차 시간표를 쳐다보며 들어선다.

"가까이 있으면서도 함께할 수는 없는 묘한 데가 있었어."

개찰시간이 임박한 것일까? 어느새 사람들이 꽤 모여 있다. 매점에서 한 여자가 우유를 사고 거스름돈을 받고 있다.

"봄학기 때부터 한 시간짜리 강의를 맡게 됐어. 맨 먼저 녀석 생각이 나더군."

그랬어요? 몰랐어요. 정말 일이 순조롭게 잘 풀리는군요. 말 대신 괜히 씁쓰레한 웃음이 나온다.

"녀석에게 빚을 진 기분이야. 그 압력이 평생 내 뒤를 쫓아다닐 거야."

우유를 산 여자가 거스름돈으로 주간지를 사 펼쳐든다. 부뚜막에 오른 탤런트의 얼굴이 구겨진다.

"내가 함께 가줄까?"

"아, 아니에요."

갑작스런 창규의 기습에 나는 그만 황황해져 손까지 내젓고 있다.

"차표가 한 장뿐이잖아요."

내 의사 표시가 너무 완강해 황급히 덧붙였지만 겨울 열차 안은 대부분 빈자리이리라. 방송으로 개찰을 알린다. 사람들이 부스스 일어나 개찰구 쪽으로 간다.

"뜨거운 게 닿으면 뜨겁다고 소리쳐. 너 아무 말 않고 있는 거 볼 때마다 불안해."

일어섰다. 까닭없이 은영의 얼굴이 떠오른다. 삼손을 최초의 로맨티스트라고 그녀가 말했었지. 역무원이 내 차표를 확인하는데 창규가 지나가는 말처럼 중얼거린다.

"나 결혼한다. 다음주 목요일에."

먼 산각山脚을 타고 펼쳐진 들판에 눈이 쌓여 있다. 달리는 열차와 함께 바뀌는 풍경, 지나온 것과 마주쳐오는 것들은 서로 닮은 데가 있다. 허허로운 벌판을 따라가면 만나지는 마을엔 사람이 살고 있지 않을 거란 생각이 든다.

수원역에서 비어 있는 앞자리에 여자가 앉았다. 처음 여자가 문을 열고 들어와 좌석을 찾느라 두리번거릴 때, 여자의 얼굴보다 산월에 가까운 만삭의 배가 먼저 보였다. 여자가 힘들게 선반에 큰 가방을 올려도 도와줄 생각을 못 하고 끌려올라간 코트 때문에 더 둥그렇게 보이는 배를 바라봤다. 시선을 느껴서였을까. 여자는 의자에 앉자마자 흐트러진 데를 여미고 다독였다.

여자의 손톱 끝에 남아 있는 봉숭아 꽃물이 붉다. 코트는 눈빛이고. 차창을 통해 들어온 겨울 햇살이 따뜻하고 은밀하게 여자를 감싼다. 가만 눈을 감는 여자의 얼굴에 행복과 기대가 엿보인다. 얼마 후면 온몸을 열고 아이를 분만해야 하는 두려움이나 불안을 전혀 찾아볼 수 없다. 무릎을 굽히지 않고 쭉 뻗은 자세가 여자를 자연스럽게 한다. 여자의 그 자연스러움 위로 안온함이 빛처럼 흐르고 있다. 세상 잉부들이 모두 여자의 표정을 갖고 있다면 가장 아름다운 여자는 잉부가 아닐까? 여자를 흉내내 구부린 무릎을 펴고 고개를 젖히고 가만 눈을 감아봤다.

어머니를 위해 계속 서울에 거주해야 했던 그가 훌쩍 탄광촌으로 간다 했다. 방학이 될 때까지.

칠흑 같은 어둠 속에 갇힌 갑충 같다. 이렇게 갇히고 마는 걸까? 눈을 떠도 감아도 온통 캄캄하다. 꿈속에서까지 누군가에게 미행을 당하고 난 아침이면 식은땀을 흘린다. 입을 크게 벌리고 밥도 못 먹겠고, 하숙집 골목을 빠져나오면서 제풀에 도망치듯 뛴다. 탄차를 타고 갱 속으로 들어갈 때마다 내가 과연 저 햇살을 다시 보게 될까? 생각하면서 웃는다. 무너짐과 썩는 냄새의 환각이 늑골 사이사이로 박힌다. 어긋나버린 미래에 어머니는 아무것도 모르고 씨를 뿌리겠지. 너는, 너는 어떠냐?

그가 세번째 편지를 보내왔을 때 답장을 쓰다 말고 발딱 일어섰다. 가로막는 자잘한 일상들을 어떻게 젖혀둘 수 있었는지 모른다. 주소만 들고 사북에 갔을 때 사방은 온통 검은 것들로 들어차 있었다. 산처럼 쌓아올린 검은 무덤들, 검은 지붕, 검은 손, 그곳은 바람도 공기도 햇살도 물도 확실하게 검었다. 깜짝 놀라 휘둥그레진 그의 눈빛도. 골짜기마다 검은 물이 흘렀다. 늙은 광부가 헬멧을 쓰고 지나가고, 갱 입구의 칸델라 불빛이 부셔서 잔뜩 얼굴을 찡그렸다. 그가 선로에서 나를 안았다가 떼었을 땐 내게도 검은 물이 옮겨올 것만 같았다. 그곳까지 찾아가는 동안 내 감정은 세심하게 고조되어 있었고, 이미 어느 만큼 신경은 멍들어 있었다. 그곳의 특별한 색깔 때문에도. 그래서였을까? 가장 깊고 외진 섬은 그의 가슴일 것만 같았다. 내가 이 꼴인 줄도 모르고 어머닌 다음 학기 땐 텃논 팔 생각 하실 게다. 장학금 타게 됐다고 그래요, 그럼 효자가 되잖아. 그가 내 뺨을 손가락을 동그랗게 모아 튕겼다. 나는 쉽게 그의 빛깔로 물들었다. 검고 어둡게 가라앉는 그를 일으킬 수 있다고 생각했다. 그와 함께 삶의 풍요를 맛보리라고도. 따뜻하지도 춥지도 않았다. 그 방은.

몇 시쯤이나 됐을까? 지금쯤 어머니는 케냐 남자 앞에서 가슴을 졸이고 계실지도 모르겠다. 시간이 지나도 나타나지 않는 나를 민망해하며 그 남자에게 할 수 있는 말은 미안합니다뿐일 것이다. 남자가 어머니 마음에 찼다면 더욱 당황하고 긴장하셔서 골똘히 생각해 덧붙인다 해도 '미안합니다'의 앞이나 뒤에 '정말'이나 섞으실 게다. '미안합니다'와 '정말 미안합니다'의 차이를 모르는 남자는 어머니에게 화를 발칵 내리라.

아버지의 의처증은 기습적이었다. 아버지와 함께 살던 그 평화스런 소읍의 푸른 기와집. 햇살은 늘 오래된 것같이 말라 있었고 그 빛에 아버지 정복에 붙어 있는 계급표들은 반짝 빛났다. 아버지가 근무하던 경찰서 앞에는 다리가 있었고, 학교를 가려면 다리를 건너야 했다. 다리를 지나면서 유리문 안의 늠름하고 건장한 아버지를 훔쳐보는 일은 기분좋은 일이었다. 일요일에 아버지가 옷장에 벗어 걸어놓은 모자를 거울 앞에서 써보는 일은 행복하기까지 했다. 여자아이들을 우습게 보는 사내아이들도 나를 우습게 보지 못했다. 아버지의 금빛 계급장은 언제나 반짝이고 있었으므로.

가을 운동회 소고놀이 연습으로 몸이 노곤했다. 저기 좀 봐! 다리 입구에 다다랐을 때 곁에 있던 아이가 손을 들어 어딘가를 가리켰다. 그곳엔 많은 사람들이 모여 있었다. 무슨 일일까? 우리들은 뛰었다. 재미있는 구경거리가 있을 거란 생각을 하며. 거기엔 부서진 자동차가 있었다. 눈에 익은 차였다. 모여서 웅성거리던 사람들이 외면하듯 나를 바라봤다. 무슨 일예요? 사람들이 슬금슬금 돌아서며 흩어졌다. 놀라지 말고 집에 가보거라. 성경책을 옆에 낀 안경 쓴 할머니가 내 머리를 쓰다듬었다. 집으로 달렸다. 큰 소리로 어머니를 불러도 할머니를 불러도 대답이 없었다. 집은 적막 속에 팽개쳐진 한 폭의 정물화 같았다. 그때 왜 갑자기 허기를 느꼈을까? 산뜻한 추위가 소고놀이 연습으로 노곤해진 몸을 긴장시켰다. 이웃집에서 밥 타는 냄새가 건너왔을 때 마당의 여러 가지 유실과나무 중 배나무 가지를 잡아당겨 통통한 배를 한 개 땄다. 빈집 토방에 앉아 배의 단물을 빨면서 턱을 달달 떨었다.

가족들을 만난 건 병원에서였다. 경찰차가 다리 밑으로 굴러떨어질 수도 있다지만 하필 그 차에 아버지가 앉아 있었다는 게 우리 가족에겐 그럴 수 없는 일이었다. 그때는 왜 아무도 그 불행을 막지 못했는지 알 수 없었다. 아버지는 그 소읍 경찰서 안에서 가장 높은 계급장을 달고 계셨는데도.

분명 삶에는 기습이 있다. 헤어나오려고 온몸을 부술수록 더 깊은 수렁 속으로 빠져드는지도 모른다.

"이것 좀 먹을래요?"

힘들게 눈을 떴다. 여자가 주홍색 귤 한 개를 내게로 내민다. 여자의 눈빛 코트, 예쁜 봉숭아 꽃물, 그리고 저 윤기나는 귤빛이 어쩜 저렇게 잘 어울리는지. 나는 그저 고갤 흔들었다. 주머니 속에서 손을 빼는 것이 귀찮아서. 여자는 망연히 손을 거두고 짧고 깊게 나를 응시한다. 무엇을 들킨 것같이 나는 움찔한다. 여자의 눈빛이 준 순간적인 산란이 몸으로 확산되며 작은 통증이 느껴진다. 여자는 귤껍질을 찬찬히 아래로 벗겨내린다. 꼭지에서 선을 갈라 여섯 등분으로 나누어 마치 연꽃 모양으로. 알맹이를 한 쪽 꺼내 주변의 실오라기 같은 것들을 꼼꼼히 발라내는 여자 손등의 실핏줄이 꿈틀거린다. 말끔해진 것을 입에 넣고 오물거리면서 똑같은 손동작을 계속한다. 여자가 저 귤 한 개를 다 먹으려면 한 시간은 족히 걸리리라. 그때쯤이면 이 열차는 어느 역에 닿아 있을까?

강원도 사북 탄광굴 무너져 5명 사망. 7명 실종.

그 토막 기사를 읽은 건 창규와 함께 간 찻집에서였다. 띠를 가리키는 호랑이, 토끼, 돼지, 소, 뱀, 양, 쥐 등이 그려져 있는 재떨이 입구에 백원짜리 동전을 집어넣었다. 아무리 눌러도 오늘의 운세는 나와주지 않았다. 찻집 화장실에 들어가 수돗물을 세차게 틀었다. 오래오래 손을 씻으면서 그만 무대 위에 있고 우리들은 모두 구경꾼이라는 생각이 들었다. 물론 나까지 포함해서.

교생 실습을 나간 학교로 그가 찾아왔다. 나는 깜북 쓰러질 뻔하였다. 그는 얼굴을 손바닥으로 쓸면서 허탈하게 웃었다. 무엇을 꿰뚫어보려는 듯 그의 눈은 깊게 들어가 있었다. 더러워. 문방구 주인이 보는 앞에서 그는 침을 뱉었다. 어깨를 푹 떨어뜨리고 고개를 숙였다. 몇 번째인가 그가 습관적으로 뱉은 침이 내 구두로 튀었다.

왜 그랬을까? 그가 세상 밖에다 침을 뱉고 있다고 생각된 것은? 모두 있는 힘을 다해서 살아가는 거예요. 나는 견디지 못하고 소리쳤다. 내 목소리는 곧 잦아들고 말았지만 그가 다시 침을 뱉지는 않았다. 우중충한 먹장구름이 몰려오는 허공에 대고 그는 내뱉었다.

툴툴거리며 트럭이 지나가고 우리는 삼거리까지 나와 있었다.

당신 일도 아닌데 왜 참견이냐고 하잖겠어. 캄캄한 굴에 갇혀 앞에 놓인 죽음을 볼 때보다 더 낭패스럽더군. 총알같이 내쏘던 말을 뚝 멈추고 그가 성큼성큼 걸었다. 사망자 가족만 빼놓고 다 마찬가지 생각이더라구. 함께 갇혀 있던 사람들까지도. 하긴 다시 빛을 본 것만도 감지덕지했을 테니까. 그의 등뒤에 서서 더욱 잦아드는 소리로 나는 연극 대본을 읽듯 중얼거렸다. 있는 힘만 다하는 게 아니에요. 가진 것도 다 털어서 살아가는 거야. 그가 돌아다봤다. 무척 피곤한 얼굴로. 그의 손톱과 발톱 속에서 검은 찌꺼기들이 모두 빠지는 데만도 꼬박 나흘이 걸렸다. 그는 아무것에도 의욕을 못 느끼고 무력감에 빠져 오래 비워둔 그의 자취방에 틀어박혀 무엇인가 골똘히 생각하기 시작했다. 꽤 오랫동안.

차창 밖 하늘이 어두워 보인다. 지나온 어느 곳, 이제 맞닿게 될 어디쯤에선 눈이 내릴지도 모르겠다. 일정한 속도, 일정한 소음을 남겨두고 레일 위를 질주하는 건 기차가 아니고 풍경일지도 모르지. 신경의 밑둥까지 의자 밑으로 가라앉는 건 아닌지. 폭삭 사그러드는 느낌을 떨치려 몸을 세웠다. 여자는 아직도 손가락을 찬찬히 움직이며 귤을 까고 있다. 여자의 외투 앞자락에 있는 또 한 개의 귤이 진동에 흔들린다. 답답한 생각이 들어 장갑을 벗어 들었다. 아픈 건지 고픈 건지 배가 싸르륵거린다. 가방 어딘가에 초콜릿이 한 쪽 있을 거다. 단맛은 공복감을 얼마 동안 견디게 해준다. 그 얼마 동안이 지나면 위벽으로 나왔던 위액들이 침잠해버리는가? 공복감은 씻은 듯 없어지고 기분좋을 만큼의 현기증과 미열이 남는다. 아이들이 모두 집으로 돌아간 뒤, 텅 빈 교실 창가에 의자를 갖다놓고 현기와 미열이 주는 환각상태에 빠져 빈 운동장을 내다보면 어느 순간 아득함의 끝을 만나 진저릴 쳤다. 눈을 감았다가 뜨고 짜증스러워 얼굴을 벅벅 문질러도 자꾸만 빈 운동장 가운데로 누가 걸어오고 있었다. 그러면 어김없이 창가로 가게 됐다. 급히 일어서는 통에 의자가 나자빠지고 얼굴을 바짝 유리창에 대고 밖을 보면 물고기 비늘 같은 하오의 햇살만 아프게 눈을 찔러댔다.

가방 단추를 따자, 집에서 나오면서 쑤셔넣은 편지가 구겨져 있다. 두툼한 사각봉투 발신란에 연필 글씨로 또박또박 은평구 역촌동 3통 2반 35-43번지 서지수라 써 있다.

서지수? 그 녀석이다.

세계지도 속의 우리나라가 새끼손톱보다 작다고 화를 내던 꼬마. 여기보다 더 커요, 하면서 흡족해하던 녀석. 그냥 집어넣으려다 보니 내 이름 옆에다 괄호를 쳐놓고 메리 크리스마스라 쓰고 느낌표까지 찍었다. 크리스마스? 크리스마스가 지난 지가 언젠데? 그러면 이 카드가 보름 전에 온 거란 말인가? 그렇지 않을 것이다. 저녁이면 나는 어김없이 우편함의 내용물을 확인했다. 교회 회보, 세금고지서, 집수리 센터의 명함까지 낱낱이 살펴보았다. 어제 저녁엔 창규의 전화가 있어 그만두었을 뿐.

카드에선 성모 마리아가 아기 예수를 안고 있다. 어디선가 빛이 쏟아지고 마리아의 목엔 은빛 십자가가 달린 묵주가 걸려 있다. 아름다운 성모의 미소가 오똑 선 콧날 아래서 꽃내를 풍긴다. 한 장 넘기니 지수의 정성들인 글씨가 축 성탄을 둘러싸고 오밀조밀 메워져 있다. 서지수예요, 선생님. 저는 이 카드를 사려고 문방구를 네 군데나 돌아다녔어요. 그러는 동안 몇 번이나 망설였던 말씀을 꼭 드려야겠다고 다짐했어요. 저는 지금 너무 많은 용기가 필요하답니다. 선생님께서 그때처럼 화나신 걸 본 적이 없으니까요.

그의 어머니가 학교를 다녀가고 사흘 후던가, 지수의 몇 자리 건너 앉은 아이가 산수책을 잃어버렸다고 거침없이 울음을 터뜨렸다. 매번 월말고사에 일등을 하던 여자아이로 늘 팔랑거리는 나비 모양의 리본을 색을 바꿔 달고 다니던 아이였다. 분명 책상 위에 펼쳐두었는데 수돗가에서 손을 씻고 오니까 없다는 거였다. 잘 찾아보라며 아이를 달랬다. 찾아봐도 없으면 선생님이 한 권 구해주마 했는데 아이는 서먹한 표정으로 말했다. 사십구 페이지 속에 천원이 들어 있는걸요, 선생님!

지수가 그 책을 훔쳐간 게 자기라고 밝혔다. 근데요, 선생님. 돈이 끼여 있는 줄은 정말 몰랐어요. 여자아이가 매번 일등을 하는 게 얄미워 그랬다는 거였다. 돈은 구겨서 화장실에 버렸어요, 선생님. 문장마다 선생님, 하고 마침표를 꾹꾹 눌러찍은 지수의 글엔 추신까지 더해 있었다. 추신:도저히 용기가 안 나 갖고 다니다가 올해가 되어서야 부쳐요, 선생님. 끝.

지수는 편지를 쓰기 위해 몇 밤을 새운 걸까? 편지를 부쳐놓고 또 몇 밤을 가슴 졸였을까? 끝. 웃음이 나온다. 끝, 자가 주는 여운이 묘하다. '끝' 자를 쓰면서 자신의 행동도 끝났다고 생각했으면 좋으련만. 그 별난 애는 못 그러리라. 편지를 쓰려고 마음먹었을 때 지수는 누구보다 깨끗해졌지만, 내게 고백을 했으므로 함구하고 있을 때보다 더 조급하고 불안하리라. 일등을 해보고 싶어 책을 가져간 건 훔친 게 아니라 감춘 거지. 나는 흠칫 놀란다. 정말 그런가? 그러면 아주 옛날처럼 느껴지는 그 언젠가 도서관에서 그의 책을 훔친 것도 감춘 건가?

내가 졸업시험을 끝냈을 때 그는 무슨 생각에선가 털고 일어나 포장마차를 시작했다. 포장마차라니? 의아했지만 그가 생각 속에서 일어나준 게 다행스러웠을 뿐이다. 그는 상기될 정도로 그 일에 열중했다. 꼬치 국물에 은근한 맛을 주려고 무를 큼직하게 칼질하거나, 물을 팔팔 끓여 국숫가락을 건져내거나, 꼼장어에 양념간장을 발라 석쇠에 얹는 일들을 얼마나 신중하고 정성스럽게 하던지 어느 순간은 아름답기까지 했다. 이건 특수야. 그가 면발이 가는 국수를 따뜻하게 말아주었다. 시늉이 아니라 정말 맛이 있어 내가 국물까지 푸르르 다 마시면, 더 줄까? 그는 솔직하고 구김없이 웃었다. 분주한 그를 보며 논문 손질을 마저 마치고 앞치마를 두르고 도우리라 생각했다.

화장실엘 가는지 중년 사내가 머리를 쓸어올리며 뒤쪽으로 건너간다. 주름 간 외투깃이 치켜져 있다. 사내의 구부린 뒷모습이 문득 아버지를 떠올리게 한다. 아버지도 이젠 새치가 희끗하겠지. 그날 사고로 아버지는 오른 다리를 잃었다. 기우뚱거리면서 마루에 앉아 있거나, 마당을 들어서는 내 눈과 마주치면 시선을 황급히 돌려버렸다. 주변 사람들의 방문에 노골적으로 화를 냈고, 누굴 만나지도 찾아가려 하지도 않았다. 아버지는 누에처럼 안으로 오므라들었다. 아버지의 칩거로 집 안에 넘치던 화기는 냉기로 변하고, 반짝반짝 빛나던 것들에선 녹이 묻어났다. 어머니가 의족을 권했을 때부터 아버지의 독은 어머니에게로 퍼부어졌다. 이깟 고무로 나를 치장하라구? 왜 이 꼴이 벌써 보기조차 싫어졌나? 트집될 것도 없는 걸 꼬투리 잡아 아버진 어머니를 들볶기 시작했다. 뭔가 부서지지 않으면 깨졌다. 마당의 분꽃, 팬지, 유실과 들은 시들어가고 지붕과 담장에 이끼가 서리고 잡풀이 자라났다. 아버지를 괴롭힌 것은 이웃들의 안됐다는 눈길과 어머니의 아름다움이었다. 내가 차랑스럽게 여긴 경관이란 아버지 직업은 역효과를 가져왔다. 의심과 경계가 몸에 뱄던 아버지의 직업의식은 온통 어머니에게 집중되었다. 어머니의 걸음까지 꼬투리의 대상이 되었을 때 어머니는 입덧을 했다. 그럴 때 쓰는 말이 설상가상이리라. 나를 낳고 소식이 없어 애타게 고대하던 일이 시행착오를 범했던 거였다. 어머니는 늦은 입덧이 아버지의 언 마음을 녹여주리라 생각하셨는지, 병원에 다녀와 화사하게 웃었지만 아버진 길길이 뛰었다. 어느 놈야. 바로 대지 않음 죽여버리겠어. 어머닌 마당으로 나뒹굴었고 나는 그만 섬뜩해져버렸다. 아버지의 손이 나를 가리켰던 것이다. 저년은 어느 놈 딸야? 나자빠진 어머니의 일그러진 웃음엔 사뭇 광기가 느껴졌다. 아버지의 연일 이어지는 육탄 공세로 십사 년 만에 새로 가진 아이가 떨어져나갔을 때 어머닌 창백하게 질린 얼굴로 내 손을 끌었다. 가자 명혜야.

낯선 간이역 벽시계가 두시 이십분을 가리킨다. 케냐 남자와의 약속이 한 시간 이십 분 지난 셈이다. 어머니는 내 방문 앞에 계실지도 모르겠다. 잠긴 자물쇠통을 흔들어 내 부재를 확인할 때 어머니 가슴을 쓸고 갈 쓸쓸함이 짚어진다. 한 평도 안 되는 부엌에 들어가 손도 안 댄 멸치볶음, 플라스틱 통을 아직도 가득 채우고 있는 김치, 여전한 분량의 쌀을 번갈아 살피면서 가슴 아파하리라. 꺼져버린 연탄 아궁이에 숯을 넣고, 매워 눈물을 흘리고 계실지도 모를 일이다. 어쩌면 케냐 남자에게 어렵게 다음 약속을 만들어두셨는지도.

생태계 도표를 처음 봤던 때, 피라미드의 맨 밑바닥엔 플랑크톤이 있었다. 뒤꼍으로 대나무가 울창해 숲을 이루고 있는 외가댁 오빠를 따라 냇가에서 그물질을 하면 잡혀들어오는 것은 거의가 송사리들이었다. 간혹 통통한 붕어와 미꾸라지가 걸려들기도 했지만. 물고기가 있을 만한 곳을 눈으로 가늠해내고, 힘차게 그물을 내던지는 오빠 등뒤에서 나는 몰래 통 속의 송사리들을 손바닥으로 건져 내 물속으로 보내주었다. 안쓰러워서였다. 내가 알고 있는 플랑크톤은 송사리였고 선생님은 생태계 도표를 칠판에 색분필로 그리면서 말했었다. 플랑크톤은 모든 물고기들의 밥이에요.

사람들이 만들어놓은 울타리, 나는 어느 속에 속할까? 무리 속에 알맞게 흡수되려면 적당히 자기를 포기하면 되는 게 아니던가? 목소리가 크면 한때의 아버지처럼 반짝반짝 빛나든지, 반대로 습한 점이 되는 건 아닌가? 그건 서로 아무리 궁해도 통하지 않는 극이다. 반짝거리지 못할 바엔 숨을 작게 쉬고 발짝 소리를 죽이면 되지. 세월이 걸려 얻은 미흡한 생각이지만.

논문 손질도 마치기 전 새로운 모양, 냄새로 그는 패배했다. 삶의 영역은 이미 일찍 눈뜬 사람들로부터 복잡한 금이 그어져 있다. 그는 금 밖의 오리 새끼였다. 단속반원들이 빼앗아간 것은 단순한 포장마차가 아니었다. 그가 사북에서 해고 수당으로 받아온 임금이었고 그의 어머니가 꼬박꼬박 부쳐오는 피였다. 멍청해져 있는 나를 향해 외려 그는 담담했다. 재수가 없었을 뿐이야. 그의 간단한 말의 깊이가 어디인지 짐작해보려다가 들고 있던 논문 자료를 길바닥에 떨어뜨렸다. 그의 담담한 절망 끝에서 만난 건 느닷없는 성욕이었다. 잘된 거야, 어차피 난 터잡이들한테 위협받고 있었으니까.

"어머, 눈이 내리네."

손바닥에 들고 있던 귤껍질을 그대로 쏟고 여자는 차창에 입김을 호호 불어 손바닥으로 닦아낸다. 무엇이 여자를 저렇게 반짝거리게 하지? 멀리 보이던 잔설에 덮여 있던 밭고랑과 논둑 들이 새 눈을 받으면서 가까운 풍경 속으로 급히 끼어든다. 그때마다 바람의 센 숨결을 느끼겠다. 야산 노송 위에 쌓여 있던 눈송이들이 와르르 무너져내릴 때도. 처음엔 싸락눈이었는데 얼마만큼 지나자 탐스러운 함박눈으로 변한다. 들판이 하얗게 가려지고 비슷한 풍경들도 하얗게 덮여 천지엔 온통 눈만 보인다.

"올 겨울 내 저렇게 예쁜 함박눈은 처음이에요."

안 그래요? 하는 눈빛으로 여자가 나를 봤다.

"그래요."

여자는 내 대답에 만족한 듯 방긋 웃으며 창밖으로 시선을 돌린다.

"전엔 불만인 게 많았어요. 우선 가난한 게 싫었어. 결혼반지가 다이아가 아닌 것도 섭했었죠."

갑작스런 여자의 진솔한 말에 고개를 든다. 여자의 손엔 다이아가 아니라 은반지도 보이지 않는다. 반지가 잘 어울리게 손가락이 길고 가늘다. 여자가 끊었던 말을 다시 잇는다.

"그런데 이상해요. 지금은 내가 그런 것에 불만을 가졌다는 게 기억도 안 나. 축복이 뭔지 알겠거든요. 먼지를 털고 빨래를 널고 방에 들어가면 화장대 거울에 매달아놓은 조화에서도 향기가 맡아져요."

여자는 열정을 가지고 말하고는 두 손을 맞잡더니 깍지를 꼈다. 웬일일까? 여자의 몇 마디를 들었을 뿐인데 여자의 많은 것을 알고 있는 것 같아진다. 이 정다운 느낌은 어디서 온 걸까?

"지금도 저 눈밭을 뛰어다니고 있는 것 같아요."

여자가 또 방긋 웃는다. 고른 잇속이 엿보인다. 스물아홉? 서른?

"이 아이가 예쁠까요?"

깍지 꼈던 손가락을 풀어 배에 가져가며 좀 전의 안 그래요, 하던 눈빛으로 나를 쳐다본다.

"세 번 유산 끝에 얻은 아이예요."

여자의 슬프리만큼 맑은 시선이 추워 보인다.

"무척 예쁠 거예요. 엄말 보면 금방 안다잖아요. 근데 어디 가세요?"

"친정에 가요. 해산 때 돌봐줄 사람이 없어서."

"네에?"

나는 그냥 입술을 다문다.

"그인 육 개월이 지나야 첫 휴가가 있어요…… 저 눈도 못 보겠죠. 무지 더운 나라라는데."

졸업식이 있던 날도 저렇게 눈이 펑펑 쏟아졌었지. 여자 말대로 처음이었다. 그렇게 예쁜 함박눈은. 함께 졸업을 해야 할 식장에 그는 하객으로 와 있었다. 모습을 보이지 않던 그가 나타나자 동료들이 모여들었다. 형, 어쩔 수가 없었어. 누군가가 체념조로 말했다. 다 우리 잘못이야. 그렇게 말한 사람은 그와 함께 복학한 동료였다. 그는 주임교수의 추천으로 엘리트 기업에 졸업 후의 시작을 약속받아놓은 터였다. 창규만은 그에게 아무 말도 하지 않았다. 그러나 식장의 들뜬 분위기, 가족들을 비롯한 그 많은 인파에 섞이지 않고 끝까지 그의 곁에 있어준 건 창규였다. 식이 끝나고 캠퍼스 언덕길을 내려오다 노교수를 만났다. 나를 알아본 노교수가 다가와서 그를 함께 알아봤다. 애는 썼네만…… 노교수는 무연한 눈길로 그의 어깨를 두드렸다. 노교수의 은발 위로 쌓이는 눈을 보면서, 그런 말은 차라리 안 하는 게 좋아요, 내가 그렇게 말해버렸다. 뭐든 도와주고 싶군. 자신 있는 것은 주례 서는 것뿐인데 말야. 어머니와 창규의 눈빛이 동시에 내게 꽂혔다. 그와 내 손을 꼭 쥐어주고 우리가 내려온 언덕길을 올라가며 미끄러운지 노교수는 기우뚱거렸다. 그는 한 손으로 눈밭을 짚고 뭐든 열심히 하게, 라고 소리치듯 말했다. 선물이야. 함께 있어주던 창규가 가고 난 뒤 그가 부시럭거리며 조그만 걸 내게 내밀었다. 선물도 할 줄 알아요? 그때 내 눈은 동그랗다 못해 땡그랬을 터였다. 흐흐. 그가 웃었다. 무슨 웃음이 그 모양이에요? 그의 웃음이 싫지 않았으면서도 달리 할말이 없어 빨리 말하고 고갤 숙여버렸다. 지금 풀어봐도 돼요? 안 돼. 그는 또 한번 흐흐 웃었다. 그날, 나를 바래다주는 길목 어느 집의 따뜻한 불빛이 새어나오는 어둠 속에서 그가 말했었지. 널 사랑해, 어떡하지? 가슴 밑바닥으로 어떡하지? 란 말이 떨어져내려 나는 움찔했었다. 포장지 속엔 빨간 장갑 두 짝이 나란히 포개져 있었다. 내가 끼고 다니던 다섯 손가락 장갑 끝이 닳아 해진 것을 그가 보았는가? 콧잔등이 찡하니 울려서 그와 작별을 나눈 골목으로 뛰어나갔다. 사람은 없고 외등갓 위로 하얀 무녀들의 곡예가 번득이고 있었다. 꿈결같이. 그때 나도 그를 사랑한다고 말했던가?

어느 곳에서부턴가 눈이 그쳐 있다. 여자는 평화스럽게 왼쪽으로 비스듬히 누워 잠들어 있다. 놀이에 지친 아이의 천진한 모습으로. 멀리 가고 싶다. 기차가 가고 있는 다음 역이나, 먼발치의 마을이 내가 내릴 곳이 아니라는 것이 다행스럽다. 이 열차의 종착역은 어디일까?

그와 함께 로터리로 나서는 데 늘 주동이었던 선배가 급우와 결혼을 했었다. 나는 그녀를 잘 몰랐지만 결혼식에 참석했다. 이층 신부대기실에서 백합 부케를 들고 있는 그녀와 시선이 짧게 마주쳤을 때 아름다워, 라고 말했던 기억이 있다. 웨딩마치 때문이 아닌 특별한 아름다움이 그녀에게 있었으므로. 잇몸까지 다 드러내고 웃는 웃음 때문이었는지도 모른다. 식이 끝날 때까지 그녀는 그렇게 웃었다. 아버지의 팔짱을 끼고 하객들 앞에 섰을 때도, 언약이 있을 때도. 신부가 결혼식 날 속없이 웃으면 딸만 다스로 낳는다더라, 친구 중 누구의 너스레에는 더 활짝 웃었다. 그녀가 신혼여행지에서 짧은 엽서를 보내왔다. 사람은 누구나 다 외로운 것이고, 그것은 다른 형태로 바꿀 수 없는 무서운 것이야. 언제부터 그런 생각이 들었는지는 정확히 모르지만 어떤 상처가 깊숙이 자리잡을 때부터였을 거야. 외로움 앞에선 무엇으로부터도 안전할 수 없어. 말줄임표의 까만 점이 여섯 개쯤 찍혀 있는 맨 끝에 그녀는 사랑밖에, 라고 쓰고 있었다.

외로움은 무서울 뿐 아니라 깊이 들어가면 길을 잃어버리게 되는 건 아닐까? 어느 길로 들어왔는지 입구, 출구를 전혀 찾을 수 없고 버려졌다는 슬픔에 사로잡히고 말지. 돌아가는 길을 표시한 그레텔의 빵조각은 딱따구리가 먹어치워버리고.

일 나가던 한복집 일감이 밀려 이틀 밤을 꼬박 새우고 돌아온 어머니는 감기에 몸살이 더쳐 누웠다. 위궤혈이 고질이 되어 있었다는 건 병원에 가서야 알게 됐지만, 아버지와 헤어진 외로움과 내가 주는 긴장이 어머니를 더 아프게 했을 것이다. 어머니는 사흘을 계속 고열에 시달리면서도 자꾸 춥다고 떨었다. 손을 내젓다가 깜박 정신을 놓기도 하였다. 약국의 조제약은 목 안으로 넘기기도 전에 토해냈다. 미음도 물도 다 토해냈다. 마치 토해내는 일만 남아 있는 것처럼. 학교에서 돌아오면 어머니는 좀더 나빠져 있었다. 신음소리도 내지 않고 손도 내젓지 않는 어느 순간, 혹시 어머니가 영영 못 일어나시는 게 아닐까? 그렇다면? 무슨 정신으로 아버지 집에까지 갔는지 모른다. 차를 탄 시간 외엔 정신없이 뛰었다. 초인종을 눌렀는데 문을 따주는 시간이 얼마나 길게 느껴지던지 문밖에서 아버지 나예요, 명혜예요, 하고 소리를 쳤다. 네가 웬일이냐? 내 다급함에는 상관없이 아버진 한참이나 바라본 후에야 물었다. 병원비? 어떻게 그만한 돈이 갑자기 생겨? 망망해 있는 나를 할머니가 추슬렀다. 며칠 후에 다시 와보려무나. 며칠 후엔, 어머닌 죽고 말 거야. 나는 그 말을 밖에 내지는 않았다. 낯설음 때문에. 집을 나온 지 일 년도 안 되어 내 방과 내 창문에 모두 덧문이 쳐져 있는 게 보였으므로. 어머니는 한복집 아주머니 도움으로 병원에 옮겨졌다. 그때야 나는 소리 죽여 울었다. 어머니가 너무 불쌍해서.

얼마나 지난 것일까? 여자가 비스듬한 잠에서 눈을 뜨고 창밖을 내다본다. 눈밭 위로 햇살이 내려앉고 있다. 여자가 입을 가리지도 않고 하품을 한다. 자칫하면 경망스러워 보일 행동이 여자에겐 오히려 자연스럽다. 자기의 이야기를 많이 한다 해서 상대방과 가까워진다고는 생각하지 않는다. 마음을 털고 나면 빈자리에 이상한 우수가 깃들인다는 걸 알고 있다. 뒤끝으로 남는 허전함은 쉽게 지워지지 않는다는 것도. 그런데 여자에게 자꾸 내 이야기를 하고 싶어진다. 무엇일까? 여자와 얘기하고 싶은 이유는? 여자도 이 침묵의 공감을 알고 있을까? 아니리라. 여자는 다른 무엇과 더불어 있으니까. 여자의 눈길과 부딪쳤다. 누구랄 것도 없이 서로 먼저 웃는다. 살붙이에게나 느낌 직한 이 본능적인 친밀감은 어디서부터 시작된 것일까?

"다음에 난 내려요. 아가씬 어디까지 가요?"

"정주."

"정주? 아, 정읍요."

정읍이 시가 됐더라, 역 이름도 정주로 바뀌었더군. 그래서인가

봐. 어째 좀 낯설더라. 이방인 같았어. 고향에 다녀온 그가 말했다. 촘촘히 엮은 바구니에 홍시를 가득 담아다주면서.

"정주에 가본 적 있어요. 시내엔 들어가지 않았지만 시가가 있는 섬에 가려면 정주터미널에서 버스를 타야거든요. 혹시 곰소 알아요?"

"시댁이 곰소인가요?"

"아니요."

여자가 고갤 든다. 저 여자가 아니었어도 내가 저 자리에 앉은 또 다른 누구와 얘기를 하고 싶었을까?

"곰소에서 배 타고 들어가야 해. 위도예요. 섬이죠. 파도가 거친 날은 바닷물이 담장을 적시고 더 심하면 마당으로 넘쳐오죠."

위도라면? 가본 적이 있다. 그 섬엔 빈집이 많았었지. 여자 말대로 바람이 세게 불면 방 안에 있어도 짠내가 맡아졌어.

"삼촌은 배 기관장예요. 건강하고 미남이죠."

여자가 일어서면서 정말 호호 웃는다.

"얼마나 재밌는 분이라구요. 글쎄 총각이 아기 배내옷을 선물로 보내왔지 뭐예요."

키가 큰 구릿빛의 청년일까? 짠 냄새가 물씬 풍기고 너그럽고 풍성한 성품을 가진 그러면서 섬세한.

그는 왜 하필 외항 선원을 떠올렸던 것일까?

여자가 가방을 선반에서 내리는 일을 거들었다. 가방은 바퀴가 달려 끌고 갈 수 있게 되어 있다.

"정말 고마워요."

여자는 방긋 웃으며 가방 손잡이를 쥔다. 플랫폼에 내려선 여자가 나를 돌아다보려다 넘어질 뻔했다.

그의 어머니가 학교를 다녀간 날, 무엇인가에 상처입은 기분으로 많은 길을 걸었다. 자꾸 가라앉으며 몇 번인가 진저리 치면서.

플랫폼에 서 있는 여자가 황홀하리만치 아름답다. 눈빛 코트가 여자를 하얗게 감쌌다. 한 손을 허리에 받치고 다른 손으로 코트에 부착되어 있는 모자를 쓴다. 가방을 밀려는데 기차가 먼저 떠났다. 내가 손을 흔들자 여자가 두 손을 한꺼번에 흔들며 웃는다. 훗날 누군가가 내게 천사의 웃음을 봤느냐고 물으면 보았다고 대답하리라.

앙금진 기분 그 진저리의 끝간 곳에 산부인과가 있었다. 그가 알까? 그것은 내가 온 힘을 다해서 일으킨 반란이었다는 것을.

5

고갯길을 내려와 다리를 건넌 버스가 마을 초입에서 멎는다. 소년과 나를 내려다놓고 미끄러운 길을 거북이처럼 천천히 달린다. 버스가 지나간 자리에 바큇자국이 남는다. 낙인처럼. 역에서 대흥리 들어가는 버스를 타고 과교동 창고 앞에서 내려달라고 해. 깨진 단추코를 매만지며 그가 말했었다. 근면 · 자조 · 협동. 창고 벽에 푸른 글씨가 선명하다. 저렇게 큰 창고를 어디다 쓰는 것일까? 아, 그렇지, 마을 공판이 끝난 곡식을 쌓아두는 곳이라 했지. 창고 앞은 건물 그늘로 인한 얼음이 유독 두껍게 얼어 있어 미끄럽다. 창고 앞

맞은편 사잇길로 접어들면 우물이 나온다 했다. 가운데 샘이라고 부르지. 식수로 쓰진 않아. 마을과 함께 생긴 샘이라서 메우지 않을 뿐이야. 그 경황 속에서도 그는 우물에 대한 토까지 덧붙였다. 두리번거리는 사이 소년은 벌써 한참 앞서간다. 사잇길로 접어든다. 어디엔가 숨어 있던 바람이 확 몰려와 얼굴을 때린다. 기차에서 내려 가게에서 산 귤이 담긴 봉지가 바스락 소리를 낸다. 소년은 움츠릴 수 있는 만큼 잔뜩 움츠리고 걷고 있다. 창고 앞 사잇길이라길래 그 길로 접어들면 골목이 나오고 집들이 나오고 마을로 들어설 줄 알았는데 그게 아니다. 사잇길은 꽤 길다. 그 끝에 마을이 보인다. 양편은 나무 한 그루 없는 허허벌판이다. 어디에 우물이 있는 걸까?

삶에는 분명 기습이 있다. 아버지가 그랬고 그의 절망이 그랬고 심지어 어머니까지 내겐 기습적이었다. 내가 아이들을 가르치기 시작하고 일 년쯤 지났을 때 어머닌 재혼할 뜻을 비쳤다. 생각지도 않았던 터라 무슨 소리예요? 라고 간단히 말을 끊고 말았다. 아버지의 의처증이 괜한 것이 아니었는가? 설령 그렇더라도 이제 와서 새삼스럽게. 너무도 팔짝 뛰는 내 모습에 놀라셨는지 어머닌 운만 떼놓고 말았다. 그건 내게나 새삼스런 일이지 어머니에겐 새삼스러운 일이 아닐지도 모른다는 생각에 이를 때까지 두 달이나 걸렸다. 일정한 한복 일을 얻기까지 파출부 일도 서슴지 않았던 어머니라는 생각이 내 마음을 수그러들게 했다. 어머니께서 원하시는 일인데. 그러나 기습은 거기서 끝나지 않았다. 십여 년을 홀로 살다가 재혼할 생각을 할 때엔 상대의 경제력이 튼튼하다든가, 아니면 그에게 특별한 애정이 있어서 그러리라 생각했다. 그러나 어머니는 간단히 옷가지만 챙겨 터만 옮겨갔다. 그날 십여 년 만에 처음 아버지를 찾아갔다. 놀랍게도 아버진 새 여자와 살고 있었는데 여자와의 사이에 두 아들이 큰 터울 없이 건강하게 자라 있었다. 팽팽한 긴장 속의 시위가 툭 끊어지며 힘이 빠졌다. 어머니의 재혼을 알리면서, 상대가 월남전쟁에 참전한 상이용사며, 어미가 버리고 간 토끼가 셋이나 딸렸다는 걸 말하지는 못하였다.

왜 어머니가 그 어둠 속으로 스스로 뛰어들었는지 나는 지금도 모른다. 어머니의 소심한 가슴 어느 곳에 그만한 담력이 숨어 있었는가도.

앞서 걷던 소년이 움막 앞에서 멈춰 선다. 소년은 들녘을 향해 한참 섰다가 다시 걷는다. 귤봉지를 왼손으로 옮겨쥐려는 순간이었다. 별안간 시커먼 구름떼가 쏜살같이 몰려왔다. 공중에서 들판으로 내려앉는 기세가 너무도 요란하여 난 그만 귤봉지를 놓치고 말았다.

까욱, 까욱.

내가 그들의 포획물이나 된 것같이 소스라친다. 눈바닥 위로 주홍빛 귤들이 산산이 흩어져 있다.

까욱, 까욱.

길 양편 들판으로 까마귀떼가 검은 날개를 퍼득이며 내려앉는다. 저들이 날아온 곳은 어디일까? 내려앉은 자리가 불편한 것인지 앉았다가는 다시 깃질을 치고, 떠올랐다가 저만큼 옮겨앉고, 어떤 놈들은 아예 내려앉지도 않고 낮게 비상을 계속한다. 너희들은 사람들의 공기총도 무서워 않는다지? 그들의 검은 날개가 눈부셔 보인다. 저렇게 귀족적인 검은 빛깔을 내가 봤던가? 눈길 위로 떨어진

귤들을 주워담는다. 내 기척에 푸드덕거리면서도 달아나지는 않는
다. 풋. 소년은 여기 서서 오줌을 누었나보다. 누렇게 눈이 녹은 자
국이 움푹 파였다. 이게 우물인가? 얕은 물이 들여다보인다. 내 추
측은 들어맞는 게 없다. 마을과 함께 생긴 샘이라길래 우물은 깊고
이끼들이 무성할 거라 생각했다. 어떤 전설이 숨어 있어 메우면 화
를 입게 된다든지. 눈, 비를 피할 수 있게 짚으로 만들어준 지붕 때
문에 먼 데서 보면 움막 같다. 하필 오줌을 우물 곁에 누다니.

　창규가 일러준 대로 그가 일하는 공사장을 찾아갔을 때, 그는 등
지게를 지고 오줌을 누고 있었다. 모래와 시멘트를 섞는 삽질 소리,
네모판에 찍혀나오는 블록들, 일정하게 틀만 움직이고 있는 사람들
을 언덕에 앉아 바라보며 일이 종료되길 기다렸다. 그는 블록을 지
고 임시 계단용 사다리를 반복해서 오르내렸다. 사다리를 내려오면
서 이따금 내 쪽을 바라보며 잠깐 서 있곤 했다. 거리가 멀어 그의
얼굴을 볼 수는 없었다. 이윽고 해가 지고 내가 앉아 있던 언덕변
맞은편 하늘에 붉은 노을이 깔렸다. 때에 전 목장갑을 툭툭 털며 그
가 내 곁에 와 앉았다. 하루 벌이가 괜찮아. 일당으로 받은 지폐를
꺼내 보이며 그가 흐흐 웃었다. 뭐 먹고 싶은 거 있음 다 말해. 포식
시켜줄 테니까. 앞서 걷는 그의 어깨에 걸쳐놓은 주머니에서 종이
쪽지가 떨어졌다. 구겨지다 못해 찢어지려는 직사각형이었다. 당신
의 운세. 正, 二, 三月에는 계획하는 것이 잘 안 되어 갈팡질팡하나
앞으로 동쪽 사람을 알게 되어 만사가 풀리는 패니 매사를 한탄하
지 마라. 五, 六月 수는 구름이 벗어지고 해가 나와서 빛나는 기세
가 저를 찾도다. 나는 눈물이 나도록 크게 웃고 말았다. 九月에는

집에 경사가 아니면 생남할 괘로다. 내 웃음소리에 그가 돌아다봤다. 섣달에는 기다리는 사람을 반갑게 맞으니 재수가 사방에 대통하리라. 그때는 10월이었다. 연못의 고기가 가장자리로 가니 그 꼴이 양양하다는.

그는 버림받았다는 생각을 하기 시작했다. 수없이 쓴 이력서가 번번이 수포가 되었을 때부터였는지, 아니면 우산 장사를 했던 그 장마 때부터였는지, 출판사 세일즈맨으로 입사한 보름 동안 한 건도 못 올리고 스스로 포기한 그 어느 틈에서부터 그 생각을 하기 시작했는지는 모른다. 버림받았다는 생각의 끄트머리에서 그는 소지하고 있던 모든 책들을 버렸다. 아끼는 만큼 심취해 있던 책들을 난폭하게 태우고 찢어버리는 그의 절망을 나는 보고만 있지 못했다. 그래서 말했다. 결혼을 하자고. 그에게 조금만큼의 희망이 되어주고 싶다는 생각에서. 위험한 걸 좋아하지 않잖아, 넌. 그에게서 돌아온 말은 그것이었다. 그의 말이 틀린 데는 없었다. 위험한 걸 좋아하지 않은 건 사실이었다. 그를 무릎 꿇린 함성이 맹목적이지만은 않다는 걸 알면서 가세하지 못한 건, 최루가스를 피해 화장실로 달려간 건 모두 위기를 느껴서였다. 거기다 수석을 해야 한다는 당위성이 내게 있었으니까.

대문이 활짝 열려 있다. 열려 있을 뿐 아니라 바람에 대문이 닫히지 않게 큼직한 돌로 괴어놓았다.

사잇길이 끝난 곳에서 내가 소년에게 그의 집을 묻자 소년은 혁수 형요? 추위에 질린 눈으로 나를 바라봤다. 여기로 들어가서 골목 끝집예요. 할머닌 늘 대문을 안 잠가요. 소년에게 귤을 두 개 꺼내

내밀었다. 소년은 주머니에 꼭 찌르고 있던 손을 꺼내 받았다. 근데 혁수 형 여기 없어요. 그럼 어딨는데? 내가 왜 그렇게 물었을까? 어딨는 줄 알면 할머니가 못 찾겠어요? 소년은 귤을 한 개씩 나눠들고 다시 손을 주머니에 넣었다. 여기로 가면 돼요. 소년은 갈림길에서 고갯짓으로 길을 안내해주곤 뛰어갔다.

대문으로 한 발짝 들어선다. 아무 기척도 느껴지지 않는 집은 넓고 휑하다. 이웃집 담장과 처마 사이에 쳐놓은 빨랫줄이 바람에 윙윙거린다. 앙상한 감나무 가지 위에도 바람은 있다. 쿨럭. 깊은 곳에서 올라오는 기침소리가 바람과 섞인다.

"계세요?"

안에서 알아듣기엔 소리가 턱없이 작다. 처마 밑과 쌓아놓은 짚더미에 크고 작은 고드름이 주렁주렁하다. 겨울엔 고드름으로 칼싸움했지. 며칠 얼어붙은 건 진짜 칼 같아. 몸에 닿기 전에 항복 안 하면 칼에 맞고 말아. 칼이 몸에 닿기 전에 항복해야 한다는 걸 그가 정말 알까?

"누구 안 계세요?"

이미 내 몸은 대문에서 열 발짝도 더 들어와 있다.

컹!

내 기척을 이제 느낀 것인가? 마루 밑에서 늙은 개가 튀어나온다.

커엉, 컹.

뛰어나오던 기세를 멈추고 늙은 개는 꼬리를 오그려 붙이고 짖기 시작한다. 방문이 열린다.

"누구 왔수?"

누워 있었던 듯 노인이 반쯤 몸을 내밀고 마당을 살핀다. 노인의 시선이 내게로 와서 멎는다.

"저예요, 명혜."

"이리 오너라, 짖지 말고! 누구? 누구라고……?"

노인의 한마디에 달겨들 듯 사납게 짖어대던 늙은 개는 소리를 죽인다. 노인은 머리에 동여맸던 무명띠를 풀고 옷자락을 여미며 밖으로 나온다. 댓돌 위의 털신을 꿰면서 노인은 비틀거린다. 내가 안으로 한 걸음 옮기자 늙은 개가 다시 기세를 높이며 막아선다.

"새끼를 낳은 지 얼마 안 되어 그렇다우…… 본시는 순한……"

노인의 동공이 내 얼굴에서 정지한다. 말끝을 못 맺고.

"명혜……? 명혜 맞지!"

노인의 속에서 나온 명혜 맞지! 하는 소리가 너무 커서 늙은 개가 짖는 소리에 멍멍해져 있던 귀청이 확 뚫린 것 같아진다.

"이런 추운데…… 이걸 어쩌나."

노인은 단박 달려와서 내 어깨를 만져보고 팔을 짚어본다. 노인의 발에 신발이 없다. 면양말 위에 덧버선 코가 납작하게 눌려 있다. 내 속을 까맣게 태우고 있던 안타까움이 와르르 무너지는 소리를 낸다.

노인은 내 손을 아랫목 이불 속에 끌어넣는다. 괭이가 박히고 가시가 돋은 노인의 손바닥, 그 안의 따뜻한 피의 감촉이 닿는다. 방바닥의 온기보다 더 따뜻한.

"추운데 이 먼 곳엘……"

누워 있었던 게 아닌가보았다. 대바구니 안, 완성돼 마무리 작업

중인 잿빛 털조끼 사이에 대바늘이 꽂혀 있다. 방금 손길이 닿은 자국으로 실이 어느 만큼 풀려 있고.

"발 뻗고 편히 앉으우. 불편할 테니께 겉옷도 벗고."

노인이 시키는 대로 하고 싶어져서 외투의 단추를 땄다. 목도리를 풀자 노인이 받아 반으로 접어 아랫목에 밀어놓는다. 따뜻하게 해두려는 배려이리라. 그런데 이런 환대를 받아도 되는 걸까?

"불쑥 찾아와 놀라셨죠?"

"누군가 올 것 같았구먼. 혁수 애비가 꿈에 뵀어. 늙으니 허해서 하는 소리가 아니라."

말을 멈추고 노인이 이윽이 나를 건너다본다. 무슨 일이 있느냐고 얼마나 묻고 싶을까. 기다림에 얼마나 애가 타고 말랐으면 대문에 돌까지.

"집에 오고 싶어도 못 오고 죽은 사람이라 귀한 손이 올라치면 꿈에 뵈여."

"……?"

"혁수 애비가 배꾼이었거든. 죽었다고 전해만 들었지 시신도 못 봤제."

엉겁결에 발을 뻗자 뭔가 발끝에 걸리며 소리를 낸다.

"괜찮여. 쭉 뻗어."

노인이 이불을 들자 거기엔 두 개의 밥그릇이 나란히 놓여 있다. 내 발짓으로 뚜껑이 열린 그릇에서 뜨거운 김이 모락모락 솟고 있다. 노인은 쓰다듬듯 뚜껑을 덮고 이불을 다시 덮었다. 내 시선과 마주치자 노인은 쓸데없이 스웨터 자락 팔을 끌어올린다.

"혁수 놈이 불쑥 오면……!"

나에 대한 연민은 털어낼 수 있다던 그의 말이 떠오른다. 순간 등뼈에 구멍이 뚫린 것 같다. 그 구멍 속으로 내 몸의 원기가 모두 새어나가는 것 같아 눈앞이 아찔하다.

"그에게서 편지가 왔었어요."

내 의식은 한참 동안 방 밖에서 떠돈다. 원기가 빠져나간 자리에 바람이 진입하는 것 같다.

"외항선을 탔대요."

난 또 한번 밥그릇을 건드리고 만다. 왜 자꾸 말이 끊기는지 모르겠다. 한꺼번에 죄다 말해버려야 되는데. 될 수 있으면 빨리 말해버려야 되는데.

"이 년 반 남았대요. 너무 급히 떠나게 되어서 연락을 할 겨를이 없었다구요. 어머니께 저보구 전해드리랬어요. 편지 부치기가 몹시 힘들다고…… 믿으셔야 해요."

노인의 미간이 움찔한다. 믿으셔야 해요라니. 어쩌자고 그런 실수를. 문고리가 달그락거린다. 밖의 바람을 막아주기엔 창호지가 너무 얇아 보인다. 반이나 허옇게 센 머리카락이 비녀를 빠져나와 앞이마를 가렸다. 노인이 찬찬히 나를 본다. 동요 없이 침착한 빛이 오히려 불안하다. 바람은 어쩌자고 쉬지도 않고 저리 칼처럼 불까?

"그럼, 난 믿고말고. 난 그놈이 뭘 해도 다 믿어. 그놈이 하는 일인데…… 내가 전혀 모르는 일을 해도 믿구말구. 내 속에서 나온 놈인데."

어딘가 모르게 노인의 얼굴이 일그러져 있다. 눈은 웃고 있는데.

노인이 가슴을 움켜쥔다.

"이놈의 기침이……"

노인은 심하게 나오는 기침을 다스려보려고 손바닥으로 연신 가슴을 쓸어내린다. 목젖까지 기어올랐던 뜨거운 응어리를 삼키고 노인에게 다가가 등을 쓸어내린다.

상처받았다는 생각을 얼마나 더 해야 할까?

노인의 기침은 방 안의 모든 걸 함께 흔든다. 낡은 장롱, 미닫이 옷장, 사진틀, 가로로 질러놓은 선반 위의 모형 배도. 부웅— 망망대해로 출항을 알리는 뱃고동 소리가 들리는 듯싶다. 빨간 유황이 그대로 달린 성냥 몇 쪽이 깃발로 장식되어 있다. 그가 외항 선원을 떠올린 게 우연이 아니었던가?

"좀 누우세요."

여인의 기침 속의 고통을 늙은 개가 알아차렸음인지 밖에서 짧은 신음소리를 낸다.

"이러다가 말아…… 먼 길을 왔는디 뭐 좀 먹어야지."

"아니에요. 괜찮아요."

"내 맘이 안 편해 그래. 잠깐 앉아 있우. 내 금방 국을 뎁혀올 테니, 응?"

내가 노인을 위해 할 수 있는 것은 예나 지금이나 고갤 끄덕이는 일뿐이다.

"눈이 오네. 올 겨울은 눈이 푸져."

혼잣말인지 내게인지 중얼거리는 노인의 소리에 방문을 열어본다. 눈발이 송이져 내리고 있다. 열린 대문 밖에도.

어머니가 재혼이라는 걸 하고 처음으로 방문한 날이 기억난다.

내겐 어떤 설렘이 있었다. 푸른 수액을 뿜어올리는 정원수, 아귀다툼하듯 꽃이 핀 화단, 등을 누이면 기분좋을 만큼 안락하게 흔들릴 의자, 따뜻한 온기가 묻어 있는 창문과 커튼, 그리고 그분은 어머니의 사소한 구석까지 헤아려줄 수 있는 넓고 깊은 마음과 자애로운 미소를 지니고 있었으면 했다. 어머니의 안락한 새 살림들을 보면 횅한 마음이 메워질지도 모른다. 감추려고 해도 자꾸 고갤 드는 새삼스러운 감정을 재워줄 테지, 했다. 어머니는 아이를 목욕시키고 있었다. 사내아이였는데 여덟, 아홉 되어 보였다. 옹색스럽게 비좁은 수돗가에서 아이의 등을 밀다 말고 어머닌 고갤 들었다. 이놈 귀엽지? 발가벗고 있던 아이가 후다닥 방으로 뛰어갔다. 때늦은 분꽃이 시들고 있는 한 뼘이나 될까 한 기억자 집 모퉁이 공지에서 휠체어를 탄 사내가 그림처럼 앉아서 나를 봤다. 어둡고 긴 터널 속에 갇혀 있는 듯한 사내의 얼굴에 우수가 끼어 있었다. 제가 말한 딸이에요. 어머니가 나를 인사시키자 그의 얼굴은 웃을락 말락 하다가 종내엔 일그러지고 말았다. 아스라한 절망, 벼랑 아래로 떠밀렸을 때나 느낌 직한 난감함, 뼈를 삭이는 것 같은 아픔 중 어느 게 먼저 느껴졌는지는 모른다. 나는 휘적휘적 걸어서 서로 붙어 있는 집들과, 콩나물 장수와, 구멍가게, 알 수 없는 어머니의 내면을 지나 나왔다. 명혜야! 뒤따라온 어머니가 나를 불러세웠다. 명혜야! 아이를 씻기다가 잔뜩 젖은 옷을 만지면서 어머니는 애원하듯 내 이름을 두 번 더 불렀다. 나는 그런 어머니를 붙박인 듯 서서 쳐다보고 쳐다보고 또 쳐다봤다. 그러면서 생각했다. 이게 어머니의 다는 아닐 것이야, 어디에 숨겨놓은 복병이 또 있을 것이야.

"정순이라고 있지. 어렸을 적부터 혁수를 무척 따랐는데."

그의 어머닌 내게 숭늉을 따라주고 뜨개질감을 집어든다. 노인답지 않게 익숙히 실을 감치고 코를 잡아당겨 등판과 앞판을 잇는다.

"홍건스럽고 마음이 우물 속같이 깊은 아여."

"……"

"혁수 놈이 돌아오면……"

헛손질로 노인은 코바늘로 손등을 긁히고 만다. 숟가락을 놓는다. 바람 소리가 속에서 윙윙댄다.

"눈이 어두워서…… 왜? 더 먹지?"

"국이 맛있어요. 다 비웠는걸요."

"속이 탄 거여, 밥 두어 숟가락에……"

노인은 대접의 숭늉을 덜어준다. 뜨개질감을 놓고. 일부러 그런 말씀 안 하셔도 난 지쳤는걸요. 가슴속으로 맥맥한 게 차오른다. 그래요, 난 지쳤어요.

"전 그만 가봐야겠어요."

그의 어머닌 불에 덴 사람처럼 화들짝 놀란 눈을 뜬다. 삐걱거리는 의자에라도 지친 몸을 쉬고 싶다. 온몸을 축 늘어뜨리고 사흘이나 나흘쯤 꼼짝 않고 있으면 힘이 날까?

"방학일 텐데…… 눈도 저리 내리고 시간도 늦었는디, 혁수 방이 비었응게 하루 묵고 가면……"

늙은이 욕심이지? 노인이 팔을 뻗어 내 손을 쥔다. 그러고 싶다. 방이, 그의 방이 비었다는데.

"내일이 아이들 중간 출석날이에요."

내 말을 거둬들이고 싶어 가슴이 뜨거워진다. 한 번 더 권하면 그렇게 하리라. 노인이 방문을 열어본다. 꽃잎같이 펄펄 눈이 쏟아지고 있다. 벌써 꽤 많이 쌓여 있다. 노인이 몸을 돌려 나를 본다. 무슨 생각이 떠올랐을까?

"잠깐만 기다려줄 수 있제? 잠깐이면 돼야."

노인은 방문을 부리나케 닫고 뜨개질 바구니를 당긴다.

"날씨도 춘디, 이걸 입구 가라구. 잇기만 하면 되니께. 등 치수가 혁수 놈 거라 크긴 허겠지만 넉넉허면 더 뜨셔."

"아녜요. 전……"

뒷말을 못 하겠다. 빈 몸 가득 끈끈한 무엇이 괴어온다. 무엇일까? 이 눈물 같은 것은.

가만 방문을 열고 나온다. 열린 대문으로 누가 불쑥 들어설 것 같다. 성큼 걸어와서 구둣발로 서너 번 기척을 내며 어머니 저 왔어요, 한다면? 바람이 불 때마다 대문에 받쳐놓은 돌에 부딪힌다. 견고하게 경직된 무엇이라도 뚫을 듯싶은 소리다. 누가 기다림에 대해 묻는다면 저 문 소리를 말해주리라.

저기가 그의 방일까? 마루로 통하는 문을 열었다. 책상이 보인다. 옷걸이용인 몇 개의 못도 보이고, 방바닥이 따뜻하다. 이불이 깔려 있고 흰 베갯잇엔 때가 묻어 있어 사람의 머리 내음이 맡아질 것 같다. 누가 방금 책을 보다 나간 것처럼 책상 옆, 나무상 위에 책이 펴져 있다. 두꺼운 사전 중간엔 볼펜이 끼워져 있고. 그가 여기서 잠을 자고 기지개를 켜고 어두운 마당을 내다보며 서성였겠구나. 철사로 엉성하게 이어진 커튼을 들추었다. 눈밭 위에서 늙은 개가 어슬렁거린다. 아래로 늘어진 젖이 팽팽히 붙어 있다. 늙은 개가 부르르 몸을 떤다. 등에 쌓여 있던 눈이 날린다. 등이 굽은 늙은 개가 대문 쪽으로 걸어간다. 하얀 눈밭 위에 그의 발자국이 남는다…… 등이 굽은 발자국이. 커튼을 놓고 책상을 쓸어봤다. 나뭇결이 망가진 곳, 볼펜 자국, 잉크가 엎질러진 흔적을 손바닥이 지날 때마다, 거의 지난 시간들이 유추되어온다. 벽 사진틀 속에서 그가 웃고 있다. 졸리면 이 책상에 얼굴을 묻고 하품을 했으리라. 다가올 미래에 긴장하며, 존재를 생각하며, 내게 보내온 편지도 여기 엎드려 썼겠지. 학교를 못 나오게 된 후 이 책상에 앉았을 때 그의 마음을 쓸고 갔을 회한이 짐작된다. 어쩌면 이 깊게 파인 흠집을 그때 냈을지도 모르지. 생각 없이 책꽂이에 얹힌 우편물을 꺼냈다.

알림.

본적 : 전북 정읍군 정주읍 과교리 과교동 299번지……? 그의 성명이 적혀 있고 생년월일…… 아. 길을 가다가 까닭도 없이 누군가에게 뒤통수를 얻어맞았을 때 그 기분이 이런 걸까. 놀라길 잘하는 내 팔뚝에 소름이 잔뜩 돋았으리라.

알고 있었구나. 알고 있었으면서…… 우편물은 그의 최종 공판을 알리는 거였다. 꿈속까지 헛손질을 계속한 것같이 감각이 없다. 그가 형을 받은 걸 이미 일 년 반 전에 알고 있었으면서. 아아, 도대체 내가 모르는 것들, 내 가슴으로 미처 받아들이지 못한 일들이 도처에 얼마나 많이 숨어 있는 걸까?

노인이 나를 보고 서 있다. 나는 그만 황황해져 들고 있던 우편물을 떨어뜨렸다. 노인과 나 사이에 어색한 침묵이 계속돼도 그는 사진틀 속에서 웃고만 있다. 내가 떨어뜨린 우편물을 노인이 주워올린다.

"색이 좀 환했으면 더 좋았을 턴디."

담담하게 조끼를 내밀면서 노인은 우편물을 다시 서랍을 열고 넣는다.

"모른 척할 셈이었제. 놈이 그걸 원하니께. 볕도 안 들 곳에 버려둔 마음이야 썩어나지만…… 창살 밖에서 몇 분 만나야 늙은이 얼굴 대허면 지놈 속만 꺼멓게 탈 거구."

"어떻게 아셨어요?"

그는 동거인을 분명 창규로 댔다고 했었다. 내 의구심을 전해들으셨는가. 노인은 사진틀 속의 얼굴을 잠깐 올려다본다.

"학교 찾아간 다음날, 광고를 냈제. 서울에 동생이 살고 있는디 부탁을 혔어…… 그때는 하도 기운이 없어서 이러다간 죽지 싶어서…… 그놈 만나야 쓰겠다는 생각뿐였어. 그리서 서울을 갔던 거여."

광고를 낸 다음날 뜻밖에 구치소에서 전화가 왔다고 했다. 찾아가서 만난 사람은 그가 아니라 담당 경관이었단다.

"나를 모르게 해달라고 호소를 했단 거여. 나한티 묻더구먼. 그래도 만나봐야 쓰겠으면 만나게 해준다고. 처음엔 그러겠다 해놓고 생각해본 게 그게 아녀…… 그냥 맥없이 돌아왔제…… 공판 결과나 알려달라 부탁허고…… 근디 공판정에는 갔었구만…… 얼굴이나 볼까 혀서."

"……"

"곧 어두워질 텐게 서둘러."

사진 속 그의 얼굴을 쓸어보고 나를 향해 노인이 가만 웃는다. 손에 경련이 나서 손목에 힘을 주려니까 이번엔 턱이 떨려온다.

"어여, 입고 나와."

내 신경들의 동요를 알아챘는지 노인이 황급히 방문을 연다. 빈방 안에서 내 세포들은 안심하고 어디가 먼저랄 것도 없이 일제히 고갤 잦힌다. 팔, 목, 다리 몸 전체가 지진을 만난 것처럼 휘청대더니 후들후들 떨린다. 주저앉았다.

어느 집에서 저녁밥을 짓는 연기가 오른다. 멀리서 보니 마을은 눈밭에 우뚝 솟은 성채 같다. 들판이 끝나는 마을 뒤 산등성이 끝자락에 해가 걸려 있다. 안개 속같이 희끄무레한 하늘 때문에 해는 붉은빛을 잃고 동그란 자태만 드러나 있다. 눈이 내리지 않는다면 겨울 노을이 한창이리라.

아버지와 함께 살던 소읍, 어머니의 살림들이 은빛 물이 묻는 것처럼 빛났던 기억 속의 그 집은 서향이었다. 해가 뉘엿거릴 때 마루에 엎드려 책을 보고 있으면 책갈피로 옷 사이로 따사롭게 파고들던 석양빛. 그 따스함에 몸을 일으키고 서녘을 보면 아, 하늘은 온통 빨갛게 타고 있었다. 눈부셔라. 마루 끝에서 발돋움을 하며 해가 꼴깍 떨어질 때까지 보고 또 봤다. 자잘한 일상용품들을 구할 때 먼저 붉은 빛깔이 눈에 띄었던 건 그 탓이었을 거다. 강한 줄 알면서도 어쩌지 못하고 구해다놓으면, 그 물건은 주변 것들과 못 어울리고 혼자 겉돌았다.

눈은 사방을 덮어버리고도 그 위로 소복이 또 쌓인다. 노인은 괴롭게 기침을 하면서도 가볍게 앞서 걷는다. 앞서거나 뒤서면서 늙은 개가 꼬리를 흔든다.

"그만 들어가세요."

몇 번째 권유인지 모른다. 노인은 역시 손을 내젓는다.

"기침이 덧나겠어요. 그만 들어가세요."

"저기까지만."

노인이 가리킨 곳은 움집인 줄 알았던 우물이다. 아무 일도 남아 있는 것 같지 않다. 눈을 맞거나 보는 일밖에.

다리가 무겁다. 로터리까지 나간 동료들이 호각 소리에 쫓겨 다시 학교로 밀려오거나, 어느 담벼락으로 몸을 숨기는 걸 볼 때도, 따끔거리는 눈을 씻으려고 수돗가를 찾을 때도, 이렇게 다리가 무거웠었다. 확신에 차 있지도 무관심하지도 못한 나 자신을 쓰러뜨리고 싶었을 때도.

꿈을 꾸고 있는 건가? 이러다가는 방향감각을 아예 잃고 말지. 바로 눈앞에서 흩날리는 눈송이들이 깜북 멀어져서 그쳐버린 것인가? 하고 눈을 크게 떠보면 사방에서 어지럽게 난무한다. 내가 비틀거렸던가? 노인이 내 어깨를 감싸준다. 순간 왜소하고 작은 노인이 나의 몇 배나 돼 보인다. 칠십 년을 넘게 살아낸, 기다림에 지치지 않는 노인의 의지 때문이리라. 눈 때문이었나? 노인의 얼굴을 보는데 노교수가 떠오른다. 열심히? 노인의 주름살, 그 골진 길이 가슴을 저리게 한다. 아, 이제야 알아듣겠다. 노교수가 우연찮게 두 번씩이나 내게 말했던 '열심히'란 뜻을. 열정이 식어버리고 나서, 시간이 이렇게 많이 지나버리고서야 알아듣겠다. 다리가 무겁게 지쳐버린 지금.

늙은 개가 마을을 향해 돌아서서 컹컹 짖는다. 거짓말 같게도 마을 어느 집에서 응답을 해온다. 커엉, 컹.

저녁밥 짓는 연기가 이 집 저 집에서 솟아오른다. 눈 덮인 지붕들. 수호신 같은 굴뚝들. 눈발과 연기로 인해 마을이 한참이나 더 멀게 느껴진다. 저 연기가 오르는 집으로 고양이처럼 살금살금 숨어들어본다면? 저들의 삶을 엿보고 싶어진다. 고샅길을 돌아 낮은 담을 들여다보며 서로 섞인 신발의 짝을 맞춰보다가 거짓 없이 흘러나오는 웃음소리를 듣게 된다면 문 밖이라 하더라도 금세 따뜻하고 넉넉해지리라. 저들에겐, 식구들의 저녁을 짓기 위해 아궁이 앞에서 짚불을 때며 연기 눈물을 흘리고 있을 저들에게는 확실한 무엇이 있을 것 같다. 도망치거나 비켜나지 않고 삶이 주는 아픔을 문지르고 쓰다듬을 줄 아는, 흉터를 가슴속에서 삭일 줄 아는.

늙은 개가 무엇을 발견했는지 재빠르게 달린다. 앞길 들판에 앉아 있던 검은 새들이 후드득, 툭툭 위로 솟는다.

까욱, 까욱—

갑자기 내 어깨를 감싸고 있는 노인의 팔에서 스르륵 힘이 빠지는가 했는데, 그만 폭 고꾸라진다.

"어머니!"

엉겁결에 어머니란 소리가 튀어나온다. 노인은 고꾸라져서 심한 기침을 해댄다. 나는 흠칫 뒤로 물러섰다. 눈발 위로 검은 빛깔에 가까운 핏덩이가 흥건하다. 앞서 달리던 늙은 개가 돌아와 주인 곁을 빙빙 돌며 짖어댄다. 파랗게 질린 얼굴을 추운 탓이라고만 생각하다니. 연신 각혈을 쏟아낸 노인은 기진해 쓰러졌다. 더운 피가 쏟아진 자리의 눈들이 싸르륵 녹아든다. 노인을 일으켰다. 아! 몹쓸 사람, 이런 줄도 모르고. 목도리를 풀어 노인의 입술 언저리를 닦았다. 저고리와 손바닥, 치마에 묻어 있는 피도. 노인을 등에 업었다. 무게가 느껴지지 않는다. 허수아비 같다. 사람이 이렇게 가벼울 수도 있다는 게 놀랍다. 정신 차리세요. 말은 얼어붙어 떼지지 않는다. 오던 길로 돌아섰다. 노인을 업고 뛰는데 눈물이 주르르 흐른다. 이 기습은 그에게 얼마나 치명적일까? 춥고 서늘한 벽에 등을 대고 앉아서 그는 삶에 대한 불신으로 마음을 온통 닫아걸리라. 아, 달라진 건 없다. 내가 조금 지쳐 있었을 뿐.

6

서울에 가면 맨 먼저 지수에게 편지를 쓰리라. 지수의 마음을 선생님은 안다고. 그렇지만 일등은 정희의 책을 감춰서 되는 게 아니라, 정희보다 십 분 늦게 자고 십 분 일찍 일어나 셈을 하고 식물 이름을 암기해야 되는 거라고. 그애가 내 말을 알아듣는다면 이렇게도 말하리라. 전혀 없었던 일로 하지 말고 가슴 갈피에 끼워두었다가 오래오래 반추해보라고.

그에게는 책과 속옷과 치약을 영치해주리라. 그리고 말하겠다. 외항 선원으로 항해를 떠난 거라고. 돌아올 때는 튼튼한 가슴으로 만선의 닻을 내려야 한다고.

그의 어머니 엉덩이를 두른 손이 시리다. 장갑을 또 어디다 뒀던
가? 면회 대기실? 서울역? 기차 안? 과일가게? 늙은 개가 길을 안
내하듯 앞서 달려간다. 생각이 안 난다. 전혀 모르겠다. 영원히 잃
어버리지 않도록 가슴속에 납짝으로 끼워두었는지도.

강물이 될 때까지

은섭을 만난 건 우체국 앞이다.

폭양을 피해 우체국 앞 나무 그늘 밑으로 숨어들듯 들어간 그녀가, 나염손수건으로 이마의 땀을 꾹꾹 눌러닦고 있을 때, 은섭의 허망한 시선이 그녀를 붙잡았다. 그녀는 처음 은섭을 못 알아볼 뻔했다. 은섭이 예비군복에 모자까지 깊숙이 눌러쓰고 있었으므로. 조심성을 잃고 긴장이 풀린 측량할 수 없는 눈빛으로 은섭은 그녀가 서 있는 그늘 속으로 들어와 그녀의 그림자를 밟았다. 그녀는 우체국 나무 그늘 속에서 나와 은섭이 앞서는 대로 다방으로 들어간다.

"S시에 있는 줄 알고 있었어."

은섭은 피곤한 듯 얼굴을 찡그리면서도 그녀를 우연히 만난 기쁨을 정직하게 쏟아낸다.

"나도, 은섭이 군에 가 있는 줄만 알았는데?"

"이 옷 봐! 제대하고 오는 길이야, 지금."

"지금?"

"그래."

"지금 나도 S시에서 막 내려온 참인데?"

그녀는 은섭과 동시에 오랜만에 활기를 띠며 웃다가 어색해져 웃음 끝을 뭉개버린다.

"휴가?"

"……"

휴가가 아니라 병가다. 병가라 하면 번거로워질 것 같아 그녀는 응, 하고 입술을 다문다. 은섭의 얼굴은 검게 탔고 땀을 많이 흘려 번들거린다.

"술을 한잔 함께 마셔주겠어? 제대 환영 뜻으로."

"……이 대낮에?"

"왜, 싫어?"

자리를 옮겨 은섭은 그녀 앞에서 술을 빠르게, 거침없이 마신다. 마시는 습관이 되어 있지 않은 사람의 몸짓으로. 그녀는 은섭에게 술을 천천히 마시라고 말하지 않는다. 유혹당해서 따라온 겁먹은 짐승처럼 앉아 있을 뿐이다.

"많이 변했어."

"내가? 어떻게?"

"뭐랄까? 글쎄…… 아무튼 옛날 같진 않군. 나쁜 뜻은 아냐…… 그냥 옛날 같진 않아."

옛날? 그녀는 잠시 어두워져 무심코 그녀 탁자 앞의 술잔을 만진다. 너에게 자주 편지했던 옛날 말하는 거야? 입술을 빠져나오려는 말을 그녀는 밀어넣는다. 은섭의 옛날이라는 말 한마디가 그립게 가슴에 박혀옴을 감추려고 그녀는 다른 데를 쳐다본다.

"생각나니……? 옛날에 우리 약수터에 갔던 일?"

그녀는 은섭의 느닷없는 추억에 고갤 끄덕이며 푸푸 웃는다. 그래. 그때 열일곱 살이었던 네가 열여섯이었던 나에게…… 은섭을 활짝 마주 보는 그녀의 가슴 어디가 저밋거린다. 찔레꽃이었나? 너는 풀꽃을 꺾어 내 가슴에 꽂아줬지. 그 약수터는 왜 그렇게 골짜기에 있었을까? 지나가는 사람들의 소망이 쌓인 돌탑 앞에서 너는 산길의 돌을 집어 내게 줬었지. 그 돌을 탑의 맨 꼭대기에 올려놓으며, 이젠 잊었지만, 그땐 중요한 소원을 내 속에 묻었었어.

다 옛날 일인걸, 그녀는 술잔을 입술에 갖다댄다. 술집, 흰 벽의 좁은 창을 통해 햇빛이 모자를 벗은 은섭의 짧은 머리 위에서 튄다. 햇빛은 무료하게 썰어놓은 플라스틱 오이 접시 귀퉁이의 금간 곳에 머물다가 국물이 얼룩진 나무탁자 위로 건너간다.

다람쥐를 보고 쥐걸음을 걸으면서, 그때 우린 뭔가에 꽉 차 있었는데…… 바람도 새어들 틈 없이.

술에 취한 은섭은 마을로 함께 가자 한다. 함께 걷다가도 마을이 보이는 다리 앞에선 각자 다른 길로 갔던 일들을 은섭은 잊었을까? 고집부리는 은섭과 모레 읍내에서 만나자는 약속을 하고 그녀는 먼저 술집을 나온다. 다 지나가지. 그녀는 힘겹게 가방을 추스른다. 세월은 제각기 혼자 부담해야 할 무게만 남겨놓고 지나가는 거야. 그녀는 끔찍스러운 듯 멈춰 서서 온통 얼굴을 일그러뜨린다. 시간은 무엇이든 원형 그대로 놔두질 않아.

빈집에 괸 고요를 권태롭게 할퀴는 부스럭거림에 낮잠을 방해받지 않으려고 그녀는 등이 휘도록 몸을 구부린다. 방죽 밑바닥의 진흙 수렁에 순간 발을 디뎠던 때의 아득한 혼곤함이 그녀를 짓눌러온다. 톡톡, 문발이 긁히는 소리는 처음엔 가느다랗다가 점점 자신 있어진다. 눈을 떠야 된다고, 정신을 채근질해도 팔다리의 힘은 더 빠지고 그녀는 밑바닥으로 더 가라앉는다.

물이 짙푸르다. 바람은 강언덕을 거슬러올라와 그녀의 머리카락을 부드럽게 헝클어놓는다. 그녀는 머리를 한데 모아 옆으로 넘기고 무연히 앉아 있는 그를 본다. 그는 어디를 보는가. 강 건너 마을을 보고 있는가? 흘러가는 물을 보는가? 어쩌면 그가 아무것도 보고 있지 않을지도 모른다는 짐작에 그녀의 가슴이 잠깐 아득해진다. 머리에 함지를 이고 늙은 여인이 다가온다. 여인은 그와 그녀의 의사와는 상관없이 주저앉으며 함지를 내려놓는다. 여인의 땀에 전후끈한 체취가 맡아진다. 그 때문일까, 더는 무연할 수 없었는지 그가 삶은 계란 값을 치른다. 강 건너 아파트촌은 무위 속에 끄떡없이 견고하다. 그의 눈치를 보다가 서먹하고 어색해진 그녀는 계란 껍데기를 황황히 벗긴다. 까슬한 겉껍데기의 가파름이 마음에까지 와닿는다. 무릎 사이에 감친 그녀의 치마폭이 강변 둑으로 쏠려간다. 손바닥에 덜어놓은 소금에 껍데기 벗긴 계란을 찍어 입안에 밀어넣는다. 그의 입에서 금세 권태로워, 그 말이 흘러나올 것만 같아 숨이 막힐 듯하다. 여름날이어서였을까? 하늘이 조용하고 청명해서였을까? 그는 그녀를 만나자마자 아무 일도 일어날 것 같지 않은 날이야, 라고 턱없이 짜증을 냈다. 그가 혼자 조바심치는 그녀를 바라본다. 그녀의 가슴이 철렁 내려앉는다. 삶은 계란 잔부스러기가 그녀의 입술에 묻어 있었던가. 그녀의 예민한 속내와는 달리 그는 손을 뻗어 그녀의 입술을 닦아준다. 괜히 그녀는 코끝이 찡해온다.

그 순간, 그녀는 혼곤함을 물리치고 힘껏 눈을 뜬다. 꿈이었나. 강물도 그도 모두 지워져버린다. 그녀의 소스라침에 문발을 긁어대던 고양이는 두어 걸음 물러섰다가 다시 문발을 향해 달려온다. 마루 건너 마당의 폭양이 고양이 등으로 쏟아진다. 고양이는 문발을 뚫고 방 안으로 들어오려는 노력을 멈추지 않고 계속 몸을 부딪힌다. 높낮이가 일정한 매미 울음소리가 갑자기 그녀의 귀를 후비고, 참지 못해 그녀는 발딱 꼿꼿이 등을 세운다.

"저리 가라, 가아."

그녀가 얼굴을 묻고 잠들어 있던 탓에, 페이지가 위로 말려지도록 구겨진 책을 집어 고양이를 향해 내던진다. 느닷없는 그녀의 횡포에 밤색 얼룩 고양이는 후다닥 토방으로 내려서고, 문발을 박아놓은 압정 하나가 책의 중력에 빠져 문발이 후드득 뜯어진다.

경운기에 가득 실려온 모래가 우물 곁 마당에 퍼부어진다. 그 은빛의 반사가 그녀의 눈을 감기고, 메마름은 코를 막히게 한다. 마당 구석구석에 포복해 있던 채송화들도 느닷없는 먼지를 뒤집어쓰고 컥컥거린다. 이웃집 담벽을 타고 줄기를 뻗은 분꽃의 검은 씨앗들이 툭툭 떨어진다. 아버지가 일으킨 모래바람은 향나무 옆에서 고개 숙이고 있던 해바라기의 긴 목도 움찔 긴장시킨다. 가라앉으면서 호박잎을 잔뜩 더럽혀놓는다. 붉은 꽃잎을 연하게 피워놓고 있던 봉숭아대들도 모래에 짓눌려 쓰러진다. 끄떡없는 건 볼품없는 맨드라미다.

"마당을 시멘트칠하려고 한다. 바람이 조금만 불어도 먼지가 지천 아이냐."

마루에 멀뚱히 앉아 있는 그녀에게 아버지는 물을 청한다. 물 대신 양푼에 보릿가루를 타고 냉장고에서 얼음을 꺼내 잘게 부수는 동안 그녀는 흙 대신 시멘트칠로 변할 마당을 잠깐 떠올린다.

"두어 번 더 실어와야제…… 뒷산 중턱을 허물었는디 집집마다 모래 실어나르느라 정신없다…… 허긴 철도 공사 시작되믄 모래차지도 맘대로 안 될 것이다마는."

대접에 따라온 보릿가루 물을 단숨에 마시는 아버지의 목에 푸른 힘줄이 솟아올랐다 가라앉는다. 경운기 운전석에 앉아 수건을 목에 감는 아버지가 갑자기 먼 데 있는 사람만 같다. 그녀는 꿈쩍 않고 앉아 대문을 지나 경운기가 골목을 다 빠져나간 뒤로도 경운기의 툴툴거림을 이명처럼 듣고 있다.

한 걸음만 떼도 마른 먼지가 풀썩거려 그녀의 치마는 산밭에 도착하기 전에 먼지투성이다. 널따란 야채밭 두둑에 어머니는 앉아 있다. 그늘도 없는 한낮의 폭염 속에 전신을 내맡긴 채, 그녀가 다가가도 어머니는 돌아보지 않는다. 한증막에 들어가 앉아 있는 것처럼 그녀의 몸이 땀으로 범벅이 된다. 밭언덕 너머로 기차가 지나간다. 어머니의 시선이 기차의 뒤꼬리를 하염없이 따라간다. 그녀는 거의 탈진이 되어 어머니 곁에 가 앉는다. 기차는 굽이진 길을 돌아갔다. 그래도 어머니는 등을 돌리지 않는다. 그녀는 어머니의 휘어진 등을 훔쳐본다.

그때…… 이가 아렸었던가.

산밭이 내뿜는 눅진한 지열에 머리가 빠개지듯 아프다. 그녀는 갑자기 어머니의 굽은 등에 얼굴을 묻고 싶어지는 욕망에 얼굴이 훅 달아오른다. 그 별빛, 욕망과는 달리 그녀는 어머니의 등을 멍하니 바라본다.

낮 동안은 참을 만하다가도 밤만 되면 시작되는 이 아린 아픔을 참다참다 울음을 터뜨리곤 했다. 그 고통은 너무나 원시적이었다. 들판을 쏘다니며, 철길의 칸들을 세어가며 참아봐도 결국은 울음이 터졌다.

"이 에미 죽어도 이리 서럽게는 안 울 것이야."

그녀가 울면 어머니는 그녀를 업고 마당을 빙빙 돌아주었다. 어머니가 꽃밭 곁으로 가면 달콤한 향내가 코끝에 맡아졌고, 어머니가 두엄 곁으로 가면 쇠똥 냄새가 덮쳐오곤 했다. 감나무 밑을 지날 땐 번번이 손을 뻗어 덜 익은 풋감을 따 어머니 등에 문질러버려서 어머니의 적삼엔 감물이 어룽대곤 했다. 어머니는 금방 그녀를 내려놓아버릴 듯 야단을 쳤지만 한 번도 그러지는 않았다. 야단 듣는 동안…… 밤하늘을 보면, 냇물 위로 가볍게 튀어오르는 물고기떼만큼이나 무성한 별빛이 그녀의 눈으로 반짝이며 와르르 쏟아져서, 그녀는 충족감에 어머니 등에 얼굴을 묻고 잠이 들곤 했다. 이 애림을 까마득히 잊고.

"어머니."

그녀는 숨이 턱 막힐 듯 놀라 얼결에 어머니 손을 잡는다. 기차가 사라진 방향에서 얼굴을 돌린 어머니의 눈에 눈물이 가득 차 있어서.

"아이고, 나 좀 봐라이……"

어머니는 그녀가 등뒤에 있으리란 생각은 아예 못 했던 듯 황망히 수건을 벗어 눈물을 훔치지만, 울기 시작한 지가 오래되었는가? 눈동자가 벌겋다.

"늙으면 이렇다이…… 에고, 주책이구나. 느희 아버지 알믄 나 또 군소리 들응게 암말 말그라이."

"왜요? 어머니, 왜 그러세요?"

어머니는 괜한 옷자락을 수건으로 툭툭 털어대며 일어선다. 모자를 집어 그 위에 수건을 덧씌우고 머리에 쓴다.

"아녀, 그냥 그려. 맘쓸 것 없구마는. 그냥 허퉁하니 그렇다이…… 세월이 뒤돌아봐지고…… 이렇듯 허망한 것이구마는…… 그리도 험히 살아왔든가 싶고…… 아니구마는…… 암것도 아녀…… 전쟁통에는 그저 살아 있을 수만 있다믄…… 했지."

어머니는 무안한 듯 총총히 들깻대 속으로 들어간다. 그 뒤로 붉은 고추가 햇빛 아래 서 있는 그녀를 어지럽게 한다. 어머니와의 짧은 거리가 끝없이 멀게 느껴져 그녀는 멀거니 서 있다. 어머니가 쓰고 있는 노란 수건이 들깻대 속에서 들쑥날쑥거린다.

"내일 대전 할머니가 오신다는구나…… 뭐 마땅한 찬이 있어야제. 고구마순 좀 뜯을라냐?"

"할머니는 왜요? 이 무더위에……?"

그녀는 어머니 곁으로 다가가며 밭두둑의 오이꽃 밑의 애오이를 쳐다본다.

"짐작이 있으신가…… 뜬금없이 산에 가시겠다는구나."

"산에요?"

"선산 말이다. 뭣자리 보러."

"……"

그녀는 뜨끔해져 애오이의 목을 비튼다. 옷자락에 닦아 한입 베어물자 풋내가 확 끼친다.

"하긴…… 아무것도 못 자신다제. 주사로 겨우 명 이어가고 있다제. 그래도 고향 맛이라…… 혹시 모르지야."

"……"

그래도 위를 뭉텅 잘라냈다는 그분이 이걸 소화해낼 것인가? 그녀는 고구마순을 뜯다 말고 어머니 등을 본다. 어머니의 뒷등이 처음 보는 사람의 것처럼 서먹하다. 어머니가 그랬던 것처럼…… 고구마순을 얼마 뜯지도 않았는데 손가락 끝이 누렇다. 그녀는 황토흙에 손바닥을 문질러본다. 물든 지문 사이로 흙이 파고들어 볼품없다. 이젠 내가 어머니를 업어주고 싶다. 그녀는 뒤늦게 코끝이 찡해오는 걸 감추느라고 고구마순 속에 엎드려버린다.

그 커피집 벽에는 넓은 콩밭 그림이 걸려 있었다.

"어렸을 땐 챙이 넓은 밀짚모자를 쓰고 커다란 호박을 따보는 게 꿈이었어요. 이상하게 밀짚모자를 쓰고 호박을 따보고 싶더라구요. 한번은요, 마루벽 높이에 걸려 있는 밀짚모자를 꺼내려다가 마루에서 구르기도 했어요…… 지금도 그 상처가 무릎에 남아 있죠. 뵈줄까요?"

콩밭 옆에는 걸어도 걸어도 끝이 없을 것 같은 좁은 길이 구불구불하게 먼 산자락까지 이어지고 있었다. 그림 뒤의 밤색 커튼이 그림을 어둡게 조명하기도 했지만 늘 표정 없던 그의 얼굴이 그날은 다소 굳어 있었다. 무슨 말을 하려고 저럴까? 그것이 두렵고 겁이 나서 그녀는 마음에도 없는 수다를 계속 이어가고 있었다.

"그래 지금도 밀짚모자만 보믄 정답고…… 무릎이 아프기도 해요. 우습죠? 별걸 다 기억하고…… 유년 때의 어떤 강렬한 것이 그 사람 감수성을 좌우한다는 말이 틀리진 않나봐……"

"……우리."

계속 이어지려는 그녀의 수다를 그가 막았다. 나지막하게 아무 톤 없이. 왜 그랬을까? 순간 그녀는 가슴이 뜨끔하여 멎는 것 같았고, 그때 그녀의 간곡한 마음은 그저 그가 늘 그녀를 가슴 아프게 했던 것처럼, 차라리 무표정하게 아무 말 않고 있어주는 것 그것이었다.

"결혼해버리자……"

커피집 주인은 가톨릭 신자였을까? 콩밭 그림 옆에는 키가 큰 목각 성상이 놓여 있었다. 불타고 있는 집의 성상 속의 남자는 푸른 옷을 입고 물통을 뒤엎고 있었다. 미세한 감각의 물방울이 그녀의 이마 위로 툭툭 떨어지는 듯 그녀는 움찔 놀랐다. 아, 커피집 주인은 시인이었을까. 성상 옆의 나무 팻말에는 선명한 글씨가 검게 파여 있었다. 강물이 될 때까지—

대전 할머니는 마루에 앉아 앞마당의 감나무를 힘겹게 바라본다. 앉아서 눈을 똑바로 뜨는 일도 기력에 부치는 모양이었다. 의식이나 욕망이 모두 빠져나간 얼굴엔 완전히 피로한 기색만 역력하다. 살이 빠진 주름투성이의 눈빛은, 종잇장처럼 얇아 보이는 마당의 환한 햇빛만 응시한다. 하얀 모시적삼이 그림인 듯 고요하다. 자동

차에 시동을 걸고 당숙이 대문을 들어선다. 그녀는 방금 비누질을
마친 대전 할머니의 손수건을 빨랫줄에 펴서 양쪽에 노란 집게를
꽂는다.

"힘드시면 저 혼자 다녀올까요?"

당숙은 대전 할머니의 등을 마루 벽에 기대게 하고 구부리고 있
던 다리를 쭉 펴게 한다. 대전 할머니의 머리보다 대학교수답게 당
숙의 흰머리가 더 은성하다.

"……아니다…… 내도 댕겨와야 쓰겠구마는."

"폭양인디…… 여기까지 오시는 데도 너무 힘드셨어요. 인자는
길도 험할 텐데요. 괜찮으시겠어요?"

대전 할머니가 완강하게 고갤 끄덕이는 걸 보며 자꾸만 그녀를
끌어당기는 무엇에 그녀는 고갤 돌린다. 아침에 빨아 널었던 운동
화가 벌써 바싹 말라 담장 위에 유적물처럼 놓여 있다. 그녀는 모랫
더미 뒤로 돌아가 운동화를 집다가, 다른 기척에 저쪽 담켠을 본다.
고양이 한 마리가 앞발을 세우고 그녀를 쳐다본다. 그녀는 섬뜩 가
슴이 뛴다. 어제 그 밤색 얼룩 고양이가 아니다. 도대체 고양이가
몇 마리지? 그녀는 서둘러 운동화를 들고 지붕 차양 밑으로 들어온
다. 미간이 있는 대로 일그러진다.

"점심이나 들구 가시지요. 상 채리고 있는디."

애써 말을 고르고 있는 어머니의 얼굴은 햇볕에 탔어도 가파른
대전 할머니보다는 윤택하다.

"아무것도 못 드세요. 그리고 지금 출발하자고만 하시네요."

"그려두……"

"다시 들르지는 못할 것이에요. 오늘 중에 다시 대전 가야 주사를 맞으실 수 있어서."

"산엔 야 아버지 먼저 가 계실 거여요. 아침때 산지기네하고 상의할 것도 있담서 먼저 갔구만요."

"……예."

당숙은 대전 할머니를 부축하고 일어선다. 대전 할머니의 흰 코고무신을 버선발에 신기고, 고무신 밑바닥을 손바닥으로 쓸어 잘 신겨졌는지 확인하는 당숙의 콧방울에 땀이 얼룩졌다. 고갤 들다가 그녀와 마주친 당숙은 허허 웃는다. 그녀는 생각난 듯, 잠깐 볕에 바싹 마른 손수건을 빨랫줄에서 걷어 네모나게 접어 대전 할머니에게 내민다. 노인의 유순한 눈이 그녀의 얼굴에 멎는다.

"……또 볼 수 있을꺼나 싶다이…… 8월이나 쉴 수 있을랑가……"

곁에 있던 어머니가 민망해하며 당숙을 본다. 당숙은 머리를 겸연쩍게 매만지며 걸음을 뗀다. 어머니는 두 모자의 뒤를 엉거주춤 따라나선다. 어머니의 발걸음에 두 모자의 그림자가 밟혀 기이한 모양이 되곤 한다.

한번 성묘를 가면 종가 장손인 아버지는 서커스단의 단장처럼 가족과 친척들을 뒤세우고 무덤과 무덤 사이를 누볐다.

"……여기가 증조부…… 여긴 고조부……"

무덤 주인을 설명할 때마다 아버지의 시선이 큰오빠를 향해 있었다는 걸 그녀는 문득 기억해낸다. 조상과 함께 나무 한 그루가 있고 그 나무가 말을 할 줄 안다면 모를까, 할아버지로부터 전해들어 알았을 아버지의 설명은 무슨 혼합물처럼 섞여버려 이 무덤 주인이 누군지 저 무덤 주인과 어떻게 다른지 그녀는 가려낼 수가 없었다. 단지 가장 가까운 할아버지 묘 곁에 나무 한 그루가 유난히 둥치가 굵어, 그 그늘 밑이 아니라 묘비 앞에 서 있어도 얼굴에까지 그늘이 옮겨왔었다는 것밖에. 아버지는 성묘 도중 서커스 단원들이 쉬는 틈을 타 제물과 술병을 들고 잠시 어디를 다녀오곤 했다. 아버지가 아무도 동반하지 않고 혼자 다녀오는 곳이, 그녀는 알지도 못하는 샘골댁의 묘지라는 걸 안 것은 불과 이태 전이었다. 전쟁 때 경찰관 막내할아버지로 인해 큰아버지들이 죽창을 맞았을 때 아버지를 보호해준 아낙이 샘골댁이었다는 것도. 연고자가 없던 샘골댁이 임종했을 때 아버지가 샘골댁 유해를 선산에 묻겠다 해서 집안 어른들과 충돌을 일으켰었다는 것도. 뜻대로 샘골댁을 선산에 묻고 혼자 외롭게 샘골댁의 지상의 집을 살피는 아버지의 이면을 알게 되었을 때 그녀는 처음 선산에 갔을 때처럼 기이했었다. 묘지가 있는 산도 어느 산과 다르지 않고, 거기에도 현세적인 나무가 있고 그들이 있다는 그 일상성이 의아했을 때처럼.

그녀는 퍼뜩 고갤 쳐든다. 처음에는 자동차가 골목을 빠져나가는 엔진 소린가 했다. 엔진 소리가 완전히 멀어진 다음에야 가물가물한 풍경을 갑자기 눈치챘을 때처럼 그녀는 마루에서 마당으로 튀어나온다. 그건 분명 함석지붕을 두드리는 소리다. 누가 지붕을? 그녀는 대문 앞까지 뒷걸음질쳐 지붕을 올려다본다. 아, 그녀는 얼굴을 붉히며 함석지붕 위의 고양이를 노려본다. 어제 문발에 온몸을 부딪쳐오던 놈도, 담장 위에서 앞발을 세우고 있던 놈도 아니다. 파란 페인트칠 위에서 그녀와 시선이 맞부딪친 고양이는 엉거주춤 어슬 렁거리며 지붕 뒤켠으로 사라진다.

"집에 고양이가 대체 몇 마리예요?"

배웅을 마치고 부실한 샛문 고리를 탕탕, 잡아당겨보는 어머니를 향해 그녀는 목청을 돋워 화를 낸다.

"일곱 마린가? 여덟 마린가?"

"예?"

"쥐가 많아 이모 집서 한 마리 데려왔는디…… 새끼를 쳤지 않았 냐…… 그냥 냅싸뒀더마는 저희들끼리 온통 집을 헤매고 살제. 딴 집 것들도 와 살고."

"딴 집 것두요?"

"갸들이 담을 펄쩍펄쩍 잘 넘지 않는가베. 묶어둘 수도 없고…… 그냥 냅싸두니께는 그리 되얏다. ……가리고 싶어도 인자는 뭐 어 떤 게 누구네 건지……"

"고양이 집 되겠어요, 이러다가."

"원 야두…… 것들도 사느라고 안 그러냐……"

그녀는 괜히 두근대는 가슴을 쓸며 집 안팎을 한 바퀴 돈다. 뒷집 뽕나무밭으로 이어지는 담 위에도, 광문 앞에도, 호박덩굴 속에도, 자두나무 밑에도 고양이다. 방금 지붕 위를 걸어다녔던 놈인가? 날 쌔게 담을 건너 옆집 기와지붕을 타고 사라진다. 뒤안을 돌 때 열어 놓은 장독 뚜껑 위에 검은 얼룩 고양이가 몸을 나른하게 펴놓고 있 었다. 고추와 숯이 둥둥 떠 있는 고동색 장맛을 볼 참이었을까? 놈 은 붉은 혀를 내밀었다가 그녀의 기척에 재빨리 밀어넣는다. 크고 작은 모든 장독 위에 고양이들이 앉아 혀를 내빼고 있는 것 같은 환시에 그녀는 등이 차가워져 안마당으로 뛴다.

"읍에 다녀오겠어요."

어머니가 알아들었을까? 여유도 없이 그녀는 대문을 쾅 닫고 햇살이 들끓는 골목을 계속 뛰며 신작로로 나온다. 고함이 저 밑에서부터 터져나올 듯한데 땀이 먼저 툭툭 떨어진다.

결혼해버리자, 그의 일방적인 통보를 듣고 그저 맥이 조금 빠졌을 뿐 그녀는 마치 이럴 줄 알고 있었던 듯싶게 담담했었다. 그러나 그 담담함은 해진의 일을 전혀 모르고 있었던 때, 나른함 속에서 꾸며질 수 있었던 잠깐 동안의 가면이었다. 그날, 버스 속에서 느닷없이 민방위 경계경보 사이렌을 만났던 그날.

생각만으로도 그녀의 가슴속은 어디로도 뚫고 나가지 못하는 통증들로 득시글거린다.

이어진 공습경보에 버스에서 내려 강제로 어느 지하도로 내몰렸을 때 그녀는 짜증을 줄여보려 해진에게 전화를 했었다.

그때 전화만 하지 않았다면? 그러나 그건 터진 봇물을 막아보려는 허망함일 뿐이다. 그래도 해진은 자신의 주장을 밀고 나갔을 테니까.

"그와 결혼을 한다고?"

그녀는 흠칫 당황했다. 한다고? 해진의 목소리 톤이 그녀의 신경을 충분히 긴장시켰다.

"더는 참을 수 없어. 너 그와 결혼하면 난 죽고 말 테야!"

"……"

"난 그를 포기 못 해, 절대로!"

"……"

해제경보가 울리고, 지하도에 내몰려 툴툴거리고 있던 사람들이 우르르 계단을 올라갔다. 사람들이 하차했던 버스에 다시 올라타는 모습을 기사는 운전대에 팔을 얹고 무료하게 내다보고 있었다. 그녀는 수화기를 떨어뜨리고 자신의 신발 끝을 바라봤다. 포기 못 해, 절대로! 들고 있던 서류봉투가 수화기와 함께 바닥에 팽개쳐진 줄도 모르고 그녀는 계단을 천천히 올라왔다. 지하도를 빠져나왔을 때 기다렸다는 듯 폭양이 눈을 찔렀고, 어지러워서 그녀는 플라타너스 그늘 속으로 들어가 나무둥치에 이마를 대고 서 있었다. 공습경보가 해제된 거리는 차량이 밀렸고 사람들은 시간에 쫓기며 종종걸음을 쳤다. 그녀는 오도 가도 못하고 그렇게 망연히 서 있었다.

시장통으로 들어가는 오거리 만물상에 밀짚모자가 주렁주렁 걸려 있다. 그녀는 그 모자 중 보랏빛 테가 둘러진 것을 골라 머리에 눌러쓴다. 모자의 무게보다 더 강하게, 슬픔이 그녀의 머리에 얹어진다. 그녀는 모자를 그대로 쓴 채 다방 문을 열고 두리번거린다. 은섭은 없다. 구석켠 의자에 몸을 파묻으면서, 밀짚모자에서 시선을 거두지 않는 사람들을 의식해 그녀는 모자를 벗어 장난스럽게 돌린다. 모자를 거꾸로 세워 꽤 오래 빙글빙글 돌렸는데도 그는 오지 않는다.

그녀는 시계를 본다. 약속시간에서 십 분이 지났다. 그녀는 모자를 바로 하고 후다닥 일어선다. 이제 은섭은 나타나리라. 조금은 계면쩍게 그렇지만 싱긋 웃으며, 내가 늦었지? 정답게 말하리라. 그녀는 갑자기 은섭과의 대면이 부담스럽고 고통스럽기까지 하다. 이 다방을 나가기 전 은섭이 오면 어쩌나. 그녀는 다급하게 다방 뒷문을 통해 거리로 나와버린다.

해진이가 그를? 그녀는 갑자기 세상이 생경스러웠다. 어쩌면 나는 까마득히…… 그렇게 그에 대해 예민했었는데. 그녀는 자주 눈을 질끈 감아버렸다. 해진이 그 곁에 그렇게 바싹 있으리라고는. 그녀는 하염없이 아득했다. 해진은 정말 그에 대한 애정, 그에 대한 노여움을 수면제로 대변했다. 그건 동물적이야, 위협이라고. 해진을 향해 화를 내면서도 해진의 소동이 미수에 그쳤음을 다행스러워하는 그녀의 이면에는, 해진의 존재감보다도 얼결에 그녀에게 지워질 평생 상처를 떠맡지 않아도 된다는 안도감이 섞여 있기도 했다. 의식을 되찾은 해진의 첫마디는, 그는 나에게도 다정했어, 였다. 울고 있는, 소리도 안 내고 주룩주룩 눈물을 흘리는 그녀를 두고 나오면서, 결국 그녀는 복도 의자에 철버덕 주저앉아버렸다.

그녀는 읍의 중앙통을 빠져나와 샛길에 이르른다. 샛길을 쭉 따라가면 그녀가 다니던 초등학교가 있으리라. 그녀는 밀짚모자를 벗어 부채질을 해보며 샛길의 입구에 발을 놓는다. 달아올랐던 아스팔트의 열기에 신발 밑창이 뜨겁다.

서로 친구라는 것을 오랫동안 괴로워한 끝이어서였을까? 해진은 정직했고 대담했다. 정직한 건 힘이라는 걸, 설득력이라는 걸 그녀는 해진을 통해 알았다.

무슨 영화였을까?

묘비가 깔린 곳에 늙은 남자가 무릎을 꿇고 앉아 있었다. 남자는 몰아치는 바람을 스카프로 막고 있는 아내에게 고해성사를 하듯 나직하게 말했다. 내가 살기 위해 그 어린 병사 세 사람을 죽이고 나는 이곳에서 이렇게 무릎을 꿇었었소. 전쟁은 끝났었지. 하느님, 내게 주어진 남은 시간을 나는 단 일 초도 낭비하지 않겠습니다. 그녀는 무심히 TV를 보던 눈을 번쩍였다. 순간 화면이 바뀌고 두어 가닥 이마에 주름이 선명한 여자가 수색 나온 듯한 나치 장교를 향해 힘껏 외치고 있었다. 내 인생은 너무나 소중한 것이라서 당신 같은 소품과는 바꾸지 않아요. 반항하며 외치다가 결국 끌려가는 화면 속의 여자를 그녀는 눈을 치뜨고 오래 쳐다보다가, 병가 사유를 썼다.

병가를 떠나는 그녀를 앞에 두고 그는 위험스럽게 이어지고 있던 침묵을 먼저 깨뜨렸다.

"어쩌겠어……?"

그녀는 그때야 그가 복잡한 것을 싫어했다는 것을 생각해냈다. 여자에 대한 그의 의식은 간단하고, 가볍고, 유희적이었음을, 사뿐사뿐하기조차 했다는 것을. 그랬다. 그는 해진의 말대로 분명 순간순간 해진에게 가볍게 다정했으리라. 무의식적인 것도 같은 산만하고 유혹적인 눈빛을 해진과도 교환했으리라. 처음으로 그에 대한 저항이 솟아올라 그녀는 퉁박스럽게 그의 말을 되돌려주었다. 내가 물을 소리예요. 어쩌시겠어요?

그녀는 샛길의 개울을 건너 학교 후문을 향해 걷는다. 벽돌담 위로 높이 치솟은 포플러가 열지어 있다. 포플러 가지가 옅은 바람에 하얗게 엎치락거리는 모습을 대하자, 그녀 내부에서 예기치도 않았던 어떤 그리움이 후끈 치솟았다. 아, 지금도 그 꽃밭이 남아 있을

까? 그녀는 목메는 그리움으로 발걸음을 재촉할 만큼 갑자기 성급
해진다.

단 한 번의 그의 퉁명스러움에 그는 목을 붉혔다.

"……해진과는 어쩔 수 없어…… 한 번도 나를 놓아준 적이 없
지…… 무안을 줘도…… 떼놓아도…… 본 척을 안 해도…… 금방
내 곁에 와버려."

그의 짧은 인중에 짜증기가 역력히 고이는 것을 보며 거짓말하지
마세요, 하마터면 소리칠 뻔했다. 당신은 주춤거렸죠. 나를 바래다
주면서 해진에게도 섭섭한 작별인사를 몰래 나눴죠. 당신은 내게
그랬던 것처럼 해진으로 하여금 당신을 사랑하지 않을 수 없게 했
을 거예요. 아쉬운 듯 여운을 남기고 가능성을 줬을 거야. 그러곤
모른 척 외면해서 속을 태우고…… 비겁하지만 탓할 순 없는 일이
라는 것 알아요, 알아. 그게 바로 당신이니까. 발음되지 못한 말들
이 속에서 아우성쳐서 그녀는 혀끝을 깨물었다.

"돌아오기 전 전화해. 결혼을 하든지 헤어지든지."

그가 먼저 등을 보이며 나가고 그녀는 커피를 한 잔 더 시켜 마셨
다. 뜨거운 커피가 입 천장 껍질을 벗겨놓는 것도 모르고, 오직 그
에 대한 저항으로 눈썹을 떨었다. 나보고 결정을? 혀가 말리는 당황
스러움에 그녀는 커피잔을 놓쳐버렸다.

아, 그녀는 후문에 들어서자, 땀방울도 잊고 포플러나무 밑 화단
으로 달려간다. 멀리서도 꽃밭은 화사하다…… 너는 그대로구나,
꽃밭의 옛모습이 그녀의 몸속으로부터 쾌적한 정다움을 끌어낸다.

사학년 삼반. 십삼년 전의 일이지만 그 여선생님을 그녀는 기억

한다. 이 꽃밭에서 그 선생님이 작은 삽으로 흙을 떠내고 꽃 모종을
할 때, 저만큼 떨어져서 바라만 봐도 그녀의 내부엔 순수한 기쁨이
꽉 차오르곤 했었다. 학교 전체를 꽃밭 만들기 했던 그즈음, 사학년
삼반 몫으로 맡겨진 포플러 밑을 그녀는 오학년이 되어서도 육학년
이 되어서도 사랑했다. 선생님은 가끔 포도넝쿨 사이로 숨어들어
호미질에 상기된 얼굴의 땀을 식히곤 하였는데, 그녀는 그전에도
그 이후로도 그처럼 아름다운 사람의 모습을 마주 대한 적이 없었
다. 선생님이 모종한 꽃들을 그녀가 얼마나 정성껏 보살폈는지 아
무도 모르리라. 그것은 그녀의 기쁜 비밀이기도 했다. 비료를 라면
봉지에 넣어와 남몰래 뿌려주고, 하교할 때마다 꽃들이 무사한지
살펴보았던 그때……는 길고 무더운 여름날도 생수 같았었다.
  그녀는 구부리고 앉아 화단의 흙을 두 손 가득 떠담는다.
  젊고 아름다웠던 선생님은 오학년이 되면서 다른 학교로 전근을
갔었던가? 사학년 이후 그녀가 스무 살이 될 때까지 다시 만나본
추억이 없다.
  포도넝쿨은 햇볕에 말라 바스락거린다. 맞은편은 경사가 져 있고
오목 파인 곳에 참제비꽃이 한창이다. 꽃들은 말라 있어도 그늘진
곳의 흙은 습하고 서늘해 보인다.
  그녀가 여선생님을 다시 본 건 스무 살 무렵의 다리 위에서였다.
그녀는 단박 선생님을 알아보았는데 선생님은 그녀를 비켜갔다. 다
섯 살쯤 되어 보이는 사내아이의 손을 잡고, 다른 손엔 장바구니를
들었다. 헐렁해 보이는 원피스가 몸에 달라붙어 볼록한 배가 그대
로 드러났다. 그녀가 기쁘게 훔쳐봤던 숱 많았던 검은 긴 머리는 커

트되어 있었다. 그녀를 지나쳐 불편한 걸음으로 선생님이 다리 건너 신호등 앞에 설 때까지 그녀는 다리 위 그 자리에 서서 선생님의 뒷모습을 쳐다봤었다. 그늘 같은 슬픔을 가지고.

꽃밭에서 나와 그녀는 운동장 한가운데로 걸어본다. 방학중이라선가? 학교는 텅 비어 있다. 폭양 밑에 있었던 모래 지열이 그녀의 잉크빛 플레어스커트를 질식시킨다. 꽃냄새는 대기가 뿜는 열기에 순식간에 지워져버린다. 비누거품이 묻은 것처럼 하얗게 말라 있는 수도꼭지를 틀려다가 그녀는 정문 쪽을 바라본다. 공중전화기 두 대가 무료하게 낮잠을 자고 있다. 그녀는 애써 무심히 전화통을 지나쳐나와 읍의 이 끝에서 저 끝까지 두리번거리며 걷는다.

헐거운 모래채에 은살대를 끼우면서 아버지는 땀을 흘린다. 먼지를 푹 뒤집어쓰고 꽃나무들이 비틀린 채 지루한 매미 소리를 듣고 있다.

"나중에 하심 안 돼요? 너무 더워요."

아버지는 모래를 한 삽 퍼서 모래채에 쏟으며 그녀를 본다. 셔츠를 벗어 짜면 땀방울이 툭툭, 떨어지리라. 그냥 보기만 하는데도 그녀의 살갗이 끈적해온다.

"여름날이 그렇지야. 더울 만큼은 더워야 써."

아버지는 삽질을 멈추고 모래채를 흔든다. 고운 모래가 걸러지고 모래채엔 잔돌이, 버석거리는 마른 풀들이 남는다.

"언제 갈 참이냐?"

"……내일쯤은."

그녀는 훅 끼얹어오는 모래 냄새에 고갤 숙이며 눅눅히 대답한다. 못 참겠는지 아버지는 끼고 있던 목장갑을 벗어 빨랫줄에 걸친다. 폭양에 찌든 아버지의 목이 가슴이 얼굴이…… 붉다.

"니 나이가……?"

"스물여섯요, 아버지!"

그녀는 선뜻하게 웃으며 마루에 벗어놓은 아버지 웃옷에서 담배한 개비를 뽑는다. 아버지의 뒷말을 듣기가 겸연쩍어 그녀는 뽑은 담배를 손바닥 안에 싸쥐고 일어섰다.

그녀가 결정할 일은 아무것도 없었다. 해진이 다량의 수면제를 복용했다는 그 사실만으로도 그녀는 벌써 질렸었다. 목숨을 내놓다니…… 비통한 충격이었다.

그녀는 뒤꼍에 쭈그리고 앉아 담배를 입술에 갖다댔다. 토란대 넓은 잎새 속에 졸고 있던 고양이가 그녀가 켜대는 성냥불에 놀라 후닥 담을 뛰어넘는다. 놀라 쳐든 손끝에 머리카락이 지지직, 탄다. 재빨리 털었지만 벌써 타버린 앞머리카락이 바스러져 발등에 떨어진다. 냄새 때문일까? 뿔개미 한 마리가 그녀의 발등을 부지런히 넘어온다.

해진이 일으킨 파문은 그녀를 뒤돌아보게 했다. 갑자기 S시에서의 여러 해가 까마득하고 멍해졌다. 목숨을 내놓다니…… 그렇게 완벽함을 꿈꿀 수 있었다니. 그를 확실히 선택한 해진의 용기가 그녀를 끝도 없는 나락으로 떠밀었다. 갑자기 그녀는 겁을 먹고 사방을 둘러보았다. 사람들이 너무나 분주하게 살고 있는 것에 놀라 그녀는 뒷걸음질쳤다. S시 성당 앞에 사람들은 자신감을 가지고 모여들기도 했고, 간호원인 친구는 꿈을 가지고 열사의 나라로 떠나기도 했다. 그녀는 휘둥그레진 눈으로 비로소 자신을 들여다보았다. 알 수 없는 내면 어디에서 어떤 힘이 자꾸 그녀 자신을 거울 앞에 세우곤 했다. 그러나 아무리 들여다보아도, 자신이 몸을 사리고 있던 그라는 껍질조차 툭 터져버린 그땐 어디에서도 그녀 자신이 보이지 않았다. 어디론가 그냥 걸어가고 있는 미숙아 같은 한 여자가 보일 뿐이었다. 사람들의 오만한 자신감을 망쳐놓고 싶은 유혹이, 어둡고 무력하게 고갤 쳐드는 절망을 맛보아야만 했을 뿐이다.

그녀는 불도 붙이지 못한 담배를 다시 주머니에 구겨넣고 안마당으로 걸어나온다. 폭염 속에서 아버지는 넋을 잃고 모래채를 들여다보고 서 있다.

"야야, 덕인아!"

동굴 같은 아버지의 목소리에 그녀는 돌아선다.

"이리 와봐라이."

다가가보니 모래채에 뼈가 들어 있다.

"첨엔 어쩌다 섞인 것이겄지 했는디 그게 아닌가봐야…… 벌써 세 개째 아니냐."

걸러낸 잔돌과 굵은 모래 속에 흰 뼈가, 폭양 밑에서 구해주기를 바라며 힘껏 흰 숨결을 내뿜고 있다.

"……내 짐작이 틀림없어야…… 니 증조모 묘 이장할 때 본 가남으로는……"

그녀는 섬뜩해져 한 걸음 물러서고, 아버지는 삽을 모래 속에 꽂고 젖은 내의 위에 마루의 웃옷을 그대로 꿰어입는다.

"헛…… 참."

아버지는 황망히 대문을 연다. 아버지, 그녀는 괜히 등이 꼿꼿해져 아버지만큼이나 황황히 방 안으로 뛰어들어 벽에 등을 댄다.

광기야, 해진의 소동을 포기 상태에 이른 사람의 무분별한 광기일 뿐이라고, 외면하고 싶은 마음 저편에 또하나의 마음이 대립하고 있었다. 그를 위해서 하고 싶지 않은 일이 해진의 인생에선 없을 것이라는, 죽음과 생을 거의 똑같이 내놓을 대상으로 해진이 그를 정하고 있다는 것을, 그녀는 밀어낼 수가 없었다. 그러나 나는…… 순수하지도 과감하지도 못했던 자신의 지난 시간들이, 아무런 기대 없이 거울을 보고, 애매한 호기심으로 감정을 찡그리며 보냈던 시간들이 주는 고통을, 그녀는 외롭게 슬퍼할 수 있을 뿐이었다. 가끔씩 솟아올랐던 불투명한 열망조차 사실은 얼마나 굼뜨고 앙상한 죽지뼈 같았었는가, 돌아본 S시에서의 몇 해가 표백 상태였다. 가시 현상조차 없는.

전화기의 번호판을 누르는 그녀의 손끝이 무섭게 떨린다. 앞으로 얼마나 오래 이렇게 자연스럽게 그의 전화번호는 머릿속에 입력되어 있을 것인가. 뚜뚜— 신호음에, 턱없이 S시의 비어 있을 그녀의 작은 방, 먼지가 내려앉았을 사무실 그녀의 책상이 떠오른다. 두 개의 작은 알루미늄 열쇠도.

"덕인아."

방문을 열고 들어오는 어머니에 놀라 그녀는 수화기를 놓아버린다.

"왜 그러냐?"

터무니없이 파랗게 질린 그녀의 낯빛에 어머니는 눈을 반짝 뜬다.

"가까이 오지 마세요, 오지 말아요, 어머니!"

"야야, 덕인아!"

"오지 마세요, 어머니! 오지 마, 죽어버릴 거야…… 오지 마."

불안보다도 절박감이 그녀의 가슴을 짓밟고, 결국 그녀는 질린 낯빛으로 쭈그리고 앉아 어머니 앞에서 방바닥에 오줌을 누어버린다.

밤하늘은 강기슭 같다. 뱃전에 엎드린 별들이, 잠들어서도 출렁이는 밤구름을 지켜본다. 함석지붕이 굵은 빗방울을 만났을 때처럼 투닥거린다. 아버지는 평상에서 벌떡 일어서서 삶은 감자알들을 집어 지붕을 향해 내던진다.

"저리 가…… 다른 데로 가라. 이물스러운 것들!"

한 마리가 아니고 서너 마리인 듯 발소리가 요란하다. 고양이들의 발소리가 멀어지기도 전에 함석의 내리막길을 타고 쭈르르 미끄러진 감자알들이 모깃불 속으로 쑤셔박힌다.

"꽃잎보단 잎새가 낫다."

어머니는 봉숭아 짓이긴 것을 그녀의 손톱 위에 얹어놓고, 잎새 넓은 것을 골라 손끝을 감싼다. 그녀를 바라보는 어머니의 눈빛에는 눈물은 없으나 근심이 일렁인다.

"옛날에는 무명실루다 꽁꽁 동여맸제. 아침에 보믄 피가 안 통해 시퍼렜다."

비닐봉지를 가위질하면서 어머니는 평상을 건너다본다.

"그래, 어찌 됐다요?"

"뭐가?"

언짢게 되돌아오는 아버지의 퉁박스러움에 어머니는 호기심을 누르고 묵묵히 그녀의 손가락에 비닐을 둘러 씌운다.

"모래 퍼간 집이 한두 집이어야제. 뒤져봉게는 상체 하체 대충 맞춰지는디도……"

아버지는 다시 목침을 베고 돌아눕는다. 그녀가 고갤 드는데 별꼬리 하나가 선명하게 서녘 산 뒤로 사라진다.

"머리께는 아예 안 보여…… 누군진 몰라도 안 되았어. 죽어서 뼈조차 그 난리라니."

"……그래 어쩌시기루 했소?"

마지막 새끼손톱을 동여매주고 어머니는 어질러진 것들을 한데 모아 저켠으로 밀어놓는다.

"어느 집으로 머리가 실려갔능가 알아야제 장사를 지내주든지 말든지 헐 것 아녀."

"……머리는 없는 것 아뉴?"

"해골 없는 시체 봤당가?"

"……아무렴 모래 퍼올 직에 해골이 있었음 그걸 몰랐시까?"

그녀는 어머니의 흰 고무신을 끌고 토방으로 내려선다. 팽개쳐진 감자 한 알이 밟혀 물컹하다. 놀라 그녀는 깨금발을 딛는다. 바람이 없어 모깃불의 연기도 안으로 안으로 잦아든다.

"해골이라고 어디 무덤 속엣것모냥 성했겄어…… 부서져서 나눠간 게지."

"……"

"꺼림칙해서 원, 모래 죄다 퍼 도로 그 자리에 버리야 쓰겄그만…… 전쟁통도 아닌디."

　　그녀는 뒤안을 돌아 뒷문을 통해 골목으로 나온다. 어둠 속 여기저기서 고양이들이 눈을 빛내고 있는 것 같아 그녀는 풀쩍 내뛴다. 전쟁통도 아닌디…… 아버지의 니코틴 박힌 푸념이 귓전에 착착 달라붙는다. 수리조합 둑을 따라가다 옆길로 새들면 은섭의 집이 있다. 다급하게 왔어도 대문을 두들기진 못한다. 그녀는 은섭의 집 토담에 등을 대고 오래 서 있다.

　　주눅든 열망에라도 기대고 싶었던 마음을 그녀는 자신에게조차 어떻게 설명할 수가 없었다. 환시도 없는 표백 상태가 오래 이어지고 있었을 뿐.

　　"누구?"

　　얼마나 지났을까? 대문 안에서가 아니라 그녀보다 두어 걸음 바깥쪽에 은섭이 서 있다.

　　"덕인이……?"

　　냇가로 목욕을 다녀왔는가. 플라스틱 비눗갑이 수건에 돌돌 말려 은섭의 손에 들려 있다. 그들은 그대로 골목을 나온다. 수리조합 둑길을 건너 철길 쪽으로 걷는다. 풀이 많은 언덕에 그가 먼저 앉는다. 언젠가 한 번 어쩌면 두 번…… 아니 세 번…… 낡은 시간 속에서 그와 함께 이 길에 앉아본 적이 있음을 그녀는 생각해낸다.

　　"저쪽엔 길이 없어지고 다리가 놓였어. 알아?"

　　그녀는 어둠 속에서 고갤 끄덕인다.

　　"이 언덕 밑엔 성당을 짓는다지, 아마."

　　"……성당?"

　　"응, 기초공산 끝났지 싶은데?"

그녀는 눈을 들어 언덕 밑에 쌓여 있는 벽돌들을 응시한다.

은밀하고 시끄럽지 않게 지나갔던 어린 시절 속에 깊게 파묻혔던 꿈 한 조각이 살갗 밑에서 꿈틀댐을 그녀는 느낀다. 고요함과 정숙함, 아름답고 조금은 외로움 속에 한 수녀의 모습이 떠올랐다 사라진다. 그 여선생님을 찬미했던 깊은 속에는 그의 얼굴 속에 수녀의 모습이 담겨져서였던가? 포도덩굴 밑, 햇빛과 나뭇잎 그림자가 춤추듯 일렁이고 있는 그 얼굴에, 어느 순간 짧지만 확실하게 어른거리던 갈대 꽃다발 같은 느낌을 그녀는 되살려낸다.

다리 위에서 그 여선생님의 뒷모습이 안겨줬던 슬픔은, 마음속의 그 기념비가 쓰러지는 상실감이었을까?

"어제는 미안했어."

그녀는 표백 상태의 밑바닥에서 끓어오르는 격정을 인내하느라 어색하게 내뱉듯 말한다.

"S시로 떠나갔나, 생각했지. 두어 시간 기다리다 돌아왔어."

간단한 대답 끝에 후, 깊은 데서 끌어내는 은섭의 한숨이, 그녀로 하여금 어제 밀짚모자를 들고 황급히 도망쳐나왔던 자신을 생각나게 한다.

"복학할 거지?"

"복학……?"

그는 푸푸 웃는다. 화가 난 듯 풀을 뜯어 휘휘— 날린다.

"……자주 모교 앞으로 파견을 나갔었지…… 전경이었거든. 후배거나 선배였거나 동료들이었을 그들과 대치해 서서 도대체 어쩌란 것이었을까…… 갑자기 자리가 바뀌었잖아. 전쟁중도 아닌데…… 돌을 던지고 최루탄에 쫓기던 내가…… 돌을 맞고 최루탄을 터뜨리는 꼴이라니…… 으음…… 정말 뙤약볕 속에 땀에 푹 젖어 서 있을 때…… 쉰 것 같은 도시락 밥을 꾸역꾸역 입에 밀어넣을 때…… 무좀에 썩을 듯한 발가락 사이를 들여다볼 때마다 이 상황을 어떻게 정당화시킬까? 숨통이 터질 것만 같았어…… 가두시위를 벌이려는 그들과 격전을 벌였던 어느 날 말야. ……그놈도 후배였을 거야…… 뭉쳐졌다가 흩어지는 한 놈을 봤어.”

은섭은 말을 멈추고 풀밭에 등을 눕힌다. 그의 빠른 움직임 속에 비누 냄새가 섞여 있다.

“달아나는 그놈을 쫓아갔어. 빙빙 주변에서 방관만 하고 있었는데…… 홧홧하게 울분이 달아오르지 않겠니…… 생각도 흐릿해지고…… 오직 파괴욕이…… 겁을 먹고 달아나는 놈을 사냥개처럼 뒤쫓아갔어…… 함께 쫓다가 다들 돌아갔는데…… 난 악착같이 쫓아갔어…… 재수없는 놈…… 그놈이 내 먹이가 된 거야, 알아!”

은섭은 갑자기 발딱 일어나더니 그녀의 어깨를 잡아챈다.

“도망치다가 문 열린 여관 장독대 뒤로까지 숨는 놈을 끌어내서 어쨌는 줄 알아?”

몸을 오므리는 그녀를 은섭은 사납게 끌어당긴다. 그의 입술이 광포하게 닿았다 떨어질 때 그녀는 온몸의 힘이 빠져 고꾸라지듯 쓰러진다.

“아무 힘도 없는 놈을 죽도록 패줬지…… 얼굴, 몸통, 다리 가리지 않고…… 정신없이.”

은섭에게 저항할 힘을 잃고 그녀는 하늘의 별을 본다.

　그에 대한 결정은 이미 되어 있었는데도 그 결정을 피해보려 했던 것은 그에 대한 미련이 아니었다. 그와의 온갖 습관을 깨뜨려야 한다는 것도, 그가 빠져나간 그 텅 빔 속에 혼자 남게 되리라는 것도 아니었다. 그의 시간 한켠에 애매하게 섞여 있느라, 세상과 문을 닫아버린 그 몇 해 동안의 자신과 마주 서는 것에 겁을 먹은 것이었다. 아무 정열도 없었던 자신, 어떤 세계에도 통틀어 내줄 수 없었던 자신을 만날 일이 두렵고 고통스러워서였다. 힘껏, 온통 다 털어넣었더라면…… 그랬더라면…… 그녀는 그러지도 못했으면서 그의 속에 섞여 아무것도 보려 하지 않았던 자신이 서먹해서 견딜 수가 없었다. 다 내줬더라면, 패했더라도 그 반향으로 세상의 또다른 창을 여는 것에 이렇듯 겁내지 않을 것이라는 욕망이 그녀를 끈질기게 괴롭혀서였다. 매번 그 괴로움 끝에 걸려 넘어지는 건 무심히 봤던 생의 가능성과 희망이었다.

　한순간, 무섭게 치받치며 그녀의 몸을 열던 은섭의 광포한 기운이 비누 냄새 속으로 잦아들고, 뜨거운 눈물방울이 그녀의 얼굴로 툭툭, 떨어진다. 놀란 그녀는 후딱 은섭의 목을 억세게 끌어안는다.

　"……그리웠어…… 무엇엔가 충만했던 이곳에서의 생활이…… 미치게 그리웠어…… 모든 것들이 완벽하게 우리를 끌어당겼었지. 아무리 드센 폭양이라도 물만 조금 뿌려주면 마당은 흙냄새를 풍겼었잖아…… 햇볕 밑에서도 하하거리며 붕어를 잡으러 다녔었지…… 먼지 풀숲 속에 개구리는 얼마나 생생하게 도망쳤었니…… 뭐든 생기롭고 강렬했지…… 그런 날들이 미치게 그리웠어…… 그런데 이상해…… 이젠 여기도 생기롭지가 않아…… 어머닌 울고…… 고양이들은 눈 번뜩이고…… 어디서나 묘지 냄새가 나……"

동여맸던 봉숭아 뭉텅이가 툭툭, 터져 흩어진다. 생각나니? 옛날에 우리 약수터에 갔었던 때. 그녀는 발작적으로 눈을 질끈 감고 뜨지 않는다.

밤길

플랫폼 기둥, 외등에서 쏟아져나온 불빛들이 균형을 잃고 흔들린다. 버둥거린다. 떠돌던 몸을 부착시키고 있는 흰나방이처럼. 비닐봉지와 신문 조각 들이 건너편 빈 레일 위로 쓸려간다. 개찰을 늦게 해 급히 뛰어드는 승객들의 성급한 뜀박질 사이로도 바람은 거칠고 사납게 분다. 불안스럽게 뛰는 사람들과 격한 바람이 낮에 한 차례 쏟아졌던 우박을 떠오르게 한다.

정오가 조금 지났을까?

평탄했던 거리에 느닷없이 폭풍이 일고 소란스럽게 툭탁거리며 우박이 내리쳤다. 사람들은 황급히 외투나 서류봉투, 가방 등으로 얼굴을 가리며 전염병을 만난 듯 사방의 문과 상점 차양 밑으로 사라졌다. 놀랍게도 인도는 순식간에 텅 비었다. 우박은 아스팔트와 달리는 차체 위로 튀며 유리잔이 깨지는 소리를 냈고, 사람들의 얼굴에 버짐처럼 번져 있던 권태로움은 사라졌다. 꼼짝없이 발이 묶여 긴장한 표정으로 서성거릴 때, 우박은 또 갑자기 기세를 죽이고 비틀거리다 정지했다. 낮잠 속의 짧은 꿈처럼. 건물들 사이로 다시 햇빛이 비집고 들어와 반짝여도 사람들은 선뜻 인도로 나오지 못하고 미심쩍은 표정으로 하늘을 보곤 했다. 나는 잡지사 창문을 통해 사람들의 머뭇댐을 우두커니 바라봤다. S에게서 이숙의 소식을 전해들은 바로 직후였다.

출발 직전의 기차 안은 소란스럽다. 내 가슴은 무섭게 뜨겁다. 컴컴한 가슴속에서 눈에 불을 켜고 온몸을 곤두세우고 짖어대는 밤개가 목을 길게 내뺀다. 중년 남자가 허둥대며 계단을 두 개씩 뛰어내려온다. 열차는 역사를 천천히 빠져나간다. 빈 레일을 배경으로 서서 역무원이 흔드는 깃발이 어둠을 갈라놓는다. 그의 정복 모자, 금칠 배지가 역광 속에서 멀어진다. 차창으로 사람들의 모습이 비친다. 선반에 가방을 얹는 사람, 외투를 벗고 있는 사람…… 차창 밖이 기차 안 같다. 섬뜩해 고개를 돌려본다. 건너편의 가방을 다 얹은 이는 이제 손을 비비고 있고, 외투를 벗은 이는 넥타이를 느슨하게 풀고 있다. 그래도…… 기차 안은 차창 밖 같다. 무중력 상태가 느껴지자 몸이 움츠러든다. 생각 없이 몸을 빼고 있는 달팽이를 툭 건드렸을 때처럼. 내가 움츠렸다고 느꼈을 때 부유중이던 친숙한 무엇이 나를 엄습한다.

……움츠리는 데는 언제든 익숙해. 잠을 잘 때도 나는 움츠려. 반듯하게 눕는 게 불편해. 치악산 밑에 움츠린 채 내 몸은 눌려 있는 것 같아. 그것이 앞으로 내 생의 반이 될 것 같아. 산에 잎 돋고 꽃 피는 소리 방바닥에 움츠리고 누워 엿들어…… 와서 나를 감싸줘…… 혼자 있기 힘들어……

이숙이 보내온 엽서에는 짙푸른 나뭇잎 한 장이 붙어 있었다. 풀칠이 어긋났었는지 나뭇잎 곁에는 조심스럽지 못하게 풀칠이 비져나와 말라 있었다.

손을 쥐었다 편다. 힘줄들이 서로 당겨지면서 싸한 전율이 퍼진다. 짧은 순간, 그 파문 속에 통증이 햇빛 같은 속도로 지나간다. 나를, 지나간 통증의 정체를, 나는 외면하고 싶다. 그러나 이숙은 내 안의 갈망을, 습한 공기 같아서 만져지지 않던 그것을 괴롭게 깨워놓았다.

바람이 진입한다. 바람이, 나무들의 관절을 삐그덕거리게 해놓고도 모자라 창틀 사이로 조금씩…… 조금씩. 역사를 완전히 빠져나온 열차는 빠르게 철길을 질주한다. 이숙의 굶주림. 이제 이숙은 움츠릴 몸이 없다. 그녀의 몸은 지상을 빠져나가버렸다. 지상은, 한가로울 때만 그녀가 몸을 내빼는 것을 허락했던 지상은, 이제 그녀를 잃었다. 얼굴을 붉히고 말을 더듬거리고…… 그러고도 한없이 수줍어…… 고통스럽게 고갤 숙이곤 했던 이숙을. 잠시 치악산이 푸르러지는 사이, 그녀는 몸을 지상에서 완전히 빼내 종종걸음쳐버렸다. 어쩌면 그녀는 자신의 몸이 다 빠져나온 것도 모르고 있었는지 모르지. 한가로운 집 속에서 하염없이 기어나오다 뒤돌아보니 어느새 온몸이 집을 다 빠져나와 있어, 다급히 돌아가고 싶어도 뒷걸음질 치는 법을 배워놓지 못한 달팽이처럼.

삶은 계란, 훈제 오징어…… 캔 음료수 들을 싣고 매원이 지나간다. 바퀴가 툴툴대며 다음 객실로 옮겨갈 때까지 누구도 그에게 물건을 사지 않는다. 늦은 밤차라 어린 승객이 없는 탓일까?

"어디까지 가세요?"

발을 옮기다가 나를 건드린 미안함을 상쇄시키려는 듯 앞자리의 젊은 여자가 묻는다. 여자가 아기를 안고 있다는 사실이 잠시 나를 망연하게 한다. 나보다 늦게 여자가 승차하는 것을, 객실 문을 열고 들어오는 것을, 기차표를 꺼내 좌석표를 확인하고 내 앞에 앉는 것을, 나는 봤다. 그때 여자에게 아이가 있었던가? 여자의 가슴에 얼굴을 묻고 자고 있는 아기의 살빛이 희다.

"J시까지요."

여자를 무안하게 하지 않기 위해 대답한다. 여자가 고개를 끄덕인다. 여자의 고갯짓에 회색 터틀이 흔들린다. 여자의 얼굴에 창백한 불빛이 만든 그늘이 아름아름 떠다닌다. 그늘은 여자의 이마까지 가리지는 못한다. 여자의 깨끗하고 반듯한 이마는 여자를 매우 정직해 보이게 한다. 반면 저 서늘한 이마는…… 나는 여자를 턱없이 관찰하고 있는 내가 우스워진다. 여자가 내쉰 숨을 내가 들이마신다는 친숙함을 저 이마는 줄여주리라.

"J시가 고향인가요?"

여자는 또 생각났다는 듯 다시 묻는다. 나를 보지도 않고. 여자의 가슴에 파묻혀 자고 있는 아이가 손가락을 꼼지락댄다. 신경질적으로 길고 마른 손.

"네."

J시에서 사 킬로미터 걸어야 나오는 변두리 농가. 그 하늘색 페인트칠 지붕. 고향집. 그 집은 지금 비어 있다. 그 집으로 가는 길목의 삼남 할아버지네 토담. 그 토담은 높았고 튼튼했었다. 유년 시절,

그 밑을 지날 때 나는 버릇처럼 까치발을 하고 키를 재보곤 했다. 그 토담은 내 정수리를 내려다보며 당당하게…… 무너질 일은 영원히 없을 듯 거기 버티고 있곤 했다. 어느 해 귀향길에 그 곁을 지나다가 문득 멈췄다. 토담 위의 낡거나 깨진 기왓장이 햇살 아래 아무렇게나 버려져 있었다. 높고 튼튼했던 것이…… 나는 새삼 토담을 살폈다. 토담 너머 장독대, 그 너머 부엌, 열린 부엌문 너머 마당이, 마당 빨랫줄에 걸린 흰옷이…… 환히 내다보였다. 나는 새삼스럽게 그 마을을 천천히 걸어다녀보았다. 낡고 깨지고 무너지고 형편없이 버려진 것은 토담만이 아니었다. 사람은 늙고 풍경은 지쳐 있었다. 마을 조무래기들의 어지러운 발소리들이 들릴 것만 같은 곳들은 유난히 더. 팽나무 가지는 부러지거나 늘어졌고, 그 밑을 흐르던 도랑물은 말라버렸고, 다만 빨래터였던 흔적으로 넓적돌이 유적물처럼 하얗게 바래 있었다. 샛터엔 빈집이 두 곳이나 되었고, 밀밭 곁의 공터는 늪으로 변해 있었다. 그 늪에 돌을 던져보면서 퇴락한 지붕들을 오래 바라보았다…… 그래도 잡초 속의 이정표는 쓰러지지 않고 먼지를 뒤집어쓰고 마을 입구에 서 있었다. 이정표는 버티고 서서 슬퍼했으리라. 삶을 꾸리려고 자신을 지나 마을로 들어가는 사람은 없었을 테니까. 오래 쓰던 물건들을 이웃에 작별인사로 건네주고 자신을 지나 떠나는 자들뿐이었을 테니까. 부모님도 이태 전에 팔리지 않는 집을 아예 비워두고 J시를 떠났다.

"다 살아버린 이제 여기를 뜰 생각은 없었다만 점점 무서워야…… 느희 애비 깜북 정신을 잃을 적마다 나 혼자 임종 맞겠구나 싶은 것이."

지쳐버린 어머니의 공포를 모르는 척할 수 없었다. 해 저물녘, 앞마당의 감나무 그림자만 길어져도 섬뜩하다는 어머니. 넓은 마당을 지나다가 당신 발소리에 지레 놀란다는 어머니. 어머니는 아버지의 임종을 혼자 지켜야 하는 공포를 덜기 위해 잡초 속에 저 혼자 버티고 서 있는 이정표를 지나왔다. 가운뎃집이라고 불릴 만큼 마을 한복판에 있는 우리 집이 빈집이 되었으니 마을은 텅 빈 것 같으리라. 이정표를 지나왔어도 어머니는 공포에서 벗어나지 못했다. 새벽이면 어머니는 거실의 불을 켰다. 형광등 불빛 아래서 등을 굽히고 앉아 성경책을 읽었다. 나는 자주 어머니의 웅얼거림에 잠이 깼고, 문득 나뿐 아니라 집안 식구들이 모두 잠을 깨어 우두커니 어두운 천장을 올려다보며 어머니의 웅얼거림을 듣고 있으리란 생각이 들곤했다.

"아가씨!"

어느 날 올케가 내 앞에 어머니의 성경책을 은밀히 펴 보였다.

"어머님이 자주 우시나봐요."

누렇게 얼룩진 책장을 보며 올케와 나는 서로 외면해버렸다. 후로 나는 올케도 모르게 어머니의 성경책을 펴보곤 했다. 얼룩으로 글씨를 못 알아보게 된 책장이 갈수록 늘어갔다. 어쩌면 올케도, 아니 온 가족이 서로 비밀스럽게, 서로 몰래 어머니의 성경책을 펴보고 있는지도 모를 일이다. 어머니가 집을 뜬 후 한 번도 찾아가본 적이 없는 J시. 그곳에 대해서 여자가 물었다. 고향이냐고. 그래서 나는 대답했다. 네, 라고. 나는 지금 목적지가 J시가 아니라도 상관없다. 그저 서울이 아닌 다른 곳으로 가고 싶을 뿐이지 J시여야만

하는 건 아니다. 이숙…… 그녀 때문에 저녁 무렵 우리 패거리들은 만났고, 우울했고 담배를 피웠다. 어머니가 성경책 속에 떨어뜨리고 있는 눈물에 대해서 아무도 모르리라고 생각하듯, 우리는 등 돌리고 울었으니 서로 우는 걸 모를 것이라고 생각하면서 울었을 것이다. 버스에서 내려 우리는 육교의 계단을 뛰어오르며 충혈된 눈을 감추려고 서로 곁에 못 있게 했다. 터무니없이 화를 내며. 한 장소로 가면서 각자 다른 골목을 택해 걸어갔다. 우리들이 자주 만났던 양지다방으로 가는 골목이 여럿이라는 것을 처음 알았다, 오늘.

사람들은 흔들리며 잠을 잔다. 사람들은 비스듬히 신문을 본다. 사람들은 서로에게 기대 하염없이 밖을 본다. 사람이 없는 많은 좌석들이…… 비어 있다. 그때…… 지금 마지막이라고 말해야 하는 그때 이숙이 왔었다. 마지막인지 전혀 몰랐던 그때, 나는 마감에 쫓겨가며 원고를 작성하는 중이었다. 불쑥 사무실 앞에서 전화를 걸어온 그녀를 데리고, 이미 오후가 기울고 있는데도 점심도 먹지 않은 것 같은 그녀를 데리고, 어쩌면 그날 내내 아니 그 전날, 또 그 전날부터 음식이라곤 입에 댄 것 같지 않은 그녀를 데리고 잡지사 앞 식당엘 갔었다.

"여름이 되면…… N섬에 갈까 해…… 너도 기억나지? P신부님…… 그 신부님이 N섬 신설 성당으로 가셨대. 그래서 편지를 드렸는데 답장이 왔어. 아름답지는 않고 가파른 곳이래…… 외져서 유아들 교육을 맡을 만한 마땅한 곳이 없대…… 여름 되면 그애들을 위해서 성경학교를 열겠대. 별일 없으면 와서 여름 나랬어. 애들과 함께."

수줍고 말이 많지 않던 그녀가 그렇게 많은 말을 들뜬 듯 쏟아놓는데도 내 마음은 온통 마감 원고에 가 있었다.

"생각해봐, 얼마나 즐겁겠니!"

그녀는 N섬에 대해서, P신부에 대해서 많은 말을 하고 싶어했지만 나는 그 말들을 듣고 있을 시간이 없었다. 그녀는 나와 함께 조금 걷고 싶다고 했다.

"원고를 마저 써야 해, 시간이 없어."

"……응."

그녀가 떨어뜨린 젓가락을 줍기 위해 몸을 굽혔다가 그녀의 통통 부어오른 발을 봤다. 스타킹은 줄이 나가고 체크무늬 스커트 사이로 벌겋게 소름이 돋은 그녀의 발을 보지 않았다면 난 그녀를 그대로 보냈으리라. 음식값을 치르고 나는 그녀와 함께 잡지사 건너편 능으로 갔다.

"잠깐밖에 안 돼."

그렇게 말했던 것도 같다. 내가 그때 그렇게 말하지 않았기를 지금 나는 원한다. 그랬다면 이숙에게 외로움을 더 가중시켰을 테니까…… 하지만 그렇게 말했던 것 같다. 잠깐밖에 안 된다는 것이 영원히 안 되는 것으로 되어버렸다.

아기가 칭얼댄다. 여자가 아기를 고쳐안는다. 그래도 아기는 칭얼댄다.

"아이, 우리 은주 이쁘지ㅡ"

여자가 아기의 손바닥을 펴서 자신의 검지를 손바닥 가운데에 꼭 꼭 찍는다. 아기는 더 칭얼댄다. 여자의 검지가 아기의 손바닥에 닿을 때마다 아기는 붉은 잇몸까지 드러내며 짜증스러워한다.

"은주, 은주야―"

여자의 목소리에 잔뜩 물기가 묻어 있다. 목소리의 처연함 때문에 나는 여자를 다시 본다. 창 쪽으로 약간 몸을 돌려세운 여자가 앞단추를 연다. 여자의 젖에 아기는 입술을 댄다. 잠결이었는지 아기는 눈을 뜨지 않고 있다가 곧바로 젖에서 입술을 떼고는 눈을 치뜨고 가파르게 운다.

"은주야―"

여자가 달랠수록 아기는 성마르게 운다. 은주, 은주야―, 여자의 소리는 안타깝게 점점 잦아든다. 한밤중 열차 안의 정적은 아기 울음소리로 인해 조각이 난다. 신문을 보던 사람들이 여자와 아기를 쳐다보고, 서로 기대고 하염없던 사람들이, 구부리고 잠을 자던 사람들이…… 여자와 아기를 쳐다본다. 여자는 난처하게 나를 본다. 여자의 귀밑머리에 하얀 상장이 꽂혀 있다.

"어디 아픈가봐요."

"아니에요. 배가 고파 그래요."

"젖을 물려도……?"

"……"

아기의 울음소리는 점점 더 고조되어 그때까지 자고 있던 사람들의 잠까지 깨워놓는다.

"거, 울음 좀 그치게 해요!"

더 참지 못하고 한 남자가 소리친다. 남자의 눈 속은 잠이 가득하다. 그 충혈된 눈 속에 가득 담긴 신경질이 몸을 오그라들게 한다.

여자는 아기를 고쳐안는다. 다시 고쳐안는다. 은주야―, 기어이 여자의 눈이 벌게진다.

"젖이 나오질 않아요. 말라버렸어."

여자는 털어놓듯 내게 말한다.

"우유를 먹여보면……?"

"왜 먹여보려 안 했겠어요…… 맛을 가려요…… 더 울어요…… 내가 뭘 먹어야 젖이 될 텐데…… 먹을 수가 없어요…… 모두 되나와버려요."

나는 쓴웃음이 나온다. 정수리가 따끔하게 아프다. 이숙이와 산책했던 그 능에서의 저녁 무렵을 기억한다. 잔양이 희미하게 수목 사이를 비집고 들어와 길목에 명암을 만들었다. 이숙이 그 명암 속에서 희미하게 웃었다.

"여긴 자주 오니?"

"그럴 틈이 있어야지."

"길이 이렇게 좋은데도?"

"마음에 들어?"

"……응, 아주!"

그러곤 이숙이 침묵했다. 그건 우리들 사이의 침묵이 아니라 분명 이숙의 침묵이었다. 그애 내면의. 나는 이숙이 앞서 걷도록 내버려두었다…… 이숙이 숲길을 이탈해도 내버려두었다…… 이숙이 나뭇잎을 줍고, 이숙이 나무들을 쓰다듬고, 이숙이 무심히 하늘을 봐도 나는 내버려두었다. 그녀가 키 큰 소나무 밑에 엎드려서 한참을 일어서지 않을 때야 나는 그녀의 침묵에 참견했다. 이숙은 식당에서 먹었던 음식을 모두 쏟고 있는 중이었다. 그녀가 무릎을 꿇고 있었으므로 나는 그녀의 팔을 잡아 일으켜세웠다.

"치마 버리겠어."

왜 내가 다른 말은 다 젖혀두고 놀라움도 젖혀두고 기껏 치마 버리겠어, 라고 했는지 지금은 알겠다. 나도 모르게 이숙의 침묵을, 그 의미를 나는 감지하고 있었던 게 아닐까? 느닷없이 찾아와 턱없이 반가워하며 수선을 피우는 그녀에게서 어머니가 맡고 있는 죽음의 기미를 감지했었던 것은 아닐까?

나를 바로 보지 못하고 자주 허공을 떠도는 그녀의 눈에서, 물에 불은 비누처럼 퉁퉁 부어오른 그애의 발에서. 내가 외면하려 했던 야릇한 비통함이,

왜 그래? 속이 안 좋니?

그런 말들을 막았으리라. 이숙은 소나무를 끌어안고 한참을 고통스럽게 뒤척였다. 그애의 등을 토닥이면서, 자꾸만 눈을 찌르는 잔양이 성가셔 나는 이마를 잔뜩 찌푸렸었다.

"음식이 안 받아. 괜찮을 것 같았는데."

"거식증?"

"거식증은 무슨, 그냥 가끔 그럴 때가 있어."

이숙은 내가 내민 휴지로 입술 주위를 닦다가 거식증이라고, 되뇌이며 끼득대고 웃었다. 느닷없는 이숙의 끼득댐에 나는 기분이 묘하게 헝클어졌다. 우리는 다시 길을 걸었다. 능은 산중턱에 있었다. 이숙은 물끄러미 능을 바라보았다. 바람처럼 다른 풍경들을 무심히 지나쳐온 그녀의 시선이 능에 너무 오래 멎어 있었다는 생각

이 지금 든다. 늦봄, 능은 무섭도록 푸르렀다. 나는 이숙의 시선을
분산시키려, 조선시대 왕후의 능이래, 라고 이숙의 귓가에 대고 속
삭였다.

한참 침묵 끝에 이숙은, 한숨 쉬듯 말했다.

"응, 그래……"

"뼈 말고 다른 게 또 있을까?"

나는 이숙의 말에 대답하지 않았다.

"너무 커서 하는 얘기야."

이숙은 면구스러운 듯 객쩍게 웃었다.

"곧 들어가봐야 해."

사실이었지만 난 화가 난 듯 퉁명스럽게 말했다. 이숙은 고갤 숙
이고 웅얼거리듯 말했다.

"난 좀더 걷고 싶어…… 넌 가도 좋아."

"널 여기에 두고?"

"……뭐, 어떠니!"

이숙은 고개를 더 떨구었고 나도 서먹해져 멀뚱하게 이숙을 봤
다. 이숙이 다시 걷기 시작했다. 나도 그녀의 뒤를 따랐다. 중턱의
능을 지나고, 소롯한 산길을 지나고, 벤치를 지나고, 갑자기 만나지
는 황토흙의 공터를 지났다. 그사이에 햇빛이 사위었다. 능을 한 바
퀴 다 돌고 다시 출구로 빠져나올 무렵, 이숙은 몸을 떨었다.

"감기 들겠어."

"이깟 바람에? 근데 나, 이 좀 닦을 수 있을까?"

느닷없이 이는 무슨, 그러다가 소나무 밑의 구토행위가 떠올라

나는 침묵했다. 붉은색이었다고 기억되는 칫솔을 가게에서 구입한 후 이숙을 데리고 잡지사 이층 화장실로 갔다. 그녀를 잠깐 거기 있게 하고 사무실로 올라와 치약과 컵을 가지고 내려갔다.

"……웬 치약이 사무실에 있니?"

"점심 후에 닦거든."

지금 생각해도 그녀의 양치질은 길었다. 나를 잊은 듯…… 나를 잊어버린 듯 그녀는 이를 닦고 또 닦고 또 닦았다.

"잇몸이 다 상하겠어!"

결국 내가 탓할 때까지 아랑곳 않고 그녀는,

"이 다 닦으면 너랑 헤어져야잖아."

입안에 치약 거품을 가득 담고 환하게 웃기까지 했다. 이숙은 지하철 입구 계단으로 사라지면서 내게 손을 흔들었다. 나는 그애의 손을 보지 않고 그녀의 퉁퉁 부어오른 발을…… 그 발을 봤다. 그녀가 가고 난 후 난 단 한 줄의 원고도 쓰지 못했다. 어째서가 아니었다. 햇빛 아래 무심한 눈빛으로 온몸을 내맡기고 있는 고양이처럼 내 몸은 나른했다. 하염없이, 데스크의 독촉 속에서도 하염없이 나는 의자에 앉아 있었다. 그러나 다음날 난 괜찮아졌다. 이숙 때문에 원고가 하루 늦어 번거로운 말씨름을 하게 되었지만…… 이숙이 남기고 간 취기를, 그 외면하고 싶은 기미를, 하루 만에 나는 잊었다. 그리고 시간이, 한 계절이 갔다. 그애로부터 서너 통의 편지가 치악산에서 왔고, 내가 답장을 했는지 안 했는지 기억나지 않는다. 여름에 잠깐 N섬과 P신부…… 그리고 그녀를 생각했지만…… 곧 또 잊었다. 그사이로 또 시간이 갔고 또 계절이 갔으며…… 그리고 오늘이다.

"왜 그래? 엄마 없는 애야? 젠장 잠 다 깨워놓는군."

투덜거림 사이로 한 여자가 걸어온다. 짧은 파마머리에 검은 살 갖의 여자는 건강해 보인다.

"애길 이리 줘요."

다가온 여자는 은주야— 목울음만 울고 있는 여자에게서 아기를 받아 안는다.

"배고픈 아이는 젖 주기 전엔 울음 안 그쳐요. 점점 더 사나워질 뿐이지."

여자는 스웨터의 단추를 풀고, 거침없이 젖을 꺼내 아기에게 물린다. 검은 얼굴과는 달리 여자의 젖은 희고, 누르면 튕겨져나올 듯 탱탱하다. 아기는 여자의 젖에 매달려 금세 정신이 없다. 푸른 힘줄이 도드라질 정도로 힘차게 빨아댄다. 당당하게 모든 소란스러움을 일시에 잠재운 여자는 아기에게 젖을 물린 채 나른하게 하품을 한다. 여자가 두번째로 하품했을 때 아기는 천천히 젖을 빨며 빙긋 웃는다. 평화롭게 눈을 감는다. 여자가 세번째로 하품했을 때 아기는 무심결에 여자의 젖을 놓친다. 잠든 줄 알았던 아기는 놀란 듯 급히 젖을 되찾아 물고 놓아주지 않는다. 얼마 후…… 얼마 후 여자가 아기의 입술에서 젖꼭지를 떼려 할 때 떨어지지 않으려고 아기는 잠결에 칭얼대며 헛손질을 한다. 여자가 아기를 돌려주고 또 하품을 한다.

"고마워요."

"상관없어요. 난 젖이 많아요. 내 애가 먹고도 짜내야 되는데요,

뭐."

　여자는 단추를 채우고 건너편 사람들이 쳐다보는 것에 아랑곳없이 길게 또 하품을 하며 간다. 차창 밖은 어둠뿐이다. 어둠 속에서 가끔 반짝이는 불빛뿐이다. 잠든 아기를 안고, 아기의 머리를 쓰다듬는 여자의 어깨가 낮게 들먹거린다. 나는 괜히 시계를 본다. 세 시. J시에는 다섯시쯤 도착하리라. 그 시각에 J시 역에 내려 나는 무엇을 한단 말인가.

　여자는 별을 품듯 아기를 품고 있다. 잠을 자지도 않고 졸지도 않고. 끊임없이 덜컹거리면서 여자는 앉아 있다. 열차 안이 아니고 방 안이라도 여자는 꼭 저렇게 앉아 있을 것만 같다. 오늘 전에 여자를 본 적이 없고, 여자와 함께한 시간은 불과 세 시간 남짓일 뿐인데, 여자의 귀밑머리에 꽂혀 있는 흰 상장이, 가늘게 들먹거리던 여자의 어깨가, 젖이 나오지 않는 여자의 가슴이, 여자를 오래전부터 알고 있었던 것처럼 느끼게 한다. 그래도 이제 나는 여자를 안다고 말하는 것에 겁을 내리라. 여자뿐 아니라 다른 모든 것들에게도. 오늘 이전에 나는 이숙이를 잘 아는 것 같았다. 그러나 지금, 나는 이숙일 전혀 모르겠다. 모든 것이 회복될 수 없는 상태로 되어버린 지금, 이숙이가 혼자 있지 않았다면…… 이숙이가 사람들과 섞여 있었더라면 하는 생각이 절실한 지금 나는 생각한다. 내가 이숙일 안다는 것이 얼마나 그녀를 외롭게 했는가를. H는 언젠가 말했었다. 이국 노래 가사에 이런 게 있지. 그를 아는 것이 사랑이다…… 그를 아는 것이 사랑이다…… 이국 노래 가사이든 철학사전에 있든 상관없이 지금 문득 H의 그 말이 쓰라리게 되살아난다. 그를 아는 것이 사랑이다.

"눈이 내리나봐요?"

여자가 손을 뻗어 차창의 습기를 닦아내며 마음 안의 무엇을 밀어내듯 말한다. 정말 눈이 내린다. 어머니가 비워놓고 온 고향집 방에 저 혼자 쌓였을 먼지처럼, 사람들이 잠을 자기 위해 거리를 비워놓은 사이 저 눈은 소리없이 거리를 뒤덮을 것이다.

"우스운 이야기지만……"

여자가 하염없이 밖을 내다보며 더듬거린다. 되묻지 않으면 여자는 말을 그쳐버릴 것 같다.

"무슨……?"

"……눈, 눈을 먹어봤나요?"

대답 대신 나는 웃는다. 여자도 웃는다. 아, 웃는 여자는 놀랍게도 아름답다. 슬프게 아름다워서 그의 머리에 꽂혀 있는 상장이 그대로 어울린다.

"……밤에 내리는 눈을 보면 어린 시절을 보냈던 방의 창문이 떠올라요. 그때는 날마다 밤이…… 왜 그렇게 무서웠던지. 밤만 되면 빨리 날이 밝기를 눈뜨고 앉아서 기다렸죠. 아침이 되면 눈이 쌓였다고 밖은 한참 소란스러운데 난 그렇지 않았어요. 그 시절, 겨울에 눈은 나 몰래 내린 적이 없었거든요. 날이 빨리 밝기를 기다리다가 눈이 내리기 시작하는 걸 지켜봤고 어쩐지 그런 밤만 무섭지 않았어요."

여자가 비죽이 웃는다. 나는 주머니에서 손을 꺼내 얼굴을 문지르다 말고 차창에 갖다댄다. 손바닥 크기만큼 습기가 닦이고 그 사이로 내가 보이고, 더듬거리는 여자가 보이고, 잠든 아기가 보이고, 내리는 눈이 보인다.

"그를 잃고…… 어렸을 때 밤을 무서워했던 그때로 되돌아간 것 같아요. 그는 나에게 아주 잘했어요. 나는 결혼 전에 한 사람과 헤어졌고…… 그가 그이보다 못하다고 생각했었죠…… 사실 나는…… 그래요. 나는 다른 사람을 나만큼 사랑해본 적이 없었을 거예요. 그가 있어서 불행하거나 외롭지는 않다고 생각했을 뿐이었어요…… 그를 잃지 않았다면 나는 지금도 나만 사랑하면서…… 무서워요. 하느님이 마치 나에게 무엇을 깨우쳐주기 위해 그를 데려간 것만 같아서."

훗날에…… 먼 훗날에…… 더 먼 훗날에도 잊지 못하고 기어이 내가 기억해내고 말 것 같은 미소를 여자가 짓는다.

"……자꾸만…… 왜 얘기가 하고 싶을까? ……들어주겠어요?"

"……그럼요."

음정을 잘못 고른 하모니카 소리처럼 내 목소리가 떨린다. 턱없이 여자를 향해 열리는 마음을 감추려고 애써 귀찮은 표정을 지어보인다.

"……나는 나를 알고 있었던 것 같아요. 거울을 볼 때나 햇빛을 느낄 때 나는 내가 두려웠죠. 거울 속으로 나를 들여다보면 한없이 서글퍼지고 뜨거운 무엇이 내 안에 차오르곤 했죠. 햇빛 아래를 걸을 때도 그랬어요…… 그를 잃기 전에는 그 느낌이 정확히 무엇인지 몰랐어요…… 슬픔 같기도 했고 공포 같기도 했고…… 몰랐던 게 아니라 피했겠죠…… 피하고 싶었겠죠. ……그에 대한 연민이

미칠 만큼 들끓어요. 살아 있는 그를 잘 보지 못하고 이젠 없는 그를 미치게 사랑해요. 나는 말예요, 이제야 저녁때마다 그가 집으로 돌아오기를 기다려요. 그는 이젠 올 수 없는데 말예요…… 세상의 모든 남자들이 그와 같거나 비슷하다고 생각했는데 아니에요. 그만이 내 사람이었어요…… 아세요? 내 마음…… 이제야 나는 그와 진짜 사랑하며, 기쁨을 느끼며 살 수 있을 것 같은데…… 그가 살아 있기만 하다면…… 그의 조끼를 만들고…… 살았을 때 그가 원한 것처럼 그에게 내 무릎도 내주고…… 기다리고 사랑하는 데 나를 다 바치겠어요…… 그가 살아 있었다면 내가 이런 생각을 할 수 있었을까요? 아닐 거예요. 나는 나만 사랑하며 그저 그런 날들이 흘러간다고 짜증을 내고 있을 뿐일 테죠."

말하는 동안 입술은 건조해졌지만 여자는 가끔 미소도 짓고 목소리의 평정도 잃지 않는다.

"그의 죽음과 내 마음을 맞바꾼 것만 같아요."

여자는 한숨도 쉬지 않는다. 그런데도 여자의 높낮이가 없는 낮은 목소리는 절망이 어느 만큼 여자를 몰아세웠는지를 감지하게 한다.

"더 들을 수 있겠어요?"

내가 웃자 여자는 얘기를 계속했다. 내가 없어도 상관없을 것같이 여자 자신에게 말하듯 나직하게.

"……그가 죽던 전날 밤에 꿈을 꿨었어요. 납작한 집들이 있고 햇빛이 내리쬐는 어느 마을을 지나는데 맞은편에서 알지도 못하는 얼굴들이 흰옷을 입고 떼지어 내게 다가왔어요…… 그 집들, 그 햇빛들, 그 흰옷들…… 아침에 그에게 출근을 하지 말라고 했죠. 꿈

이야긴 안 했어요. 그는 과학선생님이었으니까…… 내가 왠지 불길
하다고 자꾸 하루 쉬라고 그러니까 그가 내놓은 제안이 그럼 자전
거를 안 타고 버스 타고 가겠대요…… 자전거로 통근을 했거든
요…… 차라리 그날 그가 자전거를 타고 갔더라면…… 그의 제자
가 그러데요. 수업 도중에 그가 느닷없이 사람이 죽을 때 무슨 소리
를 내는지 아느냐? 묻더래요. 아무도 대답을 안 하니까 아악― 그러
는 거다, 라면서 웃더랍니다…… 그 혼자 크게 웃었대요…… 제자
들은 선생님이 갑자기 왜 그러시나? 멀뚱하게 그를 봤겠지요……
사고는 버스를 타고 집으로 돌아오는 길에 났어요…… 대형 트럭과
충돌해서 버스가 다리 밑으로 굴렀죠. 그래서인가봐요…… 저물녘
이면은요…… 그가 꼭 집으로 오고 있는 중인 것만 같거든요……
그 생각에 친정집에 더 있을 수가 없어요…… 빨리 가야 한다 빨
리…… 그가 와 있을지도 모르는데…… 나를 찾고 있는 그의 모습
이…… 찾다가…… 찾다가…… 실망해 방바닥에 털썩 주저앉는
그의 모습이…… 터무니없지요? 그는 안 오지요?"

여자는 미소짓고 있다. 터무니없지요? 그는 안 오지요? 여자의
말이 머릿속에서 빙빙 돈다. 여자에게 나도 냉정하게 침착하게 미
소지으며 고스란히 되묻고 싶다. 나도 이제 이숙을 만질 수 없다.

"눈 먹어봤어요?"

이제는 내가, 우리 사이의 침묵에 난처해진 내가 묻는다. 여자는
눈을 옮겨 나를 빤히 본다.

"……저 눈을 한줌 먹으면 다른 것도 먹을 수 있을 것 같아요……
그와 나의 아이예요. 난 이애에게 젖을 만들어줘야 해요……"

여자는 또 눈을 옮겨 잠든 아기를 오래 본다. 어느 순간 한없이, 여자가 한없이 정답게 느껴진다. 절망하는 자들이 갖는 뒤틀림이 여자에겐 없다. 여자의 손을 잡고 싶어진 나의 손이 주머니 안에서 나왔을 때 내가 부르기라도 한 듯 여자가 조용히 나를 향해 고개를 든다. 여자의 눈과 나의 눈이…… 마주친다.

"다음이 J시예요."

여자는 다정히 말하고 미소짓는다. 내가 내민 손, 주머니 속에서 긴장하며 땀에 젖은 손을 여자가 잡아준다.

대합실 출입문 위쪽에 붙은 낡은 벽시계가 다섯시를 막 넘어서고 있다. J시가 자랑하는 L산 안내 지도가 이물스럽게 벽에 붙어 있다. 한 사람이 무심히 유리창 너머로 시선을 던진다. 함께 내렸던 한 남자가 눈발을 헤치고 걸어간다. 온몸이 습하고 춥다. 대합실엔 행색이 초라한 두 사람이 이미 불꽃이 시들어버린 톱밥난로 곁에 의자를 끌어당기고 앉아 웅크린 채 자고 있다. 상행선을 타고 다시 올라갈까? 그래도 출근시간까진 늦으리라. 피아니스트 K여사 인터뷰 시간을 맞출 수 있으면 다행이리라. 열차 시각표를 본다. 상행선을 타려 해도 두 시간 후다. 괜한 짓을 했어. 의식이 가물가물할 만큼 피곤하다.

열차를 탄 것은 충동이었다. 우리는 각각 다른 통로를 통해 그 다방에 모여 앉았고 각각 다른 모양으로 이숙이를 추억했다.

"그애 웃는 모습 알지? 누가 그애만큼 선하게 웃을 수 있단 말야?"

Y의 말에 H가 동조했고 나는 그 말에 통증을 느꼈다. 잡지사 이

층 그 화장실에서 이 다 닦으면 너와 헤어져야잖아…… 흰 거품을
물고 웃던 이숙의 환영이 나를 검은 고무판이게 했고, Y의 말이 끌
칼이게 했다.

"소식을 어떻게 들었어?"

"K가 원주로 전화했었대."

"전화 안 했으면 이숙이네는 우리에게 알릴 생각도 아니었대?"

"……"

"그랬대?"

"K가 전화해서 안 거야. K가 전화 안 했으면 우린 지금도 모르고
있을 거야…… 너나 나 그리고 누가 전화하기 전엔. 그게 육 개월
이야. 우리가 무슨 할말이 있니…… 우리가."

예매를 해두자 싶어 돌아보니 매표구에 사람이 없다. 두 시간, 나
는 마음속으로 두 시간을 되뇌어보며 대합실 문을 연다. 문밖의 눈
발이 날아든다. 그래, 우린 할말이 없다. 할말이 없는 거다. Y가 육
개월 전이라고 말했을 때, 시간을 되짚어갔었다. 6월이구나, 나는
절망했다. 이숙이 이 지상에서 사라져갈 때 우리는 뭘 했던가? 우리
는 신새벽에 최루탄 파편에 죽은 유난히 눈썹이 검었던 이한열의
장례식장엘 택시를 타고 갔고, 그의 영전에 분향을 했다. 이숙이 혼
자 있는 시간을 견디지 못해 쓰러져갈 때 우리는, 그 장례식 행렬을
따라 시청엘 갔었다. 그때 Y는 뒤늦게 아현동에서부터 합류해 우리
를 찾았노라 해서 우리는 웃었었다. 그러나 그게 웃을 일이던가? 우
리는 어쨌든 백만도 넘는다는 그 인파 속에서도 서로를 찾고 싶어
했다. 그러나 이숙에게 그런 기회를 줘봤는가? 우리는 이숙을 그 산

밑 동네에, 집도 세 채밖에 되지 않는다는 그곳에 혼자 두었다. 그곳에서 이숙이 나뭇잎처럼 끊임없이 바스락대며 우리를 불렀어도 우리는 대답하지 않았다. 그때…… 그때에 우리는 어떤 열기에 설레며 혼자 있는 그녀를 까마득히 잊고, 인파 속에 섞여 터질 듯한 갈망으로 손을 쳐들었으며, 쫓겨다녔으며, 핸드백과 신발을 잃었으며, 지하도에 쓰러졌으며, 다시 일어나 어두워지고 난 후까지 공습 중인 것만 같은 거리를 헤맸다.

택시가 유령처럼 몇 대 서 있다. 내가 대합실을 나서자 안에 있던 기사가 손을 들며 나온다. 그들을 지나쳐 좀 걷는다.

"들어와 몸 녹여 가요."

털목도리로 무장한 국밥집 여자가 눈을 맞으며 불빛 아래 서 있다. 이태를 발길을 안 주었어도 역 풍경은 그대로다. 아버지에게 드릴 과일 통조림을 샀던 슈퍼마켓과 정육점과 약국과…… 나는 셔터가 내려진 새벽 상점들을 지나다가 목욕탕 불빛을 봤다. 목욕탕 불빛은 파랗게 눈을 맞으며 빛난다. 목욕? 서서 그 불빛을 우두커니 보다가 그 불빛과 가까워지기 위한 방향으로 걷는다. 눈은 내 발밑에서 자박자박 소리를 낸다. 지나고 보면…… 지나고 보면 모든 일이 예사롭지가 않지.

"서울에 이숙이 마지막으로 왔을 때 그때 기억나지? 그때 우리 함께 내 방에 갔었잖아."

Y는 성호라도 긋고 싶은 심정인 것 같았었다.

"그때 너희들 다 돌아가고 이숙이 혼자 남았을 때 지금 생각해보니 예사롭지가 않았었어."

H가 담배에 불을 붙였고 K가 기침을 했다.

"어린 시절 얘기를 했어. 청평에 살던 때였대."

아이가, 어머니를 기쁘게 해주고 싶은 한 아이가 집 안을 둘러본다. 빨래하는 걸 엄마는 가장 힘들어했다. 아이는 여름의 초입에 장롱 속의 아버지 외투를 꺼내 도랑물에 담근다. 어머니의 스웨터, 가족들의 겨울옷들이 물에 잠긴다. 아이는 땀을 흘려가며 옷가지에 비누를 칠한다. 아이는 그 위로 올라가 자박자박 밟는다. 어머니의 눈이 휘둥그레진다. 그러잖아도 손 갈 일이 태산인데…… 화가 치밀고 흥분한 어머니는 아이를 미친 듯이 때린다. 아이는 너무나 놀라 경기를 일으킨다. 입에 거품을 물고 울어젖힌다. 아아, 어머니를 기쁘게 해주려고…… 그러려고. 아이는 충격으로 청각장애가 온다. 어머니의 등에 업혀 침을 맞고 병원에 다니고…… 해도 아이는 가끔 혼수상태를 일으킨다. 거품을 물고 울어젖힌다.

"그걸 치료하느라고 논도 몇 마지기 팔아야 했대…… 다 나은 줄 알았는데 그즈음 들어 가끔 아득해지곤 한댔어. 재발한 게 아닌가 싶다 그랬어…… 이건 내가 다 정리해서 하는 얘기야. 이 얘기 저 얘기 속에 막 섞어서 하더라고."

Y는 얘길하면서 창밖 은행나무 둥치에서 한 번도 눈을 떼지 않았다. H는 새로운 담배에 불을 붙였고 K는 손을 턱에 받치고 물컵을 건드렸다.

"다음날 나 출근해야 되는데 이숙이가 머뭇거렸어. 원주 가기 싫다고…… 잠깐 묵으면 안 되겠느냐고…… 지금 생각하면 안 될 이유도 못 되었는데…… 그땐 주인 언니하고 사이가 안 좋았었어…… 그래 책 몇 권 챙겨가서 읽으라 했어…… 그때 그앨 안 보냈어야 했는데…… 바로 그 직후인 것 같아……"

목욕탕 불빛은 골목의 끝에 있고 내가 골목 입구에 들어섰을 때 어느 집 대문 열리는 소리가 들리고 한 노파가 나온다. 국밥집 여자처럼 털목도리가 노파의 얼굴을 칭칭 감아버려 노파의 안경만 보인다. 노파는 성경책을 옆에 끼고 있다. 노파의 등뒤에서 노파가 방금 빠져나온 집 현관 불빛이 꺼진다.

"그 직후는 아니야."

물컵을 건드리고 있던 K가 생각난 듯 Y의 말을 받았다.

"이숙이 어머니 말로는 서울 갔다 와서 보름이 넘도록 아무것도 먹지 않았대. 그애가 방에서 하는 일이란 우리들 편지를 방 벽에 붙여놓고 읽는 일뿐이었대…… 점점 난폭해지더라는 거야…… 내던지고 찢고 울부짖고…… 손톱으로 박박 긁어서 장롱이 한 군데도 성한 데가 없었을 지경이었다고…… 나는 말을 너무 참고 살았으니까 이젠 말을 다 해야겠다고 어느 날은 온종일 웅얼거리고…… 날마다 유서를 썼대…… 어머니가 우리들 이름을 쭈루루 꿰더라구…… 날마다…… 날마다 치악산을 향해 우리를 불렀다는 거야…… S 니 편지는 이숙이 어머니도 거의 외우고 있었어."

K가 말을 멈췄다. Y가 얼결에 물컵을 떨어뜨렸고 나는 그 깨진 조각들을 쓸어담다가, 연거푸 담배를 피우고 있는 H의 뺨 위로 흐르는 눈물을 봤다. 그 조용한 눈물은 내 손의 물컵 조각들을 다시 쏟게 했다.

"이숙이네는 왜 원주로 간 거야? 집도 세 채뿐인 곳으로?"

“꿀벌을 치려고.”

“꿀벌?”

“KBS에서 ‘이산가족찾기’ 할 때 북에 계신 줄 알았던 고모를 찾았대…… 그 고모가 치악산 근처에서 꿀벌을 치고 있었나봐…… 이숙이 아버지가 가족 이외에는 친척도 없이 살다가 누나를 만났는데 남은 시간이라도 가까이에서 살고 싶다고…… 그래서 이사한 거래. 고모 집 옆으로.”

수은등 불빛을 받으며 노파는 조심스럽게 걷는다. 시가지 중심 내가 다녔던 중학교 뒤편에 성당이 있다는 것을 나는 기억해낸다. 중학교 때 잠깐 나는 그 성당 뒤편 이층 한옥집에서 자취를 했었다. 이층으로 올라가는 계단이 아주 좁았다는 것, 그 방 창문을 열면 문간방 새댁이 빨래하는 모습이 환히 내다보였다는 것밖에 별다른 추억이 없는 그 집, 그 방에서 내 잠을 깨우는 건 새벽 미사를 알리는 성당의 종소리였다. 잠이 깨면 다시 잠들기 위해 나는 꽤 오래 뒤척여야 했다. 노파가 나를 지나간다. 내 발자국을 성급히 지우고, 노파의 발자국을 또 지우며 눈이 쌓인다. 무심히 돌아보다가 또한 무심히 돌아봤을 노파와 마주친다. 수은등 아래서, 하얀 눈발 아래서, 나는 황황히 목욕탕 문을 민다.

“그애는 출판사에서 일하고 싶어했어. 그애는 이력서를 마흔 통이나 써서 우편으로 부쳤다구.”

우리는 동시에 생각했을 것이다. 이숙을 혼자 원주에 두지 말았어야 했다고. 또 우리는 동시에 생각했을 것이다. 사람들은 이상해. 말로 할 수가 없어서 글로 써서 주면 의아하게 날 쳐다봐, 했던 이숙의 말을.

"너, 너 맞지?"

일회용 샴푸의 거품을 씻어내고 린스를 막 머리카락에 부비려는 순간, 수증기가 피어오르는 탕 안에 몸을 담그고 있는 줄만 알았던 여자가 내 곁에 바짝 서 있다. 여자의 얼굴을 쳐다보다가 난 앨범 속의 한 단발머리를 생각해낸다.

"너, 강명실?"

흑백사진 속, 왕솔밭 잔디 위에서 내 곁에 엎드려 있던 단발머리. 봄소풍이거나 가을소풍이었으리라. 나는 체육복 차림으로, 옆의 단발머리는 하얀 칼라가 반듯한 교복 차림으로, 푸르렀는지 누런빛인지 알아볼 수 없는 흑백사진 속의 잔디밭에 엎드려 턱을 괸 폼을 재고 웃고 있을 것이다. 앨범 속에서. 몇 년 만인가? 중학교를 졸업하고 그때는 작은 소읍이었던 이 J시를 나는 떠났다. 나는 이 J시의 무엇을 특별히 그리워하지 않았다. 그때 짝이었다고 기억되는 이 여자. 지금 내 앞에 알몸으로 서 있는 흑백사진 속의 단발머리. 우리는 서로 알아보고 커다랗게 웃는다. 명실의 손은 미끈했고 내 손 또한 그랬다. 서로 친해지면 명실아, 명실아 하기 마련인데 나는 그 단발머리를 꼬박꼬박 강명실, 강명실 하고 불러서 이 여자를 서운하게 하곤 했다. 학기가 시작되었을 때 단발머리들이 소근거렸다.

"저애 말야, 이학년 때까지는 최명실이었는데 왜 갑자기 강씨가 됐니?"

나는 단발머리들이 소근대는 여자애가 내 짝궁인 것이 달갑지 않았다. 어쩐지 여자애가 궁색해 보이고 얼굴이 그늘져 보이고 몸에서 만두 냄새가 난다고 생각하기까지 했다.

"뜻밖이야, 정말 뜻밖이야."

명실은 나보다 더 함빡 웃는다. 탕 안엔 우리 둘뿐이다. 우리의 웃음이, 탕 안을 뚫고 나가지 못한 우리의 웃음이 타일 벽에 부딪혀 울린다. 명실의 머리는 길고, 검고, 명실의 등뼈는 부드럽고, 명실의 가슴은 복숭앗빛이고, 명실의 발톱엔 봉숭아 꽃물이 초승달 모양으로 남아 있다. 처음으로 아는 얼굴 앞에서 알몸인 것이 부끄럽지 않다. 풀잎이, 꽃들이, 바람이, 햇살이 푸득거리는 동산에서 만나기라도 한 듯 우리는 뛰며, 휘며 장난을 쳤다. 샤워기를 얼굴에 바짝 갖다대면 명실은 그만, 그만 소리를 치며 팔짝거린다. 내 몸에 명실이 찬물을 한 대야 쏟아붓고 달아난다.

나는 새파래져 명실을 뒤쫓는다. 지나고 보면…… 수증기가 어지럽다…… 지나고 보면 도대체 안 될 일이 뭐란 말인가? 나는 말을 안 했지만 이숙이 직장생활을 못 할 것이라고 생각했다. 이숙이 마흔 통의 이력서를 쓰고 있어도, 그 생각은 이숙이 일할 만한 자리를 적극적으로 알아보는 것을 주저하게 했다. 그러나 지금…… 도망치다 도망치다 명실은 탕 안으로 풍덩 뛰어든다…… 그 지레짐작이, 어디서부터 비롯되었는지 나는 모르겠다…… 나도 따라 뛰어든다. 몸을 돌려세우고 명실을 향해 뒷손질로 물세례를 준다. 그만 그만, 명실은 물방울 속에서 내게 다가와 내 겨드랑이를 간지럽힌다. 너무 웃느라 물을 먹는다. 이제는 내가 그만 그만, 외치고 명실은 또 달아나고…… 나는 뒤쫓다가 명실이 바닥에 둔 비누를 밟고 미끄러진다. 타일에 찢긴 내 무릎에서 피가 솟는다.

"아프지 않아, 이를 어쩌지?"

내 상처로 수증기들조차 놀랐을 우리의 통탕거림은 멎는다. 단발머리 그애 같았던 명실은 여자가 되어 근심스럽게 노란 수건으로 내 무릎의 피를 닦아내준다.

"그만 나가자. 약국이라도 가봐야겠어. 등에 비누질만 하자. 돌아서봐."

샤워기 아래서 명실이 내 등을 닦아준다. 내 등의 거품이 명실의 길고 가지런한 발가락에 떨어진다. 탈의실에서 명실은 무릎의 피를 또 닦아준다. 상처 위에 휴지를 접어 대준다. 휴지는 피를 빨아들이며 무릎에 달라붙는다. 마지막 단추를 채우려고 단추 홈을 찾다가였다. 나는 명실을 향해 빠르게 몸을 돌렸고 당황해서 으흐흐 웃어버린다.

"어울리지 않아서?"

"……"

"왜 그렇게 슬픈 표정을 지어?"

수녀복 차림이 되어 있는 명실이 내 무릎의 피가 묻어 있는 타월을 접어 가방에 넣느라 고개를 숙인다. 거리는 눈이 그쳐 있다. 눈이 그친 거리는 희끄무레하게 밝아 있고 사람들의 발길이 요란히 닿지 않는 눈은 고적하게 쌓여 있다. 약국을 찾았으나 문이 닫혀 있다. 명실은 눈으로 먼 곳의 간판들을 내다본다. 목에 걸고 있는 십자가가 눈빛에 튄다. 갑자기 명실과 함께 있는 것이 서먹하고 거북하다. 목욕탕에서의 일들이 잠깐 꾼 꿈 같다.

"서울에서 뭐하니?"

나는 대꾸하지 않는다. 잠깐 잊고 있던 서울이 떠오른다. 침묵이 부담스러웠을 명실은 약국을 발견하고 반가워한다. 셔터가 내린 것을 보고 명실이 서운해한다.

"괜찮아, 이젠 피도 멎은 것 같은데 뭐…… 눈에 띄지도 않고."

약국 앞 우편함 위에 눈이 무덤처럼 쌓여 있다. 기차 안 그 여자는 왜 눈을 보고 식욕을 느꼈을까?

"왜 내게 화를 내?"

명실의 서글픈 목소리를 외면해버리고 나는 우편함 위의 눈을 한줌 집어 명실에게 준다. 명실은 얼결에 눈을 받고 멀거니 나를 본다. 나도 한줌 집어 눈에 혀를 댄다. 혀가 시리다. 나는 과자를 먹듯 빠르게 눈을 먹어치운다. 명실도 씩 웃으며 그녀 손바닥 위의 눈에 입술을 댄다. 나는 또 한 가지 기억을 되살려낸다. 성당 뒤, 자취했던 그 집, 문간방 새댁의 세 살배기 아들 이름이 요섭이었다는 것을. 나는 눈을 한줌 더 집는다. 명실의 입술이 푸르다.

"친구를 잃었어…… 처음 탈의실에서 네 검은 모습 봤을 때 무슨 생각 했는 줄 알아?"

"……"

"그 친구를 잃지 않았다 해도 꼭 너처럼 되었을 것 같다는 생각이 들었어…… 기분이 나빠…… 너한테 속은 기분이야."

"왜 오늘은 다 저기압들이야?"

낮이 익어 알은체하는 다방 주인의 인사에 대꾸도 없이 거리로 나와 우리는 또 각각 등 돌리고 다른 길목으로 숨어들며 헤어졌다.

좀 걸었고 추워서 버스를 탔고 버스가 서울역을 지날 때 충동적으로 집이 아닌 다른 곳으로 가고 싶어졌다. 막상 기차를 타려니까 행선지를 어디로 정해야 할지 망설여야 했다. 그저 아는 길이라는 이유로 J시의 표를 끊었고 지금 나는 여기에 있다. 꿈속같이.

명실이 걷는다. 나는 그대로 서 있다. 눈이 너무 희어서 명실의 검은색이 두드러진다. 거리가 한참 멀어졌을 때 명실이 뒤돌아본다.

"나를 성당까지 데려다주지 않겠어?"

명실의 발자국을 따라 그 곁으로 간다. 명실이 내 손을 쥔다. 손이 차다.

"……나를 찾고 있을 거야. 목욕을 몰래 나왔거든. 이유는 없어. 그냥 그러고 싶을 때가 있으니까…… 네가 날 데려다주지 않으면 나는 이 시의 끝까지 걸어갈 것 같아."

"……"

"그렇다고 내가 불행하다는 얘긴 아니야…… 나름대로 만족해. 내가 맡은 교리반 사람들이 베로니카, 아네스, 마리아……라는 이름으로 영세를 받을 때는 빛도 보지…… 그런데도 가끔 내 가슴은 뛰고…… 이렇게 말고 다르게…… 살고 싶어져…… 쉿, 비밀이야. 넌 나의 고해성사를 받고 있는 거야…… 그럴 때면 목욕을 가. 오늘처럼 몰래 말야."

"……"

"오늘처럼 즐거운 목욕은 아니야…… 샤워기 아래서 실컷 울거든."

"……?"

"……웃지 마…… 정말 웃지 마…… 목욕탕엔 하느님이 안 계신 것 같아…… 그래서 마음껏 울 수 있어.”

　나보고 웃지 말라고는 명실 자신이 웃는다. 입은 웃는데 눈은 운다. 저 골목만 돌면 성당이다. 골목을 돌기 전에 명실과 나는 우리가 다녔던 중학교를 동시에 쳐다본다. 열리지 않은 교문 쇠창살 사이로 눈밭이 보인다. 하얀 동상과 신관과 고목이 눈 속에 우뚝 서 있다. 저 고목엔 아직도 그 팻말이 매달려 있을까?—이 나무가 말을 한다면 백 년 전의 이야기를 말해줄 것이다—성당의 첨탑도 하얗다. 한 수녀가 눈을 쓸고 있다. 명실이 나의 손을 놓는다. 명실이 다가가 눈을 쓸고 있는 수녀를 향해 등을 구부린다. 그러고 한참 있다. 성당 앞 눈길에 나는 멀뚱하게 혼자 남아 있다. 돌아다보니 골목길에 발자국 네 개가 사이 넓은 클로버잎처럼 찍혀 있다. 시계를 봤다. 상행선 출발시각 이십 분 전이다. 명실이 구부렸던 등을 펴고 뒤돌아 나를 향해 손을 흔든다. 잠시 머뭇대다가 명실이 철문 안으로 사라진다. 이숙이가 우리에게 들키지 않고 내가 한 번도 걸어보지 못한 숨겨진 길을 걸어가버렸듯, 명실도 내겐 낯선 문 안으로 들어가 벌써 보이지 않는다. 괜히 급한 마음이 되어 택시를 잡아타고 역으로 돌아와 기차표를 끊고 개표를 하고 좌석을 찾아 앉는다. 이숙과 나 사이에 생긴 일은 서로 전화할 수 없다는 일이다. 이숙과 나와 Y와 H와 K 사이에 생긴 일은…… 서로의 손을 잡을 수 없다는 일이다. 그뿐이다. 상행선 열차가 역사를 빠져나간다. 플랫폼 기둥, 외등에서 쏟아져나온 불빛들이 균형을 잃고 흔들린다. 버둥거린다. 떠돌던 몸을 부착시키고 있는 흰나방이처럼.

조용한 비명

해안으로 들어가는 차단기 앞에 지나갈 기차처럼 그가 서 있다. 바람이 가득 들어간 면바지 통이 헐렁하게 펄럭여서인지, 바지 주머니에 두 손을 넣고 있는 그의 폼이, 바지가 해풍에 못 날아가게 꽉 붙잡고 있는 것같이 우스꽝스럽다. 하늘색 그의 윗옷이 그의 흰 얼굴을 배로 서늘하게 되비춘다.

저 주머니 속, 그의 손에 그들이 언약을 하며 나눠 가진 반지가 끼어 있으리라.

꿈쩍도 않고 서 있는 그를 보자, 바지를 꽉 움켜쥐고 있는 그를 보자, 주머니 어둠 속의 반지가 헉헉 숨을 몰아쉬고 있는 것 같다.

그가 고개를 돌려 먼저 알은체를 해주길 바라며, 그녀는 곧바로 그에게 가지 않고 머뭇거려보지만, 그는 차단기의 노란 칠만 뚫어져라 보며 주위에 눈을 안 준다. 할 수 없이 그녀는 발소리를 내면서 그에게 다가선다. 차단기 바깥쪽으로 길을 놓을 때 시멘트가 마르기 전 사람보다 먼저 새가 길을 지나갔는가. 새 발자국이 선명하게 찍혀 있다. 바짝 다가서도 그는 그녀를 못 본다. 쓰고 있던 모자를 일부러 바닥에 떨어뜨렸을 때야 그녀를 쳐다보더니 대뜸 앞장서서 걷기부터 한다.

피서철인데도 긴 장마중이라서인가.

뜸뜸이 지나갈 뿐 사람들이 드물다. 바다를 사이에 둔 모래사장 이쪽 편 호숫가 주변에 낚싯대를 던져놓고 앉아 있는 늙은이들의 등을 풍경 삼아 그는 빠르지도 느리지도 않은 걸음으로 걷는다. 저들은 어떤 과거를 가졌을까? 희망들은 어떻게 산산조각이 났으며, 인생 중에서 가장 뒤뚱거렸던 것은 무엇이었을까. 가슴 밑에 상처는 지금 어떤 모양으로 누워 숨쉬는 중일까. 한 사람의 모자가 바람에 훌렁 벗겨져서 호수에 뜬다. 모자 주인은 어엇, 소리치며 호수에 풍덩 뛰어들어 모자를 먼저 건져낸 다음에야, 자신이 호수에 빠졌었다는 걸 알았는지 젖은 반바지 끝을 접어 말아올린다. 늙어버린 물 묻은 야윈 흰 다리에 힘줄이 시퍼렇다. 주저앉으며 호수에서 건진 모자를 권태처럼 다시 꾹 눌러쓴다.

택규씨, 그녀는 그의 팔소매를 붙잡는다.

젖은 모래 속에 푹 빠진 발을 끌어내다 넘어지려는 찰나여서 위기를 모면하기 위한 행위였는데, 막상 그의 팔을 붙잡고 보니 한없이 어색하다.

"좀 쉬었다 가요."

그녀는 먼저 주저앉아버린다. 가는 모래들이 깊숙이 젖어 있다.

"담배 안 피워요?"

구름 속에 가려져 있던 해가, 타진 솔기 사이에서 누가 집어내는 실밥처럼 느릿느릿 뒤척이며 나온다.

"끊었어."

느닷없이 빛의 환함이 눈부셔서 그녀의 얼굴은 잔뜩 이지러진다.

"언제요?"

거대하게 웅성거리며 밀려오던 파도가 햇빛에 색을 바꾸며 뒷걸음질친다.

"그게 뭐 중요한가?"

모래 속에 처박힌 구두를 끌어내 묻은 모래를 털면서 그녀는 가슴이 뜨끔하다.

"아니요, 중요하지 않아요."

손을 뻗어 젖은 모래를 한 손바닥 꾹 쥐었다가 편다. 중요……하지 않아요. 딴딴하게 뭉쳐진 모래를 내려놓으며 그녀는 무릎에 얼굴을 파묻는다.

"아무것도 중요한 게 없어요. 왜 이렇게 됐을까?"

해안의 저 굽은 길을 돌면 된다.

저 굽은 길을 돌고 한번 더 굽은 길을 돌고, 쭉 이어져 있는 해송들 곁을 지나서, 해안의 궁색하게 옹기종기한 건물들과 불협화음을 이루며 신축되고 있는 아파트를 향해 이십 분쯤 걷다보면, 느닷없이 황야처럼 나타나는 밭두둑, 그 깻잎 냄새를 건너가면, 거기 그의 숙소 고시촌이 있다.

"도시는 어때?"

"뭘 알고 싶은데요?"

"모든 것."

"여자들은 복고풍 스타일의 옷을 입기 시작했어요. 머리를 풀어 헤치고 다니진 않아요. 긴 머리를 리본으로 묶고 다니죠. 꼭 옛날 댕기같이요. 성당에서는 요즘 철거민들이 천막을 짓고 살고 있죠. 주일 저녁 미사가 끝나면 학생들과 함께 신세계백화점까지 진출해서 데모를 해요. 맞은편에선 상가 주인들이 시위를 하죠. 장사가 안돼서 죽겠다고 제발 그 거리에서 데모 좀 하지 말라고. 성당 계단을 타고 내려오면 철조망 울타리 한편에서 쌍둥이 가수가 심장병 어린이 기금 모금을 위해서 기타 치며 노래를 부르고 있어요. 요즘에 그 가수들 '파초'라는 제목의 노래가 히트예요. TV에도 자주 나오죠. 아, 유네스코 회관 밑에 극장 있죠? 거기에서는 요즘 〈지옥의 묵시록〉이 상영중이에요. 월남전 얘기인데 말런 브랜도가 잠깐 나온대요. 난 아직 보지는 못했는데, 혜자, 혜자 알죠? 그애에게 얘기로 들었어요. 한 미군 대위가 본국으로 왔다가 정글에 대한 향수 때문에 다시 자학적으로 정글로 돌아간대요. 상부로부터 밀명을 받는데 그 밀명이 아군인 커츠 대령을 없애라는 것이래요. 커츠 대령이 바로 말런 브랜도라네요. 그는 월남전선 최전방 중에서도 최전방에다 공포의 왕국을 세웠대요. 본국의 명령이 그에게는 하달되지 않을 정도로 카리스마적인 존재래요. 밀명을 띠고 그를 죽이러 간 특수 장교들이 거기에 도착하면 광적인 그의 추종자가 되어버린대요…… 그 대위는 어떻게 되었을까?"

지금 그녀에게 보자기를 몇 겹으로 말아 눈을 가려도 이 해안으로부터라면 그의 숙소가 있는 마을을 걸어서도 갈 수 있다. 이제 그와 헤어지겠다고 다짐한 마음인데도 길들은 어쩌자고 이렇게 낯익은가? 멀어지지 않는가?

"우리들은 이제 서로에게 아무런 울림을 주지 못하죠?"

모래사장 위쪽으로 드문드문 쳐진 주홍, 파랑 텐트 속에서 튀어나온 아이들이 함성을 지르며 바다를 향해 달음박질친다.

"나와 헤어지려는 건 너야."

"왜냐고 묻지도 않아요?"

"……"

맞달려온 파도 속으로 아이들은 힘차게 섞이는데, 그녀 팔에선 소름이 돋는다. 그가 고개를 떨어뜨린다. 어깨가 들썩거리는 것도 같다. 이 남자가 우는가? 순간 막을 길 없는, 폭발할 것 같은 애정이 그녀의 손바닥을 그의 얼굴에 대게 한다.

구름 속을 나왔던 해가 갑자기 구름 속으로 쑥 들어가 해안은 온통 잉크빛으로 어두워진다.

입술이 패랭이꽃 같아졌을 아이들이 바다에서 뛰어나와 어깨를 오그리고 다시 텐트 쪽을 향해 뛴다.

"가지."

단지 그는 고개를 숙였을 뿐이다. 너무 대뜸 일어났다고 생각했는지 그는 어두워진 해안을 둘러보며,

"비가 올지도 모르겠어."

어색하게 덧붙인다. 젖은 모래에 그의 엉덩이가 젖어 있다.

"꼭 오줌 눈 것 같아. 어머니가 보시면 키 쓰고 소금 받아오라겠어."

그녀가 깔깔대고 웃자 그는 미간을 찡그리며 돌아본다. 그녀는

깔고 앉았던 가방에 묻은 모래를 털고 벗어놓은 구두를 신는다.

"여길 오면서 그 높은 구두를 신고 올 생각을 했어?"

그녀의 웃음 끝을 뭉개버리고 싶은지 그의 말소리엔 턱없는 짜증이 엉겨 있다.

그녀는 얼굴이 붉어진다.

운명처럼 느껴졌던 모든 좋았던 순간들이, 또 운명처럼 느껴지며 나쁜 순간들로 돌변해 있다.

그녀는 눈을 들어 굽은 길 저편 해송을 본다.

"아."

그녀의 급작스런 외마디에 그가 흠칫 돌아본다.

"생각났어요. 내가 언젠가 말했었죠. 처음 택규씨 만나러 여기 왔을 때 언제 꼭 와본 듯싶다고 그랬잖아요. 중학교 때 수학여행 왔었어. 저 소나무들을 보니까 생각나네. 맞아요. 여기예요. 근데 이상하네…… 그땐 저기에 염전이 있었는데."

"염전?"

"네에."

"저기에 염전이? 잘 상상이 안 되는데."

"지금 모습으론 나도 그래요."

그녀가 말한 염전 자리에 바닷가완 전혀 어울리지 않는 테니스 코트 초록 철망이 얼기설기 쳐져 있다. 어떤 섬광 같은 것이 그녀의 머릿속을 강렬하게 치고 사라진다. 그애. 그녀는 멍하니 사라진 염전을 본다. 아, 그애. 그녀는 그를 뒷전에 두고 튕겨져오르듯 재빠르게 테니스 코트를 향해, 늪 속의 악어에게 발목을 물리지 않으려

는 듯한 순발력으로, 푹푹 모래 속에 빠지는 발목을 빼내며 내달린
다. 테니스 코트에선 팔이 없는 흰 상의를 입은 날씬한 여자와 대머
리 중년 남자가 무료하게 공을 날리고 있다. 중간 라인을 그어놓은
흰 분말가루는 제멋대로 번져 어수선하게 선이 굵다. 그녀는, 철망
을 통해 테니스 라켓을 곡선으로 휘둘러 방금 연두색 공을 중년 남
자에게 쳐낸 여자의 탄력 있는 다리를 본다.

"당신, 왜 이렇게 침울한지 다 알아요. 원래는 부인과 아이들과
여기 올 계획이었던 거죠? 나한테 덜미 잡혔다고 생각하고 있어. 그
렇죠?"

다시 넘어오는 공을 싱겁게 받아치는 여자는 말의 내용과는 반대
로 즐거운 콧소리를 낸다. 짧은 반바지가 엉덩이에 너무 간신히 걸
려 있어 탄력은 아슬아슬하고 깊다.

"누구든지 다 너와 오고 싶을걸."

중년 남자가 쳐내지 못한 공을 줍느라 허리를 굽히는데 윗옷이
한참 딸려올라가 등이 그대로 내보인다.

"왜요?"

"그걸 몰라 물어? 니가 얼마나 젊고 예쁜냐!"

"그뿐이에요?"

"그럼 됐지. 뭐가…… 더?"

일부러인 듯 여자는 공을 남자가 서 있는 반대편으로 신경질적으
로 쳐낸다.

"어마, 비가 오네."

서브로 건너오는 연두색 공을 냉큼 집어들며 먼저 게임을 파기한

여자는 재빨리 중년 남자의 허리에 달싹 붙어서서 남자의 윗옷 주머니에 공을 담는다.

갑자기 빗방울이 굵다.

그녀는 먼 시간을 돌아다보듯 모자를 벗어들고 고개를 돌려 그를 찾는다. 그는 한 발짝도 더 다가오지 않았다. 변경시키거나 개선할 수 없는 과거처럼. 그녀가 돌아보자 그는 그녀에게 오는 대신 비를 피하기 위해 텐트촌 건너 옹색한 가게 쪽으로 뛰어간다. 그녀도 같은 방향으로 뛴다. 뛰는 두 사람 뒤에서 텅 빈 바다와 모래들이 비에 젖는다.

가게 처마 밑에 당도해 서 있는 그의 품속으로 그녀는 펄쩍 다가들며 젖은 머리채를 흔든다. 날리는 머리에 그의 얼굴이 다친다. 그걸 안 그녀는 더 세게 바람을 일으키며 머리를 흔든다.

그는 자꾸만 얼굴을 다친다.

참다못한 그가 주머니에서 손을 빼서 그녀의 머리를 쓰다듬듯 쓸어모으고는 놓아주지 않는다. 한참을 둘은 그렇게 서 있다. 그물에 치였을까? 가게 유리문으로 비치는 수족관에 낙지가 몸을 둥그렇게 말고 꿈틀거리고 있는데, 눈이 톡 튀어나온 우럭의 등가죽이 긁힌 채 얼룩덜룩하다. 자세히 보니 지느러미도 잘려 있다. 그녀는 한 발 물러서며 눈을 꾹 감았다 뜬다. 수족관 밑바닥 잔돌들 사이사이 장어들이 길쭉길쭉 누워 있다.

그의 따뜻한 손바닥이 그녀의 목덜미 속으로 들어와 납작하게 엎드렸을 때도, 연두색 물레방아는 장어들 틈 사이에서 열심히 돌아간다. 그녀는 후딱 몸을 돌려 그의 품에 얼굴을 파묻고 이마를 잔뜩 찡그린다.

"좀만 봐줘요, 내가 울어도. 오, 끔찍해요. 이렇게 스물아홉이라니."

뜨뜻한 눈물이 그의 가슴을 적신다.

울 때만 그녀는 유년을 느낀다.

징징 울면서 철길을 걸었었다. 그래도 낮 동안은 참을 만했던 어금니가 해 저물녘이 되면 넋을 놓을 만큼 아려서, 마루에 엎드려서나, 대문에 쪼그리고 앉아 울고 울다가 골목을 걸어나와, 양쪽에 들판을 사이에 두고 난 철길을 목발 짚듯 건너며 울었다. 한 번씩 뱉어내는 침 속에 피가 섞여 나오면 울음소리는 더욱 커졌다. 안심할 만한 손이 등을 어루만져주길 바라면서. 자박자박 철길을 걷고 있으면 새가 날아가는 노을 속, 그 속에 풍덩 빠지고 싶은 충동이 잠깐 그 아림을 잊게 해주기도 했다.

철길을 베고 잠이 들고도 싶었다.

그러나 먼 데서 기적 소리만 나도 그녀는 논둑까지 달려가 배를 바닥에 대고 온 세계를 뒤집어놓을 듯 땅을 울리며 폭주하는 기차의 꽁무니를 겁을 내며 쳐다봤다. 그런 일은 많아졌다. 기차가 지나가지 않아도 기적 소리의 이명이 이따금 들렸고…… 그럴 때마다 그녀는 쏜살같이 달려가 논둑에 배를 댔다.

"들어와요, 거기 서 있지 말고."

미닫이를 드르륵 밀고 가게 주인 여자가 쑥 고개를 내미는 통에 그들은 어색하게 떨어진다.

"안 들어와요?"

붉어진 그녀의 눈을 가겟집 여자는 호기심을 가지고 들여다본다. 여자의 권유에 합세하듯 빗방울은 더욱 굵어져 가게 차양을 거칠게 두들기면서 둘을 난처하게 한다.

"저기 들어가겠어?"

그의 턱은 여관 간판을 가리키고 있다. 가게 여자는 문을 차르륵 닫아버린다.

그녀는 회사에서 타이프를 치다가도 곧잘 울었다.

공문 작성을 반복적으로 하다보면, 어느 순간 자판들이 우르르 튀어나와, 자동차 핸들이 비명처럼 폐에 박히듯, 그녀의 얼굴로 차락 박혀왔다.

젊은 아버지는 어린 그녀를 태우고 읍의 치과에 다녔다. 잇몸이 퉁퉁 부어 제대로 벌릴 수도 없는 입속에 의사는 진찰기를 밀어넣었다. 신경이 건드려질 때마다 천 길 낭떠러지 밑으로 헛발을 디딘 듯한 아뜩함. 그때는 신체의 어느 부위가 챙강 날렸어도 몰랐으리라. 달이 뜬 길…… 별이 뜬 길…… 마취가 덜 깬 얼얼한 뺨을 아버지 등에 대고, 신작로를 달려 집으로 돌아올 때, 자갈들이 울퉁불퉁해 자전거 위에서 몸이 붕붕 떠도, 그녀는 곤한 잠을 잤다. 자면서 어떻게 아버지 허리춤에서 손을 떼지 않을 수 있었는지 그녀는 지금도 의아스럽다.

어색스러운 까닭이 온통 비에 있다는 듯 둘은 후닥닥 뛰는 속도를 여관 처마 밑에까지 낸다. 낡고 어두컴컴한 오래된 집, 키가 큰 참나무, 부서질 듯한 다리, 어떤 부산한 시장…… 과거의 뜻도 모를 장소들을 한꺼번에 떠메고 달린 그녀는 오래 숨을 헐떡인다.

"방이 없습니다."

둘은 옆집으로 간다.

"방이 없어요."

해변 사람들은 모두 방으로 들어간 것일까. 두 집을 더 가도 방은 없다.

"삼만원짜리 하나 남았는데."

터무니없는 값에 그는 얼굴을 찡그린다.

"자고 가면 만원 더 줘야 되우."

되나가려는 그를 잡아당겨 그녀는 핸드백에서 지갑을 꺼내준다.

"이해해요. 우린 한철 장사 아니우. 사계절 값을 다 받아야 유지가 돼놔서……"

그가 세면장에서 몸을 씻는 동안 그녀는 분홍색 커튼을 한켠으로 밀쳐본다. 삼만원짜리 방이란 비싼 방이라는 뜻이었을까? 곧바로 성난 파도가 훅훅 숨소리를 내며 밀려오는 게 보인다. 비가 요란하게 내려서인지 해안엔 한 사람도 안 보인다. 빗방울은 바다에 닿자마자 바닷물이 되어 파도로 둔갑해버린다. 금을 그어놓을 수도 없는 일. 빗물이었다는 조금의 흔적도 없이 바다로 간단히 섞여드는 빗방울이, 지금의 뼈 없는 자신 같다는 생각을 하며 그녀는 푹, 웃는다.

둘 사이에 폭풍우도 없었는데 그녀는 그를 과거로 만들 선택을 했다.

갑자기 그녀 자신 안에 있는 그에게 물이 스며들어 미래는 눅눅했고, 추억에는 이끼가 끼었다.

“씻지 않겠어?”

“……”

그는 스타킹을 벗어낸 그녀의 맨발 발가락 사이사이 잔모래들을 닦아내서 그녀의 눈앞에 들이민다.

“나, 그래도 안 씻어요. 귀찮아.”

그는 우두커니 그녀를 보더니 수건을 적셔와 그녀 발을 닦아준다.

“택규씨, 아직 나 사랑하는 거 아녜요?”

“……”

“너무 다정하잖아요, 변한 게 없네.”

쿡, 그가 웃어서 그녀도 따라 웃는다. 새로워져보려고 애써 다진 희망일수록 다시금 습기가 끼고 끼어서…… 햇빛이 들게 하려면 덩굴진 나무를 아예 베어 없애야겠다고…… 어느 날부턴가 그녀는 물기도 없이 배반을 꿈꾸었다.

그러나 그가 덩굴진 나무였던가. 나는 그로 인하여 그늘이 졌던가.

부딪힌 반문에 그녀는 가슴속으로부터 어떤 대답도 끌어내지 못한다. 그가 그녀에게 지옥을 느끼게 해준 적이 함께 걸어온 시간 속을 아무리 뒤져도 없다. 그러나 그것도 그녀가 지치는 데 얼마간의 시간을 연장시킬 수 있었을 뿐 다른 작용을 하지 못했다.

언젠가 이 해안으로 그를 만나러 왔을 때, 그의 발소리를 듣고도 쳐다보지도 않았을 때, 그는 그녀 앞에 서서 서글프게 머리를 쓰다듬었다. 그녀는 움직이지 않았다. 그가 뭐라고 말을 했을 때도 그녀는 대답도 몸짓도 하지 않았다. 그는 몸을 굽히고 어설프게 서 있다가 그녀 무릎에 얼굴을 묻었다. 그래도 그녀는 꿈쩍도 하지 않았다. 그가 침묵을 참지 못하고 그녀 손과 무릎을 쓰다듬다 결국 완전히 안아버렸을 때도 그녀는 그대로 있었다. 그녀는 알고 있었다. 단 한 번의 눈짓, 말 한마디면 충분히 그를 괴로움에서 올라오게 할 수 있다는 것을. 그를 이렇게 괴롭혀도 좋은가? 서글픈 괴로움이 다시 한동안 그녀를 그에게 머물게 했다.

"아까 테니스 코트에서 뭘 봤어?"

"사라진 염전을 봤어요."

"선문답하는 것 같군."

"틀림없어요. 수학여행 왔을 때 그애랑 염전을 배경으로 해서 사진을 찍었거든요. 앨범 속에 아직도 있는걸."

"……그애라니?"

"이름은 잊었어…… 사팔뜨기…… 친구가 나밖에 없었어요…… 아이들이 깔깔댔거든."

이름 끝자가 숙淑이었던가?

그의 물기가 서린 머리카락 속에 손가락을 집어넣으며 그녀는 눈을 감는다.

언제나 그애의 시선은 딴 곳에 있었다. 어쩌면 인ᄃ이었는지도 모르지. 다 잊었다. 다만 그애의 눈만…… 그 눈만 떠오른다. 얼굴이 없는 눈이 약간 삐끗한 각도로 허공에 박혀 그녀를 본다. 마주 보고 얘기를 나누는 동안에도 그애의 눈은 얼마쯤의 각도로 그녀를 비켜나 있어서, 그애와 함께 있으면 왜 그렇게 비현실적인 기분이 들었는지, 얼굴을 바짝 끌어당겨 고정시켜놓고 나는 여기 있어, 어딜 보는 거야? 소리쳐주고 싶었다. 나를 보라니까…… 어쩌면 그런 일이 한 번쯤 있었는지도 모른다.

"아직도 서로 연락해?"

그녀 몸에서 떨어지며 그는 낭패스럽게 묻는다.

"아니요…… 그때 여행길에 그앤 죽었어요. 익사였죠."

"……익사?"

"네에. 어찌된 셈인지는 지금 다 잊었어…… 그땐 많이 울었는데. 해안 저쪽에 있는 소나무숲…… 그쯤에서 발견됐었어요. 선생님이 가까이 못 오게 악을 쓰면서 막았지만 난 봤다…… 작은 몸이 퉁퉁 불어 커져 있었어…… 배는 애 밴 여자처럼 불쑥 솟아오르고 눈은……"

"눈은?"

"……아, 몰라. 모르겠어요."

그애가 물 속에서 허우적거리며 마지막으로 고정시킨 시선은 어디였을까? 빠져버릴 듯 튀어나온 눈알을 보고 그때 그녀는 평소 버릇대로 그 눈알이 마주치는 곳에서 약간 삐뚜름한 방향을 가늠해보았던 것도 같다.

그녀는 그의 몸을 꼭 끌어안고 힘을 준다.

낡은 추억 한 토막이 넘어지고 다치며 거슬러올라와 넘실댄다.

"아직도 남아 있을까…… 소나무에다가 둘이서 칼로 글씨를 새겼었는데."

"……뭐라고?"

"잊었어요…… 아마도 우리들의 이름이었거나…… 영원히 변치

말자…… 우정…… 뭐 그런 거였겠지."

그녀는 얘기를 멈추고 상체를 발딱 세우고 그를 쳐다본다.

"그런데 왜 우리가 이런 얘길 하죠?"

꾹 감은 그의 눈은 자물쇠를 채워놓은 것 같다.

"우린 이제 다시 못 만난다구요. 알아요?"

"……원했지."

"왜냐…… 왜 안 묻지요?"

"……"

"왜 안 물어요?"

"……대답이 없을 테니까."

"……그걸 어떻게 알아요?"

"……"

그녀의 명치끝에 갑자기 통증이 몰린다.

"어…… 그럼!"

그녀는 손바닥을 얼굴에 갖다댄다.

"그럼 우리가 똑같은 생각을 하고 있었던가요? 그래요?"

그녀는 그를 흔들며 눈을 뜨게 해보려고 애쓰지만 헛수고다.

"아, 그건 미처 몰랐어요. 내가 배반하는 거라고만…… 독특한 배반요. 정말 우린 닮았군요. 오, 당신도 끔찍했겠어요. 이제야 맘 놓고 위로하고 싶어요…… 그럼 지금 상태도 나와 마찬가지예요? 슬프지도…… 괴롭지도 않고…… 어떻게 해야 되겠다는 뜻도 없고…… 현기증 같은 나날…… 죽을 때까지 삶의 외곽으로만 공기처럼 부유할 거란 생각…… 가슴으로 사는 날은 없겠고…… 머리로만 살게 될 것 같은…… 징그러운 막막함…… 택규씨도 그래?
내 마음과 같아요?”

“……”

“괴로운 일이군요. 그래도 몇 년 동안 끼고 있는 당신 법전은 다
를 줄 알았지…… 오, 적어도 이유는 있어야 되잖은가, 생각했는
데……”

“……”

“자요?”

그녀는 손가락으로 그의 눈꺼풀을 문질러본다.

“자도 좋아요. 나는 말하겠어요. 이렇게 되면 내 배반도 아니지만
갑자기 우리 관계가 지겨워지기 시작하면서 나는 그 이유를 만들려
고 애썼지요. 당신이 나와 비슷한 생각을 하고 있는 줄은 꿈에도 모
르고, 내가 파혼하자 했을 때 댈 이유가 있어야 되겠다고 생각했거
든요. 그런데 도대체 이유로 내세울 게 없는 거예요. 그렇다고, 왜
냐고 물었을 때 그냥요, 라고 할 수는 없고…… 희망이 필요했다고
하면 이해해주겠어요? 택규씨에 대한 마음이 갑자기 식었거나 줄어
든 것도 아닌데…… 다른 사람이 내 삶 속에 끼어든 것도 아닌
데…… 뭔가가 희망을, 전율을 녹슬게 한 거예요…… 희망도 없이
어떻게 나의 일생을 지탱시키나? 희망으로부터 끊임없이 보호를 받
아도 시원찮은 판에…… 아아, 그렇다고 어떤 희망에게로 내가 옮
겨가는 것도 아니잖아요. 그런 것도 아닌데 이게 이유가 될 수 있
나? 그렇다고 언젠가 여기로 오면서 표를 끊으려고 지갑의 돈을 꺼
내는 순간, 그 지폐를 손만 보이는 창구 안으로 밀어넣으며 이 해안

을 발음하는 순간 내 마음에서 발생한 무력감을 그대로 설명할 수도 없는 일이구요. 그때 이상했어요. 오, 당신은 모를 거예요. 그때 내가 얼마나 지겨웠는지. 나는 하마터면 표를 내미는 매표원 여자의 손을 덥석 잡고 당신과 헤어지겠다고 맹세할 뻔했죠…… 온다 해놓고 왜 안 왔느냐, 했었지요. 사실 그때 나는 이 해안에 들러서 당신 어머니가 전해주라는 반찬들, 속옷과 양말 따위들을 저 바다에다 처넣고 그냥 돌아갔었어요…… 자요?"

"……"

한낮의 고요함 속으로 착착 감겨드는 파도 소리가 차소리 같다. 그녀는 그의 손등에 자신의 손을 포개고 한참 그 소리를 듣는다.

치과에서 돌아오는 길, 아버지는 마당에 자전거를 받치고, 그 소리에 잠이 깬 그녀를 한 품에 안아서 방으로 데리고 갔다. 슬몃 눈을 떴을 때 눈 안으로 쏟아지던 별빛 속에 풀어져 섞이던 아버지 냄새…… 그녀는 일어나 창문을 연다. 어느새 비는 그치고 역시 짧은 햇빛이 바다를 채우고 있다. 그 꿈결 같은 아버지 냄새가 사실은 담뱃진과 지폐가 접혀진 냄새라는 걸 그녀는 나중에 커서 아버지 잠바를 빨면서 알았다.

"사실은 내게 지금 희망이 필요해요."

건너편 해송 사이에 한 여자가 서 있다. 거울에 비친 자신의 얼굴을 보듯, 그녀는 해송 사이의 그 여자를 물끄러미 본다. 한참 서 있던 여자는 물가 쪽으로 천천히 걸어간다.

"당신 마음이 내 마음과 같은 거라면."

모래밭엔 부자지간으로 보이는 꼬마와 한 남자가 공놀이를 하고 있다. 힘껏 차도 공은 젖은 모래 때문에 튀는 힘을 잃어버려서, 공보다 아이가 더 많이 뛰고 있다. 그녀는 또 물끄러미 두 사람의 공놀이를 지켜보다가 창문을 닫고 그 곁으로 돌아온다.

"정말 자요?"

그의 눈은 열리지 않는다.

"택규씨 마음이 내 마음과 같은 거라면 당신이나 나 두 사람 중의 한 사람이 너 없인 안 되겠다고 말하면 우린 안 헤어지게 되어 있어요. 헤어져야 할 특별한 이유가 없는데 너 없인 안 되겠다는 건 얼마나 못 헤어질 큰 이윤가…… 그렇게 말하고 싶기도 해…… 두 마음이 공존해도 먼저 말해버리면 그 말한 마음이 우위니까…… 하지만 이대로는 안 되겠지요. 택규씨가…… 이 해안을 떠나와요. 우린 너무 외곽에 살고 있는 것 같아요. 아니 뭔가가 자꾸만 외곽으로 우릴 몰아내고 있어요. 당신이 공부에 흥미를 잃고 있다는 것 진즉부터 알고 있었어요. 그런데도 이상한 공기에 밀려 이곳을 못 떠나고 있는 거예요. 안 그래요?"

"……"

"정말…… 자요? 이곳은 가끔 와요. 아이와 함께 공을 가지고…… 우린 지금 희망이 필요해요. 실낱같은 것이라도…… 희망만이 우리 존재를 느끼게 해줄 거야…… 내 말 듣고 있나요?"

그녀는 꿈쩍도 않는 그를 흔들어보다가 그만둔다. TV가 있는 바로 벽면 달력 속에서 어미 개가 새끼들에게 젖을 먹이고 있다.

"잠들었나요? 내가 한 말 들었어요?"

그녀는 그를 처다보지도 않고 TV를 켠다. 전파 방해를 받는지 화

164

면은 희끗희끗한 나선이 고장난 전선줄처럼 삐죽삐죽 뻗어 있다.
이만기 선수. 이번 대회에서 천하통일을 하면 열번째 천하통일을
하게 됩니다. 씨름 사상에 영원히 깨질 수 없는 금자탑이 세워지느
냐 아니냐가 아무래도 오늘 대회의 초점일 것 같습니다. 그녀는 실
내 안테나와 채널을 이쪽저쪽으로 맞춰보며 화면을 조정해본다. 박
수 소리가 요란하게 들리고 해설자가 잔뜩 칭찬을 늘어놓은 이만기
선수가 모래판 위로 걸어나온다.

"정말 자요? 내가 혼자 헛소릴 했어요?"

그는 슬쩍 돌아누우며 숨소리도 안 낸다. 그녀는 달력 속의 어미
개의 배 밑에 굼실굼실하게 매달려 있는 강아지들을 눈으로 세어본
다. 열두 마리, 그녀는 하아, 큰숨을 내쉰다. 열두 마리에게 젖을 먹
이다니.

"……이유…… 왜 난 이유가 있어야 된다고 생각할까? 당신 어
머니에게 갔던 때가 이유인지도 모르겠어. 어머니를 그렇게 방치해
둘 수 있는 택규씨이니…… 한편으론 용감해…… 택규씨도 이제
자신을 알고 있죠? 내 보기엔 이제 법공부에 당신 흥미 잃었어요.
그런데도 그 형식을 빌려 여기 있는 건 뭐지요. 이제…… 두려운 거
지요? 이 해안에 너무 오래 있은 탓이에요. 그걸 알죠? 나는 당신
어머니를 볼 때마다 의문이야…… 그 함지박을 엎어놓고 파는 나
물들, 콩들…… 그걸 다 팔아봤자 과연 이문이 생기는지…… 택규
씨 뒷바라지까지 여태 해오셨다니…… 기적처럼 느껴져요…… 나
를 슬프게 한 건 당신이 아니고 어머니야…… 도시는 뒤죽박죽이
야…… 아무것도 판단할 수 없어…… 이 해안에서 택규씨가 민법

에다 흥미도 없이 줄을 긋고 있는 동안…… 도시는 깨지고 부서지
고 나날이 엉망이 돼가고 있지…… 그날은 노점 단속날이었나
봐…… 사내들이 소나기처럼 우르르 뒤집고 망가뜨리고 욕설을 퍼
붓고…… 택규씨 어머니라고 무슨 수로 안 당해…… 그날은 생선
을 팔고 계시데요. 물도 안 좋은 미끌미끌한 것들…… 한 사내가
뒤집는 통에 생선들이 길바닥에 깔렸지…… 단속반 사내, 그 갈치
를 밟고 넘어졌어요. 분풀이로 당신 어머니가 걷어차였지. 스물서너
살이나 되었나? 늙은 여자를 그렇게 함부로 대하다니…… 나쁜 자
식…… 꺼져버려, 꺼져버려, 꺼져버려 이 씨팔년. 찢어진 그 입술,
발음이 왜 그렇게 강하던지…… 오, 나쁜 자식…… 당신 어머니보
고…… 씨팔년이래……"

화면에 비치는 도시의 햇빛은 강렬하다. 그 햇빛 때문에 결승전
에 오른 두 건장한 씨름선수가 모래를 콱 밟고 서서 샅바를 맞잡고
있는 모습이 권태로움에 짜증내며 엉기적거리는 코끼리처럼 둔중해
보인다.

"택규씨 어머니가 마련해준 짐꾸러미가 너무 무거워서였나? 표를
끊으려는데 한쪽 어깨가 축 처지면서 그 사내 욕설이 쓴 물처럼 되
살아났어."

저 장딴지를 보십시오. 둘레가 오십 센티랍니다.

화면에 이만기 선수 장딴지가 클로즈업된다. 씨름선수로서는 하
늘이 준 타고난 체질이죠. 해설가는 신이 났다.

그녀는 그를 돌아다본다.

세워진 등이 견고하다. 전혀 반응이 없이 팽개쳐진 생선들을 주

166

워내는 데만 여념이 없던 그의 어머니가 갑자기 그녀는 너무 무거
웠다.

아, 역시 이만기 선수입니다. 신호가 떨어지기 무섭게 돌림배지
기로 기선을 제압합니다. 첫판은 순간적인 들배지기로 꺾었으니 이
제 승부는 결정난 것 같습니다. 불멸의 기록이 세워지느냐 마느냐,
이것은 시간문제인 것 같습니다.

"그것만이 어떻게 이유겠어요…… 당신이 이 해안을 떠난다
면…… 좋겠어요. 희망이 안 섞인 모든 공기는 다 이상해요. 마약
같아. 이유가 없다고 생각했는데 모든 게 다 이유군요. 운명처럼 느
껴져서 택규씨 아니면 안 될 것 같았던 모든 순간들이, 이제 반대로
헤어져야 할 모든 운명적인 순간이 되고…… 운명이라고 내가 발음
했어요? 간지럽게 거창하군요…… 내가 마신 공기가 다 이유예
요…… 하루는 회사 회식이 있어서 귀가가 늦었죠. 술을 마신 탓인
지 졸음이 밀려와서 집 앞 정거장을 지나쳤어요. 두 정거장인가 더
가버렸죠. 내려서 집 쪽으로 터벅터벅 걸어가는데 저만큼 가로수
밑으로 아버지가 비틀비틀 걸어오는 거예요. 집 밖에서 아버지를
만나는 일…… 몇 년 동안 없었던 일이라 생경스러웠지만 반갑더라
구요. 길은 좁았어요. 서로 못 볼 수는 절대 없을 만큼. 술이 취한
아버지와 딸이 하마터면 해후할 뻔했는데…… 아버지가 너무 즐겁
게 나를 스쳐 지나가는 거 있죠. 깜짝 놀랐어요. 그럴 거리가 전혀
아니었거든요. 난 또 딸이잖아요. 오, 길이 좁아서, 좁고 좁아서 지
나가려면 내 얼굴을 바로 스쳐야 했다구요. 분명히 날 쳐다보는 것
같았는데 그냥 지나가다니…… 정신이 나서 획 돌아다봤죠……

하, 아버지 옆엔 여자가 있었어…… 어떤 사이인지는 내가 어떻게
알겠으며 알고 싶지도 않지만…… 아버진 여자에게 뭐라고 계속
즐겁게 얘길 하면서…… 앞 한 번…… 여자 한 번…… 그렇게 가
는 거예요. 그때 아버지에겐 그게 전부였어요. 그렇게 활기차고 즐
거워 보이는 아버지를 처음 봤다니까……”

아버지 좀 봐, 뒤에 남은 그녀는 술이 확 깨고 갑자기 물벼락을
맞은 것처럼 정신이 서늘해졌다. 한참 후에야 다시 집 쪽으로 걸으
면서 그녀는 눈물을 꾹꾹 찍어내었다.

“그게 어쨌다는 거죠? 그게 당신과 무슨 상관이람.”

열두 마리의 강아지가 어미 개에게 벌떼처럼 달라붙어 젖을 빨고
있는 달력을 그녀는 확 잡아뜯는다. 아, 역시 이만기 선수입니다.
마지막 판도 선제공격을 펼쳐 뒷무릎치기로 간단하게 경기를 마칩
니다. 열번째의 천하장사가 탄생했습니다. 아, 이만기 선수. 꽃바구
니가 터지고 오색 꽃가루가 모래판을 뒤덮고 장사 등극을 축하하는
현수막이 내걸린다. 그녀는 옷을 주섬주섬 입는다.

“정말 자요?”

그는 화석이나 된 듯 꼼짝 않는다. 천하장사는 감격에 겨워 얼굴
을 두 손으로 싸쥐고는 모래판에 엎드려 울먹인다. 불멸의 기록으
로 영원히 깨질 수 없는 금자탑을 세운 이만기 선수에게 황소 열 마
리로 장식된 기념 트로피가 부상으로 수여되겠습니다.

“손에서 반지 빼가겠어요. 내 건 TV 위에 올려놓을게요.”

그녀는 그의 손가락에서 반지를 빼낸다. 아름다운 풍경입니다.
이만기 선수. 축하하는 꽃마차 자리를 중학교 때부터 지금까지 씨

름을 지도해온 황스승님께 양보하는군요. 씨름선수의 늙은 스승은 꽃마차 위에 올라탄다. 더 많은 색종이가 뿌려지고 화환이 이만기 선수 목에 걸린다. 마차는 천천히 넓은 대회장을 한 바퀴 돈다. 꽃 투성이 이만기 선수는 관중들을 향해 V자를 그려 보인다. 둘레가 오십 센티라는 그의 장딴지는 팔소매만 노랗고 전체는 푸른색이 번쩍이는 긴 덧옷에 가려져 안 보인다.

"정말 자요? 난…… 가겠어요. ……혹시라도 ……혹시라도 이 해안을 떠날 생각이 있거든 아까 그 입구로 와요."

앞으로의 진로는 이제 차츰 생각해보겠습니다. 아직까지는 이 대회에 임하느라 깊이 생각할 여유가 없었습니다. 그녀는 그의 등을 보고 나오면서 인터뷰중인 이만기 선수의 얼굴이 클로즈업되는 TV를 끄려다가 볼륨을 더 높여놓고 모자를 챙겨들고 나온다. 그녀는 도시에서 TV와 라디오를 다 켜놓고 잠이 들곤 했다. 늦게까지 책을 읽다가도 그녀는 생각난 듯이 TV를 켰다. 모두가 잠든 밤, 그 정적을 느닷없이 감지해내면, 나무 그림자만 길쭉길쭉 뻗어 있는 산길을, 제 발짝 소리에 놀라면서 걸을 때처럼, 무서움이 그녀를 엄습해서. 프로그램이 끝나고 화면이 지지직거려도 그녀는 내버려두었다. 펄럭이는 흰색의 빨래 같은 정적을 지지직 소리는 충분히 납작하게 해주었으므로.

그녀가 테니스 코트를 돌아서는데 구부러진 저편 해안에 사람들이 웅성웅성 서 있다. 두 아이가 손을 꼬듯이 맞잡고 막 지나쳐간다.

"무슨 일이니?"

"사람이 죽었어요! 물에 빠졌대요."

그녀는 가슴이 철렁 내려앉는다.

"아는 얼굴입니까?"

젖은 모래에 푹푹 빠지며 허겁지겁 달려온 그녀에게 해안 경비원은 퉁박스럽게 묻는다. 연두색 공. 공을 집느라 엎드릴 때 엿보았던 그녀의 탄력 있는 다리가 보인다.

"아는 사람입니까?"

"……아니요, 모릅니다."

그럼 왜? 하는 표정으로 해안 경비원은 그녀를 잠깐 쳐다보더니 물러서요, 퉁명스럽게 쏜다. 누구든지 다 너와 오고 싶을걸…… 그 중년 남자는 어디 갔을까? 그녀는 두리번거리며 그 남자를 찾지만 보이지 않는다.

"파도가 두 겹 세 겹으로 밀려올 때였어요. 한 여자가 혼자 저쪽에 서 있더라구요."

젊은 청년이 해송 쪽을 가리킨다.

"이 친구랑 함께 바라보고만 있었는데 여자가 물 쪽으로 들어가는 거예요. 하도 천천히 걷길래 일부러인가 했지요. 그리고 잠시 한눈을 팔았는데 금세 없어졌어요. 혹시 그 여자인지도 모르겠네."

"얼굴은 못 봤단 말이죠?"

"거리가 워낙 멀어놔서……"

그녀는 다 살아버린 늙은이처럼 시체를 옆에 두고 우울한 표정으로 해송을 응시한다. 해변의 모래들이 사람들의 발자국을 한숨처럼 드러내놓고 있다. 그 여자는 여기서 죽었고 나는 간다. 그녀는 모래의 침묵을 으깨버리기라도 하겠다는 태세로 뚜벅뚜벅 걷는다. 그렇

지. 그건 사실이지. 야릇한 빛 속을 걸어가는 것만 같다. 야릇한 비
감에 눈물이 글썽여진다.

그녀는 애써 맹렬한 그리움을 안고 간절해지려고 애써본다. 그러
나 애써 만든 그리움은, 가끔 뭇 여자들이 한 번쯤 돌아다보는 그의
외모가, 이제는 그녀의 여자다운 허영을 만족시켜주지 못한다는 생
각보다 더 빨리 투명해져버린다. 그녀는 바람을 밀치고 앞으로 앞
으로 걷는다. 그녀가 해송 가까이에 이르렀을 때 한 차례 바람이 회
오리쳐 솟아오르더니 얼결에 딸려올라간 비닐봉지와 잔모래들을 흩
뜨려놓고 소나무 사이사이로 빨려들어간다. 죽은 여자가 서 있었음
직한 자리에 그녀는 우뚝 서서, 자신이 방금 빠져나온 여관방 창문
을 쳐다본다. 그는 아직도 자고 있을까? 무엇인가 골똘히 생각해보
려 했으나 그녀의 가슴은 비어 있다. 그녀는 소나무 한 가지를 잡는
시늉을 해보다가 밀려드는 공허에 달음박질친다…… 지난 과거 속
중요한 것이 많았던 그 지점으로 이렇게 달려갈 수 있다면…… 아,
해안을 빠져나가는 차단기 앞에, 방금 도착한 기차처럼 그가 서 있
다. 바람이 가득 들어간 면바지 통이 헐렁하게 펄럭여서인지 바지
주머니에 두 손을 넣고 있는 그의 폼이, 바지가 해풍에 못 날아가게
꽉 붙잡고 있는 것같이 우스꽝스럽다. 그녀는 놀라 단숨에 달려가
그를 다시는 놓지 않겠다는 듯 붙든다.

택규씨.

그의 얼굴이 석고처럼 차디차게 굳어 보인다. 택규씨. 그가 굳은
표정을 풀며 그녀 쪽으로 손을 뻗는다. 맞잡으려는데 팔랑개비의
급강하 속도로 팔이 빠져나간다. 해안 경비원이 우두커니 서 있다

가 안절부절못하는 그녀를 의아하게 쳐다본다.

"방금 여기 있던 사람 어딜 갔지요?"

"사람은 없었소. 파도 소리가 지나갔지."

경비원은 농을 던지며 눈짓을 한다. 아, 그녀는 주머니 속에서 헐렁하게 만져지는 반지를 저편 호숫가에 던져버린다. 누가 미는 듯이 금세 차단기 앞을 지나온다. 종종종…… 깊게 파인 새 발자국 위에 가볍게, 자신의 구두 끝을 가볍게 대어가며 경중경중 걷는다. 바람이 불어 차단기 끝에 걸쳐놓고 온 그녀의 모자가 바닥에 떨어진다. 툭.

聖日

─오빠는 하루 중의 반을 명남씨 생각하는 것 같아요. 어쩌면 온
하루를 다 바치는지도 모르죠. 다른 곳에 시선을 두고 있다가도 병
실 문이 열리면 빠르게 고갤 돌립니다. 한번 와주세요. 명남씨가 오
빠한테 너무나 소중한 사람이었다는 것을 날마다 건조해지는 오빠
를 보면서 느낍니다. 수술은 좋게 끝났습니다.

  편지에 우표를 붙였다. 여자는 돌아설 때를 알지. 두 번씩이나 되
풀이하던 오빠의 적막한 말이 떠올라 기분이 안 좋아졌다. 못났어,
정말. 톡 쏘아붙였지만 오빠의 등이 들판 같아 보여 눈시울이 따끔
거렸었다. 그녀는 정말 약혼을 했을까? 전화로 해도 될 일을 일부러
편지로 하는 건 그 사실을 확인하게 될까 두려워서였다. 약혼하게
될지도 몰라요, 그녀가 병원 흰 벽에 무심하게 기대어 눈물 섞인 말
을 하고 간 뒤 소식 없이 이주일이 흘렀다. 그 이주일 동안 오빠는
물리치료로 삼 년을 버텨오다가 디스크수술을 했고 언제 끝날지 모
르는 병실생활을 시작했다. 지난 삼 년 동안 변함 없었던 그녀를 탓

하진 못하지만 때가 안 좋았다. 오빠가 병상에서 그토록 의지했던 그녀의 떠남을 이겨낼 수 있을까 싶은 생각이 마음을 긁었다. 몇 번 망설이다 편지를 우체통에 넣고 자료실까지 걸어오는 길이 동굴 속만 같았다.

다른 날이면 넉넉잡아도 두 시간이면 끝날 원고가 세 시간이 지나서야 마무리되었다. 추억의 노래 꼭지는 남겨두고도. 원고에 숫자를 써서 밀어둔 뒤 엽서를 묶어놓은 노란 밴드를 풀었다. 칠십여 통이나 되는 엽서들은 와르르 무너지면서 책상을 가득 덮었다. 이 일도 마지막이군. 마지막이라고 생각해도 엽서 정리는 어제처럼 그제처럼…… 일 년 팔 개월 전처럼 지겹고 한심스럽게 느껴졌다. 노트 갈피에 끼워져 있는 사인펜을 꺼내려고 노트를 펼치다가 나는 아, 놀라며 노트 사이에 따로 끼워진 엽서들을 집었다. 따로 모아놓았던 전용수씨의 엽서들을 차례대로 넘겨보다가 나는 마치 중요하고 빨리 처리해야 할 일을 만난 사람처럼 성급하게 책상 위에 흐트러진 엽서들을 헤집었다.

오늘도 그 엽서는 없다. 발신인란에 '영등포구 신길6동 우진아파트 6동 602호 전용수'라고 또렷이 쓰여 있던 엽서. 두 달 동안 하루도 빠짐없이 날아들던 엽서가 벌써 열흘째 뚝 끊기고 있다. 습관이란 감정을 바꿔놓기도 하는 모양이었다. 처음엔, 뭐 이런 사람이, 했던 것이 엽서가 갑자기 뚝 끊기자 무슨 일이 생긴 것은 아닐까? 궁금해졌으니까. 나는 그동안 모아놓은 전용수씨의 엽서 중에서 열흘 전에 받았던 마지막 엽서를 책갈피에서 꺼냈다.

―붉은 완장을 두른 사람드리 마을에서 쓰러모은 양식거리를 마

을 청년 몇 사람에게 질머지게 하고 뒤에다 총을 겨누고 마을을 빠져나간 하루 마네 이번에는 푸른 철모의 병사드리 마을로 드러왔따. 푸른 철모의 병사드른 사람드를 모아노코 마냑 한 사람이라도 불근 완장을 숨겨노은 사람이 있따면 큰일이 있슬 꺼라고 했다. 푸른 철모의 병사드른 집집마다 수색에 나섰따. 실지로는 정희의 비명을 듣지 모탰지만 정희가 얼마나 크게 비명을 질렀는가는 주거서도 뜨고 있는 눈이 말해주었따. 나는 불근 완장을 두른 사람들도 무서웠지만 푸른 철모의 병사들도 무서웠따.

맞춤법에 상관없이 글자도 그전의 엽서와 똑같이 소리나는 대로 쓰어 있었다. 나는 정희라는 이름을 한참 쳐다보았다.

정희라는 이름과 함께 내게 질투를 가르친 것은 오빠였다. 어느 날 오빠는 등굣길에 우뚝 걸음을 멈추더니 둑 위에 나를 남겨놓고 아래 풀밭으로 내려갔다. 저만치 아래 들딸기가 빨갛게 가지에 매달려 있었다. 막 떠오르기 시작한 아침햇살이 오빠 바지 끝에서 반짝였다. 딸기가 달린 가지를 꺾다가 가시에 찔린 오빠 손바닥에서 붉은 피가 배어났다. 내가 손을 내밀었다. 오빠는 가지에 주렁주렁 매달린 딸기 중에서 두 알만 내게 건네주며 말했다. 나머지는 정희 갖다주자.

전용수씨의 엽서에 내가 관심을 갖기 시작한 것은 처음엔 정희라는 이름 때문이었다. 초등학교 사학년 시절 이후로 한 장의 낡은 사진처럼 내 가슴에 끼어 있는 정희라는 이름. 그랬다. 내 가슴은 앨범이었고 정희는 사진이었다. 오래된 기와집 위의 이끼 같은 세월에 밀려 나는 정희의 얼굴을 하나의 선으로밖에 기억할 수 없게 되었지만 정희는 내게 고여 있는 물 같은 존재였다. 무엇이든 오래 바라보고 있으면 정희가 떠올랐다. 교회의 탑, 고드름, 먼 데서 구부러지는 길, 화병 속에 꽂혔다가 시들어가는 꽃…… 바라봄의 끝에서 아지랑이처럼 정희가 떠오를 때마다 나는 어깨에서 힘이 빠졌다. 특히 햇살이 그랬다. 빛을 오래 바라보고 있으면 아무리 생동감 있게 움직이던 것들도 붙박인 듯 보이고 그 비현실감 속으로 정희의 얼굴이 아무도 모르게 지닌, 핀처럼 쿡 가슴을 찌르곤 했다.

안녕하세요. 처음으로 엽서로 당신의 문을 두드립니다. 저를 새 식구로 맞이해주시지 않으시겠습니까? 엽서는 처음이지만 항상 오후 네시만 되면 라디오를 듣고 있답니다. 흔히 말하는 애청자인 셈이죠. 첫인사 잘 받으셨다면 아래 신청곡을 부탁드립니다.

나에게 하는 인사는 아니고 진행자에게 하는 인사겠지만 첫인사 잘 받은 셈 치고 용산구 한남동의 민자라는 이름을 가진 여자의 엽서에 적힌 신청곡을 음악 선곡표에서 찾아보았으나, 불행히도 그 여자의 신청곡은 없었다. 그렇게 되면 진행자는 '안녕하세요'부터 '신청곡을 부탁드립니다'까지 읽어주고는 신청곡이 아닌 다른 노래를 들려주게 될 것이다. 처음 이 일을 시작했을 때는 모르는 사람이지만 미안한 생각이 들곤 했다. 이제는 그것이 습관이 되어 자연스러워져버렸다. 진행자가 읽어줄 엽서를 간추려내고 있는데 누가 손바닥으로 뒤에서 눈을 가렸다. 간혹 당하는 일이라 놀라지도 않고 손바닥의 주인을 알아맞히기 위해 더듬었다. 반지가 잡히고 손가락은 길고 손톱은 짧다. 팔을 뒤로 돌려봤다. 긴 머리가 잡혀졌다.

"이금주씨?"

"최선을 다하는 거야? 마지막까지!"

어둠 속에서 풀려나온 먹먹한 눈시울이 따가워져 나는 이금주씨를 마주 보지 못하고 눈만 깜박거렸다.

"김피디가 찾던데?"

"그러잖아도 대충 정리하고 올라갈 참이었는데."

"미스 지가 그동안에 일을 너무 꼼꼼하게 열심히 해주어서 내가 편했는데…… 다시 자리가 생길 거야. 난 그렇게 생각해."

하마터면 이금주씨가 무안하게, 큰 웃음이 터져나오려는 걸 참아 냈다. 이금주 딴엔 꽤 준비한 위로말일 텐데 그녀의 억양은 프로그램을 처음 시작하던 날 마이크 앞에서처럼 어색하게 흔들렸다. 첫 날 이금주씨는 내가 쓴 원고를 그야말로 잘 읽었다. 대화하듯이, 이 금주씨 자신이 진짜 말하는 것처럼, 자연스럽게…… 계속 이어지는 김피디의 주문에 아랑곳없이 그녀는 읽기 시험을 치르는 학생처럼 또박또박 잘 읽어 김피디의 속을 태웠었다.

"미스 지, 그럼 수고해."

김피디가 일부러 내려보낸 것인가? 이금주씨는 용건을 마쳤다는 표정으로 돌아섰다. 미스 지. 늘 들어도 어색하다. 처음에 이금주씨가 나를 미스 지라고 불렀을 때 나는 그냥 지나쳤다. 나보다 세 살 많은 그가 미스 지라고 부르리라고는 미처 생각을 못 했기도 했지만 한참 나이가 많은 사람이 불렀어도 마찬가지였을 것이다.

─내가 살던 고향은 강원도 깊은 산골이었따. 외부 사람의 발길이 거의 끈긴 고시었따. 아페도 산, 뒤에도 산, 여페도 산, 마을을 둘러싸고 있는 건 온통 산뿐니었따. 이장 집 딸 정희바께는 내 또래

의 친구도 업썼따. 정희의 얼굴엔 늘 하얀 버짐이 피어 이썼따. 나는 정희의 얼굴만 보면 자꾸 상여꽃시 생각나 슬퍼젓따.

전용수씨가 보내온 첫 엽서의 내용은 이러했다. 그날도 나는 습관적으로 엽서 정리를 하고 있었는데 ― 습관이란 게 좋은 것은 못 되었다. 하루에 칠십여 통이나 되는 엽서를 읽어야 하는 일에 진력이 나 있었으므로 첫눈에 들어오지 않는 엽서는 뒤로 제쳐놓는 습관이었으니까 ― 전용수씨의 틀린 맞춤법과 지렁이 기어가듯 휘어진 글씨를 보는 순간 별 내용이 없을 것 같아 건너뛰려는데 정희라는 이름이 내 눈에 들어온 것이다. 엽서는 하루에 칠십여 장 오고 있었지만 실제 방송에 소개되는 엽서는 서른 장가량이었다. 그것도 사연이 발표되는 엽서는 열 장 정도였고, 나머지는 이름과 주소만 읽혀지곤 했다. 그때 정희라는 이름 때문에 나는 전용수씨의 엽서 사연을 추억의 노래 사이에 맞추어두었다. 추억의 노래 순서에는 두 곡의 옛 노래가 나갔는데 한 곡이 끝나고 다음 곡이 이어지는 사이에 그의 사연이 읽혀지도록 표시를 해두었었다. 그날 나온 추억의 노래는 〈단장의 미아리고개〉였다. 전용수씨의 사연은 두 번밖에 소개되지 않았다. 정희라는 이름이 적힌 비슷한 내용의 사연을 계속 소개할 수는 없었기 때문이었다. 그런데도 전용수씨는 계속 엽서를 보내왔다.

"살았던 시대가 달라도 옛 노래를 들으면 그 시대의 분위기가 느껴지고 공감대가 이루어지는 것은 참 이상하지요? 오늘도 추억의 노래 두 곡 준비했습니다. 함께 들어보시죠."

엽서 정리를 마치고, 추억의 노래 원고 꼭지에도 마침표를 찍고 원고와 엽서를 들고 자료실을 나오다가 뒤돌아보았다. 싫증이 날 만큼 자료실은 조용했다. 정지되어 있고 닫혀 있고 다른 것이 끼어들 틈이 없이 뒷배경은 정물 같아 보였다. 칸막이 쳐진 자리마다 한 사람씩 앉아 원고 쓰는 일에 몰두해 있는 모습을 한참 바라보았다. 저들이 골몰해서 쓰는 저 원고는 곧 방송 진행자들의 입을 빌려 세상으로 나갈 것이다. 당연한 일이, 새삼스러울 것도 없는 일이 그리고 습관처럼 일 년 팔 개월이나 해왔던 일이 갑자기 전혀 알지 못했던 일처럼 낯설게 바라보아졌다.

"마지막 원고 쓴 기분이 어때?"

"어떡하죠? 서운하지가 않네요."

"그동안 지겨웠다는 뜻인가?"

말끝에 김피디는 하하 웃었다. 그렇게 웃고 싶지 않을 것이라는 것을 나는 알고 있었다. 인사이동과 개편에 의해 그는 전주로 내려가야 했다. 예감하지 못한 일이어서 그는 몹시 황황해했다.

"미스 지는 어떻게 할 참이야?"

원고를 확인하고도 한참 후에야 김피디는 깊은 곳에서 끌어올린 듯한 눅눅한 소리를 냈다. 나는 창밖으로 얼굴을 돌려버렸다.

"모두들 열심히 했는데…… 프로가 아예 없어지다니."

마찬가지로 김피디의 목소리는 눅눅했다. 창밖 풍경은 햇살에 잔뜩 젖어 있었다. 건물과 나뭇잎, 먼 데 풍경들이 햇살 아래서 묘비처럼 하얗게 빛났다. 입술에 침을 수시로 발라도 금세 말라버리고 자꾸 떼어내도 또 생기는 마른 거스러미가 신경에 거슬려 떼어내다가 그만 피를 내고 말았다.

"당분간은 간호원이 되어야 할 것 같아요. 오빠가 수술을 했거든
요."

"별로 좋은 일은 아니군."

"노력하는 대로 되는 일이 아니라서 그래요."

내 말에 김피디는 고갤 들더니 일부러 웃는 표시가 확 나게 또 하
하 웃었다. 금세 다시 바싹 말라붙은 입술을 오므리다가 나도 따라
웃었다. 건조하게 튼 입술 살갗이 당겨지면서 또 피를 냈다.

"상품 좀 정리해주겠어? 되돌아온 것들이랑 남은 건 건넌방 상품
담당자에게 돌려줘버려…… 갖고 싶으면 미스 지도 하나 갖고."

"어제 말씀하셨으면 리어카를 끌고 오는 건데."

내 말에 김피디는 또 웃었다. 그 자신은 전주로 내려간다 해도 프
로는 살아서 계속된다면 그는 지금처럼 침울하지는 않을 것이다.

"십 년도 넘게 이어져오던 게 하필 내 손에서 끝날 게 뭐야."

그의 짜증 섞인 말에, 그러게 말예요, 라고 대꾸하면서도 나는 그
것이 그의 자존심과 연결되리라고는 생각 못 했다. 그는 자존심을
몹시 상해했다. 지나치다 싶을 만큼.

되돌아온 상품들은 꽤 많았다. 처음부터 애청자들이 주소를 적을
때 잘못 적었거나 아니면 상품을 보낼 때 잘못 기재되었거나 했을
터였다. 되돌아온 상품들을 담당자에게 넘겨주려고 정리하다가 멈
칫했다. 영등포구 신길6동 우진아파트 6동 602호 전용수. 이게 왜
되돌아와 있을까? 주소 내 수취인 불명. 열흘 전부터 엽서도 뚝 끊
기더니 이사를 간 것인가? 그러나 상품은 한 달 전에 보낸 거였다.
주소는 분명 맞는데. 나는 상품을 들고 한참을 서 있었다. 잠깐 잊

혀졌던 전용수씨에 대한 생각이 센 물살처럼 다시 흘러들어왔다. 영등포구 신길6동 우진아파트…… 우진아파트? 나는 다시 한번 주소를 읽어내리다가 탄성을 지를 뻔했다. 우진아파트라면 오빠가 있는 그 성모병원 근처가 아닌가? 왜 그걸 이제 깨달았을까? 오빠가 있는 그 병원에 자주 다녀왔으면서, 전용수씨가 보내오는 엽서를 따로 보관해놓을 만큼 그의 탄환 냄새 나는 엽서에 특별함을 느끼고 있었으면서, 병원 뒤편의 그 회색빛 아파트가 그가 살고 있는 데라는 생각을 못 하다니. 이상한 인연이군. 나는 그의 주소와 이름이 쓰여 있는, 포장지가 엉망인 상품을 따로 내놓았다.

햇살이 고즈넉이 내리쬐는 여의도광장은 오늘따라 넓어 보였다. 드문드문 자전거를 타는 사람들이 광장 끝과 끝 사이를 바람처럼 누비고 다니는 게 보이지만 다른 날에 비하면 한적한 편이었다. 창문을 사이에 두고 바라보지 않아도 여의도에 자리한 건물들은 왜 그렇게 안개 속이거나 그림 속 같은지. 층이 높은 빌딩일수록 더 그랬다. 매일 이 길을 가로질러 가는데도 순간적으로 밀려온 정적은 어깨를 움츠리고 눈을 치켜뜨고 싶도록 섬뜩하고 진저리나게 했다. 그 섬뜩함 속에는 어딘가에 깊숙한 곳이 있고, 지금 가장 중요한 것이 그 깊숙한 곳으로 물방울처럼 떨어져내리고 있는데도, 다른 사람은 다 알고 있는데 나만 모르고 있는 것 같은 불안감이 섞여 있곤 했다. 그것은 기분좋은 일은 아니었다. 내가 실업자가 되어야 한다는 사실을 나는 어제서야 알았다. 일찍 알려주고 싶었지만 그래봐야 싱숭생숭할 것만 같아서라는 게 김피디가 늦게 알려준 이유였다. 그의 배려대로 싱숭생숭할 틈이 없어 좋긴 했다. 거기다 새로운

일을 시작할 때까지 당분간 오빠를 간호해야 한다는 일까지 있으니
까…… 나는 전용수씨에게 전해졌어야 할 상품을 든 팔에 힘을 주
었다…… 싱숭생숭할 틈은 없었지만 섭섭해할 틈은 있었다. 사람에
게 늘 하던 일을 그만두게 할 때는 갑자기 그래서는 안 되지 않는
가. 갑자기 생긴 좋은 일도 아니고, 갑자기 생긴 좋지 않은 일에 무
방비라니. 전용수씨에게 되돌아온 상품을 병원 가는 길에 직접 전
해주겠다고 하자, 미스 지 체신부에 취직하지 그래, 김피디는 기가
막히다는 듯이 웃었다.

　광장에서 보면 하늘도 비현실적으로 넓어 보였다. 푸른 도화지를
이음새도 없이 깔아놓은 것 같은 하늘을 한참 올려다보고 있으면
뭔가 밀려올 때가 있었다. 그리움 같은 것이. 전용수씨의 정희와 나
의 정희. 살았던 공간도 환경도 다르고 느낌도 달랐다. 같은 건 이
름뿐이었다. 그런데도 정체를 알 수 없는 힘이 있었다. 우습고 터무
니없게도 나는 전용수씨를 만나고 싶어졌다. 상품을 내가 직접 그
에게 전하는 일은 일 년 팔 개월 동안 매일 하루도 빠짐없이 써왔던
원고의 마침표처럼 생각되어졌다. 길을 나서자 그를 만나고 싶다는
생각이 즉흥적이 아니었네, 싶게 중요하게 느껴지기까지 했다. 무엇
이 나를 자꾸 그에게 가게 하는지는 모르지만 오래전부터 언젠가
한번 그를 만나보리라 생각했던 사람의 기분이 되어 있었다.

　5월이었다. 그날도 계집애는 머리를 묶어올리고 분홍 리본을 달
고 있었다. 계집애는 소년 등에 얼굴을 푹 파묻고 하늘을 보고 있었
다. 햇살에 눈이 부신 듯 눈을 감고. 벌판에 물처럼 흘러내리고 있
는 햇살이 우리의 하굣길을 더욱 무료하게 했다.

"조금 쉬었다가 가자."

계집애를 등에 업은 소년이 좀은 지친 듯한 목소리로 말했다. 오빠는 계집애를 바라보았다.

"저기로 가서 쉬자."

남빛을 먹인 듯한 하늘이 계집애의 검은 눈 속으로 넘쳐났다. 우리는 당고갯재 비탈길을 내려와 무덤 두 개가 내려다보이는 평지로 갔다. 평지 아래로는 푸른 보리밭이 성당 같은 분위기로 펼쳐져 있었다. 그 보리밭 속으로 소년과 오빠는 미끄럼을 타듯 내려갔다. 나는 둑 위로 벌렁 드러누웠다. 당고갯재 언덕배기에 쭉쭉 늘어진 아카시아 꽃잎들이 하얗게 펄럭이고 있었다. 심심해진 내가 계집애의 등을 두드리며 손가락으로 아카시아를 가리키자, 계집애가 그쪽으로 시선을 보냈다. 흰 얼굴, 흰 블라우스, 분홍 리본이 내 눈 속으로 잠겼다. 흰 얼굴과 흰 블라우스는 차츰 나의 시야에서 사라지고 내 눈 속으로 자꾸만 들어오는 것은 계집애 머리에 달려 있는 리본이었다.

광장을 가로질러 건널목 앞에 서자, 푸른 등이 빨간 등으로 신호가 바뀌었다. 걸음을 멈추고 건너편을 바라보았다. 백 미터 남짓 사이를 두고 반대편에도 낯선 얼굴들이 무리지어 모여 서서 이편을 건너다보고 서 있다. 작은 여자아이 둘이 손을 꼭 맞잡고 소근거리는 모습도 보였다. 두 아이의 티없는 웃음소리가 이편까지 들렸다. 한 아이의 곱게 땋아내린 머리 끝에 방울이 흔들렸다.

전용수씨는 어떤 사람일까? 저만한 아이들에게 옛날이야기를 색다르게 들려주는 선생님일까? 정년 퇴직을 앞둔 공무원? 아침이면 소일거리를 찾아 남산을 오르내리는 조금은 쓸쓸한 처지에 있는 사람일지도.

—불근 완장을 두른 사람드리 마을로 드러오던 날, 나는 어머니의 한 벌뿐인 한복 빨간 옷고름을 잘라서 정희에게 리본을 만드러주었따. 정희가 내게 가져온 찐 감자 세 알의 보답을 하고 시퍼쓸 뿐인데 어머니는 크게 역정을 내따. 어머니는 불근 완장을 두른 사람들 겨테는 절대로 가지 마라면서 짤바진 옷고름 끄틀 갈무려 바느질을 하셔따. 봉창으로 새든 달빛이 어머니를 하야케 비쳐따.

전용수씨의 리본 이야기는 내게 파문이었다. 내가 그에게 깊은 관심을 갖게 된 것은 리본 이야기가 적힌 엽서를 받고부터였다. 나는 그뒤의 엽서부터 책갈피에 끼워두었다. 내가 그를 만나보고 싶어하기 시작한 것도 그 무렵부터이리라. 어느 순간엔가 깜박, 그렇다, 기이하게도 어느 한순간 나는 이런 생각을 했던 적이 있었다. 전용수씨의 정희와 나의 정희가 넓은 데로 흘러드는 물 같다는.

신호등이 푸른색으로 바뀌었다. 맞은편 두 아이를 비롯한 사람들은 떼를 지어 내가 서 있던 자리로, 나를 비롯한 사람들이 그네들이 섰던 자리로 교차하는 사이 나는 두 아이들을 돌아다봤다. 어깨동무를 하고 총총히 광장 쪽으로 빠져나가는 모습이 보였다. 그러다가 깜박 멀어져갔다.

보리밭에서 올라온 오빠의 손에는 보리피리 두 개가 쥐어져 있었다. 볕에 그을린 건강하고 까만 손으로 오빠는 보리피리를 계집애에게 건네주었다.

"불어보렴."

오빠의 손에서는 잘 모르겠더니 계집애의 손에서는 보리피리가
파랗게 빛을 냈다. 이렇게 부는 것이라는 듯 오빠는 먼저 피리를 입
술에 대었다. 오빠의 입술에서는 음정이 고르지 않은 소리가 흘러
나왔다. 계집애도 오빠가 하는 대로 보리피리를 입술에 갖다댔다.
얼굴이 창호지 같아서 계집애의 입술은 유난히 붉었다. 힘을 주어
불었으나 계집애의 피리에서는 바람 새는 소리만 났다.

"이렇게 불면 돼."

오빠는 피리 아랫구멍을 계집애의 새끼손가락으로 반쯤 가려주
었다. 계집애의 손가락은 눈부시게 희었고 오빠의 것은 검게 반짝
였다. 오빠가 시키는 대로 계집애는 다시 피리를 불었다. 연한 소리
가 나왔다. 계집애는 신기하다는 듯 입술에서 피리를 떼고 찬찬히
살폈다. 리본이 계집애가 움직이는 대로 따라 움직였다.

"나도 만들어줘."

오빠의 등을 밀었다. 오빠는 다시 소년이 있는 보리밭으로 뛰어
내려갔다. 오빠와 소년이 감추어진 보리밭이 한 차례 흔들리더니
종달새 한 마리가 푸드득 하늘로 날아올랐다. 계집애는 피리를 불
면서 종달새가 날아가는 쪽을 오래 바라보았지만 나는 계집애의 리
본이 눈부셔서 눈을 제대로 뜰 수가 없었다.

우진아파트로 가는 114번 버스는 다른 노선 버스가 일곱 대나 지
나가고 나서야 어정어정 왔다. 버스를 기다리면서 나는 어떤 약속
에 늦기라도 한 사람처럼 조바심을 냈다. 버스 안은 비교적 한산했
다. 앞자리도 비어 있었으나 맨 뒷좌석에 앉았다. 버스는 출발하자
마자 급정거를 했다. 앞차와 간격이 좁았던 모양이었다. 아래턱이

앞 의자 등받이에 떠받쳐 얼얼해왔다. 또 이상한 생각이 든다. 어쩌면 전용수씨가 두 달 전부터 나를 기다렸을지도 모른다는. 차창 밖에는 스웨터를 벗어버리고 싶게 만드는 햇살이 차츰 잎이 피기 시작하는 플라타너스 위에서 반짝거렸다. 나는 가방을 열고 엽서가 끼여 있는 노트를 꺼냈다.

—붉근 완장을 두른 사람드른 무척 초조해하였따. 그드른 지친듯 어깨를 내려뜨리고 이섰지만 마을 사람드른 그드리 두른 붉근 완장만 보면 몸을 사려따. 그드른 정희네 집을 빼앗아버려따. 정희네가 마을에서 집이 가장 컸기 때문이다. 갈 곳이 업서진 정희네는 우리 집 뒷방으로 몸만 옴겼따. 정희와 나는 매일 함께 잇게 되어따.

소년의 모습이 보이다가 오빠의 모습이 보이다가 둘 다 푸른 보리숲에 가려버리기도 했다. 나는 둑길에 다시 벌렁 누워버렸다. 까슬한 풀잎의 싸한 여운이 등에 뱄다. 계집애는 다시 보리피리를 입술에 갖다댔다. 하늘이 너무 맑았다. 눈을 감았다가 뜨고, 떴다가 감기를 몇 번 되풀이하고 나서야 하늘을 바로 볼 수 있었다. 내 주변으로 계집애의 서툰 피리음이 풀잎들을 깨우며 지나갔다.

"피리를 좋아하는구나."

계집애 쪽은 보지도 않고 나는 무뚝뚝하게 내뱉었다.

우리 오빤 대피리도 만들 줄 알지. 대피리는 보리피리 같지 않아. 소리도 잘 나고 단단해서 부서지지도 않아.

계집애의 검은 눈빛이 내게로 향했다. 분홍 리본이 자꾸만 내 눈 속으로 감겨들어왔다.

—버치 조았던 날, 정희와 나는 어른들 몰래 정희 집이 내려다보

이는 뒷산으로 가따. 불근 완장을 두른 사람드른 정희네 한 마리뿐인 돼지를 통째로 굽고 이썼따. 정희는 나를 빤히 쳐다보며 울상을 지었따. 매운 연기가 마당을 너머서 정희와 내가 안자 있는 뒷산까지 너머왔따. 답답한 듯 정희는 자꾸 가스믈 쳐따. 소리라도 지르고 시픈 모양이었따. 하지만 정희는 벙어리였따. 갑자기 정희가 내가 만드러준 리본을 풀었따. 돼지를 굽고 있는 사람들의 팔과 리본을 가리켜따. 새까리 가따는 뜨시어따. 정희는 리본을 주머니 소게 지버너버려따.

"대피리는 더 고운 소리가 난다."

나는 몸을 일으키고 계집애 곁에 바짝 다가앉았다. 계집애가 몸을 움츠렸다. 어깨를 둥글게 모은 계집애의 낯빛에 실핏줄이 파랗게 드러났다.

"대피리는 만들기가 힘들어. 우리 오빠 아무에게나 그걸 만들어주진 않아."

계집애는 손에 쥐어진 보리피리를 내려다보았다. 무엇이 서운한 표정이었다.

"네 리본을 나에게 주면 오빠더러 네게 대피리 만들어주라고 할게."

계집애가 눈을 아래로 내리떴다. 거무스름하게 눈그늘이 졌다.

"싫으면 그만둬."

말은 그렇게 했지만 계집애의 리본을 달고 있는 내 모습이 자꾸 아른거렸다. 운동장을 달릴 때는 분홍 리본이 내 머리에서 찰랑거릴 테고 교실에서는 뒤에 앉은 아이가 리본을 탐내며 부러워하겠지.

　─정희는 겁이 만았따. 개가 짖는 소리에도 놀랏고 별똥이 산마루를 가로질러 가는 것도 무서워해따. 그런데 정희가 정말 무서워해야 할 소리가 들려따. 정희뿐 아니라 나도 그 소린 무서워따. 어른드른 바미 깊도록 모여서 수군거려따. 불근 완장을 두른 사람드리 마을로 드러온 지 엿새 만이었따. 총소리는 점점 가까워젓따.

　드디어 계집애가 손을 머리 위로 올려 리본을 풀었다. 계집애의 머리는 안에서 또 한번 고무줄로 묶여 있어 머리카락이 흘러내리지 않았다. 계집애는 내게 리본을 내밀었다. 나는 계집애의 마음이 달라질까봐 빠르게 손을 내밀었다.

　"오빠가 네게 대피리를 꼭 만들어줄 거야."

　부풀어오른 내 가슴이 뛰었다. 계집애는 리본이 풀려 헐렁해진 머리를 매만졌다. 나는 모른 체하고 다시 풀밭에 누웠다. 보리밭에서 보리피리를 한줌이나 만든 오빠와 소년이 둑으로 올라오는 것이 보였다.

　누가 내 어깨를 툭툭 쳤다. 그 손길 때문에 나는 뜻밖의 해방감을 얻었다. 내 어깨를 건드린 여인은 엽서 한 장을 내게 내밀었다.

　"한참 전에 떨어졌는데…… 재미있나보지?"

　사십줄에 들어선 듯한 여인은 교회가 새겨진 펜던트를 장식처럼 가슴에 달고 있었다.

　─총성이 들리자 불근 완장을 두른 사람드른 갑자기 포악해져따. 총으로 사람드를 위협하며 한 톨도 남기지 말고 양식을 가져오라고 소리쳐따. 그드른 모아진 양식을 정희 오빠를 비로탄 청년 몇 명에게 질머지게 하여따. 그드른 쫓기드시 산 속으로 산 속으로 드러갔

따. 정희는 내 손을 이끌고 어딘가로 가자는 손짓을 해따. 정희가
나를 데리고 간 곳은 솔숲이엇따. 배가 너무 고파따. 마을 사람드를
따라 우리도 소나무 껍지를 버껴따.

여인이 건네준 전용수씨의 엽서를 읽고 노트 갈피에 끼웠다. 노
트를 가방에 집어넣었다. 문득 고개를 들어 여인의 가슴에 붙어 있
는 교회가 새겨진 펜던트를 바라보았다. 평화로운 교회였다. 탑이
높고 그 탑 위로는 주저없이 맑은 하늘이 있었다. 쿨럭. 여인이 눈
을 비비며 기침을 했다. 최루가스였다. 여인은 성급히 손가방을 열
더니 손수건을 꺼냈다. 이런 젠장, 또 시작이군. 운전기사의 투덜거
림이 뒷자리까지 들렸다. 버스 안은 순식간에 속도 빠른 전염병처
럼 재채기가 번졌다. 손등으로 콧물을 훔치고 창밖을 내다보았다.
코를 움켜쥔 사람, 눈동자를 손수건으로 꾹꾹 누르는 사람, 못 견디
고 달음박질치는 사람, 상가로 뛰어드는 사람…… 모두 울고 있는
데 햇살은 그래도 말짱히 가로수를 비추고 있었다.

그날, 서산에 해가 다섯 자쯤 남아 있을 때 계집애는 소년의 등에
업혀 우리집으로 왔다. 오빠가 대문을 안에서 당겨주었다.

"이리로 내려놓아라."

아버지는 여느 날처럼 무표정하게 소년을 향해 말했다. 소년은
아버지 앞에 계집애를 내려놓고 마루로 나왔다. 방 안에서 계집애
의 작은 한숨 같은 신음소리가 새어나왔다. 아버지는 많은 사람들
에게 주사를 놓아 병을 낫게 했지만 계집애만은 예외였다. 나아지
지는 않고 오히려 학교도 업고 다녀야 할 만큼 나빠만 졌다. 계집애
는 조금만 걸어도 숨차했고 괴로워했다. 아버지의 헛기침 소리가

들렸다. 소년이 일어서서 방으로 들어가 계집애를 데리고 나왔다.

"여기 잠깐 앉았다 가자."

계집애는 소년이 시키는 대로 마루에 앉았다.

"철둑길 갈까?"

오빠가 제의했다. 소년이 계집애를 바라봤다. 계집애가 고개를 끄덕였다. 신발을 신은 소년이 등을 내밀었다.

"조금 걷고 싶어."

"안 돼, 숨차잖아?"

"그래도…… 조금만."

계집애는 누구에게도 아닌 저 혼잣소린 듯 낮게 중얼거렸다. 소년은 그런 계집애를 물끄러미 바라보다가 고개를 끄덕였다. 우리는 대문을 나섰다. 새끼를 밴 메리가 누런 꼬리를 흔들며 우리 뒤를 따라왔다. 우리는 철둑 맞은편 논둑에 자리를 잡았다. 굵지 않은 포플러나무 하나가 서 있었다. 소년은 나무에 계집애를 기대게 했다. 여기저기 패랭이꽃들이 만발해 있었다. 제비꽃도 피었을 법한데 둑에는 온통 패랭이꽃뿐이었다.

"이뻐라."

계집애는 메리의 등을 쓰다듬으며 황금빛 털에 얼굴을 묻었다. 메리도 계집애가 주인이나 된 듯 계집애를 향해 꼬리를 흔들었다. 계집애와 메리 위로 햇살이 꼭 움키면 가루로 부서질 것처럼 투명했다.

"메리야! 메리야!"

메리를 부르는 내 높은 목소리에 소년과 오빠가 동시에 나를 쳐다봤다. 오빠의 눈빛이 강하게 굳어 있었다. 오빠가 화가 났을 때 저런 눈빛을 한다는 걸 나는 알고 있었다.

"정희 개야? 우리 개지!"

나는 오빠를 향해 툭 쏘아붙였다. 소년이 일어섰다. 계집애 등뒤로 가서 계집애의 몸을 일으켰다.

"집에 가자."

"싫어!"

계집애는 소년의 손을 완강하게 뿌리쳤다. 메리가 컹컹 짖었다. 메리의 불룩한 아랫배가 실룩거렸다. 소년이 다시 계집애의 몸을 일으켰다. 개울물 소리에 섞여 기적 소리가 들렸다.

"가자니까."

"싫단 말야!"

"왜?"

"오빤 맨날 나를 병신 취급해, 난 이제 안 아프다구. 뛸 수도 있단 말야, 자 봐!"

계집애가 발딱 상체를 일으켰다. 포플러 잎새가 떨어져 아래로 굴렀다. 계집애는 똑바로 일어서서 소년을 뚫어져라 쳐다봤다. 계집애의 얼굴은 나무 그림자가 어려 어두웠다. 순식간의 일이었다. 계집애는 둑길을 달려 철길을 건너갔다.

"안 돼! 메리! 메리!"

때는 이미 늦어 있었다. 컹컹! 험한 소리로 짖어대며 계집애를 뒤쫓아간 메리를 기차가 삼켜버렸다. 서쪽 하늘에 해가 걸쳐져 있었다. 기차가 멎고 사람들이 달려왔다. 그 속에 흰 적삼을 입은 아버지도 있었다.

"다행이여, 사람은 아니구만."

피비린내를 맡으며 나는 발딱 일어섰다. 철둑을 건너갔다. 밭둑에 넋을 잃고 앉아 있는 계집애의 앞자락을 휘감쳤다.

"너…… 너 때문이야!"

계집애는 파랗게 질려 바들바들 떨었다. 석양이 붉었다. 눈을 뜰 수가 없었다.

"우리 메린 곧 새끼를 낳을 거란 말야!"

계집애는 공포에 질려 나를 올려다보았다. 눈물이 눈 속에 가득 괴어 있었다. 내 윽박에 주춤거리던 계집애는 어깨를 들먹거리다가 다리를 쭉 뻗고 까무러쳐버렸다. 달려온 건 소년이었다. 소년은 날 쏘아보고는 계집애를 들쳐업었다. 계집애의 흰 블라우스 등에 패랭이꽃이 짓이겨져 꽃물이 져 있었다. 리본 없는 계집애의 허전한 머리 끝에도.

차츰 사람들이 버스 안으로 들어찼다. 대학가 앞을 사람 걸음 속도보다 더 느리게 빠져나오자 매운기가 조금 가라앉았다. 차 안은 후텁지근해졌다. 시계를 보았다. 네시가 지나 있었다. 지금쯤 진행자 이금주씨는 스튜디오 안에서 음악을 틀거나 엽서를 읽어주거나 원고를 읽고 있을 것이었다. 전용수씨는 왜 하필이면 이 프로로 엽서를 보냈을까? 진행자의 목소리에 반했을까? 그가 알고 있는 것은 진행자의 목소리뿐이니까. 엽서를 집어주었던 여인은 슬픈 일을 당한 사람처럼 하염없이 손수건으로 눈을 꾹꾹 누르고 있었다.

"저 가스 지독해요, 지하실에다가 내가 새를 스무 쌍도 넘게 키웠는데 수놈 문조 하나 남고 다 죽었어…… 그래서 이사를 했지."

내게랄 것도 없이 여인은 푸념처럼 중얼거리더니 내릴 때가 되었
는지 자리에서 일어서다가 비틀거렸다.

메리가 죽은 북새통에도 오빠는 대피리를 만들었다. 계집애가 대
피리를 갖고 싶어한다고만 말했을 뿐 나는 리본 이야기는 꺼내지
않았다. 오빠에게 미안했지만 나는 육학년이 아니어서 리본을 갖고
싶은 내 마음을 오빠에게 잘 전할 수가 없었다. 다음날 등굣길에 오
빠는 밤 동안 만든 대피리를 책가방에 넣었다. 그런데 계집애네 대
문간에는 소년이 혼자 우릴 기다리고 있었다.

"정희는?"

"아프다, 전에보다 더 많이."

소년은 책가방을 바꿔 들고 시무룩하게 먼저 걸음을 옮겼다. 오
빠와 소년 뒤를 따라 걸으면서 주머니에서 리본을 꺼내보았다. 간
밤에 너무 많이 만지작거려 리본에는 손때가 묻어 있었다. 나는 오
빠가 볼까봐 얼른 리본을 주머니에 집어넣었다.

안내양이 가르쳐준 우진아파트 앞에서 내렸는데 내 첫눈에 들어
온 건물은 우진아파트가 아니라 태양백화점이었다. 백화점 건물을
올려다보았다. 건물 꼭대기에 세워진 말끔한 시계탑과 육층 건물
기둥을 장식한 때묻지 않은 대리석이 새로 들어선 건물임을 말해주
고 있었다. 시계탑의 바늘은 다섯시를 향해가고 있었다. 우진아파트
건물로 들어서면서 나는 오빠가 있는 병원을 쳐다보았다. 내 편지
를 받기 전에 그녀가 아무 일 없다는 듯이 오빠 곁으로 돌아와 있었
으면. 아파트 옆 벽면에는 동수가 적혀 있었는데 입구 쪽이 1동인

걸 보니까 6동은 더 걸어야 할 것 같았다. 겉보기와는 달리 아파트 안 상가는 알뜰하였다. 정미용실, 곰탕집, 정육점, 식료품점, 청록화원…… 유리문으로 들여다보이는 화원 안에는 노란 것과 흰 것이 섞인 국화를 중심으로 여러 종류의 꽃이 진열되어 있었다. 나는 유리문을 밀고 안으로 들어갔다. 뜨개질 바구니를 무릎 위에 놓고 대바늘을 움직이고 있던 여인이 반기며 일어섰다.

"어서 오세요. 어떤 걸로……?"

"이 꽃 이름은 뭐죠?"

"프리지어…… 그걸 쓰시게요?"

"안개하고 섞어서 한 다발 만들어주세요."

여인은 안개꽃과 프리지어를 하얀 종이에 보기 좋게 쌌다.

다음날도 그다음 날도 계집애는 나타나지 않았다. 오빠가 소년에게 계집애의 안부를 물으면 소년은 고개를 숙인 채 늘 똑같은 대답만 했다.

"아프다. 전에보다도 더 훨씬……"

날이 갈수록 소년의 대답은 힘이 없어졌다. 내 귀에는 훨씬이라는 말의 뒤끝이 오랫동안 남아 있곤 했다. 계집애가 보이지 않은 지 보름이 더 지난 어느 날 오빠는 하굣길에 소년에게 대피리를 꺼내주었다.

"정희 갖다줘."

오빠를 바라보는 소년의 얼굴이 어두워졌다. 소년은 발길로 돌멩이를 걸어찼다. 돌멩이는 한참을 통통통 굴러가다 멈췄다.

"전할 수 없게 됐어……"

“왜?”

우리는 걸음을 멈추었다. 내 가슴은 뛰기 시작했고, 우리 셋 사이로 어색한 침묵이 잠깐 돌았다.

“왜냐니까……”

오빠는 피리를 들고 선 채 소년에게 대답을 재촉했다. 오빠의 눈빛엔 초조한 빛이 넘쳐났다.

“큰아버지가 서울로 데려갔어.”

“뭐? 서울로? 언제 오는데?”

소년은 하늘을 봤다. 그의 눈에서 금세라도 눈물이 뚝뚝 떨어질 것 같았다. 나도 덩달아 하늘을 봤다. 새털구름이 떠 있었고 솔개 한 마리가 둥근 원을 그리고 있었다.

“몰라.”

솔개가 우리 머리 위를 떠나지 않고 몇 바퀴 빙빙 돌 때 소년이 한마디 덧붙였다.

“아버지는 정희가 오랫동안 못 돌아올지도 모른다고 했어.”

오빠의 손에서 신작로 바닥으로 떨어지는 둔탁한 대피리 소리를 들었다. 나는 막 뛰었다. 어디선가 할아버지 제삿날에나 맡을 수 있는 향냄새가 나는 것 같았다. 다리를 건너가는 내 몸에서 식은땀이 주르륵 흘렀다. 개울까지 정신없이 뛰어왔을 때는 머리까지 핑 어지러웠다. 나는 주머니에서 계집애의 리본을 꺼냈다. 물살이 센 곳을 향해 힘껏 던졌다.

“나는 아무 짓도 안 했어.”

리본이 떠내려가는 물 위에 내 윽박에 못 이겨 계집애가 밭둑에 쓰러지고 패랭이꽃이 짓이겨지고 달려온 소년이 나를 쏘아보는 모습이 어렸다. 계집애의 흰 블라우스 등뒤에 얼룩져 있던 패랭이 꽃물이 나를 푹 주저앉게 했다.

602호 앞에 서서 계속 벨을 눌렀다. 아무도 나와주지 않았다. 여섯번째 벨을 다시 눌렀다. 뻐꾸기 소리가 문 안쪽에서 고적하게 울려퍼졌다. 꽃과 상품을 한 손에 모아들고 이번에는 손으로 두드려봤다. 그래도 기척이 없다. 나는 602호를 확인하기 위해 고개를 들었다. 분명히 602호였다. 열 번만 채우고 돌아가기로 하자. 서둘지 않고 다시 일곱번째 벨을 눌렀다. 안을 들여다보았다. 동전만한 구멍으로 들여다보이는 아파트 안은 캄캄했다. 나는 갑자기 쓸쓸해졌다. 열번째라고 마음속으로 세면서 마지막 벨을 길게 눌렀다. 벨소리가 그치기 전에 계단을 내려왔다.

"누굴 찾아오셨나요?"

6동 입구를 나서려 할 때 올라갈 때는 비어 있던 수위실에서 푸른색 정복 모자를 쓴 수위가 유리문 사이로 고개를 내밀고 있었다. 저녁 술을 한잔 들이컨 듯싶은 그의 이마까지 덮은 모자가 한 정다운 세계를 가리고 있는 것 같아졌다.

"602호 전용수씨 찾아왔는데요."

"602호라뇨?"

"여기가 6동 아니에요?"

"6동은 맞습니다만, 이 아파트 건물은 전체가 오층 건물이에요. 육층은 없는데요."

"네에?"

나는 그만 아연해져 아파트를 올려다보았다. 이상도 한 일이다. 6동 전체에 불이 켜져 있었다. 내가 방금 초인종을 누르고 들여다 봤던 불 꺼진 집은 보이지 않았다. 나는 어느 집 초인종을 누르다가 온 것일까? 분명히 602호였는데. 나는 잘못을 하다 들킨 사람처럼 총총히 걸음을 옮겼다. 돌아다보았다. 수위가 엄숙한 표정을 짓고 서 있었다. 나는 황급히 걸음을 다시 옮겼다. 이렇게 서두를 게 아 니었다. 나는 다시 엄숙한 수위에게로 갔다. 들고 있던 전용수씨 상 품을 그에게 건네주었다.

"이곳에 전용수라는 분이 안 계세요?"

"내가 삼 년째 6동을 맡아온 사람이오. 그런 사람은 없어요."

리본은 떠내려가기 싫은 듯 냇가 주변을 맴돌다가 센 아랫물살을 타고 흘러갔다. 나는 얼굴을 들고 다리 쪽을 바라보았다. 다리 저쪽 에서 오빠가 힘없이 걸어오고 있었다. 오빠의 뒤로 가물가물한 아 카시아 꽃잎이 부질없이 떨어져내렸다. 사학년이었던 내가 육학년 이 될 때까지, 그 마을을 아예 떠나올 때까지 계집애는 서울에서 돌 아오지 않았다.

6동 입구 슈퍼마켓 앞 빨간 우체통 앞에서 나는 걸음을 멈추었다. 가방에서 전용수씨의 엽서가 담긴 노트를 꺼냈다. 엽서 한 장이 바 닥으로 툭 떨어졌다. 엽서들을 모아 우편함에 넣었다. 하나, 둘씩 켜지기 시작한 불빛에 떨어진 엽서의 글자가 보였다.

—푸른 철모의 병사드리 우리 집을 수색할 때 말 못 하는 정희가 가마니로 역근 변소에서 오줌을 누고 잇섯따. 이 아네 아무도 업지? 내가 말릴 틈도 없이 푸른 철모의 병사는 불근 완장이 남겨노코 간

죽창으로 변소 안을 쑤셨다. 정희의 눈은 올챙이처럼 튀어나왔따. 정희의 주머니 아네서는 내가 준 어머니 옷고름으로 만든 리본이 나왔따. 병사드리 무서워……

전용수씨의 마지막 엽서까지 우체통은 꿀꺽 삼켰다. 머리가 무지근했다. 태양백화점 시계가 여섯시를 정확히 가리키고 있었다. 지금쯤 진행자는 끝인사를 하고 있을 것이다. 마지막 인사가 될 것 같습니다. 편안한 저녁 되십시오. 오빠가 있는 병원 옥상 십자가에 초록빛 불이 켜지고 있었다.

初經

1

이만 됐다.

미세한 빛의 입자가 투명하게 닦인 원형의 등피 위에서 나선을 그어댄다. 양희는 가스등에 등피를 끼우고 손잡이를 틀어본다. 녹이 슬었는지 뻑뻑하다. 그 위로 쏟아지는 빛들이 잔치를 벌인 듯 양희의 눈두덩까지 기어올라 간지럽힌다. 이만하면 청소시간에 구석까지 벅벅 문질러놓은 유리창보다, 사교시만 마치면 자주색 가방을 들고 운동장 한가운데로 폭포처럼 내리퍼붓는 햇살 속을 헤치고 후문으로 걸어나가는 정희의 형광등 불빛 같은 얼굴보다, 더 희멀건 것 같다. 양희는 세숫대야에 남은 펌프물을 쏟아버리고 허리를 편다.

"쯧쯧, 이런 걸 누가 함부로 버렸기에……"

대문을 나서려던 어머니가 분꽃밭 속에서 심드렁하게 누워 있는 늙은 개를 쳐다보며 혀를 끌끌 찼다. 늙은 개의 입에 물려 있는 붉은 것을 장대로 빼앗으며 역정을 낸다.

"이 흉한 것아! 아침부터 어데서 이런 걸 물고 왔어!"

장대에 걸쳐진 붉은 것은 햇빛에 드러나자 황망하다. 어머니는 변소로 향하다가 가스등을 들고 서 있는 양희와 마주치자, 객쩍은 표정을 짓는다.

"그 묵은 걸 어데 쓸려고?"

"오빠가 밤고기 잡으러 가고 싶다 해서……"

"이 가뭄에 물고기는 무슨."

어머니가 오빠가 있는 방을 향해 얼굴을 돌리며 이맛살을 찡그린다. 어제, 오늘 아니 그 이전부터 들에서 돌아올 때나 마루에서 내려설 때 무심코 오빠 방을 건너다보는 어머니의 눈빛 속에는 무연함이 섞인 끈끈한 무엇이 있다. 그래서일까? 어느새 오빠도 언니처럼 양희의 가슴속에서 휘영청 늘어진 밤그림자 같다.

"빨랫줄에 잠시 달아두면 물기가 말끔히 마르니라."

총총히 변소를 향해 걸어가는 어머니 등뒤에 대고 분꽃밭 속에서 게으르게 몸을 세운 늙은 개가 커엉, 짖는다.

주머니에 손을 넣으면 언제나 언니의 브로치가 만져진다. 꺼내보지 않아도 브로치에 새겨진 평화스런 교회의 탑이 눈앞에 펼쳐진다. 브로치를 만지고 있으면 뎅그렁뎅그렁 종소리가 가슴속까지 파고드는 착각이 일기도 한다. 손가락으로 높은 탑을 따라가다보면 종소리 대신 눅진한 무엇이 가슴속을 채워 맥없이 서러워진다. 뭔가 잔뜩 뒤틀려 있다는 생각이 들어 겁을 먹고 사방을 휘둘러보면 굳게 닫혀 있는 오빠의 방문과 부딪친다. 오빠가 걸어놓은 방문 속에, 언니가 흔적처럼 남겨놓고 간 브로치 속에, 숨겨져 있는 은밀한 것들. 그 뒷전에 혼자 버려진 것 같은 느낌. 순간 양희는 막 선잠에서 깨어난 듯한 낯설음과 함께 괜히 배가 싸르륵 아파온다.

오빠가 불쑥 나타난 밤은 칠흑같이 어두웠다. 구름이 잔뜩 끼었던 낮 동안의 날씨 때문에 비가 올지도 모른다며 아버지는 삽을 마당 평상에 기대놓고 누워 있었다. 궂은비가 내릴 것 같은 밤. 날벌레떼가 다른 날보다 한층 기승을 떨어 눈앞이 어지러웠던 밤. 육십 촉 전등 불빛 앞으로 하루살이들이 투신하듯 날아들고 하늘밥도둑도 먼 데서 날아와 마루 기둥에 날개를 부착시켰을 때, 열린 대문으로 누가 들어왔다. 방학이 아니었으므로 양희는 그 시커먼 그림자가 오빠라고는 전혀 생각지 못했다. 과수원 품일 삯을 받으러 온 은순이 어머니거나 귀빈이 아버지이리라 했다.

"네가 어쩐 일여?"

아버지가 오빠임을 먼저 알아보고 깜짝 놀라 몸을 일으켰다. 오빠는 어둠과 섞여버린 듯 시커멓게 서 있기만 했다.

"어쩐 일이냐니까?"

궂었던 밤하늘에 하나, 둘 별들이 자태를 나타냈다. 마루 기둥에 꼼짝 않고 붙어 있는 하늘밥도둑을 떼어내며 내일도 비 오긴 틀렸네, 엉겁결에 내뱉은 양희의 말도 저 혼자 떠돌다가 스러졌다. 아무 말도 않고 우두커니 서 있는 오빠에게서 노독에 찌든 밤이슬 냄새를 맡은 건 한참 후였다. 밤마실에서 돌아온 어머니가 아버지보다 더 놀라며 웬일이냐? 재차 물었지만 오빠는 시원한 대답을 해주지 않았다.

"휴강이에요. 저 좀 들어가 쉬겠어요."

마지못해 건성으로 대답하고 오빠는 천천히 방으로 들어가버렸다. 양희가 찬밥으로 늦은 저녁상을 차려 들고 갔을 때 오빠는 벽에 등을 대고 서서 밥상을 내려놓는 양희를 물끄러미 바라봤다. 식물채집을 도와주고 매미채를 만들어주던 오빠와는 너무나 생경한 눈빛으로. 아직껏 본 적 없는 오빠의 낯선 눈빛과 마주쳤을 때 양희는 당혹감으로 하마터면 털썩 주저앉을 뻔하였다. 밥상은 다음날 아침 젓가락 한 번 스쳐간 자국 없이 고스란히 되물려나왔다. 그뿐이었다. 오빠는 도무지 움직이려 들지 않았다. 답답해진 아버지와 어머니가 번갈아가며 이것저것을 캐물어도 오빠 입에서 얻어낸 말은 딱 한마디였다. 휴강이에요.

"도대체 무슨 꿍꿍이속이냐, 응?"

두어 숟갈도 줄지 않은 밥상을 다시 내가며 어머니는 속앓이를 했지만 오빠는 묵묵부답이었다. 그러나 어머니가 모르는 것을 양희는 두 가지 알고 있었다. 오빠가 허리를 몹시 아파한다는 것과 뭔가를 몹시 두려워하고 있다는 거였다. 오빠가 내려온 다음날 아침 밥상을 내오려고 오빠 방에 갔을 때 오빠는 벽에 얼굴을 대고 엎드려서 처음으로 양희에게 말을 붙였다.

"육학년이지?"

"응."

"너는 왜 내가 학교 안 가냐고 묻지 않냐?"

양희는 대답을 하지 않았다. 오빠가 쓸데없는 말을 하고 있다고 생각했다. 어머니에게도 휴강이라고 한마디로 간단히 대답한 오빠가 자신이 묻는다고 자세히 말해줄까. 어색한 침묵이 잠깐 흐른 뒤에 오빠가 벽에서 얼굴을 돌렸다. 눈이 붉게 충혈되어 있었고 불쑥 나타난 밤보다 훨씬 더 수척했다.

"혹시 처음 보는 사람이 날 찾지 않던?"

"아니."

"누가 만일 날 찾거든 내가 여기 있다고 말해선 절대로 안 된다."

오빠가 절대로, 라고 너무 힘을 주는 통에 양희는 괜히 죄를 지은 사람처럼 가슴이 철렁 내려앉고 섬뜩거렸다.

"나는 이 집에 없는 거다. 알겠냐?"

"……?"

"혹시 동굴이 어딨냐고 묻는 사람은 괜찮다."

오빠의 잔뜩 긴장된 얼굴에 흐르는 땀방울이 답답하고 서먹해서 덥지 않느냐고, 창문을 열어줄까 하고 물었다. 오빠는 오히려 조금 열려 있던 창문을 닫아달라고 했다. 양희가 창문을 마저 닫고 방을 나오려 할 때 오빠는 망설이는 마음이 역력한 투로 다시 양희를 불렀다.

"내일 학교에서 돌아오면서 약국에서 파스 좀 사다주겠냐?"

오빠는 몸을 일으켜 앉으며 빤히 쳐다보는 양희에게 다짐을 받아냈다.

"너만 알아라. 아무도 모르게."

그날 약국에 갔다가 양희는 아버지를 봤다. 약국 맞은편은 포목점이었는데 더위 때문에 커다란 유리문은 활짝 열려 있었다. 역광 때문에 양희는 파스를 사들고 나오면서 얼굴을 찌푸려야 했다. 고개를 들었을 때 포목점 앞에 자전거를 세우고 있는 아버지가 보였다. 소스라쳐 파스를 감추다가 당황해서 그만 파스를 바닥에 떨어뜨리고 말았다. 마을에서 읍내 여자라고 부르는 포목점 주인 여자가 곱게 분칠을 한 모습으로 푸르고 붉은 비단폭에 가려져 있다가 호들갑스럽게 아버지를 반겼다.

"며칠 뜸해서 기다리던 참이에요. ……그래, 따님은 찾으셨어?"

"제 발로 달아난 년 찾아다가 어데다 써."

"다 둥지가 따뜻한 줄 알면 날아와요. 걱정 말아요."

아버지 팔뚝을 스스럼없이 잡아끄는 읍내 여자의 흰 손이 괜히 무색해서 양희는 황급히 약국을 나와버렸다.

어머니가 변소에서 나와 들로 나간 것을 확인하고 양희는 장독대로 간다. 젓갈, 고춧가루, 된장, 묵은장에서부터 햇장이 담긴 크고 작은 독이 가로세로 줄을 맞춰 나란하다. 어머니는 틈만 있으면 장독대 청소를 한다. 따로 걸레를 여러 개 만들어 독에 내려앉은 먼지들을 닦아내고 또 닦아낸다. 반짝 빛나고 있는 장독들을 보면 양희는 어떤 밝은 세계를 엿보고 있는 것 같아 절로 환해진다.

교회를 짓기 시작할 때 어머니는 교회 사람에게 부탁해서 장독대를 바닥보다 높이 시멘트로 발랐다. 그후로는 물을 길어다가 시원스럽게 바닥을 쓸어내면 독들은 마치 새옷을 갈아입은 것처럼 더 말끔해졌다. 언니가 집을 나갔을 때 허둥지둥 찾아다니다가 지친 몸으로 돌아와서 담담하게 장독대 청소를 하는 어머니의 등을 양희는 쭈그리고 앉아 쳐다봤다. 방 안에 틀어박혀 아무 말도 않는 오빠의 무거운 마음을 방문 밖에서 헤아리다가 허적허적 장독대로 가는 어머니 뒷모습을 봤을 때는 까닭 없이 양희의 온몸에 힘이 쭉 빠져버리기도 했었다.

양희는 왼쪽부터 차례대로 독 뚜껑을 열어보다가 한참 만에 소금 독을 찾아낸다. 정사각형의 흰 결정체들은 느닷없이 햇빛을 받아 반짝거린다. 짠 냄새는 뒤에 맡아진다. 양희는 준비해왔던 주홍 플라스틱 바가지 가득 소금을 퍼담았다. 소금의 까슬한 감촉이 손바닥에 닿았을 때 눈 같은 소금 빛깔이 문득 정희를 떠올리게 한다. 큰 냄비에 소금을 붓고 석유곤로 심지에 불을 붙이면서 양희는 비밀스럽게 마당의 기척을 살핀다. 소금은 뜨겁게 달궈지면서 매캐한 냄새를 풍긴다.

오빠 방에 들어올 때마다 양희는 창문을 열고 싶어진다. 땀냄새 같은 끈끈한 냄새가 바깥 공기와는 확실히 다르다. 오빠는 누운 채로 자루에 든 소금 뭉치를 손가락으로 꾹꾹 찔러본다. 그러고는 이게 무엇이니? 하는 눈으로 의아하게 양희를 본다.

"소금을 불에 달군 거야. 귀빈이네 할머니도 허리 아픈데, 이렇게 하던걸."

오빠의 시선이 거북스러워 양희는 얼른 천장을 올려다본다. 오래 도배를 새로 하지 않아서 천장 벽지의 원그림이 무엇이었는지 짐작도 못 하겠다.

"이런 일 하지 않아도 된다."

"가스등도 다 닦아뒀는데…… 물고기 잡으러 가."

양희는 괜히 서러워져서 손가락을 모아 탁탁 튕긴다.

파스를 사온 날, 처음으로 오빠 등을 봤을 때 양희는 팔뚝에 돋는 소름을 쓸어내렸다. 각목 같은 걸로 두들겨맞은 자국인가? 등뼈를 타고 시퍼런 멍이 들어 있었다.

"멍든 자리는 아프지 않다."

오빠는 허리를 중심으로 척추선에 파스를 붙여달라 했다. 아프지 않다고는 했지만 가장 푸른 멍이 든 자리가 자꾸 눈에 감겨서 남은 파스로 푸른 멍을 가렸다. 문득 아버지의 매질로 시퍼렇게 멍이 들었던 언니의 얼굴이 오빠의 등 위로 겹쳐져서 눈물을 떨어뜨리고 말았다. 오빠는 벽을 향해 돌아누우며 수렁으로 가라앉는 소리를 냈다.

"미안하구나."

"아무도 몰라. 걱정 안 해도 돼."

양희는 자신의 말이 겉도는 것 같아 오빠처럼 소금자루를 꼭꼭 엄지로 찔렀다. 다른 말을 더 하지 않고 소금자루를 편편하게 한 다음 깔고 눕는 오빠가 고맙다. 오빠는 왜 학교 안 가? 처음으로 그렇게 묻고 싶은 것을 양희는 꾹 눌러 참는다.

남새밭을 지나게 되면 꼭 미완성의 교회가 기웃거려진다. 햇빛이 쨍쨍한 아래로 붉은 벽돌이 뜨겁게 달아 있다. 말라비틀어진 채 나무 냄새를 잃은 대팻밥이 지익지익 발에 밟힌다. 각목 토막에 걸려 넘어질 뻔하면서 뜨겁게 볕을 받은 모래를 한줌 쥐자, 손바닥으로 후끈 열이 번진다. 문을 내려고 틀을 짜놓은 네모의 공간 속으로 후끈한 모래를 내쏘아본다. 차르륵. 바닥으로, 벽으로, 문 안으로 질서 없이 떨어지는 모래들이 반짝 은빛을 낸다.

교회가 지어지기 시작하면서 망치 소리, 톱으로 나무를 가르는 소리, 벽돌 쌓는 소리가 끊임없이 들려왔다. 점심때가 되면 낯선 사람들이 아무렇게나 발을 뻗고 앉아 도시락을 꺼내 먹고 담배연기로 고리를 만들어 허공에 날리곤 했다. 트럭이 마을로 들어오는 날엔 아이들이 우르르 몰렸다. 어디서 실려오는 것인지 트럭의 모래들은 냇가 것과는 달랐다. 결이 고운 모래는 거침없이 트럭에서 내뱉어져 남새밭 바닥으로 쌓였다. 날이 저물고 목수와 집 짓는 낯선 기술장이들이 돌아간 후, 마을 아이들은 무덤같이 쌓인 모래더미 꼭대기에 올라 소리를 지르기도 하고 미끄럼을 타기도 하였다. 모래로 동굴도 만들고 두꺼비집도 만들다가 하나, 둘씩 별이 떠올라 숲을 이루면 눈 속을 가득 메우는 빛을 보고 드러누워 누군가가 저건 카시오페아야, 했고 곁에 있던 아이가 다른 별을 향해 오리온, 하고 외쳤다. 이어서 전갈, 안드로메다의 이름이 튀어나왔다. 그러나 양희는 아이들이 말하는 별자리의 둥지를 찾을 수가 없었다. 하나씩 이름이 나올 때마다 눈 가는 대로 가장 빛나는 별을 짚어보며 저것인가? 하고 짐작만 할 뿐이었다. 양희가 알고 있는 별자리는 국자 모양의 북두칠성뿐이었으므로.

그날 목수가 준 편지를 내가 언니에게 전하지만 않았더라면, 생각이 거기에 닿을 때마다, 양희는 아찔한 현기와 함께 우울해진다.

"이걸 언니한테 전해주겠냐?"

그해 저물녘, 목수의 은근한 목소리에 양희는 두어 걸음 물러섰다. 목수의 어깨 뒤로 오전에 세워진 교회의 첫 기둥이 보였다.

"탑을 세우고 꼭대기에 십자가를 달 거란다."

물러서는 양희를 보고 목수는 묻지도 않은 말을 했다. 어색하게 웃는 목수의 옆얼굴에 설핏 그림자가 졌다. 그 그림자가 소아마비로 못 쓰게 된 다리를 절름거리며 대문 밖을 나설 때마다 낭패감으로 일그러지는 언니의 표정과 닮아 있었다. 목수는 씁쓰레하게 돌아섰다. 그가 한참 멀어졌을 때 양희는 목수에게로 달려갔다. 양희가 손을 내밀자 목수는 작업복 윗주머니에서 반으로 접은 편지를 꺼내주었다. 뒤꼍으로 언니를 불러내 그 편지를 전해주었을 때 언니의 얼굴에 피어 있던 건선에 화기가 돌아 언니가 예뻐 보이지만 않았더라도 양희는 두번째, 세번째 편지는 전해주지 않았을 것이다. 편지를 건넬 때마다 목수는 양희의 어깨를 가볍게 잡아 돌려세우고 조심스럽게 말했다.

"애야, 아무도 모르게 전해주면 더 고맙겠구나."

아, 언니는 어디로 숨어버린 것일까?

2

누가 그랬을까?

곰곰히 생각해도 누구 짓인지 전혀 짐작도 안 간다. 변소 뒷벽 붉은 벽돌의 하얀 크레파스 낙서. 양희는 그 낙서 생각만 하면 얼굴을 못 들겠다. 아버지의 치켜뜬 눈이 떠올라 눈물까지 나려 든다.

'윤양희는 송귀빈의 색시다.'

'둘이 입 맞추는 걸 나는 봤다.'

붉은 벽돌의 하얀 낙서는 누구에게나 금방 눈에 띄었다. 짓궂게
도 윤양희에다가는 두 겹 세 겹으로 동그라미까지 그려놓았다.

화단에는 따꽃이 자주, 분홍, 노랑으로 피어 있고 누가 꽃잎을 다
따내버린 접시꽃 옆에 참반디가 새로 줄기를 뻗고 있다. 풍금을 옮
기려고 반 아이 네댓과 3반 교실 문을 열었을 때, 사내아이들이 키
득댄다. 양희는 얼굴이 확 붉어진다.

"조심해서 들거라."

키가 큰 3반 담임선생님이 풍금 건반 위에 쌓인 먼지를 손바닥으
로 쓱 닦아낸다.

"저 단발머리가 윤양희야."

누군가가 한껏 소리를 죽여 말했지만 양희의 귀엔 선생님이 출석
을 부를 때보다 더 크게 들린다. 누군가 웃음을 못 참고 쿡 소리를
내자, 여기저기에서 웃음이 터진다. 양희는 어지럼증이 일고 다리조
차 휘청거린다.

"조용히들 해라."

3반 담임선생님의 굵직한 목소리 어딘가에도 웃음이 담긴 것같이
느껴져 양희는 가슴까지 화끈거린다. 풍금 아랫부분을 받친 손바닥
에 진득한 땀이 괸다. 3반 교실을 나오면서 기어이 양희가 풍금을
놓쳐버리자, 앞쪽으로 힘이 쏠려 모두들 기우뚱거린다.

정희가 다소곳이 풍금 앞에 앉는다. 음악책이 얌전하게 건반 위에
놓여 있다. 정희의 손가락들이 반주를 맞추려고 몇 번 헛음을 친다.

정희가 전학 오기 전에 양희네 반은 음악시간이 없었다. 육학년
이 되자마자 담임선생님이 교통사고로 병원에 입원했고, 임시로 양

희네 반을 맡은 선생님은 핸드볼 코치였다. 빨간 트레이닝복을 입고 오학년과 육학년이 섞인 핸드볼 선수들과 힘차게 운동장을 뛰는 모습은 낯이 익었지만, 코치 선생님이 풍금 앞에 앉아 있는 것을 양희는 한 번도 못 보았다.

올해도 과꽃이 피었습니다.

아이들 사이엔 코치 선생님의 턱이 빠졌다는 얘기가 흘러다녔다. 턱이 어떻게 빠지냐고 물으면, 자기네 아버지가 손가락이 낫에 잘렸는데 그 즉시 갖다대니까 다시 붙었다는 구체적인 예까지 들어가면서, 코치 선생님도 귀빈이가 던진 공에 세게 맞아서 턱이 빠졌는데 병원에 가서 다시 붙인 거라 했다. 어쩌면 그럴지도 모른다는 생각이 들게도 코치 선생님의 턱은 유난히 짧다.

꽃밭 가득 예쁘게 피었습니다.

정희가 전학 오기 얼마 전에 누군가가 우리 반은 왜 음악시간이 없냐고 투덜거렸다. 코치 선생님은 교탁에 손을 짚고 난감하게 서 있다가 칠판에 큼직하게 무엇인가를 적었다. 어쩌다 생각이 나겠지. 냉정한 사람이지만. 그렇게 사랑했던 기억은 잊을 수가 없을 거야. 때로는 보고파지겠지. 둥근 달을 쳐다보면은…… 그렇게 사랑했던 기억을 잊을 수는 없을 거야. 코치 선생님은 아주 낮은 저음으로 아이들에게 그 노래를 가르쳤다. 아이들은 열심히 따라 불렀다. 나중에 언니에게 그게 무슨 노래냐고 물으니까 언니는 정말 선생님이 이 노랠 가르쳐줬단 말이지? 하고 되물었다. 양희가 가사가 적힌 연습장을 언니의 코앞에 들이밀자, 언니는 재밌는 선생님이구나, 하면서 가사가 적힌 맨 위칸에 '이별'이라고 적어넣었다. 패티 김이라는 가수 이름과 함께.

누나는 과꽃을 좋아했지요.

정희의 옆얼굴을 볼 때마다 양희의 가슴은 밑바닥까지 균열이 진다. 정희가 처음 전학 왔던 날, 인사를 할 양으로 다소곳이 고개를 숙이고는 그대로 시선을 내리깔아버리던 정희의 하얀 얼굴이 앙금처럼 가라앉아 있다. 코치 선생님이 정희의 어깨를 흔들었다. 순간 정희는 마치 허수아비처럼 푹 고꾸라져버렸다. 전학을 오자마자 정희는 양호실로 옮겨졌고, 며칠을 내리 결석을 하였다. 다시 등교한 정희의 얼굴은 첫날보다 더 희었다. 정희의 자리는 햇빛이 잘 드는 창가로 정해졌다. 수업 도중에 무료해서 양희가 고개를 돌리면 정희의 옆모습이 들어오는 위치였다. 정희의 콧날 근처로 햇빛이 아지랑이처럼 아른거려 양희는 자주 눈을 감곤 했다. 어느 땐가는 정희가 교실에 앉아 있는 게 아니라 유리창 밖에 저 혼자 앉아 있는 것 같아서, 양희는 쉬는 시간에 오가면서 쓸데없이 정희의 책상을 쓸어보기도 했다.

풍금 앞에 앉아 있는 정희의 모습이 불안해 보인다. 앞가르마를 반듯하게 타서 양갈래로 묶어 땋아내린 검은 머리채가 자꾸 흔들리는 것 같다. 양희는 눈을 감았다가 다시 뜬다. 분명 풍금 반주는 정희 솜씨인데 옆반이나 아래층에서 들려오는 것 같아서다. 양희는 노래를 멈추고 고개를 돌린다. 교실 밖으로 넓게 펼쳐진 운동장엔 아무도 없다. 운동장 담장 주위를 빙 둘러 심어진 포플러나무는 햇빛에 지친 그림자만 길게 늘어뜨리고 있다. 바람이 전혀 없어 국기 게양대의 태극기도 축 늘어져 있다. 철봉대를 쓸어보면 뜨겁게 달

귀진 녹물이 묻어나리라. 교문의 철제에서도.

아버지가 언니를 윗방에 감금하고 머리카락을 자르는 소동을 벌인 다음날, 반 아이가 교문에서 누가 양희를 찾는다고 전해왔다. 달려나가니 언니가 등을 돌리고 서 있었다. 언니의 머리에 난 가위질 자국에 눈이 시었다. 양희가 다가가자 언니가 돌아섰다. 아버지의 사나운 손길이 지나간 언니의 얼굴에 푸른 멍이 들고 입술은 터져 있었다. 좋지 않은 혈색과 완연한 피로의 흔적으로 인해 그러잖아도 작은 언니의 얼굴은 더 왜소해 보였다. 언니가 양희의 손을 잡았다. 늙은 포플러나무 둥치 위에서 규칙적으로 울어대는 매미 소리가 사위를 낮게 가라앉혔다.

"붙어먹을 놈이 따로 있제, 이년아."

아버지의 분노가 불식간에 끼어들자, 갑자기 언니가 너무 멀게 느껴졌다. 지난밤, 언니를 다그치는 아버지의 폭언을, 양희는 모깃불을 피워놓은 마당에 쪼그리고 앉아 다 들었다.

"이 육시럴 년."

아버지의 매질과 욕설이 심해질수록 언니는 신음소리조차 내지 않았다. 그것이 아버지를 더 화나게 했을 것이다. 오히려 잠긴 문밖에서 어머니가 까무라쳤다. 양희가 갈증 때문에 입안에 고여 있던 침을 삼키려 할 때, 방문이 벌컥 열리고 불빛같이 벌게진 아버지가 뛰어나왔다.

"독한 년, 어디 두고 보자."

아버지는 어머니 반짇고리 안에서 가위를 찾아들고 언니가 쓰러져 있는 방으로 다시 들어갔다. 아버지의 큰 목소리에 사람들이 모

여들고 쯧쯧, 못 볼 걸 보는 듯 쭈빗거리다가 돌아갔다. 아무도 양
희가 모깃불 곁에 어둡게 앉아 연기 때문에 눈물을 흘리는 것을 보
지 못했다.

“나는 떠날란다, 양희야.”

양희의 손을 잡은 언니의 손이 가늘게 떨렸다. 늘 습관적으로 가
래침을 뱉어대는 문방구 주인이 고개를 쑥 내밀고 언니와 양희를
미심쩍게 바라봤다.

“그 사람을 찾아가야겠어.”

“누굴…… 찾겠다고?”

양희는 어색한 침묵 속으로 끼어드는 낯설음이 싫어 얼굴이 불그
레한 목수를 떠올렸으면서도 물었다. 무심코 주머니 속의 브로치가
만져졌다. 언니는 대답을 안 하고 양희의 얼굴을 깊게 바라보곤 잡
은 손에 힘을 주었다.

“어머니 말씀 잘 듣거라.”

기어이 언니는 말끝에 울음을 흐득였다. 얼굴이 퉁퉁 부어올라
있던 참이라 언니의 얼굴은 묘하게 일그러졌다. 언니는 입술을 꼭
깨물더니 몸을 돌려세웠다. 언니가 남빛 치마를 입고 있다는 걸 그
때야 알았다. 양희는 다급하게 언니의 치마를 잡았다. 돌아서는 언
니의 눈이 뿌옇게 흐려 있었다.

“언제 돌아올 거야?”

언니가 두어 걸음 다가와서 양희 머리를 쓸다가 흑, 느껴 울었다.
양희는 언니에게 약속을 받아놔야 된다고 생각했다. 이대로 아무 언
약도 없이 언니를 보내버리면 언니가 다신 돌아오지 않을 것 같았다.

"언니 오면 돌려줄 게 있어 그런다. 언제 올 건데?"

언니는 그게 뭐냐고 묻지 않았다. 치익. 문방구 주인이 가래침 뱉는 소리가 들려왔다.

"잃어버린 브로치, 그걸 내가 선반에 얹어뒀단 말야."

양희는 주머니 속의 브로치를 매만지며 짜증스럽다는 듯 억지를 부렸다.

"사흘 후에 오마."

언니가 돌아섰다. 그러곤 뛰었다. 언니의 남빛 치마가 휘익 날리는가 싶더니 이내 저편 골목길로 사라져버렸다. 절름거리는 언니답지 않게 빠른 속도로.

풍금 소리가 멎는다. 받침대 위에서 음악책을 집어내고 정희가 풍금 뚜껑을 닫는다. 분단 사이로 걸어들어오는 정희가 하얗게 멀리 보인다. 코치 선생님이 칠판에 그려두었던 오선과 음표를 지우개로 지운다.

"다음은 체육시간이다. 오 분 내로 운동장으로 집합."

정희가 책상에 얼굴을 묻고 엎드리는 게 보인다. 체육시간이면 정희는 교실에 혼자 남는다. 책상에 얼굴을 묻고 후다닥 뛰어나가는 아이들의 뒷모습을 망연히 바라보기만 한다. 체조를 하다가, 구령에 맞춰 운동장을 몇 바퀴 돌다가, 교실 유리창 쪽을 바라보면, 거기 정희가 운동장을 우두커니 내다보며 서 있다. 정희가 포목점을 하는 읍내 여자의 조카라는 것과 심장판막증이라는 한 번도 들어보지 못한 생소한 이름의 병을 갖고 있다는 것을 양희는 여름이 시작될 때까지 몰랐다.

3

  양희는 오학년 때의 여름을 생각해본다.

  그때는 귀빈이와 함께 온 들판을 헤매었다. 곤충들을 잡으러 다니다가 땀이 흐르면 옷을 훌렁 벗어던지고 방천둑 밑 개울 속으로 첨벙 뛰어들 수 있었다. 귀빈이가 채집한 곤충들을 유리병 속에 넣어두면, 양희도 키 큰 해바라기 줄기를 잡아당겨 노란 꽃잎들을 따서 넣어 흔들어주기도 했다. 그땐 아무도 변소 뒷벽 붉은 벽돌에 낙서 따윈 하지 않았다. 뙤약볕 아래서 고추밭 잡초를 뽑던 늙은 여인이 일사병으로 죽었다는 뉴스도 없었고, 날벌레들도 올 여름처럼 극성을 떨지 않았다. 정말 작년 여름엔 검은 물잠자리들도 퍼득퍼득 잘 날아다녔다. 언니는 숱 많은 검은 머리를 뒤로 잡아묶고 밭에서 통통한 호박을 따왔고 어머니 몰래 애오이를 따다 양희에게 주기도 하였다. 태양은 여름답게 지독했지만 가끔씩은 마른 번개가 치고 소나기가 퍼부었다. 반바지를 걷어올리고 그물질을 하면 그물 속에서 뒤치는 붕어들의 금빛 비늘이 너무 눈부셔 아찔 현기가 일기도 하였는데.

  그랬는데 올 여름은 칙칙하다. 언니의 브로치, 오빠가 누워 있는 방, 사흘이라는 약속, 백랍 같은 정희의 얼굴, 미완성의 교회, 풍금 소리, 가뭄. 양희는 작년에 가까이 있던 것들이 모두 저만큼 떨어져 나간 것만 같아서, 멀어진 거리의 저변에는 알 수 없는 슬픔이 도사리고 있는 것만 같아서, 모든 것이 뜨거운 햇살 속으로 잦아드는 것만 같아서 울적해진다.

"저것 봐라."

함께 하교하던 은순이가 수선스럽게 양희의 팔을 잡아끈다. 은순이가 가리킨 곳에서 나팔 소리가 들린다. 양희는 가방을 옮겨들고 은순이를 따라 뛴다. 사거리에 도착했을 때 맨 앞줄에서 지휘봉을 높이 쳐든 붉은 테의 모자를 쓴 사람이 보인다.

"밴드대다."

은순이의 눈이 기쁨으로 반짝 빛난다. 금빛 지휘봉이 높이 흔들릴 때마다 햇살이 가루로 부서져내린다. 더운데도 모두들 흰 장갑을 꼈다. 모자는 각이 졌고 모자 차양 그늘 아래로 보이는 얼굴들은 더위로 일그러져 있다. 그런데도 나팔 소리, 심벌즈 소리는 힘이 있고 우렁차다.

"양희야, 저 빳빳한 바지 좀 봐."

은순이는 이마에 흐르는 땀을 쓱 닦아내며 눈을 반짝 뜬다. 정말 밴드 대원들의 바지 주름은 칼날 같다. 은행, 서점, 약국, 양은가게의 문이 열리고 사람들이 고갤 내밀거나 걸어나온다. 반 아이들 모습도 몇 보인다. 나팔 소리가 더 흥겨워지고 큰북, 작은북 들이 일제히 반주에 합해졌을 때 사거리 가운데에 대형 아치가 세워진다. 아치 꼭대기에는 탐스러운 살빛 무궁화꽃이 피어 있고 꽃 주변의 푸른 잎새들은 금방 물을 갈아준 듯 싱싱하다.

"이제 우리는 시민이 되었습니다."

아치 앞에 플래카드가 펄럭인다. 밴드대의 탄력 있는 합주가 절정에 이르고 사람들도 점점 더 모여든다.

"나도 언젠가는 아주 멋지게 북을 치고 싶어."

밴드 대원들처럼 일정한 높이로 발을 맞추며 은순이가 속삭이듯 말한다. 저만큼 떨어진 가로변 플라타너스 그늘 아래 기대고 서 있는 사람이 정희라는 것을 양희는 한참 후에야 안다. 정희를 보는 순간, 축축한 습기가 등줄기를 적셔 양희는 벌리고 있던 입술을 다물어버린다. 흰 블라우스와 까만 치마를 입은 여학생들이 은행 계단에 줄을 맞춰 서서 합창을 시작할 때 양희는 은순이를 놔두고 돌아선다.

도랑을 죽 따라가면 과수원 입구다. 사내아이들은 여름밤이면 도랑둑을 따라 올라가 참외 서리를 하였다. 아버지는 원두막에 앉아 밤이 깊을수록 눈을 더 크게 뜨고 과수원을 지켜야 했다. 밤눈이 밝은 사내아이들이었다. 밤새 한잠 못 자고 앉아 있어도 아침이면 아이들이 다녀간 흔적이 있다고, 아버지는 역정을 냈다. 그런 날은 대부분 귀빈이의 청을 받아들여 양희도 합세한 날이기도 했다.

"나눠 먹기에 도둑까지."

역정 끝에 도둑이란 말을 스스럼없이 덧붙이던 아버지는 여름밤이면 늘 잠을 못 자 눈이 벌겠다. 그러나 그것도 참외가 풍성히 열렸던 작년이나 그 이전의 일이다. 올해는 참외잎이 돋을 때부터 기후가 어긋나 손바닥만한 잎새는 누렇게 떠 있고 줄기는 제 빛을 잃고 말라 있다. 사내아이들이 서리를 와도 몰래 참외를 따내기엔, 어머니 말처럼 참외는 가뭄에 콩 나듯 했다. 그것조차 익기도 전에 속이 물러터졌고, 따지도 않았는데 볕에 말린 것처럼 껍질이 쭈글거렸다.

어른들은 웃통을 벗고 삽을 들고 들판을 황망히 뛰어다니고, 개들도 짖지도 않고 어슬렁거리거나 낮잠만 잔다. 그러다가는 싸운다. 목소리가 잠기도록 서로 고함을 친다. 모를 심을 때까지만 해도 서로 품앗이를 하며 막걸리를 마시고 취한 몸으로 비틀거리며 달빛 내린 신작로를 정답게 걸어오던 어른들이 언제 그랬냐는 듯. 개들도 마찬가지다. 굴뚝 밑이나 꽃밭, 그늘진 담장 밑에 게으르게 누워 있다가는 어느 순간 꼬리를 치켜세우고 서로 으르렁거린다. 모든 것이 이상스럽게 엉망인 올 여름이다.

"헛간에서 북데기 좀 퍼다가 모깃불 좀 피우거라."

아버지의 귀가가 늦어지자, 어머니가 삽을 챙겨들고 오빠 방을 본다.

"답답하지도 않는갑다, 문을 저리 칵 닫고."

누구에게랄 것도 없이 답답한 마음을 어머니가 그렇게 푸는 것이라는 걸 눈치채는 데는 시간이 꽤 걸린다. 밤들판으로 나가기 위해 대문을 나서는 어머니의 뒷모습이 너무 어두워 보여서 양희는 갑자기 목이 껄끄러워진다. 책가방의 걸림쇠를 풀고 양희는 파스를 꺼낸다. 오빠 방문을 열었으나 늘 정물처럼 엎드려만 있던 오빠가 보이지 않는다. 댓돌을 보니 신발도 없다. 이상한 일이다. 저녁상을 들일 때도 분명 엎드려 있었는데, 오빠는 없고 밥상만 형광등 불빛 아래 횅하게 놓여 있다.

"오빠!"

양희의 목소리가 방 안에 눅눅히 떠돈다. 오빠가 없는 사이 창문을 열어 공기를 바꿔야겠다는 생각으로 양희는 방 안으로 들어간다. 창문은 열리면서 드르륵 소리를 낸다. 지열이 식은 밤공기가 얼마만큼은 상큼하게 밀려들어오고, 옥수수알같이 촘촘한 별무리가 내다보인다. 방바닥에 종이쪽지가 구겨져 있다. 양희는 무심코 그걸 집어 펴본다. 모눈종이같이 사인펜으로 네모칸이 정교하게 그려져 있고, 그 네모칸 안에 머리가 텁수룩한 사내가 가부좌를 틀고 앉아 있는데, 손에는 총이 쥐어져 있다. 양희는 그림을 뒤집어본다. 독수리, 캠퍼스, 우우우, 낭독, 낄낄, 전진, 투견, 벽보, 삼층 독서실……한참을 앉아 있어도 오빠는 나타나지 않는다. 용변을 보러 간 것인가? 이데올로기, 영란이, 우우우, 로터리, 허수아비, 사박자로, 용공? 선배, 우우우. 양희는 세 번이나 적힌 우우우, 라는 말이 기분 나빠 종이를 구겨버린다. 갑자기 다락 문이 덜컹 흔들린다. 도둑? 양희는 무서운 생각이 들어 손바닥으로 주춤 방바닥을 짚는다.

"물러서! 물러서지 않으면 난 여기서 뛰어내릴 테다!"

다급한 오빠 목소리다. 양희는 반가워 발딱 일어나 다락문을 연다.

"오빠!"

오빠는 갓난아이처럼 몸을 웅크리고 앉아 겁에 질린 표정으로 양희를 노려보고 있다. 신발을 꼭 끌어안고 붉게 충혈된 눈을 부라린다.

"다가오지 마라! 여기가 삼층인 건 알 테지? 다가오면 뛰어내리겠어."

오빠는 끌어안고 있던 신발을 높이 쳐들고 어머니가 배추씨를 뿌리는 듯한 흉내를 낸다.

"오빠! 왜 그래?"

장난이 아니라는 것을 알자 양희는 갑자기 오한이 든다. 그러지

마 오빠, 무섭고 외로워진다. 언니도 없는데.

"날 잡으러 왔어? 나…… 난……"

양희를 향해 한껏 눈을 치켜떴던 오빠가 이번에는 키득키득 웃는다. 오빠가 뒤치는 통에 어머니가 볼까봐 다락에 얹어두었던 소금 자루가 방바닥으로 굴러떨어진다. 그 통에 매듭이 풀리고 소금이 방바닥으로 쏟아진다. 쏟아진 소금 위로 오빠가 들고 있던 신발이 떨어져 박힌다. 갑자기 사위가 죽은 듯 고요하다. 끊임없이 날아와 날개를 부착시키던 날벌레조차 다른 데로 날아간 모양이다.

"양희야!"

오빠의 입술은 허옇게 부르터 있고 거뭇한 턱수염이 아침보다 더 짙게 자라나 있다. 양희는 얼른 손을 내민다.

"내가 왜 여기에 올라와 있냐?"

오빠의 손이 아주 작고 차갑게 느껴진다. 양희는 오빠의 손을 꼭 쥔다. 웬일인지 다시는 오빠를 못 볼지도 모른다는 예감이 끼어들자, 며칠 전부터 더부룩하던 배가 싸르륵 아파온다.

"내가 가스등을 내려달랬어, 오빠."

양희는, 왜 자신이 다락에 올라와 앉아 있는지 난감해하는 오빠를 안심시키려고 거짓말을 한다.

"가스등은 빨랫줄에 걸려 있던데?"

"그으래? 내일은 밤물고기 잡으러 가자, 오빠."

붙박이창으로 새어들어온 달빛이 휘황하다. 전등을 꺼버리자 달빛이 네모나게 방바닥에 깔린다. 밤이 깊었는데도 읍에 나간 아버지도 밤들판에 나간 어머니도 돌아오지 않는다. 마당에서 저 혼자 타는 모깃불이 툭탁거린다. 양희는 달빛이 만들어놓은 네모의 공간 속에 몸을 눕힌다. 방 안이 너무도 고요해서 모기가 발뒤꿈치를 들고 살큼 걸어도 그 날개가 방바닥에 스치는 소리가 들릴 것 같다. 어깨와 발밑과 무릎에 달빛이 흥건히 괸다. 양희는 주머니 속에 손을 넣는다. 언니의 브로치가 잡혀온다. 브로치를 만지고 있으면 언니가 잠깐 어디로 외출한 거란 생각이 들어 안심이 된다. 읍내 슈퍼마켓으로 도시락 반찬을 사러 갔을 것만 같다. 그러다가는 황량해진다. 다시는 언니가 돌아오지 않을지도 모른다고 생각하면 온통 세상이 등을 돌리고 있는 것 같아, 눈물이 핑그르 돈다. 달빛이 저만큼 비켜나 있다. 양희는 허적허적 비켜난 달빛만큼 몸을 옮겨 다시 달빛 속에 몸을 눕힌다.

어느 날이던가. 저 붙박이창으로 새어들어온 달빛이 벽걸이에 걸어놓은 언니의 옷을 환히 비추고 거울 위의 빗까지 선명히 비출 때에야 양희는 자신의 잠을 깨운 것이 달빛이 아니라 나뭇진 냄새라는 걸 알았다. 사내는 마른 나무 냄새를 풍기며 언니 옆에 바짝 다가앉아 있었다.

"왜 안 나온 거야? 한 시간이나 기다렸잖아."

언니는 대답을 않고 손을 뻗어 양희의 얼굴을 만졌다. 양희는 떴던 눈을 후딱 감아버리고 고른 숨을 내쉬었지만 가슴이 방망이질쳤다.

"이봐, 왜 대답이 없지?"

사내의 윽박이 섞인 말투에 양희는 다시 실눈을 떴다. 사내의 한 손이 언니의 허리에 둘러져 있고 또다른 손은 언니의 턱을 받치고 있었다.

"이거 놔요, 양희가 깬단 말예요."

언니는 조심스럽게 이불을 끌어당겨 양희의 목까지 덮어주고 다독였다. 손이, 언니의 손이 가늘게 떨리고 있었다.

"갑자기 왜 그래?"

"나가요! 여기까지 들어오면 어떻게 해요. 빨리 나가란 말예요!"

언니는 잠깐 양희를 잊었는지 무엇인가를 방바닥에 내던지며 사내를 떠밀었다.

"가란 말예요, 이 나쁜 사람. 내겐 거짓말을 하고…… 이깟 브로치로 날 속일 참이었지요. 내가 다리 병신이라고 우습게 본 거죠."

언니는 소리를 죽여 느껴 울었다. 사내는 들먹거리는 언니의 어깨를 감싸더니 조그만 언니를 달싹 안아들고 방문을 열고 나가버렸다. 조심해서 걷는 발소리가 멀어지고 어슴푸레 대문 흔들리는 소리가 나더니 이내 적요해졌다. 희끄무레한 어둠이 눈에 익은 양희는 언니가 내던진 은빛 브로치를 손에 쥐고 잠을 청했지만 영 눈이 감기지 않았다. 얼마나 지났을까. 소리없이 다시 방문이 열리고 찬바람을 가득 묻혀온 언니가 가만히 곁에 누우며 양희의 손을 꼭 잡았다. 양희는 잠꼬대를 하는 것처럼 하, 소리를 내고 돌아누우며 깊은 수렁 속으로 가라앉는 듯한 언니의 한숨소리를 들었다. 펌프가 옆 공지에 아무렇게나 뿌리를 뻗은 봉숭아 꽃망울이 새끼손톱만하게 봉오리지던 무렵의 일이었다. 다음날 언니는 은빛 브로치를 양희가 가진 줄도 모르고 책상 밑이며 장롱 밑을 샅샅이 뒤졌다. 브로치를 애타게 찾는 언니의 뒤에서, 양희는 말없이 브로치가 들어 있는 주머니를 만지작거리고 있다.

"이상하다…… 여기 어디 있을 건데?"

언니는 가끔 양희를 건너다보며 뭔가를 묻고 싶어하다가도 이내 고개를 돌려버리곤 했다. 언니는 꽤 여러 날을 체념하지 않고 괜한 칫솔통까지 들여다봤다. 그즈음 언니는 양희가 잠든 것을 확인하는 듯 깊은 밤중에 베개를 바로 받쳐주거나 이불을 당겨 다독여주고는 방문을 열고 나갔다. 언니가 나가고 나면 조심스럽게 남새밭 쪽으로 난 대문이 흔들렸고, 얼마쯤 지나면 다시 그 문이 흔들리면서 차가워진 언니가 절름거리며 방으로 돌아왔다. 그런 날이면 언니는 어김없이 잠을 못 자고 뒤척이다가 소리 죽여 울곤 했다. 벽돌 냄새, 시멘트 냄새, 그리고 목수가 풍기고 다니던 마른 나무 냄새를 풍기면서. 붙박이창이 환히 밝아올 때까지.

양희는 꿈속에 황무지를 걷는다. 큰 나무가 나타나고 그 둥치에 탐스러운 털을 가진 백마가 묶여 있다. 양희는 답삭 말잔등에 오른다. 두 겹의 기둥으로 된 아치형 대리석 문을 지나서 양희는 순례자를 만났다. 언니를 찾아줘요. 순례자가 고갤 끄덕이며 말 위에 오른다. 양희는 무서워서 순례자의 낡은 옷자락을 꽉 움켜잡는다. 나무들, 큰꽃들, 풀들 사이에는 이름조차 모르는 짐승들이 눈을 반짝이고 있다. 황무지를 지나 산을 하나 다시 넘었다. 순례자는 양희를 그 숲속에 내려놓고 사라져버린다. 나뭇가지마다 힘이 셀 것 같은 뱀이 기어다니고 나뭇가지에는 먹음직스런 실과가 부풀어올라 있다. 물방울 같은 과즙이 흘러내리고 단내가 코를 찌른다. 어느 한 나무에 기대어 가지를 잡아당긴다. 붉은 실과를 따서 입안에 넣는 순간, 숨이 턱까지 차오른다. 가슴속으로 흘러드는 단물을 곧 뱉어내야만 한다고 생각했지만 마음대로 되어주지 않는다. 통통하게 살이 오른 비단뱀이 양희의 다리를 감고 있다. 숨이 컥 막힌다. 살려줘. 눈을 떠보니 뺨에 주르르 흘러내린 눈물이 손바닥에 만져진다. 날이 밝아온다. 창으로 안개를 보는 순간, 양희는 슬픈 일을 당한 것처럼 가슴이 섬뜩거린다.

4

대기를 채우는 건 온통 햇빛뿐이다. 모든 것을 하얗게 질식시키고 있는 햇빛을 보면 양희는 금방 토악질이 나려 든다. 그늘진 곳을 찾아 무릎을 꿇고 훌쩍거리며 울고 싶어지기도 한다. 눈을 뜨고는 그 무엇도 오래 바라볼 수가 없다. 아무 곳에서나 명아주는 쑥쑥 자라고 송장메뚜기가 팔짝거린다. 굳은 쇠똥은 땡볕 속에서 야무지게 말라 조롱하듯 반들거린다. 더운 김이 홧홧 오를 때마다 속이 메스꺼워 그 자리에 쭈그리고 앉아 속엣것을 뱉어내려 해보지만 번번이 헛수고다. 낯선 곳에 와 있다는 느낌으로 어머니조차 아득해지면 햇살이 수렁 속으로 잡아끄는 것 같아 양희는 소스라친다.

"세상에, 장벌레가 생기다니."

어머니는 닳은 숟가락으로 된장 속을 뒤진다. 퍼올린 숟가락 안엔 통통하게 불어터진 장벌레가 서너 마리 담겨나온다. 어머니는 징그럽다는 듯 땅바닥에 내팽개쳐버린다. 동댕이쳐진 장벌레들은 햇볕 아래서 그 하얀 몸을 고통스럽게 뒤친다. 담장의 비틀어진 호박잎 근처로 간신히 도망치는 놈들도 있지만 결국 뜨거운 햇살에 타 죽어버릴 것이다. 양희가 호기심으로 다가서자 어머니는 숟가락을 양희에게 내민다.

"이것 좀 골라내겠냐?"

양희는 숟가락을 받지 않고 고개를 흔들어버린다. 된장독 안에서 꾸물럭거리는 벌레들을 보는 순간 얼굴이 가렵다. 땀에 미끈히 젖은 목덜미까지 서늘해진다.

"그럼 철둑 논 아버지께 미숫가루 좀 타다 드리거라."

찬장 맨 위칸의 주전자를 꺼내 물을 받고 분말가루를 타넣는 동안, 세상에 장벌레가 생기다니, 어머니의 탄식이 어둠처럼 시커멓게 가슴속을 헤집어놓는다.

"뭔 일인지 모르겄다. 집을 나가는 년이 없나, 논바닥이 쩍쩍 갈라지는데 한번 안 내다보고 이 무더위에 드러누워 있는 놈이 없나."

단목樹木 그늘 탓인지 어머니 그림자는 허리 아래가 뭉텅 잘려나간 듯 짧다.

논둑엔 새까맣게 그을은 얼굴들이 흙먼지와 함께 앉아 있다. 귀빈이 아버지는 아예 셔츠를 벗어버리고 담배연기를 훅 내뿜는다. 어깨와 팔뚝이 단단한 체구다. 그러나 이글거리는 눈이 양희는 싫다. 웃을 때마다 길쭉하게 패는 보조개도. 귀빈이 아버지 보조개를 볼 때마다 늘 어울리지 않는다는 생각을 한다. 그 보조개는 귀빈이에게도 안 어울린다. 귀빈이는 얼굴이 작아서 서늘하게라도 보이지만 귀빈이 아버지는 보조개가 팬 자국의 살이 위로 밀리기 때문에 엉망이 되어버린다.

아버지는 주전자 꼭지를 입에 대고 벌컥벌컥 미숫가루 물을 마시다가 털썩 주저앉는다. 아버지의 잔뜩 일그러진 얼굴을 대하자 양희는 오줌이 찔끔 마렵다.

달달달…… 이장네 논은 양수기 덕택에 바닥이 찰랑거릴 정도로 물이 차 있다. 물속으로 들여다보이는 매끈한 이장 집 논바닥 위로 쩍쩍 갈라진 자기네 논바닥과 어머니의 가파른 어깨가 겹쳐져 양희는 답답해지고 초조롭다. 수리조합의 물줄기는 맨 아랫논인 양희네로 흘러들 틈도 없이 중간에서 잘리고 잘려 졸졸 흐르는 꼴이 되어버린다. 아버지는 헐레벌떡 주인 몰래 물꼬를 막고 막았지만, 돌아서면 다시 윗논 주인이 터버리곤 한다. 얼굴을 사납게 구기고 물싸움을 벌이는 어른들은 모두 튼튼한 수문장이다. 늘 헤픈 웃음을 날리는 은순네 아버지도 이 여름 동안엔 입술이 굳게 닫혀 있다. 아버지와 심하게 물꼬 싸움을 벌인 뒤로는 양희를 봐도 웃지 않는다.

"도저히 안 되겠구나."

아버진 벌떡 일어선다. 아버지는 팔짱을 끼고 눈을 한 번 감았다가 뜬다. 이마에 맺혀 있는 굵은 땀방울이 또르륵 굴러떨어진다. 아버지는 삽을 들고 윗논으로 올라간다. 윗논 물꼬를 막고 위로 위로 전진한다. 먼 풍경으로 귀빈이 할머니가 물주전자를 들고 오는 게 보인다. 맹물이 아니라 미숫가루 탄 물일 것이다. 양희는 아버지의 뒷모습을 위태롭게 쳐다본다. 저렇게 무턱대고 나가다가 튼튼한 적수를 만나고 말 것이다. 양희의 짐작이 틀리지 않는다. 웃옷을 벗고 있던 귀빈이 아버지가 벌떡 일어선다. 위기의식이 양희의 다리를 휘청이게 한다.

"할 수 없는 일이구먼."

타협적이고 양순한 말이 통하지 않는다는 걸 양희는 안다. 차라리 논바닥에 무릎을 꿇고 사정하는 게 낫지. 아버지의 삽이 귀빈이 아버지에 의해 낚아채진다.

"대낮에 이런 물도둑을 봤나!"

아버지는 삽을 빼앗긴 채 버둥거린다. 삽은 도랑물 속에 내팽개쳐지면서 요란한 소리를 낸다.

"우리 논바닥도 물 좀 축여야 할 게 아녀!"

"우리 것도 마찬가지여."

"우리 논은 완전히 불바다여, 불바다!"

"그것이 나하고 뭔 상관여, 이 사람아!"

순간이다. 아버지가 물속에 잠긴 삽을 꺼내든 것은. 휘청이던 다리가 꺾여 양희는 폭삭 주저앉아버린다. 쓰러졌던 귀빈이 아버지가 아버지를 고꾸라뜨린다.

"이 날강도 같은 놈이 어디다 대고 삽질여."

도랑 속으로 두 사람은 곤두박질친다. 아버지가 위로 솟는가 하면 귀빈이 아버지와 금세 자리가 바뀐다. 아버지에게 삽질을 당한 귀빈이 아버지 팔뚝에서 피가 뚝뚝 떨어져 도랑물을 적시고 피침형의 개망초 잎사귀를 적신다.

"아이고, 이 망할 놈이 내 아들 잡네."

귀빈이 할머니의 카랑진 푸넘이 섞여도 아무도 달려오지 않는다. 으레 있는 일이라는 듯.

"아이고, 이놈아, 이 배은망덕한 놈아! 딸년을 매질해서 내쫓더

니 인자 내 자식 잡네. 조실부모한 놈이 불쌍해서 동냥젖을 먹였더
니……"

양희는 몸을 일으켜 반대편으로 걷는다. 손가락을 머리카락 안에
쑤셔넣고 긁어본다.

"그뿐이냐, 이놈아! 니놈 빨갱이한티 죽창 맞을 뻔한 걸 누가 구
해줬더냐, 이놈아!"

힘없는 귀빈이 할머니는 논둑에 널브러져 깊은 곳에서, 양희는
알지도 못하는 세월 속에서, 진득한 푸념을 퍼올린다. 어디로 어디
로 아주 먼 데로 갔으면. 양희는 맥이 빠져서 습관적으로 주머니 속
에 손을 넣는다. 기다렸다는 듯 언니의 브로치가 잡혀진다. 또 배가
싸르륵 아프다.

월영月影 속의 달맞이 꽃잎이 어긋나 있다. 작년엔 노란 꽃잎이 셀
수도 없이 많았는데. 어머니 뒤를 따라가면서 양희는 톱니바퀴가
있는 타원형의 잎을 따서 달빛에 비춰본다. 은순이가 도드라지기
시작한 양희의 가슴을 보고 웃어댄 후 양희는 갑자기 아무 데서나
멱을 감는 게 부끄러워져서, 이후엔 윗도랑으로 밤멱을 가는 어머
니를 따라나섰다. 그때부터였을 것이다. 귀빈이를 골목에서 만나면
서먹함으로 얼굴이 붉어지기 시작한 것은. 바람도 안 부는데 늙은
팽나무 잎새가 수수거린다. 양희는 옷을 벗고 물속에 몸을 담그면
서 손에 쥐고 있던 달맞이 꽃잎을 먼저 떠내려보낸다. 어둠 때문에
떠내려가는 꽃잎을 오래 볼 수 없다. 어머니들의 흰 몸이 물 위에
떠 있거나 비스듬히 앉아 있다.

"양희 아버지 몸은 괜찮여?"

귀빈이 어머니 목소리다. 이상한 일이다. 바람은 한 점 없는데 팽나무 잎새는 계속 수수거린다.

"미안하구먼, 워낙 성질이 급한 양반이라."

어머니 목소리엔 기운이 빠져 있다. 낮은 음계로 물방울이 떨어져내린다.

"미안하긴, 다 가뭄 탓여. 그런 일로 노친네가 해묵은 애기 꺼내 일을 더 크게 했구만. 저놈의 달 좀 봐, 내일도 비 오긴 글렀나뵈."

양희는 고개를 든다. 동시에 팽나무 무성한 잎새를 비껴가는 움직이는 무엇을 본 것 같다. 달빛일까? 양희는 물을 한 움큼 손에 쥐었다가 어둠 속에 뿌려본다. 여전히 물방울의 음계는 낮다.

"근데 말여, 양옥이를 봤다는 사람이 있대!"

누군가의 소리에 어머니는 물짓을 멈춘다. 양희는 목소리의 주인이 누군가 귀를 기울였지만 신경의 끝에 모아지는 건 물방울 소리뿐이다.

"군산 포구에서…… 아 뭔 꽃을 머리에다 잔뜩 꽂고는 정신없이 걸어가더라는디."

철뚝 끝에 있는 가겟집 여자다. 어머니는 움직이지 않고 허망히 앉아 있다. 또 팽나무 잎새가 수수거린다.

"다리를 한층이나 더 절더라는구만. 이상하게 배도 불러 뵈더라는데, 한번 찾아 나서보지그랴?"

"제 발로 나간 가시나, 뭣 땜시 찾아댕겨!"

어머니는 가겟집 여자를 향해 퉁박을 주면서 두 손으로 물을 퍼서 얼굴을 벅벅 문지른다. 저만큼 달맞이꽃이 또 보인다.

“이리 와, 등을 밀어줄 테니.”

어머니가 얼굴을 문지르다 말고 시름에 겨운 목소리로 양희를 부른다. 양희는 물속을 기어 위로 올라간다.

“그 째그만 몸이 뭣이 부끄럽다고 도망을 가!”

그때다. 수수거리던 팽나무 꼭대기에서 웃음이 터진다. 참고 참았다가 못 참고 터뜨리는 소리다. 양희는 빠르게 아래로 내려온다.

“누구여?”

“아니, 이런 망측한 일이 있나?”

“이놈들, 빨리 내려오지 못해?”

양희는 물속을 나와 벗어놓은 겉옷을 건성으로 꿰어입고 뛴다. 수수거린 것은 달빛이 아니었다. 귀빈이와 종섭이다. 끝까지 웃음을 참았던 누가 또 있었는지도 모른다. 달맞이꽃의 삭과를 따서 허공에 뿌린다. 각간에 들어 있던 씨앗이 후드득 풀섶으로 떨어진다. 내일 아침 해가 뜨기 전에 노란 꽃잎들은 모두 시들어버리리라. 타박타박 걷던 양희는 주머니 속 브로치를 만지작거리며 뒤돌아보다 주저앉는다. 허리까지 휘어질 만큼 배가 아프다. 저만큼 고개를 푹 수그린 어머니가 달빛 속에서 휘청거린다.

5

양희는 몰래 읽고 있던 책을 덮어 책상 속에 밀어넣는다. 곧 끝종이 울릴 것이다. 양희는 버릇처럼 정희가 앉아 있는 자리로 고개를 돌려본다. 끝종이 울리면 정희는 운동장의 햇살 속을 걸어서 후문으로 걸어나갈 것이다. 유리창을 닦으면서 점점 멀어지는 정희를 보고 있으면 양희는 잔뜩 긴장이 되곤 한다. 정희의 뒤로 햇살은 폭포처럼 쏟아지고, 운동장의 모래알들이 뿌옇게 보이면 양희는 마음이 텅 비어감을 느껴야 했다. 그 허전함 속으로 가끔 읍내 여자가 끼어든다. 아버지의 팔을 스스럼없이 끌어당기던 읍내 여자의 얼굴이 떠오르면 난감해서 낯이 붉어진다. 양희는 정희가 자신에게 무거운 고민을 준다고 생각하면서도 그것이 무엇인지 뚜렷이 알 수가 없다. 교실에서 정희와 정면으로 얼굴이 부딪치면 수줍어져 양희가 먼저 돌아서버렸는데 그때마다 정희의 하얀 얼굴은 상여꽃을 떠오르게 한다.

　오랫동안 병상에 누워 있던 은순이 할머니가 긴 겨울을 못 넘기고 쓰러졌을 때 양희는 은순이와 함께 상여 뒤를 따라갔었다. 펑펑 함박눈이 하얗게 상여꽃 위로 쌓였다. 당목 치마저고리를 입은 여자들의 구부린 등에도 눈은 쌓였다. 상여 맨 앞 새끼줄에 마을 사람들은 어두운 표정으로 저승 노자비를 비틀어매주었다. 그것들이 간간이 삭풍에 날려 펄럭일 때마다 양희는 미간이 움찔거려왔다. 은순이네 선산에 도착했을 때 수도 없이 많은 봉분들이 눈에 덮여 있는 걸 보자, 얼어 있던 온몸으로 두려움이 파고들었다. 양희는 더이상 따라가지 못하고 행렬에서 떨어져나왔다. 상여는 점점 더 깊은 산 속으로 들어가며 쓸쓸하고 고적하게 이제 가면 언제 오나, 를 후렴으로 남겨놓았다. 정작 양희를 슬프게 한 건 상여 노랫가락이 아니라, 통곡하는 은순이 고모의 입안으로 서글프게 잦아들던 눈송이가 아니라, 상여가 간 길을 혼자 되짚어 내려올 때 신작로 양변에 서 있는 앙상한 나뭇가지에 걸려 있던 상여꽃이었다. 눈이 녹고 바람도 멎고 해동의 기미가 완연해져도, 파릇파릇 돋아난 쑥부쟁이들이 잡초가 된 여름의 입구까지도, 그 하얀 꽃은 무슨 상처의 흔적처럼 걸려 있었다.

정희가 까무라친 건 끝종과 거의 동시다. 양희는 무심코 화단의 덩굴풀을 보고 있었다. 그 덩굴 풀잎 더 깊은 곳으로 파고드는 햇빛을 지루하게 보고 있었다. 그때 끝종이 울렸고, 코치 선생님이 들고 있던 자연책을 교탁에 내려놓으려 할 때, 정희는 마른 꽃잎이 바스라지듯 푹 고개를 숙였다. 가끔 그러는 정희여서 그러려니 했었는데, 정희는 사교시가 시작되고 십여 분이 지나도록 고갤 안 든다.

"이정희!"

아이들과 마찬가지로 그러려니 했던 코치 선생님이 이상하게 느꼈는지 성큼 걸어 정희에게로 간다. 어깨를 흔들어도 정희는 고요했다. 창틀을 넘어선 시들한 햇살 속에 미세한 먼지가 둥둥 떠다닌다. 코치 선생님의 넓은 등에 정희는 반도 안 찬다. 누군가 교실 문을 열었고, 당황한 코치 선생님은 양호실 반대쪽으로 먼저 뛰다가 다시 방향을 바꾼다. 책상과 의자가 삐걱거리고 아이들은 서넛씩 모여 웅성거린다.

"정희야!"

양희는 속으로 정희를 불러보고는 후다닥 일어선다. 책상 속에 읽다가 넣어둔 책이 툭 떨어지는 소리를 들으며 양희는 급히 복도로 나왔지만 코치 선생님은 이미 보이지 않는다.

오빠에게 손님이 찾아온 것은 저녁 무렵이다.

낮에 쓰러진 정희의 얼굴이 부표처럼 가슴속을 떠다니고 있어 양희가 멍하니 마루에 앉아 있었을 때, 낯선 남자가 대문을 밀고 들어와 머뭇대더니 성큼 양희에게로 왔다. 양희는 교회 문제로 어머니를 찾아온 도회 사람인가 했다. 아버지에게 매질을 당하고 언니가 집을 나간 후, 어머니는 남새밭 계약을 이행 못 한다고 지금까지 지어놓은 교회 건물을 부수든지 어쩌든지 하라며 도회 사람의 얼굴도 보지 않으려 하는 터여서, 도회 사람은 몇 번 헛걸음질을 하고 있었다.

"네가 양희?"

처음 오빠가 집에 왔을 때처럼 노독에 찌들린 행색이 초라한 남자의 목소리는 터무니없이 작다. 윗옷으로 입은 검은 티셔츠의 빛이 바래 희끗하다. 내 이름을? 양희는 마루에서 내려오면서 남자를 빤히 쳐다본다.

"동굴이 어딨는지 가르쳐주겠냐?"

혹시 동굴이 어딨냐고 묻는 사람이 있다면…… 문득 오빠의 말이 스쳐 지나간다. 비밀스러움에 양희가 어깨를 오므리고 있는데 방문객의 기척을 느꼈던지 오빠가 방문을 연다. 그렇게 굳게 닫혀져만 있던 오빠의 방문이 열리다니. 양희는 미심쩍어 눈을 크게 뜬다. 반가운 오빠의 손짓을 받고 낯선 남자는 방 안으로 들어간다. 의아하게도 신발을 들고. 양희는 오빠가 기분나빠할 줄 알면서도, 보이지 않는 힘에 억눌리면서도, 또 그 힘에 끌려가듯 공범의식을 갖고 오빠 방문 앞에 선다.

"후배들마저?"

새어나오는 오빠 목소리에 체념이 서려 있다.

"이젠 지쳤어, 더이상 몸을 숨기는 것도 무모한 짓인 줄 알면서 왔어."

"그렇다고 두 손 들고 나갈 순 없잖아요? 다음을 기약해야죠."

"다음……?"

침묵이 흐른다. 양희의 입안에 고였던 침이 어색하게 삼켜진다. 무슨 일일까? 양희는 무슨 생각인가 해보려고 했지만 아무것도 연결되는 게 없다. 오빠 등의 시퍼런 어혈과 파스를 붙였던 자리에서 묻어났던 타액질 같은 끈적한 감촉만 되살아난다.

"며칠만이라도 여기 묵으세요."

"집안 식구들은?"

"저 다락에서 기거하세요. 사실 제가 요즘 두려웠었는데 선배님을 뵈니 든든합니다. 기막히게도 신발까지 들고 저 속에서 오들오들 떨고 있는 모습을 동생에게 들켰어요."

양희는 방문 앞에서 걸음을 뗀다. 알 수 없는 안개 같은 일뿐이다.

"역에서 벽보를 보니 내 얼굴이 붙어 있더군. 더 물러설 곳이 없어서 내려왔네만 자네에게 폐를 끼치게 될 것 같아."

양희는 펌프질을 해서 물을 한 바가지 퍼마신다. 그래도 갈증이 가라앉질 않는다. 양희는 오빠와 가족들을 묶어놓고 있던 끈이 툭 끊어졌다는 생각이 든다. 정말 오빠는 언니가 보이지 않아도 언니의 안부를 한 번도 묻지 않았다. 자신도 슬프고 외로울 때 오빠에게 위안과 사랑을 받을 수 없으리라, 느끼자 무릎이 꿈벅 꺾인다.

저녁밥에 섞었던 완두콩이 상 한구석에 골라져 나왔을 뿐, 오빠가 온 뒤로 처음으로 빈 밥상을 들고 나오면서 양희는 또 배가 싸르륵 아파온다. 오빠는 밝은 얼굴로 가스등에 불을 붙이라고 말하면서 씩 웃기까지 한다.

"웬일이다냐, 밥그릇을 깨끗이 비우고?"

양희는 어머니 말을 못 들은 척 부엌을 나온다. 배의 통증이 점점 심해진다.

"식성도 변했구나, 완두콩밥을 해주면 콩만 골라 먹더니만은."

가스등 불빛을 보고 풀섶에 앉아 있던 부나비떼가 등피에 착 달라붙는다. 쓰레기들은 펑퍼짐하게 무더기를 이루고 있다. 연탄재와 깡통들, 병마개, 라면 봉지, 채소 다듬은 찌꺼기들. 연탄재는 귀빈네 쓰레기일 것이다. 마을에서 유일하게 연탄보일러 아궁이를 갖고 있는 집이니까. 토물 범벅 속에서 저희들끼리 번식하고 무리를 이룬 나방들은 불빛을 보자, 늦되고 천천히 날아오른다.

"등을 이리 다오."

양희는 오빠에게 등을 건네준다. 등피에 붙어 있던 부나비가 퍼득 날개를 치고는 다시 내려앉는다. 오빠는 등심지를 줄여 불빛을 약하게 해서 양희에게 다시 등을 건네준다.

"여기를 비추거라."

오빠는 냇물 속으로 들어가며 물속을 가리킨다. 냇물 속을 아무리 뒤져도 붕어는 잡히지 않을 것이다. 수심이 이렇게 얕은데.

"안 되겠구나."

오빠는 허리에 팔을 받치고 그대로 한참 서 있다. 수심이 너무 얕

아서 안 되겠다는 건지, 허리가 아파서 안 되겠다는 것인지, 헤아려
보다가 양희는 오빠가 나무 같다는 생각을 한다.

오빠는 냇둑에 오르자, 바닥에 등을 대고 눕는다. 부나비가 불빛
의 끝을 따라 획을 그으며 사라진다. 등은 흑갈색인데 뱃가죽은 불
그죽죽하다.

"오빠가 뭐가 됐음 좋겠냐?"

"학교 졸업하면 판사가 된댔잖아!"

"그래, 넌 판사 오빠가 좋으냐?"

"응."

오빠는 손을 뻗어 양희의 손을 잡는다. 오빠의 얼굴로, 어깨로,
다리로, 야영夜影이 한창이다. 멀리 보이는 냇물의 물살이 호수 같
다. 그리스 어느 호수에 자매 님프가 살고 있었지. 양희는 가스등을
오빠 얼굴에 비춘다.

"해바라기 전설 알아?"

"……"

"님프 자매의 아버지는 바다의 신이었어."

"포세이돈?"

"응, 포세이돈!"

"무섭고 엄격한 신이지, 아마?"

"그래, 그랬어. 님프 자매는 해가 있는 동안은 아예 호수 위에서
놀 수조차 없었어. 만약 동이 터도 호수 위에서 놀고 있으면 큰 벌
을 내리겠다고 했거든. 근데 어느 날 놀이에 정신이 팔려서 동이 트
고 있는 걸 잊은 거야. 그때 태양의 신 아폴론의 황금마차가 지나갔

어. 그 순간부터 님프 자매는 똑같이 아폴론을 사랑하기 시작했어. 그러던 어느 날, 동생 님프가 언니가 동이 터도 호수에서 돌아오지 않는다고 아버지에게 일러바쳤어."

동생 님프의 고자질로 언니는 감금되고, 동생은 혼자서 아폴론을 기다린다. 그러나 아폴론은 동생의 소행을 알고 있었으므로 거들떠보지도 않는다. 동생은 그 자리에 선 채로 아폴론의 마음이 돌아서길 기다렸지만 아홉 날, 아홉 밤, 끝내 아폴론은 웃어주지 않는다. 기다림에 지쳐 동생 님프는 그 자리에 뿌리를 내리고 꽃이 되고 만다.

"그래서 해바라기는 해를 보고 빙빙 도는 거래, 재밌어?"

오빠의 대답 소리가 안 들린다. 모기 한 마리가 오빠의 팔뚝에 침을 꽂고 피를 빨고 있다. 언니도, 오빠도, 정희도 갈수록 나빠져만 간다. 양희는 서글픔이 물처럼 가슴속으로 스며들어와 오빠 몰래 울고 싶어진다. 별빛이 휘황하다. 우기의 조짐은 전혀 보이지 않는다. 오빠가 잠을 깰 때까지 양희는 가스등을 들고 쪼그린 채 앉아 있다.

"그저 끌리는 대로 말이다. 그저 끌리는 대로 몸과 마음을 온통 다 맡겨버리고 싶구나."

달이 중천을 향할 때 오빠는 부스스 일어나 혼자 말하듯 중얼거린다.

6

“아무래도 내가 군산에 다녀와야겠소.”

아버지에게 들리지도 않게 어머니는 빨리 말을 하고 끊는다. 흠, 아버지는 이렇다 할 말 대신 탄식을 깊은 곳에서 끌어낸다. 그러곤 뒷짐을 지고 대문을 나가버린다. 등뒤에 묻어 있는 보푸라기를 뜯어내주면서 양희는 쓸데없이 어머니 등을 몇 번 두드린다.

“군산에서 언니를 본 사람이 있다는구나…… 만날 수나 있을지.”

가방을 들면서 어머니는 오빠 방을 건너다본다. 어머니 눈그늘이 밤 사이에 한 치나 더 깊어졌다.

“오빠가 아무 말 없더냐?”

양희는 대답 대신 고갤 흔들며 손을 내민다. 양희 손을 잡아주는 어머니 손이 쇠갈퀴 같다.

“무슨 속인지…… 어째서 이 모양일꼬.”

어머니의 목소리는 뼛속이 텅 비어버린 것같이 휭하다. 어머니 뒤로 새벽안개가 이웃집 담장과 유실과 나무들을 나직이 누르고 있다.

양희가 아침상을 들여놓자, 오빠는 눈을 동그랗게 뜬다. 밥그릇이 두 개였기 때문이다. 양희는 집 안에 아무도 없다는 표시로 손을 흔든다. 그러다가 객쩍어져서 상 위에 놓여 있는 젓가락을 들고 톡 닥거려본다. 오빠에게서 느낄 수 있었던 단단하고 빛나던 것들이 그리워진다.

오빠는 대장이었다. 주변에는 늘 또래 친구들이 붐볐고, 어색하지 않게 오빠는 그들 위에 군림하였다. 오빠는 아무리 까다로운 수학문제도 척척 풀어냈다. 한 번도 일등을 놓쳐본 적 없는 오빠는 당연한 듯 적을 두고 있던 서울의 대학에 합격도 하였다. 장차 큰 인물이 될 것이라고, 사람들이 뒤에서 오빠 말을 할 때마다, 양희는 늘 가슴속에 샘물 같은 것이 산뜻하게 고여오곤 했다.

그런데 무엇이 오빠를 저렇게 무력하게 만드는 걸까?

날이 갈수록 퀭해지는 오빠의 얼굴을 볼 때마다 양희는 섬뜩한 기운을 느낀다. 그 섬뜩함은 그냥 삭여지지 않고, 어쩌면 오랜 뒤의 시간 속까지 그늘로 덮여올 것 같아 불안해진다. 오빠로 인해 아름답고 활기찼던 지난날들은 색깔이 하나였다. 그런데 지금은 오빠가 어둠 속에 짐승처럼 웅크리고 앉아 있는 것 같아 양희는 절로 어깨가 움찔거려진다. 젓가락을 내려놓고 양희는 초조한 마음에 재떨이를 들고 나온다. 그만 문턱에 걸려 넘어지자, 재떨이가 뒤집어지면서 공명음을 낸다.

"괜찮아."

정강이가 아파오는데도 오빠를 향해 괜찮다는 말이 먼저 튀어나온다. 오빠는 어디 먼 곳을 보고 있는 것 같다. 오빠가 얼굴을 돌려서가 아니라 해독제 같은 오빠 눈빛 때문이었는데, 그 눈빛은 정다웠지만 산만하게 흩어져 있어서 정작 양희의 얼굴에 와 닿지 못하고 중간에서 부서져버린다.

정희는 오늘도 나타나지 않는다. 햇살이 정희의 빈자리에서 터를 못 잡고 부유한다.

어제는 읍내 여자가 코치 선생님을 만나고 갔다. 읍내 여자가 양희 곁을 스쳐갈 때 양희는 미미한 향내가 간지러워 재채기를 해버렸다. 사교시가 끝나면 갈래머리의 정희가 자주색 가방을 들고 홀로 빠져나가던 후문으로 읍내 여자는 한가롭게 걸어갔다. 한복 치마 한 끝을 치켜세우고. 양희는 정희의 뒷모습을 보듯이 유리창 가에 서서 읍내 여자를 보고 또 봤다. 마침내 읍내 여자가 보이지 않게 되고 빈 운동장이 황량한 벌판처럼 아득해질 때까지.

화단에 무성히 자란 잡초를 뽑으니까 먼지가 뽀얗게 피어오른다. 햇빛 속에 오래 앉아 있으면 어디선가 퀴퀴한 냄새가 맡아져오고 욕지기가 난다. 골머리가 욱신 쑤시기도 한다. 양희는 때때로 학교 운동장의 모든 것들과 단절된 공백을 느낄 때가 있다. 전혀 생각도 않고 있던 일이 불쑥 되살아나기도 하고, 그런 것들은 금방 서로 섞여 엉망이 되어버리기도 한다. 그러면 자연 몸이 움츠러든다. 진저리 치게 하는 것은 막연한 두려움이다. 모두들 떠나버리고 혼자 남게 되리라는.

"뿌리까지 다 뽑아라. 뿌리가 남아 있으면 또 자라니까."

코치 선생님이 노란 수건을 목에 두르고 지나가며 양희의 어깨를 툭툭 친다. 방금 수돗물에 세수를 했는지 선생님의 얼굴에 물방울이 맺혀 있다. 양희는 일어서서 쭈뼛거리며 코치 선생님의 뒤를 따라간다. 코치 선생님의 큰 그림자가 길게 화단으로 늘어진다.

"선생님!"

뒤돌아보는 선생님의 턱이 더욱 짧아 보인다. 양희는 새삼스럽게 주변을 휘돌아보며 끈적한 땀으로 윗옷이 등허리에 달라붙은 걸 떼어낸다. 코치 선생님은 가파른 돌계단을 내려간다.

"너도 머리가 아파 조퇴를 하겠다는 거냐?"

양희는 아니라고 얼른 손을 내젓는다. 온몸에 지렁이가 줄을 서서 기어가는 것처럼 스물스물 땀이 흐른다.

"정희가 언제쯤이나 학교에……"

"정희?"

코치 선생님은 그때야 양희의 얼굴을 똑바로 쳐다본다. 노란 수건이 눈부셔 양희는 찔끔 눈이 감긴다. 얼굴이 화끈 달아오르며 까닭 없이 속트림이 난다.

"정희하고 친했느냐?"

양희는 대답을 못 하고 그냥 서 있다. 정희하고 친했던가? 그렇다고 할 수는 없을 것 같다. 정희의 몸짓, 눈짓, 손짓, 걸음걸이까지 모두 흉내낼 수 있을 정도로 정희를 바라보고 또 바라봤지만 정작 정희와 얘기를 나눈 기억이 없다. 언젠가 체육시간을 마치고 수돗물로 푸푸 세수를 한 양희의 얼굴을 보고 우두커니 서 있던 정희가 수가 놓여진 손수건을 꺼내주었던 기억밖에. 양희는 그 수건을 쓰지 못했다. 어쩐지 자신의 까만 얼굴에서 땟국이 묻어나올 것 같아서.

"정희는 말이다, 허허 참."

코치 선생님은 갑자기 목소리를 낮추고 헛웃음을 웃는다. 생각난 듯 얼굴의 물방울을 쓱쓱 닦아낸다. 그러고는 담배를 꺼내물고 불을 당긴다.

"뭐라고 말을 해야…… 그러니까 말이다, 학교를 못 나올지도 모른다는구나."

양희는 앞에 서 있는 선생님이 저만큼 멀리 서 있는 것만 같다.

떼어놓은 윗옷이 땀에 젖어 다시 등에 찰싹 붙어버린다. 코치 선생님은 선량한 표정을 지어 보이고는 돌계단을 마저 내려간다. 손바닥으로 이마의 땀방울을 닦아내려는데 다리가 먼저 꿈벅 꺾어진다. 그제야 양희는 손에 꼭 쥐고 있던 것이 잡초인 것을 알고 획 던져버린다.

살풋 눈을 떠보니 총총한 별이 눈 안으로 쏟아진다. 마당의 평상에서 잠이 들었었나보다. 한낮같이 푸른 밤하늘이 우물 속보다 깊다.

"포구에 가서 이 사람 저 사람 붙잡고 물어봤더니."

언제 돌아오셨을까? 어머니가 마루에 걸터앉아 있다. 모깃불을 뒤적여 그 불꽃으로 아버지는 담뱃불을 붙인다.

"배를 타고 장항으로 건너가는 걸 봤다는 사람이 있어서 장항까지 가봤는디."

매캐한 연기가 갑자기 목을 컥 막히게 하는데 살처럼 빠르게 북쪽으로 별똥이 떨어진다.

"반지도 겨우 두 돈짜리인디."

언니가 어머니 반지를? 양희는 그제야 어머니 손가락에 반지가 안 보였던 걸 기억해낸다. 어머니는 들일 나갈 때 반지를 빼서 방 찬장 맨 위칸 보시기 속에 담아놓곤 해서 그러려니 했는데. 언니…… 매일 불렀던 언니라는 말이 느닷없이 서먹하다. 그대로 누워 별똥이 떨어지는 먼 곳을 바라보며 주머니 속 브로치를 만져본다. 이렇게 오래 돌아오지 않을 줄 알았다면…… 그랬다면 브로치를 돌려줄걸. 또 싸르륵 배가 아프고 목이 간지럽다. 참아보려 할수록 기침이 올라온다. 정말 견디기 어렵고 무더운 밤이다.

7

양희는 눈을 가늘게 뜨고 변소 바닥을 내려다본다. 분명 재빠르게 움직이는 무엇이 있었는데 아무것도 보이지 않는다. 마른 건초 몇 가닥과 풀썩거리는 먼지만 눈에 들어온다. 먼지 위엔 누군가의 발자국 무늬가 져 있다. 양희는 쭈그리고 앉은 채 손가락으로 발자국 무늬를 따라가본다. 가끔씩 전혀 생각지도 않은 순간에 섬뜩하게, 때로는 언니처럼 친숙하게 찾아오는 이 빛살 같은 느낌의 정체는 무엇일까? 문살로 스며들어온 햇살이 하얗게 톡톡 튄다. 아랫배가 묵지룩하게 느껴지면서 변비가 시작된 지도 꽤 오래된 일이다. 저녁밥을 먹으면 아침까지 뱃속은 전쟁을 치르듯 요란하게 꾸무럭거리고, 밥알이 모두 뭉텅하게 모아져서 몸속 통로를 막고 있는 것 같이 답답하다. 달착지근한 비릿한 액체가 입술로 스며들어 양희가 응, 하고 얼굴을 들려는데 빨간 코피가 한 방울 손등에 떨어진다.

"어디서 오셨대요?"

마루 쪽에서 들리는 어머니 목소린 잔뜩 긴장되어 있다. 어머니 손에는 땀에 전 수건이 쥐어져 있으리라.

"아드님 방이 어딥니까?"

낯선 목소리다. 누굴까? 양희는 고개를 위로 한껏 잦히고 화장지를 뜯어 코를 막는다. 콧잔등이 휑하니 구멍이 뚫린 듯 아프다.

"숨기시려 해도 소용없어요. 다 알고 왔으니까."

"그건 또 뭔 소리……?"

"저깁니까?"

한 사람이 아니다. 적어도 세 사람은 되겠다. 후다닥 발소리가 들리고 누군가 방문을 소리나게 열어젖힌다. 겨우 나오려던 대변이 다시 쑥 들어가버린다. 양희는 마음이 급해져 밑을 대충 닦고 튀듯 나온다. 무표정의 오빠가 낯선 사내들 앞에 서 있다. 당황해서 허망히 서 있는 어머니와는 달리 오빠는 오래 감지 않아서 기름이 뜬 머리를 덤덤히 쓸어올리고 있다. 낯선 사내가 오빠의 어깨를 끌어당기자, 사태가 험악한 걸 느낀 어머니가 둘 사이를 가로막고 선다.

"도대체 누군디 남의 집에 함부로 와서 이러요?"

"서울 성북경찰서에서 왔소."

사내가 겉주머니에서 사진이 붙은 네모난 신분증을 어머니 앞에 들이민다.

"그런디, 이놈이 뭔 도둑질이라도 했소?"

"도둑질이 아니라 역모를 했소."

"역모……?"

선풍기가 마루에서 힘겹게 목을 꺾으며 돌아가고 있다. 오빠의 정수리에서 햇빛은 쨍쨍 빛나고 귀밑으로, 관자놀이께로 땀이 흐른다. 어머니는 안 되겠던지 읍내의 낯익은 젊은 순경의 옷자락을 잡는다.

"말 좀 해보구려, 내 아들이 뭔 죄를 지었소?"

젊은 순경이 뒷머리를 긁적이며 난처하게 이맛살을 찡그린다. 무덥고 후덥한 기운을 동반한 긴장이 숨을 막히게 한다.

"나도 자세한 내막은 모르고…… 서울에서 학생들이 뭔 당사에서 단식을 벌이고 있다는데."

"그런디요?"

"배후 조종자가 이 집에 숨어 있다는 제보가 들어왔소."

어머니 말을 되받은 사람은 젊은 순경이 아니라 그때까지 아무 말 없던 다른 사내다.

"아니, 누가 누구를 숨겼다고 그래요?"

어머니의 떨리는 손이, 환기를 못 해 악취를 풍기는 오빠의 빈방 안을 가리킨다.

"방 안을 좀 조사해봐야겠소."

"조사를 해보나마나 빈방 아니우!"

어머니의 말은 상관 않고 사내는 신발을 벗고 방 안으로 들어간다. 무표정의 오빠 얼굴이 비로소 흐트러진다. 사내는 방 안을 둘러보고는 다락문을 가리킨다.

"여기 좀 열어봐도 되겠죠?"

"그 속엔 허부래기 살림뿐요."

사내가 문고리를 잡자, 오빠가 빠르게 방 안으로 뛰어들며 가로막는다.

"이 안엔 아무도 없어요!"

"호오, 그래?"

"제발 가만히 좀 내버려둬요, 예?"

"가만히 있지 않는 건 자네들이야!"

사내가 완강히 오빠를 밀어내는데 다락문이 안에서 먼저 열리고, 더위와 노독에 찌들어 보이던 오빠의 선배가 내려온다.

"이 두더지, 여기 숨어 있었구먼."

사내가 양양하게 웃을 때 어머니와 오빠 두 사람 중 누가 먼저 무릎을 꿇었는지 양희는 보지 못했다. 양희는 조바심을 치며 사내들 앞으로 다가서본다. 입술이 바짝 말라붙고 마루에서 선풍기가 뿜어 올리는 무더운 바람이 목에 칭칭 감기는 듯하다.

"이거 뭔 일여, 이게."

어머니가 오빠의 누추한 윗옷을 잡고 어쩔 줄 몰라하는 사이, 사내 하나가 오빠의 선배를 데리고 간다. 선배는 등을 밀려 나가다가 양희와 시선이 부딪힌다. 양희가 빤히 바라보자, 그는 얼른 눈을 거두어가버린다.

"자네도 함께 가야겠어."

다른 사내가 오빠를 떼밀자, 어머니는 젊은 순경의 손을 답삭 잡아끈다.

"저놈 좀 어떻게 해주어. 저놈은 죄 같은 거 저지를 놈이 아녀!"

"조사를 받고 곧 풀려날 겁니다."

젊은 순경은 멋쩍게 뒷머리만 긁적이다가 먼저 나가버린다.

"얘는 못 데려가! 이놈이 어떤 자식인디."

말은 그렇게 하면서도 허물을 벗듯 오빠의 어깨에서 어머니의 팔이 스르륵 풀리고 낙담한 울음소리를 내며 폭삭 무너져 주저앉는다. 양희는 대문 밖 골목까지 따라간다.

"양옥이는?"

오빠가 처음으로 언니의 안부를 묻는다.

"……"

양희가 울먹이자, 사내의 팔을 풀어놓고 오빠가 다가와서 양희의 어깨를 잡아 흔든다.

"울지 마라, 나는 곧 돌아온다."

오빠의 두 눈에 서린 붉은 핏발을 보자, 양희는 외로움과 안타까움으로 또 다리가 꺾일 듯하다. 입술은 웃고 있는데 오빠의 표정은 잔뜩 일그러져 있다. 낯설게, 섬뜩하게 와 닿는 이 비밀스러움의 실체는 정말 무엇일까?

"자, 빨리 가자구."

사내가 거칠게 끼어든다. 오빠는 왜 저런 모습일까? 생생한 안타까움에도 불구하고 오빠가 서먹서먹해져서 양희는 더이상 따라나서지 않는다.

구경거리가 난 듯 하교하던 반 아이들이 문방구 사잇길로 우르르 달려간다. 머리를 어지럽게 산발한 형편없는 차림의 젊은 여자가 담벼락에 등을 기대고 앉아 있다.

"저리 가, 이것들아, 난 미치지 않았어!"

여자는 놀란 눈을 크게 뜨고 아이들을 향해 삿대질을 한다. 누군가가 여자에게 요구르트 병을 던진다. 양희는 마치 그 요구르트 병이 자신의 가슴속으로 떨어진 것 같아 주춤한다.

"난 솥단지도 비누로 닦는다, 이것들아! 너희들은 똥으로 닦지?"

아이들이 와하 웃음을 터뜨린다. 문방구 쓰레기통의 잡다한 것들이 잇달아 여자 앞으로 던져진다.

"이것들, 날 내쫓으려고 그러지! 어림없다! 눈 하나 깜짝 안 할 거다!"

여자의 얼굴이 경악으로 일그러진다. 입에서 거품이 일고 눈이 뒤집어진다. 양희는 책가방을 왼손에 바꿔쥐면서 가슴이 섬뜩해진다. 언니의 남빛 치마가 펄럭이듯 스쳐간다. 누군가가 던진 통조림 깡통에 얻어맞은 여자는 눈을 더욱 크게 부라린다. 여자가 몸을 뒤틀어대는데, 남루하게 찢어진 윗옷 사이로 탄탄한 젖가슴이 삐져나온다. 양희는 눈을 크게 떴다. 여자의 가슴에서 하얀 백즙이 흐르고 있다. 여자의 가슴에서 흐르는 젖을 보는 순간 양희는 주머니 속에 손을 넣어본다. 언니의 브로치가 만져지는데도 안심이 안 된다. 어느 날 아무렇지도 않게 언니가 불쑥 나타나줄 거란 생각이 틀렸을지도 모른다는 생각이 처음으로 든다.

"아가야! 으흑! 날 따라오지 마라! 이 악마들아!"

여자가 고개를 잦히고 아이들을 밀어젖히고는 뛰기 시작한다. 아이들도 뒤따라 뛴다. 여자의 걸망이 땅바닥에 떨어져 아이들의 발에 짓밟힌다. 양희는 기운이 빠져 다시 교실로 온다. 저녁햇살이 정희의 책상 위로 비쳐든다. 오빠는 어떻게 되었을까? 양희는 정희의 의자에 앉아서 책상의 홈집들을 손바닥으로 쓸어본다. 정희가 그랬던 것처럼 책상에 한쪽 볼을 붙이고 밖을 내다도 본다. 언덕길로 여자는 도망치고 몇몇 남은 아이들이 행렬처럼 그 뒤를 따르는 게 먼 풍경으로 보인다. 양희는 생각이 난 듯 사물함 속에서 대야를 꺼내 주전자의 물을 따르고 하이타이를 섞는다. 변소 뒷벽 붉은 벽돌에 몇 번이나 물걸레질을 해도 낙서는 지워지지 않는다. 오히려 붉은 벽돌은 물걸레질에 더 붉어지고 윤양희는 송귀빈의 색시. 휘갈겨놓은 누군가의 낙서는 청소한 뒤처럼 말끔하게 더 잘 읽힌다. 양희는 낭패감으로 털썩 주저앉는다.

8

읍내 여자가 물빛 양산을 펴든 것과 버스가 뿌연 먼지를 일으키며 신작로 저쪽으로 출발한 건 거의 동시다. 읍내 여자는 옷 매무시를 단정히 하고 앞서 걷는다. 버스를 함께 탄 것도, 그 버스 안에서 까실하고 빳빳해 보이는 모시 한복을 양희가 만져보고 싶어한 것도, 전혀 모르는 듯 눈부신 물빛 양산으로 햇빛을 차양하고 양희와 거리를 넓혀가고 있다. 의자 등받이가 뜯겨 너저분했던 버스가 남긴 먼지가 신작로 모퉁이를 뒤덮는 걸 보고 양희도 읍내 여자처럼 책가방으로 햇빛을 가리고 걷는다. 달달달…… 들판 쪽에서 양수기 돌아가는 소리가 들린다. 질긴 가뭄이다. 물이 바짝 말라버린 빨래터에선 붕어가 비늘을 하얗게 까발긴 채 죽어가고 마을이 생긴 이후로 한 번도 마른 적이 없다던 가운데 샘물도 바닥이 들여다보인다. 읍내 여자는 머리핀으로 잘 말아올린 머리를 가볍게 쓰다듬는다. 하얀 뒷덜미에 뽀얀 분가루가 송송 솟은 땀에 젖어 있다. 정희의 갈래머리가 떠올라 양희는 몇 번 더 여자의 뒷덜미를 올려다본다. 여자는 둥그런 백 안에서 붉은 꽃이 그려진 손수건을 꺼내더니 뒷덜미에 맺힌 땀방울을 꼭꼭 찍어낸다. 통통하게 흰 살이 오른 여자의 약지에 끼워진 반지가 햇빛에 반짝거린다. 어머니의 쇠갈퀴 같은 손이, 소중하게 여기던 어머니의 금가락지가 눈에 보이듯 선하다. 양희는 걸음을 멈춘다. 배가 또 싸르륵 아프다. 멀어져가는 여자가 남긴 분냄새가 여운처럼 남고 먼 데서 가까운 데서 달달달…… 양수기 돌아가는 소리가 지루하게 들린다.

양희는 마루에 책가방을 내려놓자마자, 반사적으로 방문을 연다. 언니가 말했던 사흘은 이미 두 달을 넘기고 있다. 양희는 방문을 소리나게 닫아버리고 대문을 되나온다. 아버지 손을 잡고 하소연하던 목수 부인이라던 여자의 갸름한 얼굴과, 언니의 긴 머리를 싹둑싹둑 가위질하던 아버지의 완강한 어깨가, 무겁게 가슴을 누른다. 양희는 남새밭을 지나면서 미완성의 교회를 어둡게 쳐다본다.

머리에 쓴 밀짚모자 위에 둘러진 어머니의 수건에 강이 그려져 있고, 그 강물 위에 보트가 시원하게 떠다닌다. 작년 여름 언니가 다녀온 줄포해수욕장에서 기념으로 사온 수건이다. 양희는 아침에 세수를 하고 저 수건으로 얼굴을 닦으면서 어머니의 땀냄새 때문에 헛구역질을 할 뻔했다. 양희는 다리며 목덜미, 겨드랑이 밑에 땀이 끈끈하게 배어오는 걸 느끼며 논둑에 주저앉는다. 어머니는 양수기 소리가 들려오는 이장네 논 쪽을 바라보며 한숨을 푹 내쉰다.

"제 구실도 못 하는 물꼬는 있어서 뭐하누."

물지게의 물을 논바닥에 쏟아내며 누구에게 들으란 소린지 어머니는 허망한 소리를 낸다. 어머니가 쏟아놓은 물은 쩍쩍 금이 간 바닥으로 어느새 스며들었는지 어쨌는지 흔적도 없이 말라버린다.

"사나흘만 더 가다가는……"

어머니의 뒷말은 철로변을 가로지르는 열차의 소음이 잘라버린다. 어머니는 질주하는 열차를 망연히 바라본다. *끄응,* 앓는 소리를 내며 어머니는 다시 물지게를 등에 멘다. 양희는 턱없이 어머니의 뒷모습에 대고 고개를 주억거린다. 언니 때문에 어머니 속이 숯처럼 까맣게 타가는데도 양희는 언니가 집을 나가던 날, 학교로 찾아왔더란 말을 꺼내지 못했다. 사흘 후에 오마 했던 언니의 말을 꼭 전하고 싶었으나 처음 목수의 편지를 언니에게 전해준 것이 자꾸만 마음에 걸렸다. 사흘 후라는 말을 꺼내려면 편지 이야기도, 또 어머니가 모르는 다른 이야기도 해야 될 것 같았고, 그것이 양회에겐 무척 힘이 들었다. 그러다가 사흘은 그냥 흘러버렸고 그와 함께 어머니에게 해줄 위안의 말도 자연 무산되어버렸다.

"쓸데없는 짓 고만하라구, 그깟 물지게로 뭘 어쩌겠다고!"

삽을 들고 나타난 아버지가 힘들게 물지게를 내려놓는 어머니를 향해 짜증스럽게 말한다.

"그라믄 가만 앉아서 이것들 비틀어 죽는 꼴을 보란 말요? 당신 허는 일이 어째 그렇소? 넘들은 조합에서 양수기도 잘 빌려오는디, 읍엔 자주도 나가면서 농사짓는 일 신경 안 쓰고 뭘 하고 댕기는 지!"

"아무렴, 내가 될 일을 안 하고 이러고 있나? 읍에 나가기도 남살스러! 집을 나가는 년이 없나, 구치소에 드나드는 놈이 없나, 미친 놈의 새끼! 하라는 공부나 헐 일이지 혀 빠지게 일해서 등록금 마련해주게, 그래 그리도 헐 일이 없어 데모를 허다가 학교를 짤려!"

아버지는 다시 부아가 치밀어오른 듯 삽을 내팽개치고 윗옷 주머니에서 담배를 꺼낸다. 한 개비 남은 담배를 입술에 물고 헛헛 한숨을 쉰다.

"서울에 한번 댕겨올라요."

주름진 목으로 골져 흘러내리는 땀을 수건으로 닦으며 어머니는 앙당스레 입술을 깨문다.

"서울에 가기만 했단 나허고 결판낼 작정혀! 쓸개 빠진 놈 뒷바라
지허는 꼴 나는 못 봉게로!"

"그놈도 뭔 이유가 있응게 그랬겄지, 괜히 그랬겄소?"

반도 안 피운 담배를 바닥에 내꽂으며 아버지는 몸을 꼿꼿이 세
운다.

"이유는 뭔 놈의 이유여! 뒷심 없는 놈은 그저 죽은 듯이 살어야
지. 누구는 돌아가는 꼴 몰라서 기어 사는 줄 알어!"

아버지의 불쑥 튀어나온 목울대에 흐르는 땀방울이 햇볕에 그을
려 붉은 아버지 가슴속으로 흘러든다.

"그렇게 자식을 넋빠진 놈 취급 말우, 양옥이도 다 당신 탓이오!
인자 스무 살뿐이 안 먹은 기집아를 그리 사납게 다루는 애비는 시
상 천지에도 없을 거구만. 어디 그것이 몸이나 성한 애요? 다른 건
몰라도 소아마비는 부모 탓이랍디다. 이미 엎질러진 물 아니었소!
아직 모르는 사람에게나 숨겨서 다독여줘도 가슴에 맺힐 것인디 그
난리를 피울 게 뭐요?"

왜소한 어머니의 어디께에 숨어 있던 완력이 터진 듯 어머니는
물지게를 거칠게 등에 메더니 뒤도 안 돌아보고 총총걸음을 옮겼
다. 어머니 등뒤로 7월의 햇살이 너무 강렬하게 내리퍼부어 양희는
어느 순간, 야위고 가파른 어머니의 작은 몸이 물지게에 눌려 휘청
쓰러지는 환영을 본다.

양희는 담뱃갑을 쥐고 지루하게 맑은 하늘을 올려다보는 아버지
를 남겨두고 둑길로 오른다. 빈 담뱃갑을 구겨서 내던지는 아버지
의 기척을 등뒤로 낱낱이 읽으며 우울해진다. 저쪽 철로변에 귀빈

이와 종섭이가 앉아 있다. 뙤약볕은 그들의 소매 없는 남방 밑으로 드러난 팔뚝을 붉게 그을려놓고도 모자라 살갗을 벗겨놓고 있을 터였다. 계절도 없이 번져 있는 언니의 건선처럼.

가게 안은 어수선하다. 막걸리가 바닥이 났는지 주인은 끝이 닳은 플라스틱 바가지로 술독 밑바닥을 긁어 주전자를 채우고 있다. 문설주에 붙박인 채 비닐봉지에 그만그만한 양으로 담긴 땅콩과 오징어포가 흔들리는 사이로 읍내 여자의 하얀 모시 치마가 보인다.

"내년에는 과수원을 내게 맡겨보라구요. 지금보다 수확을 두 배는 올릴 테니."

귀빈이 아버지가 얼굴이 붉게 달아오른 채 읍내 여자와 가까이 붙어 앉아 있다. 읍내 여자 앞에 놓인 주발에 귀빈이 아버지가 술을 따른다. 첫 술은 아닌지 분 바른 얼굴이 귀밑까지 발그레하다. 읍내 여자의 물빛 양산은 얌전히 접혀서, 다발로 묶여져 못에 걸려 있는 검은 고무줄 위에 함께 걸려 있다. 양희가 담뱃값을 주인에게 내밀었을 때야 귀빈이 아버지는 양희를 알아보고 헛헛 기침을 하며 읍내 여자와 떨어져 앉는다.

"아! 너구나."

읍내 여자는 앉은 채로, 차 안에서 바로 내렸을 때보다 훨씬 흐트러진 머리를 손으로 쓸어올리며 양희를 바라본다. 양희는 읍내 여자의 눈을 피해 과자봉지와, 하이타이, 후레쉬민트 껌 상자가 질서 없이 벌여져 있는 진열장을 살핀다. 주인이 담배를 건네준다.

"양희야!"

읍내 여자가 자신의 이름을 틀리지도 않고 정확히 부르고 있다는 사실이 놀라워 양희는 멍해진 채 돌아본다.

"박하사탕을 먹겠냐?"

여자는 양희의 대답을 듣지도 않고 활짝 웃으며 손을 뻗어 과자 봉지를 집어 건네준다.

"아! 덥겠구나!"

읍내 여자는 흰 모시 치마를 건사하려 들지도 않고 고무통에 물을 채우고 담가놓은 음료수 병을 꺼내 따개로 뚜껑까지 열어준다.

"건강하게 생겼구나!"

여자는 물방울이 뚝뚝 떨어지는 음료수 병을 양희의 손에 건네주며 양희의 볼을 쓰다듬는다. 음료의 냄새인지 여자의 냄새인지 모를 실한 꽃냄새가 코끝으로 스민다.

"정희가 가끔 네 얘길 했었단다…… 네 까만 얼굴이 좋다고…… 너와 백 미터 경주를 하고 싶다고도……"

여자가 정답게 양희를 들여다본다. 양희는 엉겁결에 읍내 여자의 살가운 친절을 받고 당황해 급히 가게를 나선다. 가게를 나서자마자 불볕이 양희의 머리로 쏟아진다.

은순이와 정옥이가 등에 땡볕을 받고 구부리고 앉아 마른 모래 속을 뒤지고 있다. 질금질금 흐르던 개울물이 그나마 말라버려 물기를 잃어버린 잔모래가 볕에 하얗게 갈라져 있다. 그 위로 반짝하는 섬광이 죽죽 나선을 그어대 눈이 절로 감긴다. 정말 질긴 볕이다. 손바닥이 끈끈해서 들고 있던 음료수 병과 박하사탕을 버리고 싶게 만든다.

"양희야! 여길 계속 파면 미꾸라지가 나온다."

은순이가 양희를 쳐다보다가 햇빛 때문에 찡그리고 웃는다. 정옥이의 운동화 속에 서너 마리의 미꾸라지가 꿈틀거리고 있다.

"신통도 하다야, 물도 없는데?"

정옥이는 은순이보다 재빨리 모래 속을 뒤진다. 곁에 쌓인 모래가 은순이 것보다 두 배는 많다. 구덩이가 깊어지니까 젖은 모래가 섞여나온다.

"교회 짓는 목수 있잖니, 그치를 울 언니가 봤다 하더라."

은순이가 양희를 바라보지도 않고 말한다. 은순이의 단발머리가 앞으로 쏠린다.

"리본을 예쁘게 맨 기집애를 안은 여자랑 기차를 기다리고 있더란다."

양희가 아무 말 안 하자, 은순이가 허리를 펴고 양희를 올려다본다. 목수는 교회를 짓는 데 사용될 목재를 경쾌하게 다루곤 했다. 기다란 나무도 가볍게 토막냈고, 쓱쓱 대패질을 할 때는 콧노래도 불렀다. 언니에게 친절했던 그에게, 언니에게 브로치까지 선물했던 그에게 파마머리의 부인이 있었다는 걸 양희는 몰랐다. 언니는 언제 알았을까?

"이것 봐라, 여기 또 있다."

양희는 은순이를 외면하고 고개를 쑥 내밀고 정옥이의 구덩이를 들여다본다. 미꾸라지 한 마리가 몸을 비틀며 팔딱거린다. 은순이도 덩달아 정옥이의 구덩이를 들여다본다. 정옥이는 두 손을 오므려 미꾸라지를 잡아 운동화 속에 담는다. 막 잡힌 미꾸라지는 운동화 속에서 몇 번 요동을 치더니 이내 다른 거와 섞여버린다.

"이거 마실래?"

은순이와 정옥이가 손바닥의 모래를 탁탁 털고 양희 곁으로 와 앉는다. 먼저 정옥이가 병꼭지에 입술이 안 닿게 조심해서 마신다. 양희가 박하사탕 봉지를 뜯고 있는데 앞쪽 가파른 언덕에서 자전거 한 대가 쏜살같이 달려온다. 속도가 너무 빨라 양희네가 옮겨앉기도 전에 자전거는 바람을 일으키며 앞에 와 있다.

"비켜라! 비켜!"

브레이크도 잡지 않고 뒤에 삽을 실은 채 자전거는 질주한다.

"어…… 미꾸라지!"

정옥이가 기겁을 하며 소리쳤지만 이미 자전거는 미꾸라지 위를 지나가버린 뒤다.

"아휴, 징그러!"

방금 정옥이에게서 받아든 음료수 병을 내던지며 은순이가 주저앉는다. 정옥이가 양희를 빤히 본다. 양희도 미꾸라지가 저 지경이 된 건 처음 본다. 속이 메스꺼워 양희는 쭈그리고 앉아본다. 메스껍기만 할 뿐 토악질은 나오지 않는다. 먼발치로 가게를 나서는 모시 치마의 읍내 여자가 보인다. 그제야 생각이 난 듯 양희는 아버지 담뱃갑을 집어들고 훌쩍 일어선다.

아버지는 안 보인다. 바싹 말라가는 벼포기가 철길 쪽의 된바람에 순간적으로 짧게 흔들린다. 양희는 고개를 들어 먼 들판까지 내다보며 아버지의 모습을 찾아본다. 달달달…… 양수기 소리가 환청처럼 들린다. 담뱃갑을 옮겨쥔다. 비닐이 땀에 젖어 미끈거리고 그 위로 햇살이 사정없이 달겨들었다가 반사되어 나간다. 눈을 감고 다시는 뜨고 싶지 않을 만큼 사나운 폭양이다.

꽃이 피면 꽃밭에서 아주 살았죠. 정희가 발그레한 모습으로 풍금을 친다. 곧 여름방학이 시작될 것이다. 그러면 사내아이들은 낙서 따윈 까맣게 잊게 되겠지. 운동장으로 언니가 걸어온다. 빨갛게 입술을 바른 언니가 코치 선생님을 만나고 있다. 양희야! 언니가 입술을 달싹일 때마다 읍내 여자의 입에서 나던 달큰한 냄새가 난다. 어디선가 시작종이 울리고 갑자기 언니가 캐들캐들 웃기 시작한다. 오빠가 언니의 머리에 산만하게 꽃을 꽂고 있다. 내 브로치! 언니가 화가 잔뜩 나서 양희의 뺨을 후려친다. 양희는 목이 컥 막혀 마른침만 꿀꺽 삼킨다. 언니가 갑자기 다시 운다. 배는 북통만큼 불러 있고 아버지에게 맞은 얼굴에 흉터가 졌다. 언니는 배를 마구 두들긴다. 네가 누구? 언니는 정말 양희를 모르겠다는 듯 뚫어져라 본다. 그러지 마, 언니! 양희가 언니의 남빛 치마를 잡는다. 언니가 걸어간다. 정희처럼 운동장의 햇살 속으로 다리를 절름거리며. 양희가 애타게 불러도 언니는 뒤도 안 돌아본다.

"야가 이 땡볕 아래서 뭔 낮잠여?"

누군가가 양희를 흔들면서 다그친다. 양희는 눈을 뜬다. 어머니가 서 있다. 정면으로 뜨거운 볕이 쏟아져들어온다. 언니…… 몸이 온통 땀으로 기분나쁘게 젖어 있다.

"언니는?"

선잠 깬 양희를 보고 어머니는 멍하니 있다가 혀를 끌끌 찬다.

"꿈까지 꾼겨?"

담뱃갑을 들고 일어서는데 어머니의 눈이 붉어진다.

“이놈의 논바닥을 어째야 쓸꼬.”

과수원에 가셨나? 온몸이 끈적끈적하다. 담배를 다시 바꿔쥔다. 철길을 따라 과수원 쪽으로 걸음을 옮긴다. 철로를 디딜 때마다 신발 밑창이 불붙듯 뜨겁다. 간혹 밑바닥으로 무엇이 질척하게 달라붙는다. 철로변에 앉아 있던 귀빈이와 종섭이가 마주 걸어온다.

“양희야, 이게 뭔 줄 아냐?”

그냥 지나치려는데 귀빈이가 들고 있던 막대기를 양희 앞으로 바짝 디민다. 양희는 너무 놀라 담뱃갑을 내팽개치고 비명을 지르며 털썩 주저앉아버린다.

“놀라기는. 야! 우린 이거 껍질 벗겨 구워 먹을 거다.”

곁에 있던 종섭이가 어른스럽게 말하며 손에 쥐고 있던 윗옷을 흔든다.

귀빈이는 벌써 저만큼 도망친다. 꽃뱀이다. 푸른색, 빨강색이 선명한 꽃뱀이 막대기에 둘둘 말려 있다. 계속 더부룩하던 속이 확 뒤집어진다. 양희는 검지손가락을 목구멍으로 밀어넣는다. 무엇인가 목까지 치밀어올랐다가는 다시 기어들어가버린다. 나쁜 자식. 멀어지고 있는 귀빈이의 아련한 모습에 대고 중얼거린다. 끝내 토악질은 나오지 않는다.

과수원에도 아버진 없다. 늦봄에 축축 늘어지게 흰 꽃이 피었던 아카시아 나무꼭지에서 매미가 지겹게 울고 있다. 이름도 모를 나방들이 더위에 지친 듯 천천히 풀숲으로 날아가고 나무들 사이엔 거미줄이 층을 이루고 있다. 이제 조그맣게 열리기 시작한 풋사과 한 알을 따서 베어문다. 쓴맛이 너무 독해 뱉어내고 사과를 멀리 던

져버린다. 어디쯤에 나가떨어지는 소리가 무서울 정도로 건조한 과
수원의 적막을 깬다. 빙빙, 어느 나뭇가지 밑에서 풍뎅이가 빙글빙
글 날개를 친다. 과수원 고갯길을 막 돌아서려고 할 때다. 고갯길
풀숲에 사람의 모습이 설핏 보인다. 양희는 아버지인가 싶어 고개
를 내려간다. 다리의 맨살에 쓰리게 감겨오는 풀을 제치려고 하다
가 양희는 그만 우두커니 서버린다.

"이 가뭄에 무슨 수로 수확을 두 배로 올려? 내가 당신 속을 다
알지? 왜 이제 내가 시들해졌나?"

아버지가 읍내 여자의 그 하얀 모시 치마를 사납게 낚아챈다. 여
자는 아버지가 하는 대로 가만있다. 성급하고 거칠게 여자의 치마
말기를 푼 아버지는 겉옷보다 더 하얀 여자의 속치마 속으로 거리
낌없이 햇볕에 탄 손을 들이민다.

"혼자 내가 무슨 재미로 살겠어…… 데리고 있던 조카도 그나마
죽어버렸는데…… 이녁은 벌써 며칠째 읍에 나오지도 않고."

양희는 들고 있던 담뱃갑을 그만 떨어뜨려버린다. 풀잎이 다리를
휘감고 난 자리에 피가 맺히는 것도 상관 않고 양희는 미꾸라지 구
덩이께까지 단숨에 뛴다. 숨이 턱까지 받친다.

9

석양녘에 도회 사람이 어머니를 찾아왔다.

남새밭에서 쉰 가지를 따고 있던 어머니는 도회 사람을 보자 허

리를 꼿꼿하게 세우고 등을 돌려버린다. 양희는 과수원에서의 비밀의 무게에 휘청이며, 돌려세워진 어머니의 낮은 어깨를 훔쳐본다. 남새밭에 벽돌이 쌓이고 어느 집보다 높고 튼튼한 기둥이 서고 무언가 근사하게 모양이 잡혀가는 교회를 보면서 이곳에서 앞으로 무슨 일이 벌어질 것인가? 궁금했지만 지금은 몹시 생경하다. 대패질 소리와 함께 커가던 기대는 언니의 가출 이후로는 아픔으로 굳어간다. 교회만 보면 언니가 아주 안 돌아올 것만 같아 불안해지기까지 한다.

"다아, 소용없소. 내 딸 망쳐놓은 교회 마저 지으라고 이 밭을 내놓을 순 없으니께."

난감해진 도회 사람은 안타깝게 몇 마디인가를 더 덧붙였지만 어머니의 까만 얼굴은 어둑하게 굳어진다. 도회 사람은 양복 주머니에서 흰 손수건을 꺼내 이마에 흐르는 땀을 가만가만 닦아낸다. 양희는 슬그머니 손에 들고 있던 가지를 바구니에 담아놓고 돌아선다. 몇 자 안 남은 저녁빛 아래서 미완성의 교회는 그림자를 만들며 서 있다.

"이제 완공이 얼마 안 남았는데 이제 와서 이러시면."

도회 사람은 목소리를 높이지도 내리지도 않고 정중하게 말을 계속한다. 가뭄에 지쳐 있는 어머니는 도회 사람의 흐트러지지 않은 자세에도 곧 지쳐버릴 것이다. 언니의 건선 핀 얼굴에 파이던 보조개의 서글픈 깊이가 주머니에 손을 넣게 한다. 깨끔스런 도회 사람의 옷태가 어머니를 마치 주인에게서 일거리 지시를 받고 있는 것같이 보이게 한다. 까닭 모를 허전함이 양희 온몸의 힘을 쏙 빼간다. 양희는 스럭스럭 걸음을 옮기며 어깨를 으쓱해본다. 서녁으로 질펀히 깔린 진보랏빛이 점점 짙어간다. 도회 사람 말대로 예수님만 정성껏 믿으면 언니는 돌아오는가? 차디찬 밤공기를 묻혀 돌아와서는 작고 질기게 어깨를 들먹이던 언니 생각이 코를 맹하게 한다. 아랫배 근처가 쥐어짜는 듯 아프고, 또 허리까지 휘어지는 것 같다.

"주님은 앉은뱅이도 고쳐내고 장님도 눈뜨게 했죠."

도회 사람을 올려다보던 어머니의 무연한 눈길이 모호한 슬픔으로 양희의 가슴에 박힌다.

"안 되겠다, 너 저녁 좀 짓거라. 오빠한테 좀 댕겨와야 쓰겄다."

도회 사람을 어떻게 따돌렸을까? 어머니는 부산하게 집 쪽으로 걸어간다. 북데기가 켜켜로 쌓여진 곳에 배를 움켜쥐고 앉자, 멀리 미루나무 길로 천천히 걸어가는 읍내 여자의 하얀 모시옷이 보인다. 물빛 양산은 어디다 뒀는지 여자는 저녁햇살을 그냥 받고 걷는다. 읍내 여자의 모습을 보자, 다시 속이 뒤틀린다. 손가락을 목구멍에 집어넣어도 나오다가 멎던 무엇이 꾸역꾸역 밀려나온다. 양희는 고개를 땅바닥에 처박고 삭혀지다 만 냄새 나는 음식물을 게워낸다. 눈물이 주룩 흘러 떨어진다. 언니…… 주머니 속에 손을 넣자, 열려 있던 브로치의, 뾰족한 끝이 손바닥을 아프게 찌른다. 혼자서 타박타박 걸어가는 여자의 뒷모습에 끈끈히 묻어 있는 아버지의 그림자가 손바닥을 더 아프게 한다. 한 걸음 물러앉아 무릎을 싸안고 얼굴을 묻는다. 달달달…… 여전히 들판에선 양수기 돌아가는 소리가 지루하게 들려오는데도, 처음 와보는 아주 낯선 곳에 혼자

버려진 듯한 외로움이 답답하게 가슴을 조여와, 싸르륵 아파오는
아랫배의 통증과 메슥거림을 참고 저녁볕을 등지고 앉아 꽤 오랫동
안 운다. 초경初經이다.

황성옛터

　은선은 개울 얕은 둑에 앉아 저만큼 아버지가 다리를 건너오는 것을 본다. 다리 뒤, 나무 그림자 진 마을이 신작로보다 짙다. 시市라고는 하나 시내와 사 킬로미터나 떨어져 있어 비린 생선 한 마리를 사려 해도 삼십 분 간격으로 있는 버스를 기다려서 이십여 분 달려가야 하므로 시란 정한 말뿐이다. 한없이, 아버지의 걸음은 한없이 느리다. 다리 뒤, 아버지 뒤…… 어디에 뒤처진 등 굽은 낙타 한 마리가 보이는 것 같다. 그렇게라도 아버지를 걸어오도록 하는 것은 아버지의 두 다리가 아니라, 아버지 등뒤, 마을 늙은 팽나무를 흔들고 있는 바람이 밀어서인 것 같다. 괜히 은선은 명치끝이 저려 아버지를 외면하고 몸을 굽혀 두 손바닥으로 개울물을 수제비 뜬다. 금세 물 밑바닥 날씬한 송사리떼가 화르르 흩어진다. 함께 집을 나섰다가 아버지가 신작로 가의 한 집으로 소피 보러 들른 것이 잠깐 새 이렇듯 먼 거리가 됐다.

　시내 쪽에서 인부들을 실은 트럭이 미적거림 없이 달려와 다리 위의 아버지에게 먼지를 뒤집어씌운다. 은선은 반사적으로 몸을 세우고 목을 길게 빼고 발돋움을 친다. 뭉게뭉게 피어올랐던 먼지가 가라앉기도 전 아버지 뒤쪽에서 트럭은 멎고, 뒤집어쓴 먼지가 답답했는지 아버지는 퍼석 주저앉아 있다.

"아버지이—"

앉아버린 아버지가 다리 난간 때문에 잘 보이지도 않아 은선은 목이 멘다. 트럭에서 인부들이 다 내릴 때야 아버지는 비칠비칠 일어서 걸어온다. 아버지가 느릿느릿 딛고 오는 다리 양쪽으로 두 길이 뽀끔히 뻗어 있다. 출발은 같아도 왼편으로 쭉 따라가면 끝에 또 마을이지만, 오른쪽 길 끝은 철길과 맞닿아 있다. 두 길은 같은 폭이어도 표시나게 다르다. 사람 사는 마을과 잇닿아 있는 길은 풀들이 좌우로 정돈되고 잔 자갈이 깔려 있는 게 멀리서 봐도 길임이 분명한데, 길 끝이 철길인 길은 영락없이 잡초밭이다. 크고 작고 따질 것 없이 식물도감에도 기입 안 돼 있을 풀들이 멋대로 자라 웬만한 중학생 키도 넘을 듯해서, 은선이 서 있는 개울둑에서만 봐도 그 잡풀들 사이에 설마 소롯한 길이 있을까, 어림짐작도 못 하게 한다. 두 길에 공평한 건 발자국 없이 지나다니는 햇살, 바람뿐이다.

"황성옛터에 밤이 오고……"

그나마 잔걸음을 아버지는 서버린다. 인부 중 누가 초를 실하게 잡았었는지, 세상이 허무한 것을 말하여 무엇하나…… 노래는 합창이 되어 멀뚱히 서 있는 아버지를 관객으로 만들고 있다. 은선은 갑자기 아버지가 다리 위에서 이쪽으로 건너오려는 것이었는지 저쪽으로 건너가려는 중이었는지를 잊어버리고 있는 것 같아 아버지—

외치고는 손을 흔든다. 은선의 부름 소리가 닿지 않았는가? 아랑곳 없이 아버지는 인부들 쪽을 보고 서 있다. 망치로 다리 난간을 두들겨보는 날카로운 소리가 은선의 다리를 꿈벅 꺾는다. 손바닥에 눌려 납작해진 쑥부쟁이를 팽개치고 은선은 아버지에게로 뛰어간다.

"아버지이―"

아버지의 팔은 의외로 완강하다. 끌어당기며 은선이 팔짱을 껴도 따라오지 않는다.

"버스 올 시간인걸요. 이번 놓치면 또 삼십 분인데…… 병원에 접수를 일찍 해야 오늘 돌아올 수 있어요."

"……기어이 다리를 부술라나?"

"더 새 길이 날 텐데요, 뭐."

"새 길?"

어렸을 때는 국수를 찍어냈던 방앗간집 마당을 은선은 까치발을 해서 들여다본다. 이제는 사람이 살지 않는 폐가가 되었건만, 떠날 때 빨랫줄 걷어내는 걸 잊었는지 주홍 나일론 빨랫줄이 마당을 가로질러 있다. 그 빨랫줄에 가는 국숫가락이 지루한 햇볕 아래 마당에 닿을 듯 말 듯 하얗게 걸려 있는 듯도 해서 은선은 빠르게 또 한 번 그 집 마당을 들여다본다. 거둬진 환시 뒤로 새앙쥐 한 마리가 짧은 툇마루 밑으로 재빠르게 달려가 숨는다.

"지금도 머릿속에 안개가 낀 것 같으세요?"

"그렇구나."

"속이 울렁거려요?"

"메스꺼워."

은선은 아버지의 허리에 팔을 두른다. 작아져버린 몸피가 재여져 온다. 괜히 구두 끝에 차이는 돌을 발끝으로 굴려 밀어낸다. 버스를 기다리고 서 있는 맞은편 가게 '석유집'이라는 빨간 페인트 글씨 중 '석'자의 밑받침 기역자를 쓰다가 해찰을 했었는지 페인트가 흘러내려 '성유집'이 되어 있다. 성유? 은선의 목덜미를 스치고 지나가는 순간적인 우스꽝스러움이 마을 한쪽 켠의 성당을 돌아보게 한다. 석유집에서 성유를 판다면? 아니 개울물이, 송사리를 씻기고 어디론가 흘러가는 개울물이 성유라면? 돌아다본 성당 첨탑이 뾰족하다. 꽤 넓게 퍼지고 있는 햇빛이 그 위에선 공평하지 못하고 이국적이다. 성당의 흰 벽칠은 삶아 널어 말린 흰 빨래보다 더 희고, 푸른 지붕은 마을의 낡은 슬레이트 지붕들과 전혀 어울리지 않는다. 햇빛 아래 성당은 늘, 학기가 반이나 지난 어느 날 불현듯 전학 와 운동장 포플러나무 밑을 겉도는 도회의 여자애 같다. 석양이 마을의 큰길 끝에 걸릴 때는 슬퍼 보이기까지 하며. 아아, 이내 몸은 그 무엇 찾으려고…… 다시 이어지는 제창일까? 노랫소리에 먼지가 뿌옇게 섞이고 쇠망치 소리는 약해졌는가 하면 금방 강의 파동을 찾는다. 은선은 아버지의 허리에서 손을 풀고 휙 내달려 개울물에 푸푸 얼굴을 씻고 싶어짐을 눌러참는다. 인부들을 싣고 갔던 트럭이 뿜어올렸던 먼지인가? 옹색한 가게들 유리창이 몽땅 새하얗다. '만화 빌려줌' 만홧가게의 유리문은 큰 금이 가 있어 비치된 만화책이 금세 바깥으로 쏟아질 것만 같은데, 그 옆 가게의 조잡한 꽃핀 진열대 위엔 노란 머리를 풀어헤친 인형 하나가 영원히 버리지 않을 것 같은 멀건 웃음을 짓고 있다. 그러도록 조정된 것일까? 억지로 끼워넣은 듯싶은 발그스레한 광대뼈 위 푸른 눈이 쉬지 않고 규칙적으로 구르고 있는데, 좌측으로 완전히, 우측으로 완전히 돌아갈 때는 동자가 아예 사라지고 푸른 눈구멍만 남아 괴이한 모양이 돼버린다. 은선은 빨리 아버지 팔을 바싹 당긴다. 얼굴을 든 아버지 눈 속에 눈물이 글썽해 있다.

"또 구역질이 날 것 같아, 아버지?"

"……"

"걱정 마요, 아버지. 아무 일도 아닐 거야."

은선의 말끝이 얼버무려지고 있는데 자욱한 먼지로 마을을, 다리 위의 인부들을 가리며 버스가 달려온다.

"다리를 부수는 모양인디 버스가 어찌 온다냐?"

"개울둑으로 임시 샛길을 냈잖아요. 아까 안 보셨어요?"

"……으응, 그래, 봤구나."

두 사람을 구겨넣은 버스의 울탕거림은 곧 멎는다. 중앙으로 노란 차선이 휘황하게 선명한 지금부터는 아스팔트다. 길이 바뀌고 처음 마을로 들어갈 때 그녀는 길의 변화에 잠깐 아연했었다. 아스팔트는 달리고 싶다? 아연함 속에서도 우스꽝스런 문구가 떠오를 만큼 아카시아꽃 코에 닿던 당고갯재까지 뭉텅 깎아내리며 펼쳐지던 아스팔트가 불과 마을을 삼백 미터 남겨놓고 뚝 끊어져 있었다. 전부터 경운기만 내달려도 먼지구덩이가 되어버리는 신작로에 아스팔트를 깔아주겠다는 것은 국회의원 선거 때마다 지역 후보들의 공약이었다. 몇십 년 걸려 그 약속이 실행된 것 같기는 한데 정작 마을 입구를 삼백 미터 남겨놓고 새침스럽게 그쳐놓아서, 아직도 마을은 저수지를 찾아가는 시내 오토바이꾼들이 기분 내서만 달려도 먼지를 뒤집어쓰고 컥컥거리는데, 사라진 당고갯재 위의 소나무며 아카시아 들은 바뀐 길 덕분에 저희들 잎새에 먼지 안 묻히고 새파랗게 좋은 세월이 이 년째다. 원래 길 놓는 목적을 잊었는가? 처음엔 웅성거리던 불만의 소리도 먼지 뒤집어쓴 채 꼬부라져갔다. 시에서는 아예 여기에 길이 있었는지 말았는지 잊었는갑다, 그러면 그렇지 뭘, 하며 기대도 버리고 사는데 요즘 느닷없이 나머지 길을 닦겠다며 우선 먼저 다리를 부수는 양이, 괜한 다리만 못 쓰게 만들어놓고는 또 이 년쯤 이젠 다리마저 없이 부실한 샛길로 걸어다니게 되는 것만 같은지, 아버진 어제 그녀가 서울에서 막 도착했을 때부터 못내 짜증이었다. 암만 그럴려구요, 그런 일에까지 신경쓰니 머리 안 아플 리 있겠어요, 그건 시에서 알아서 할 일이니 냅두세요, 그녀는 잘하는 위안이라고 했는데 너야 일 년에 서너 번만 다니면 그만인 길이니 그렇지야, 아버진 울화를 터뜨리신 끝에 객쩍은 투로 선거철도 아니잖냐, 했었다.

'시내버스.'……아버지를 부축해 버스에서 내린 은선은 대한여객이라는 글씨 옆에 따라 붙은 '시내버스'란 푸른 글씨가 생경스러워 한눈을 판다. 버스 차장이 남자인 것도 그대로인데…… 시내버스? ……읍이었을 때와 달라진 데가 있긴 있네, 은선은 풀썩 웃는다. 저만큼 한 무더기 인파가 모세의 홍해처럼 양편으로 갈라지고 가마꾼이 좌우로 농악패를 어깨 삼아 행진해오고 있다. 간다고 말해도 정녕 가신다면…… 농악 소리에 자꾸만 잘려지면서도 전파사에서 틀어놓은 허스키한 여자 가수의 유행가 높은 음은 가파르게 굽이친다. 둥둥— 은선은 징 치는 농악꾼이 쳐든 징채를 바라본다.
징채가 놋쇠대야 같은 징에 닿을 때마다 장구, 북, 꽹과리, 소고 소
리들은 수그러든다. 둥둥— 시의 끝을 뚫고 그 떨림은 국도를 달려
서울에 입성할 듯하다.

"오늘 무슨 날이에요, 아버지?"

"동학제 아니냐!"

"……아……"

소고 치는 남자의 고깔이 땅바닥에 떨어진다. 헐거워진 청색 허
리띠를 슬몃 동여매며 고깔을 줍는 남자의 이마가 땀에 젖어 있다.
작년 가을 운동회에서 그녀는 육학년 여자아이들에게 소고춤을 지
도했었다. 노리개를 찾은 것처럼 처음에는 그 작은 북이 좋았는지
아무 때나 두들겨대며 신나하더니, 이내 지루해하며 싫증을 내서
단 위의 은선을 애쓰게 했었다. 짧은 휴식시간에 아이들은 운동장
에 점처럼 박혀 앉았거나, 아예 벌렁 드러누워 해바라기를 하며 때
때로 휘파람을 불어대기도 했다. 은선도 피곤해서 화단 벽에 등을
대고 있으면서, 뒷줄에 낀 아이들이 슬쩍 도망쳐도 모르는 척하고
있으면, 그렇게 하지 못한 앞줄 아이들은 맥없는 소고채로 소고에
구멍을 뻥뻥 뚫었다. 가마꾼들 뒤 옛날 종의군 차림의 행렬에 뒤로
밀리며 한참을 구경하고 섰다가 은선은 흠칫 놀라 아버지 옷소매를
끌어당겨 사람들 뒤편으로 나온다.

"가요, 아버지."

"어어, 조금만 더."

"늦어요. 안 돼…… 빨리 아버지."

그녀의 재촉에도 아쉬운 듯 아버지는 그녀의 손에 팔을 내맡긴 채로 몇 번 돌아본다. 복작복작한 터미널 인파를 뚫고 차표를 끊어 전주로 가는 버스에 오른 뒤에도 은선의 가슴은 우물물 속 어두운 수면에 첨벙 두레박을 내던진 물장구 소리를 낸다. 아버지는 오빠를 잊었을까? 좀더 구경하겠다던 활기를 잃어버리고 벌써 아버지는 버스 등받이 커버가 밀리도록 허리를 파묻고 눈을 감고 있다. 은선은 아버지의 얼굴을 자신의 어깨에 기대게 하고 검지가 짧은 아버지 손등 위에 손을 내려놓는다.

"녹두장군이었제."

아, 잊고 계시지 않았구나. 아버지의 입술이 닫히기도 전에 은선은 낮은 한숨이 나온다. 말뿐 눈을 뜨지 않는다, 아버지는.

"기억하냐? 행렬의 맨 앞에서 칼을 차고 화승포를 들고……"

"……"

"잊었구나."

"……"

"장군이었잖어……"

"가상이었을 뿐이에요, 아버지. 단순히 동학제를 위한 장군이었어요."

"내리 삼 년이었지 않냐?"

"키가 컸으니까요."

"그리 쉽게 말헐 수 있는 애가 아니여. 내 아들이지만 자랑헐 만했어. 늘씬한 그 허리, 머루알 같은 눈……"

은선은 아버지 손등에 핀 검버섯을 본다. 녹두장군의 허리도 정말 늘씬했을까, 눈빛은 머루알이고. 아버지가 장군감으로 회상하는 오빠처럼 미끄러질 듯 오똑 선 콧날에 깨끗한 입술이었을까. 이제 서른다섯은 되었을 그인데, 오빠는 언제나 고등학생이고 어린 녹두 장군이고…… 누구의 마음속에서도 그뿐, 더 자라지 않는다.

"마라톤도 언제나 일등이었제…… 그놈 발바닥이 맵시 있게 패었니라."

"……"

"잊었냐? 오래비를?"

"……"

"곰곰 생각혀봐."

"……"

"누구라도 그놈을 못 잊어."

"……"

"생각나는 게 없냐?"

"네."

"없어?"

"……네."

가만히 닫고 있던 아버지의 눈꺼풀에 파르르 힘이 간다. 은선은 자신도 알 수 없는 뒤틀린 힘에 끌려 꼬박꼬박 네, 네, 대답해버린 자신을 꼬집어주고 싶다. 내가 알고 있는 오빠는 아버지의 오빠지 내 오빠는 아니에요. 난 모르겠어요. 난 그때 겨우 육학년이었어. 아무것도 기억 안 나요, 퉁명스럽게 내뱉고 싶을수록 그날 그 피비린내가 그대로 코끝에 얹혀진다.

"부모는 자식놈이 어데 묻히는지 몰라야 쓴다고…… 윤식이 놈이 지게에 지고 가 파묻어놓고는…… 지금도 어딘지 안 가르쳐줘야…… 허긴 알아 뭣에 쓰까마는……"

눈을 감았어도 또 눈물이 글썽해 있으리라. 아버진 두 눈을 꾹 감고 괴로운 듯 미간을 좁히고 있다. 직행버스가 고속도로로 접어드는 인터체인지를 돌자 햇빛의 방향도 달라져 좁혀진 미간에까지 빛이 얼룽댄다. 추억만을 가지고 얼마나 한 사람을 질기게 사랑할 수 있는지를 보여주려고 작정한 사람처럼, 한없이 그녀를 밀쳐내는 아버지를 볼 때마다 은선은 세상에 헛발을 딛는 듯 아득했다. 그 세월이면 익숙해지기라도 할 텐데 매번 그 아득함은 새로운 구덩이를 보여주며 멀미를 동반한다. 피해의식인가? 그날 이후 스물일곱이 된 지금도 어쩌다 우연한 아버지의 시선이 자신에게 오래 머물면…… 차라리 너와 바뀌었더라면…… 아버지가 그 생각하시는 건 아닌가 그녀는 귀밑이 붉어진다. 은선이 창문의 남색 커튼을 풀어 햇빛을 차단해도 아버지는 찌푸린 눈살을 펴지 않는다. 속눈썹이 눈시울 속으로 말려들어가 굵은 주름이 귀밑까지 잡혀 있다. 탄력을 잃고 군살이 처진 턱 밑에 묻어 있는 파리똥 같은 걸 떼어내려 그녀가 손바닥을 갖다댔는데 볼품없이 작은 눈곱만한 점이다. 몇 가닥 남지 않은 원형의 앞 머리카락 사이로 솜털같이 보송한 잔머리가 많다. 그녀는 눈을 크게 뜨고 쳐다본다. 만지면 보드라울 만치 갈색의 약한 머리털이 무성히 돋고 있다.

"아버지, 머리 나는 약 발랐어요?"

"……"

은선이 핸드백에서 빗을 꺼내 살 나간 얼망이 같은 머리에 가르마를 내고 빗어넘겨도 아버진 꿈쩍 않는다.

"중국산인가봐…… 참 많이 났네……"

은선은 괜히 코끝이 찡해져 빗을 바닥에 놓아버리고 아버지의 힘줄이 불끈 솟은 손가락 사이사이에 자신의 손을 깍지 끼어 맞잡는다. 생각 없이 뚝뚝 잘라버린 손톱, 거칠고 울퉁불퉁한 사이에 끼여 있는 자신의 손가락이 목화솜 같고 어색한데, 손톱도 없는 반토막 아버지 검지가 멀뚱 굽혀지지도 않고 서 있다. 반토막 사이에 길게 끼여 있는 자신의 검지가 외려 기이해서 그녀는 손가락을 움츠린다. 아버지 손가락이 왜 이래? 다쳤다. 왜, 여물 썰다가? 그래, 작두로 달캉 잘렸구만…… 철없이 쫄랑대던 말에 건성으로 한 대답 중에, 여물 썰다가는 아니지만 작두로 잘려서라는 것은 사실임을 그녀는 안다. 그놈의 병역 기피자라는 딱지…… 내 그것 땜에 노름까지 안 배웠냐…… 니 할애비도 없는 이 종갓집 장손만 아니었드라도 까짓것 휑 갔다 오믄 되았을 것인디…… 전쟁통이라 니 할매는 징역 갔다 하믄 죽는 줄 알았던갑지…… 숨어댕기고 노숙하기 지쳐서 에라 하고 지서까지 갔었기도 했다…… 헌디 니 작은할아버지가 서에 있었지 않았냐…… 도루 끌고 가서는…… 검지가 없으믄 총을 못 쏜게로……

"손마디가 아프다아, 펴라."

진짜 아픈 곳은 손마디가 아니고 머리인 듯 아버지는 미간을 더욱 찡그린다. 입술이 마른 퇴비 같다.

"왜 병원에 안 간다 그러셨어요. 그리 아프시면서."

“……”

고집스럽게 꾹 입을 다물어버린 아버지를 그녀는 물끄러미 본다. 아무래도 니가 댕겨가그라. 어디 내 말을 귀넘어라도 들으셔야 말이제. 내가 엥간허면 전화 안 하겠는디 작년허군 또 달러야. 그 병이 아닌 것 같어. 약도 꼬박꼬박 먹고 한 달에 한 번 병원 댕기는디 그것이 도졌을 리는 없고…… 오른쪽 다리를 끌고 다니신다…… 어제는 팔에 힘이 하나도 없어갖고는 병식네 결혼식 축의금 봉투를 못 써야…… 글더니 오늘 아침엔 당신 이름자가 잘 생각 안 난다 안 허냐…… 어머니의 목소리엔 눈물이 가득 담겨 있어서, 혀밑에 쌓인 말을 한마디도 건네지 못하고 은선은 알았어요, 하고 수화기를 놓았었다. 다음날이 마침 학교 개교기념일이라 은선은 홀가분히 올 수 있었다.

전주에서 내려 곧바로 터미널 앞에 대기해 있는 택시에 올라타자 아버지는 다시 눈을 감아버린다. 아버지— 흔들어도 눈을 뜨고 싶어하지 않는다.

“아버지, 병원이야…… 자, 눈을 뜨고 걸어요.”

병원 뜨락엔 하얀 성상이 서 있고, 미칠 듯이 핀 장미꽃들이 햇살 속에 담장을 타오르며 히포크라테스 흉상을 마주 보고 있다. 은선은 힘에 겨운 듯 비틀거리는 아버지를 부축하고 병원 경비실을 지나 일층으로 잇닿는 오르막길에 발을 내딛는다. 몰랐는데 오르막길 앞에 서자 아버지는 오른편 다리를 땅에서 떼지를 못하고 질질 끈다. 맥이 풀려 자꾸만 미끄러지는 아버지를 힘주어 부축하면서 은선은 다른 데를 본다. 무엇이 이분을 이렇게 약하게 만드는 것일까?

서로 마음 터놓고 도탑게 사랑하지는 못했어도, 그놈이 살았시
믄…… 형체가 없어 질투도 못 하는 오빠에게 시도 때도 없이 밀려
나면서도…… 학교에서 돌아와 그대로 지친 발을 빈방에 뻗고 누워
있으면…… 그곳에 집이 있고 아버지가 있지…… 소풍길에 오줌
마려워 혼자 숨어든 숲 끝에서 느닷없이 만나지는 성터 같아서 안
심하고 스타킹을 훌훌 벗어낼 수 있었는데. 그러나 그때의 아버지
는 눈을 감지도 다리를 끌지도 않았다. 언제나 고등학생인 오빠만
큼은 아니어도 젊고 탄탄했던 아버지. 어깨에 느껴지는 아버지의
무게가 가슴을 적셔 은선은 잠깐 걸음을 멈추고 숨을 내쉰다. 머리
에 햇볕을 인 종려나무가 병원 담벽과 경계선을 이루며 키가 더 커
있다.
　"자, 여기 앉아 계세요. 접수하고 올게요."
　작년에 아버지는 신경외과에 입원했었다. 뇌혼수가 아버지 병명
이었다. 듣도 보도 못한 그 병명 앞에 은선은 대책이 없었다. 뇌혼
수…… 뇌혼수…… 몇 번 되뇌어봐도 그게 뭔지 짐작이 가지 않아
서, 이를테면 뇌경색증입니다, 의사의 말을 따라 경색이란 단어를
찾아보았다. 경색哽塞: 울음이 지나쳐 목이 막힘. 경색梗塞: 사물이 잘
융통되지 않고 막힘. 의학적으로는 어떤 용어인지 몰라도 은선은
막힘…… 막힘…… 그 말에 주눅이 들었다. 아버지는 갑자기 발작
을 일으키듯 거품을 물고 몸을 뒤틀다 쓰러졌고 보름을 중환자실에
서 눈을 뜨지 않았다…… 아버지 뇌를 촬영한 컴퓨터 사진 속, 뇌
수 속에 석회질이 떠다닌다 하였어도 은선은 그 말뜻을 이해할 수
가 없었다. 뇌수 속에 어떻게 석회질이? 은선이 그 말뜻을 이해하든

못 하든 그 석회질은 아버지 뇌수 속을 둥둥 떠다니다가 자극을 받으면 뇌벽과 부딪히고…… 그래서 아버진 경기와 함께 정신을 놓는다 하였다. 이후로 그녀는 세수를 하면서도 세숫대야 속에 비누거품이 떨어지면 깜짝 놀라야 했다. 대야든 어디든 물 위에 뭐가 떠다니는 걸 보면 아버지 어두운 그 뇌 속이 떠올랐고, 그 뇌수 속의 석회질이 흔들거리고 있는 것만 같았다.

아버지는 눈을 뜨지 않는다. 진찰실로 옮겨질 때도, 응급대에 누워 컴퓨터 촬영실에 실려갈 때도, 결과를 기다리고 있는 동안에도. 때때로 잠 속에 들어선 듯 낮은 숨소리를 내다가도 십 분이면 다시 미간을 찌푸린다. 의사가 간호사를 동반하고 와 아버지를 흔들어 깨운다. 의사는 보호자분? 하며 은선을 건너다본다.

"이분이 누구죠?"

"……내 딸……"

쥐고 있던 볼펜을 왼손으로 옮겨잡고 의사는 손가락을 편다.

"몇 개예요?"

"……세 개……"

"오른발 올려보세요."

아버지는 힘겹게 오른발을 들어올린다. 의사는 발바닥을 간지럽힌다. 아버지는 귀찮다는 듯 발을 끌어당기며 거부한다. 예상 밖이라는 듯 의사는 고개를 갸웃거린다. 예상과 같다면, 그렇다면 아버지는 그녀도 못 알아보고, 손가락이 몇 개인 줄도 몰라야 되고, 간지럼도 타지 말아야 된단 말인가……? 불안이 주삿바늘 꽂은 듯 턱까지 차올라 은선은 숨이 찬다.

"잠깐…… 저 좀 보시죠."

눈뜨고 있기가 힘겨웠는지 아버진 벌써 눈을 감고 있다. 라이트 박스에 뇌사진을 걸어놓고 의사는 어두운 골짜기 한 부분을 가리킨다.

"뇌에 피가 보입니다."

"……네에?"

"출혈을 했습니다. 일주일쯤 된 것 같은데…… 뇌출혈을 하신 분이 어떻게 저 정도로 버티는지 의외군요…… 평소 치료중인 신경외과의 차트와도 대조해봤습니다만 뇌혼수는 나빠지지도 좋아지지도 않고 그대로 있습니다. 그 자극은 아닙니다. 그것과는 다른 충격으로 보여요."

"……"

"외부적으로 충격이 없었다면 내출혈이라는 얘긴데…… 입원을 하셔야겠어요. 출혈이 계속되고 있는지 여부도 알아야겠고…… 이 상태로 거동하는 건 불가능합니다. 알 수 없군요. 이 연세에 저런 충격을 받고도 저 정도시니."

"……"

"세 가지로 치료할 수 있습니다. 외출혈일 경우 순간의 충격으로 출혈된 피가 굳은 채로 더이상 흐르지 않고 있다면 수술로 응고된 피를 제거할 수 있죠. 마찬가지로 그 경우에 상태가 약하다면 약물을 투여해 피를 빼낼 수 있습니다. 그리고 내적 자연 출혈이었을 때 어쩌면 다시 저절로 스며들 수도 있어요. 단, 지금 출혈이 계속되고 있지 않을 경우입니다…… 어쨌든 내일 다시 촬영을 해서 오늘 것과 비교해봐야 알 수 있어요."

뇌출혈이라니? 은선은 의사를 쳐다보다가 일어선다. 다시 뇌혼수가 아니기만을 바랐다. 어쩐지 혼수라는 말이 던져주는 위기감을 감당하기가 벅차서. 그런데 그에 못지않게 뇌출혈이라고? 은선은 넋이 잠깐씩 놓아지는 걸 추스르고 달랜다. 입원수속을 마치고 정해진 입원실로 아버지를 휠체어에 태워 옮겼다. 새로 간 시트 위에 눕혀진 아버지는 또 눈을 감아버린다. 환자복으로 갈아입히기도 전에 팔 혈관에 링거가 꽂힌다. 육 인용 병실에 눅눅한 공기가 꽉차 있는 것 같아 흰 커튼을 한쪽으로 밀쳐 묶고 창을 조금 열자, 육층이어서일까, 야트막한 야산이 눈에 비친다. 왜 자꾸 잠만 주무셔요, 아버지. 은선은 쓸데없는 일인 줄 알면서도 아버지를 흔들어본다. 베개를 바로 받쳐주고 은선은 병실 밖으로 나온다. 공중전화 앞에 환자 두 사람이 차례를 기다리고 있다.

"고모?"

통화 신호가 떨어지자 생각지도 않게 은선은 콧잔등이 찡하다. 은선이냐, 은선이냐, 고모의 두어 번 되물음을 받고도 은선은 대답을 못 한다.

"예수병원이에요. 좀 와줘요."

"……또 왜?"

"아버지가……"

"애비가 왜?"

"604호야 고모. 집에 갔다 와야 될 것 같어…… 입원할 줄은 모르고 왔거든……"

"무슨 일일까? 또 중환자실에 있냐, 응?"

"아니…… 604호라니까……"

"휴, 그랴 다행이여…… 곧 가마, 곧 가, 쪼개만 기다리라."

내 강아지, 아이고 내 강아지.

은선은 안 봐도 문턱에 넘어지며 허둥거릴 고모의 모습이 눈앞에 환하다. 세 살 때나 지금이나 고모에게는 그녀가 내 강아지다. 답답하게 확 보듬는 그 품, 그 눈에 눈물이 글썽해지기 시작한 건 오빠가 그리 되고 난 후였던가? 이제 아배 어메한테는 니뿐이다…… 고모에게 마음이 삐뚤어져 있었던 것도 아닌데, 고모가 뭐라 한마디 섭섭케 한 적도 없는데, 언제부턴가 눈물이 글썽해진 고모의 눈에서도 은선은 오래비와 니가 바뀌었더라면…… 하는 마음을 읽어버리곤 했다.

아버지와 동반했던 길을 그대로 되짚어 혼자 다시 전주 직행버스에서 내렸을 때 날은 벌써 어두워지고 있다. 은선이 마을로 들어가는 버스를 타기 위해 터미널 쪽으로 향하고 있는데 한 무리 사람들이 옹기종기 서서 길을 내다보고 섰다. 은선도 섞여들어 사람들이 바라보는 길 쪽을 내다본다. 멀리서 하얀 소복 차림의, 손에 촛불을 든 사람들이 행진해오고 있다. 시내 여학교 중학생들이리라.

그녀도 중학교 때 저 촛불행렬에 참가한 적이 있었다. 시가행진을 마친 뒤 농업고등학교 앞마당에서 촛불 매스게임을 하기 위해 4월 한 달을 햇볕 아래서 연습으로 오후를 보냈다. 소복이 없어서 어머니가 마을 어느 상갓집에서 옷을 빌려다주었는데, 어른 옷이라 기장이 길어 단을 접어넣은 그 옷을 입을 때 괜히 은선은 기분이 이

상해져, 허리춤을 꼭꼭 끌어당겨 띠를 여며도 자꾸만 옷이 헐거워
지는 것만 같았다. 촛불을 앞에 들고 가다보면 어느덧 치마는 흘러
내려버리고 속치마만 입고 허적허적 걷는 듯해서 황급히 만져보면
등뒤로 끈은 단단히 매듭지어져 있었다. 그래도 은선은 허리춤을
확인해보다가 촛불을 감싸고 있는 초롱 한지를 두 번씩 세 번씩 태
워먹곤 했다.

터미널은 사람이 없고 텅 비어 있다. 시가행진중이라 교통이 마
비된 듯 택시들도 줄지어 서 있다. 차만 있을 뿐 기사는 보이지 않
는다. 사방을 두리번거리다가 은선은 되걸어나온다. 새야 새야 파랑
새야. 녹두밭에 앉지 마라…… 어느덧 사람들은 촛불행렬 옆에 끼
기도 하고 뒤따르기도 하며 노래를 부른다. 초롱 속의 꺼진 촛불에
라이터 불을 붙여주기도 한다…… 녹두꽃이 떨어지면 청포장수 울
고 간다.

"타지 사람이오?"

"……"

그녀의 행색이 달라 보였는지 젊은 사내가 앞길을 막고 있는 은
선에게 퉁명스럽게 내뱉는다.

"따라가보슈…… 좋은 굿이오…… 여그가 시가 되었다고 해서
인자 내년부텀은 이 동학제를 고부로 옮겨간다니 여그서 볼 수 있
는 마지막 구경이오. 녹두장군이 고단하겄소…… 이사 댕길라
믄…… 허긴 본시 정읍보다는 고부 태생인게로…… 허나 정읍군
고부면 아닌가이…… 그것이 그것 아니오? ……아니긴 아니오. 여
그는 인자 정읍도 아니고 정주인게로…… 하늘에서 뚝 떨어졌는갑

소. 갑자기 정읍에서 혼자 쏙 빠져나와서는 정주가 뭐여…… 정읍
은 어데 두고?"

그녀에게 퉁명스러웠던 까닭이 그녀가 길을 막아서가 아니라, 사
실은 그런 불만에 있었던 듯 사내는 툴툴거리며 인파에 떠밀려간
다. 녹두장군이 고단하겄소. 사내의 비양거림이 뒤끝으로 남아 은선
은 식은 미소를 짓는다. 어쩐다? 은선은 휘휘 사방을 둘러본다. 슈
퍼마켓 모서리에 전화통이 있다. 그녀는 인파에 두어 걸음 앞서고
한 걸음 물러나며 길을 건너온다.

"어머니?"

수화기 저편에 우두커니 앉아 있을 어머니는 지금쯤 심장이 손바
닥으로 자꾸만 쓸어내려야 할 만큼 뛰고 있으리라.

"터미널에 내렸는데 차가 없어요…… 시가행진이 끝나야 차가
다닐래나?"

"아버진?"

"가서 말씀드릴게요."

"안 좋냐?"

"……"

"은선아이―"

"어차피 알아야 되니까 어머니…… 놀라지 말고 들어…… 아버
지랑 함께 못 왔어요…… 병원에 입원시키고 고모님께 병실 맡겨놓
고 왔어……"

"……"

"어머니?"

“……”

“며칠 계시면 될 거야…… 중환자실 아니에요…… 어머니?”

“그래…… 짐작은 혔어. 오죽했으면 이름자도 잊어뿔고 생각 안 난다 했겄냐…… 머리…… 머리에 이상이 있지야?”

“……어머니가 어떻게?”

“며칠 전에, 한 열흘 되았나…… 글시 술을 잔뜩 드시고는……”

“술을요?”

“……그날 낮에 철둑길에 사고가 나지 않았냐이. 니 오래비 그리 되고 처음 일인가…… 기차가 섰다…… 언덕 너머 사람이었어…… 그걸 봤능가…… 갑자기 그리 술에 취해서 윤식이 아재보고 니 오래비 어데다 묻었냐 다그침서…… 생난리를 안 꾸밌냐이.”

“……”

“결국은 윤식이 아재 앞장세워 산에 갔는디…… 하도 세월이 오래라 어딘지 모르겠다고 안 허냐…… 십 년이 넘었는디 그럴 만도 허지야……”

“……”

“그 양반이 윤식이 아재 말을 어디 믿어야제…… 뭔 보물 찾드키 밤새 산을 헤맸다…… 새벽녘에사 술도 깨고 산을 내려오는디 픽 석 주저앉드마는.”

“……”

“소나무 둥치에다 머리를 퍽퍽 안 찧어쌓냐…… 머리도 없이 조각뼈 묻은 놈…… 불쌍헌 놈…… 그나마 묘똥조차 잃어버렸다고……”

"왜 그 얘길 인제 해요."

"니 맘쓸까 말 안 헐라고 했제이…… 그리 세게 부딪혔는디 어디 성허까 싶었구마는…… 입원했다니 원인은 알고 있어야제 싶어서."

"……"

사람들이 썰물처럼 행렬의 뒤를 따라가 슈퍼마켓 앞길이 텅 빈다. 그녀는 놀라 수화기를 버리듯 놓고 그 맨 뒤끝에 따라붙는다. 어머니도 나를 보면 오빠랑 바꿔졌으면 했을까? 그녀는 미처 생각 못 한 시선 하나를 또 느낀다. 니 맘쓸까 말 안 헐라고 했제이…… 말 안 하려고 하는 것이 더 마음쓰인다는 것을 어머니는 모를까? 날이 어두워져 행렬 속의 촛불이 환하다. 빨강, 노랑, 파랑 불빛이 소복 사이사이 꽃 같다. 그녀는 걸음을 빨리해 행렬 중간에 파묻힌다. 농업고등학교 앞마당으로 소복과 촛불들은 내려가고 따르던 사람들은 야트막한 언덕에 퍼진다. 참말 이쁘이…… 노인네들은 벌써 자리를 잡고 앉아 있다. 어둠 때문에 그들의 주름은 보이지 않는다. 마당을 중심으로 한 원형의 언덕에 심어진 나무들 사이사이에 대롱 촛불이 별처럼 걸려 있다. 탑돌이하듯 그녀는 자리를 못 잡고 언덕을 돈다. 자리를 펴고 소주를 마시던 젊은 사람들은 무엇이 우스운지 와르르 웃음을 터뜨린다. 사람이 모이면 어디나 장이 서기 마련인가. 한켠에 포장을 치고 동동주를 팔던 여인이 발을 헛디뎌 바가지 속의 동동주를 쏟아버린다. 울릉도 호박엿 달콤새콤 깨엿. 흰 띠로 좌판을 묶어 앞자락에 매단 엿장수가 가위를 찌그덕거리며 그녀를 쳐다본다. 은선은 엿장수의 염탐하는 듯한 시선을 피해 괜히 서 있던 자리에 앉아 엉성한 각시탈 바가지값을 치른다. 불들이 원을 그리며 마당을 빙빙 돈다. 새야 새야 파랑새야. 소복들이 다섯 패로 나뉘어 또 원을 그린다. 녹두밭에 앉지 마라. 빨강 초롱 안에서 파랑 초롱들이 또 작은 원을 그린다. 녹두꽃이 떨어지면. 파랑 초롱 안에서 노랑 초롱들이 더 작은 원을 그린다. 청포장수 울고 간다. 소복들은 일제히 앉아 초롱을 들고 흔든다. 순간 동쪽 야산 쪽에서 불꽃이 펑펑 터진다. 와아— 사람들은 일제히 불꽃을 향해 탄성을 지른다. 뒤이어 서너 방 터진 불꽃이 S자형으로 기교를 부리며 하늘을 화단으로 만든다. 은선은 그 꽃들이 무겁게 머리 위에 쏟아지는 듯하여 언덕 나무 속에서 총총히 나와 시내 쪽을 향한다. 사람들이 모두 그 마당에 모여 있는가. 시내가 너무 한가로워 그녀는 돌아본다. 차량은 완전히 끊겨 있다. 은선은 터벅터벅 마을길로 향한다. 건성으로 들고 있는 각시탈이 핸드백과 부딪쳐 철버덕거린다. 시내를 빠져나와 아스팔트 길에 다다르자 하늘이 성큼 눈에 닿아 있다. 간혹 외등이 켜져 있어도 그녀는 어두운 앞길을 혼자 걸어나갈 자신이 안 생긴다. 그래, 은선은 걸음을 멈추고 뒤돌아본다. 중학교 때 촛불 매스게임을 마치고 그들은 같은 방향끼리 무리지어, 그때는 자갈과 흙먼지 신작로였던 이 길을 걸어 집에 갔었다. 초롱을 앞세우고 소복을 그대로 입고 구경나온 마을 사람들과 함께. 기다리면 그 무리들이 올지도 모른다. 별이 하얗게 뜨고 또 뜨고 있다. 화약 냄새가 섞인 바람 속에 아카시아 단 내음이 맡아진다. 장군이었던 오빠는 왜 그 요란한 기적 소리를 못 들었을까? 무엇 때문에 우리는 레일을 베고 잠을 잤을까? 그녀는 각시탈을 무릎에 얹고 구부리고 앉아 시내 쪽을 바라본다. 철길의 그 쇠붙이를 빼달라고 조르지만 않왔어도. 그녀는 무릎에 얼굴을 파묻는다. 언제나 피해가려고 애썼던 그 생각과 정면으로 맞부딪히자 그녀의 얼굴에 열이 오른다.

"은선이 언니?"

소리에 놀라 그녀는 얼굴을 쳐든다. 기다리고 있던 그들이다. 그때와 다름없이 소복을 입고 초롱을 들고.

"지나치려다 꼭 언니 같아서…… 뭐하고 있어요?"

옆집 재숙이다. 단발머리가 초롱 앞에서 반짝인다. 또래의 두 단발머리가 서 있을 뿐 마을 사람들은 보이지 않는다. 은선이 대답을 않자 어마, 언니 이거 샀구나…… 하고 각시탈을 들어올렸다 놓는다. 그녀의 침묵이 어색했는지 재숙은 언니, 가자…… 앞장서 걷는다. 두어 걸음 뒤처진 은선은 앞선 그들의 소복이 잠깐 섬뜩해 한 걸음 더 뒤처진다. 잠깐 벌어진 사이를 셋은 다시 좁히며 도란거린다. 초롱 셋이 거의 맞닿아 있어 길은 환하다. 버스를 탔을 때보다 걸어보니 얼마나 길이 평퍼짐해졌는지를 알겠다. 자전거를 타면 시내로 들어갈 땐 내려서 끌어야 했고, 집으로 돌아갈 땐 브레이크를 꽉 잡아야 했던 당고갯재가 어딘지도 모르게 야트막하다. 그래도 살아 있는 아카시아 단 냄새는 어디선가 밀려온다. 빨리 와, 언니. 자꾸만 뒤처지는 은선을 세 소복들은 저만큼서 기다려주다 다시 걷다 한다. 은선은 문 닫아버린 꽃핀가게를 쳐다본다. 양철 셔터문 안에서, 불꺼진 어둠 속에서 죽은 채송화 같은 꽃핀들을 거느리고 노랑 머리 인형은 계속 눈을 희번득이고 있을까?

"언니, 다리 좀 봐…… 다리가 반은 없어. 어마 세상에."

남은 다리 반쯤 걸어갔었는지 초롱의 방향을 바꾸며 재숙이 소리친다. 건너간 만큼 되돌아와도 은선이 저만큼이자, 그들은 샛길로 접어든다. 샛길 끝에 몇 개의 손전등이 출렁이는 것을 은선은 처음 발견한다. 사람들이 웅성거리고 서 있다. 그녀는 느릿느릿 걷던 걸음을 아예 멈추고 코를 쥔다. 언니, 끔찍해. 재숙이 다가와 그녀 옆에 바짝 선다. 얼결에 놓쳐버린 재숙의 초롱불이 꺼져버린다.

"어에, 집에들 가아…… 뭔 구경이간디."

마을 남자 서넛이 허물어진 다리 철근들 속에서 부서진 오토바이를 일으켜세운다. 오토바이 밑에 남자와 여자가 널브러져 있다.

"살아 있그만요…… 얼굴이 다 깨졌어."

남자와 여자를 끌어올리며 마을 남자들도 피범벅이 된다.

"얼매나 세게 놓고 달렸으믄 저 지경이여. 다리가 끊기는지도 몰랐시까……"

경운기가 툴툴거리며 남자와 여자를 싣고 그녀가 방금 걸어온 길을 사납게 달려간다. 저수지에 갔던 것일까? 낚싯대가 부러진 채 처박혀 있다. 은선이 어둡게 주저앉아 있는 줄도 모르고 사람들은 이제 두 개뿐인 초롱을 앞세우고 웅성웅성 마을로 걸어간다.

다리 위에서 어정쩡히 서 있던 아버지의 난감한 표정이 떠오른다. 아버지는 지금쯤 눈이라도 떴을까. 은선은 버스 속에서 그녀의 어깨에 기대고 괴롭게 미간을 좁히고 있던 아버지의 꾹 닫힌 눈꺼풀이 버겁다. 다리는 정말 반이나 뚝 끊겨 있다. 부서진 철근들이 샛길 한편에 수북이 쌓여 있다. 땅판차가 샛길 끝에 아가리를 벌리고 버티고 서 있는 꼴이 공룡 같다. 아가리 속엔 인부들의 삽과 도리깨 들이 수북이 쌓여 있다. 은선이 일어서서 빈 리어카를 슬쩍 밀었는데 리어카는 떼굴떼굴 굴러 샛길의 낮은 구덩이께로 요란하게 처박힌다. 그녀는 샛길 양편으로 뻗어 있는 두 길 중 끝이 철길인 잡초밭 속으로 스며든다. 하얗게 뜬 별들 속에 발을 딛고 또 별이 뜬다. 은선은 잡초 속에 풀썩 주저앉는다. 기차가 사납게 지나간다. 기적 소리는 이렇게 한참 떨어져 있어도, 샛길 구덩이로 처박히는 빈 리어카 소리보다 깨어 있는 쇳소리를 낸다. 저 소리를 오빠는 왜 못 들었단 말인가? 사내애들은 철길의 그 쇠붙이를 어떻게 잘도 빼냈다. 그걸 주면 엿장수는 엿판의 흰 엿을 두 길이나 잘라주었다. 그래서 졸랐을 뿐이다. 그녀는 힘겹게 눈을 들어 하늘을 본다. 별들 속으로 또 별이 뜬다. 그녀는 모르겠다. 어린 시절, 철길의 쇠붙이를 빼던 오빠와 그녀가 왜 레일을 베고 잠이 들었는지를, 더 어린 그녀가 기적 소리를 듣고 뛰어나왔는데 오빠는 왜 계속 잠을 잤는지를, 왜 그녀는 곁에서 자던 오빠를 흔들어대지 못했는지를. 그녀에겐 그 좋던 햇빛만 보인다. 햇빛은, 피비린내 속에서도 졸음을 동반하고 반짝였다. 장군의 머리가 박살이 나버렸는데도. 사지가 깃발처럼 펄럭였는데도. 언니이― 재숙이 이제야 그녀가 없다는 것을 알았는가. 소리는 먼데, 잡초 사이로 마을 고샅에 이르는 불빛 두 개는 가깝다. 은선은 각시탈을 얼굴에 뒤집어써본다. 작은 눈구멍 사이로 또 뜨는 별이 보인다. 눈 위에 와 닿는 별들의 감촉이 서늘하다. 언제나 오빠는 나이를 먹지 않는다. 이제 오빠는 그녀보다 어리다. 은선은 눈물이 글썽해진다. 장군은 그녀의 머리를 곧잘 땋아주었다. 양편으로 가르마를 내 곱게 빗어 다듬어주곤 윽박질렀다. 너 밖에 나가서 내가 머리 땋아줬다고 했단 봐…… 그녀는 각시탈

을 벗어버리고 다리를 쭉 뻗는다. 오빠 나 힘들어…… 글썽해진 눈
물을 뚝뚝 떨어뜨리며 그녀는 하늘을 향해 입을 크게 벌린다. 떨어
지는 별을 받으려는 것처럼.

지붕

아이들 합창 소리가 들린다. 과수원 뒤쪽의 성당에서 들려오는 소리다. 원희는 창틀에 놓여 있는 은색의 촛대를 집어내고 창문을 닫는다. 합창 소리가 방 안으로 스며들지 않게 라디오의 볼륨을 높인다. 은촛대를 바라볼 때마다 국화꽃을 가득 꽂았던 성당의 녹슨 은제 항아리가 떠오른다. 불이 켜 있지 않은 양초가 꽂혀 있는 아래로 군데군데 흘러내려 굳어진 *끈끈한 액*이, 씻겨내린 아픔의 더께 같다. 원희는 의자에 앉으려다가 놀라 그대로 멈춘다. 창문 밖 낮은 담장 너머로 보이는 이웃집 마당에 서 있는 갑현의 모습 때문이다. 원희는 그 자세로 선 채 갑현이 흰 목장갑을 끼고 비료부대 두 개를 접은 다음 마루 끝에 놓여 있는 주전자에서 물을 따라 마시는 모습을 세세히 지켜본다.

어젯밤, 원희는 밤나무숲에 나가지 않았다. 확인하지 않아도 갑현이 밤나무숲 어둠 속에서 웅크리고 앉아 자신을 오래 기다렸다는 것을 원희는 알고 있다. 약속시간으로부터 세 시간이나 지나서 달

빛을 받으며 돌아오는 갑현의 모습을 어젯밤도 이 자리에 서서 지
켜보았다. 마을에서 과수원 쪽으로 있는 집은 원희네와 갑현네 두
채뿐이었고, 원희네 대문은 막다른 길목에 갑현네는 모서리에 나
있었다. 어젯밤 밤나무숲에서 혼자 돌아온 갑현은 막다른 대문과
모서리 대문 중간쯤에서 한참을 서 있었다. 나무가 된 듯 움직이지
도 않고 서 있는 달빛 아래의 갑현이 자신의 방을 바라보고 있는 것
만 같아 원희는 커튼 뒤로 몸을 숨기며 조금 울었다.

　반가운 손님이라도 오는 것일까? 펌프가에서 갑현의 할머니가 콩
나물이 담긴 바구니를 옆에 두고 큼직한 병어를 씻고 있고, 마당엔
흰 깃털을 가진 닭이 모이를 쪼아먹고 있다. 원희는 쇠잔해 보이는
할머니가 손수 부엌일을 하는 것을 오랜만에 본다. 틀어놓은 라디
오에서 흘러나오던 낯선 이국 노래는 빠른 템포로 바뀐다. 오빠라
면 흥에 겨워 몸을 흔들 거란 생각을 하는 사이, 갑현은 벽에 걸려
있는 흰 모자를 꺼내 머리에 눌러쓴다. 훌쩍 큰 키와 야윈 어깨. 원
희는 문득 갑현이 오빠와 비슷한 체격임을 깨닫고는 머리를 쓸어올
린다. 갑현은 대문을 나서면서 하늘을 한번 휘둘러보더니 생각난
듯 원희네 집을 돌아다본다. 고구마를 캐러 가는 것이겠지. 아니면
뒷밭에 아이들 손타는 밤을 거두러 가는 길이든지. 과수원으로 통
하는 길, 늦가을 햇살 속으로 갑현이 뒷모습을 감추자 원희는 라디
오의 볼륨을 줄인다. 성당의 아이들 합창 소리는 어느 결에 멎어 있
다. 원희는 다시 창문을 열어젖히고 창틀에 촛대를 내려놓는다. 성
당에서 합창 소리가 들리지 않게 되었는데도 방금 흐느낌으로 변해
버릴 것 같던 가슴속의 파문은 가라앉지 않는다. 원희는 소리가 잦

아들어 흥을 잃은 라디오를 꺼버리고 밖으로 나온다.

갑현네 뒷담과 사선으로 이어진 주홍의 나일론 빨랫줄에 원희는 아직 물기가 촉촉히 묻어나는 옷가지를 넌다. 그중엔 어머니의 베갯잇도 섞여 있다. 원희는 다른 빨래들과는 달리 베갯잇은 더 조심스럽게 펴 널면서 가만 코를 묻어본다. 베갯잇에 한숨으로 얼룩진 어머니의 수많은 낮과 밤이 젖어 있을 것만 같아서. 대낮의 햇빛 속도 부끄럽지 않게 뚫고 지나갈 것 같았던 따뜻하고 부드러운 어머니의 숨결을 누가 방해놨을까? 원희는 순간적으로 가슴이 턱 막혀와 베갯잇에 손을 얹고 한참을 가만 서 있다.

사람들은 갑현의 삼촌을 곰배팔이라고 불렀다. 원희가 태어나기도 전에 있었던 전쟁. 그때 폭격을 맞아 얼굴이며 팔이 흉측스럽게 오그라붙고 정신을 잃은 사람이었다. 궂은 날이면 그는 과수원 나무숲에 길게 누워 목청을 돋워 울었다. 그 소리. 원희는 지금도 기억한다. 굶주린 짐승 울음소리. 그는 자기의 얼굴과 팔을 쥐어뜯곤 했다. 동네 사람들은 누구나 그의 처지를 아파했지만, 한숨을 내뱉고 혀를 차고 불쌍해하고 슬퍼했지만, 그를 두려워하며 멀리했다. 그가 이따금 상상도 못 할 엉뚱한 일을 벌여 사람들을 놀라게 했으므로. 어린 시절 어느 날, 어머니가 빨래터에서 돌아와 원희를 무릎에 앉히고 나직이 말했다. 애야, 영미네 언니가 혼자서 밭을 매고 있다가 어처구니없이 곰배팔이에게 당했다는구나. 너야 어리지만 우리하곤 이웃 아니냐. 혼자 다니는 일이 없어야 한다. 그때 열세 살 원희는 어머니의 말뜻이 무엇인지 알아들을 수가 없었다. 지나치게 어머니 말투가 조심스럽다고 생각했을 뿐.

햇살 때문에 원희는 눈을 환히 뜰 수가 없다. 집 안의 정적은 늘 원희에게 벅차다. 해바라기 사이로 누워 피었던 채송화 줄기는 이미 말라 비틀리거나 졸아들어 볼품없어진 지 오래다. 꽃잎 끝이 누렇게 퇴색의 기미를 보이는 국화 몇 순만 햇살을 맞받아 사위를 온통 노랗게 물들이고 있다.

"누구 왔냐?"

무슨 소리를 들은 것일까? 어머니의 가라앉은 눅직한 목소리가 옥양목처럼 빳빳이 깃 세운 문풍지를 뚫고 흘러나온다. 또 오빠의 발짝 소리 환청을 듣기라도 한 것인가? 원희는 혹시 방문이 열릴까 싶어 목을 길게 빼고 숨을 죽인다. 그러나 그뿐이다. 어머니가 밖으로 나올지도 모른다는 기대 때문에 조바심이 나고 이마엔 끈끈한 진땀까지 솟았지만 방문은 열리지 않는다.

"햇빛이 참 좋아요, 나와보실래요?"

어둡고 습기 찬 어머니를 자리에서 일어나게 할 수 있을지도 모른다는 희망에 잠깐 마음을 기대며 원희는 발랄한 소리를 내본다.

"행여 니 오래비인가 했구나."

반쯤 몸을 일으켰다가 다시 자리 속으로 파고드는 어머니의 소리 없는 모습이 눈에 보이듯 훤하다. 원희는 먹먹해진 가슴을 쓸어내린다. 오빠가 돌아오기 전에는 자신이 무슨 짓을 해도 어머니의 눅눅한 음성이 생기로워지진 못할 것이다. 오빠가 돌아오기 전에는 진하게 드리워져 있는 집 안의 우수가 거둬지지 않을 것이다. 오빠는 그것을 알고 있기나 한가? 오빠는…… 오빠는 아버지의 임종을 알고 있기나 한가?

오빠 은철이 집을 나간 후, 원희는 자신이 얼마나 무력한가를 알았다. 들일을 마치고 돌아오는 마을 처녀의 건강하고 아름다운 모습을 보고 있으면 눈시울이 뜨거워져오는 일도 오빠가 없어진 후로 생긴 일이었다. 그 처녀가 뒤안길을 돌아 머리에 쓴 밀짚모자가 보이지 않을 때까지 뒷모습을 바라보곤 했다. 그 처녀는 높은 언덕도 마음대로 오르내릴 수 있을 것이며, 나무 그늘이 져 있는 밭에서 큼직하고 통통한 호박도 따서 머리에 이고 내려올 수 있을 것이다. 그 처녀라면 이까짓 우수쯤은 가볍게 걷어낼 테지.

감나무도 담벼락도 꽃밭이랄 것도 없이 우물 곁 공지에 저희들끼리 계절을 지낸 시든 꽃나무들도 짧은 그림자를 만들어놓고 꼼짝하지 않는다. 소름이 돋을 듯싶은 적막 안에 멋쩍게 저 혼자 화려한 노란 국화 그림자가 안쪽으로 조금 옮겨와 있을 뿐이다. 원희는 아이의 소란스러움이 그리워진다. 곰배팔이 누이동생의 딸이며 갑현에게도 사촌 누이동생이 되는 아이는 몇 달 전부터 마을에 불쑥 나타나 살고 있다. 아이 어머니가 애초부터 애 아버지도 없이 험한 세상을 살다가 갑자기 죽었기 때문에 어쩔 수 없이 끈에 끌려와 살고 있는 아이는 영리한 눈빛을 갖고 있다.

ㅡ언닌 왜 긴 치마만 입어?

원희는 아이의 소란스러움이 그리웁다가도 따지듯 묻던 맹랑한 눈빛을 생각하면 그만 감정이 굳어지곤 했다. 선입견일까? 원희는 아이에게서 아무도 보호해줄 사람이 없는, 혼자 버틸 수밖에 없는 사람만이 특별히 품는 위악을 느끼곤 했다. 다 전쟁 탓이여. 그전엔 그놈도 추수가 시작되면 큰 몫을 해내던 놈이었는데 그놈의 전쟁이 그놈을 망친 게여. 담뱃재를 털어내는 아버지의 목소리가 가까이서 들리는 것 같아 영전을 돌아다본다. 눈부신 햇빛 때문에 눈자위에서 설핏 반짝이는 물기가 수많은 나선들을 그어댄다.

―너를 보면 힘이 솟아…… 억울한 생각들을 잊게 하는 힘을 가졌어, 넌.

잘 달구어진 쇠붙이처럼 온 대지가 폭염으로 타고 있던 여름 한낮에 낫을 빌리러 왔던 갑현이 문득 던지고 간 말이었다. 원희가 내민 낫을 그가 받아들었을 때 낫날에 반사된 햇빛의 광채도 이렇게 별빛 같은 나선을 만들며 출렁였다. 오빠는 왜 갑현처럼 들일을 거두는 일에 즐거움을 못 느꼈을까? 답을 얻어낼 수 없는 그 생각은 밤나무숲에 나가지 않고 나서부터 마음을 휘젓고 다니던 소용돌이만큼이나 원희를 고달프게 했다.

어제 태엽을 감아놓은 벽시계가 두시를 알린다. 원희는 치마 끝에 묻은 마당 먼지를 털며 일어선다. 갑현네 집에서 산적 굽는 냄새가 건너와 원희는 담을 건너다본다. 무슨 일이 있는 것인가? 원희는 고개를 돌려 안방을 본다. 어머니가 점심을 거르고 있는 지는 오래다. 들일을 못 하게 되니 소화를 제대로 시킬 수가 없다는 게 이유였다. 뚜렷한 병명도 없이 가슴앓이를 하고 있는 어머니는 늘 가볍고 거뜬하게 해치우던 들일을 어느 날부터는 한 시간도 못 하고 지쳐 주저앉아버렸다.

"그래도 조금씩은 드셔야 해요."

점심때만 되면 으레 시작해야 하는 실랑이에 원희도 지칠 지경이다. 왜소한 어머니의 어디에 그런 완강한 힘이 깃들여 있었는가? 점심상을 다시 내갈 때마다 원희는 고즈넉해졌다. 쓸데없는 일인 줄 알면서도 원희는 마루로 올라선다. 마루는 깨끗하다.

"내가 처음 시집왔을 때 니 할머니 이름말이 뭐였는 줄 아냐?"

간밤 마음 상한 꿈은 없었던 듯 어머니는 아침에 오랜만에 걸레를 빨아 마루를 닦았었다.

"전쟁통에 숨어다니면서도 마루를 닦던 아여. 더럽고 깔끔치 못한 것은 못 보는 성미잉게 그것 하나만 마음 맞추면 탈없이 잘살 거여, 하시더라."

몇 번이나 더는 닦아낼 것도 없는 마루를 걸레를 빨아가면서 닦고 또 닦아내는 어머니의 얼굴에 깊게 팬 주름이 이제는 길을 만들어가는 것을 원희는 보았다. 안방 문고리를 잡은 채 원희는 마루 벽 아버지 영전의 초상화를 쳐다본다. 초상화를 볼 때마다 원희는 생전의 아버지와 눈썹이 다르다는 생각을 하곤 한다. 아버지 눈썹은 저렇게 온화하지 않았다. 바닷가의 갈매기가 두 깃 펴고 활짝 날아오르듯 눈썹 끝이 치켜져 있었다. 전체적으로 조용한 아버지 얼굴 분위기를 그 눈썹은 망가뜨리곤 하였다. 생각을 달리 해보면 늘 맥이 없던 얼굴의 분위기를 그 눈썹이 살려놓고 있는 것처럼 보이기도 했다.

어머니는 베갯잇 없는 베개를 밀어둔 채 잠이 들어 있다. 평화롭고 근심 없는 얼굴을 원희는 실로 오랜만에 본다. 어머니의 잠이 깰까봐 조심하며 구부리고 앉아 어깨까지 이불을 당겨준다. 장롱을 열고 아버지가 생시에 베었던 베개들 중 태워버리지 않고 간직해둔 국화 꽃잎으로 속을 채운 베개를 꺼내 어머니 머리에 베어주고 원희는 가만히 방을 나오면서 괜히 눈시울이 따끔해진다.

물뿌리개가 걸려 있는 벽 못걸이, 아버지가 박았음 직한 튼튼한 못은 누런빛을 자랑하며 끝까지 뽑히지 않을 자세로 박혀 있다. 물뿌리개를 내려든 원희는 두어 번 못을 흔들어보다가 믿음직스런 그 깊이에 안심하며 돌아선다. 큰 고무통에 받아두었던 물은 찬 기운을 잃고 있다. 물 위에 돛단배처럼 떠다니는 주홍의 플라스틱 바가지로 물뿌리개 안에 물을 담아 가득 채운다. 귀한 손님인가? 갑현네 집에서는 산적 굽는 냄새가 그치고 고소한 기름 냄새가 흘러나온다. 원희가 물뿌리개를 흔들자 마른 먼지가 뿌옇게 일어 코가 매캐해진다.

아아, 질겼던 그 가뭄. 지난여름 구질구질 내리던 장맛비가 멎더니 지독한 가뭄이 시작되었다. 논바닥은 어머니의 손금처럼 쩍쩍 갈라졌다. 철길 너머에서 불어오는 바람은 그나마 남아 있던 습기를 순식간에 쓸어가곤 했다. 여간해서 마르지 않던 웅덩이의 물도 바닥을 드러냈을 때, 오빠를 기다리며 이 년이란 세월을 상심에 젖어 있던 아버지가 숨을 거뒀다. 병석에 오래 누워 있던 아버지였지만 이렇다 할 혼수상태도 없이 생을 마쳤다는 사실을 원희는 어떻게 감당해야 할지 몰랐다. 사람들이 모였고 마을 여자들은 당목감으로 상복을 만들어냈다. 밤새 화톳불이 피워올랐던 밤, 별은 자지러들도록 명멸했다. 원희는 우두커니 서 있다가 깜박깜박 정신을 잃는 어머니를 부축해야 했다. 장례식 날, 하얀 상여꽃 위로 작열하던 그 땡볕. 어야 디야. 상여꾼 속에 갑현이 섞여 있었다. 아, 오빠…… 오빠. 원희는 무릎이 꺾였다. 주저앉았다. 그리움에 사무쳐 목마르게 오빠를 불렀다. 그러고도 가뭄은 사윌 기세 없이 계속되었다. 사람들은 너무나 목말라서 금방 아버지를 잊었다. 원희네가 과수원 뒷길에 살고 있다는 사실조차 잊은 것 같았다. 양수기로 돌릴 물조차 바닥이 났을 때, 원희는 토끼밥풀을 뜯어오다가 그을리고 지친 얼굴로 담배연기로 고리를 만들며 걸어오는 갑현을 만났다. 여느 때처럼 원희는 먼저 고개를 숙여버리고 몇 걸음 물러섰다.

— 이리 줘, 내가 들어다줄게.

원희가 망설일 틈도 없이 갑현은 원희의 바구니를 빼앗아갔다. 가뭄 때문에 물꼬 좋은 논들까지 병들어갔어도 이제는 남의 소유가 되어버린 과실들은 실하게 여물어갔다. 그 과수원 길, 갑현의 뒷그림자를 밟으며 따라가면서 원희가 몇 번이나 올려다본 까닭은 객쩍어서만은 아니었다.

— 더는 못 견디겠어. 내 터를 여기서 잡고 싶었는데.

원희가 귀기울이지 않았으면 알아듣지도 못하게 갑현은 혼잣말 끝에 희망이 있어야지, 를 덧붙였다. 갑현은 고개를 숙였고 원희는 그의 뒷덜미가 햇볕에 타서 살갗이 붉게 벗겨진 걸 보았다.

꽃밭과 마당 가름길에 걸려 넘어지기 쉽게 박혀 있는 돌부리를 뽑아보려 했지만 원희의 힘으로는 끄덕도 않는다. 뒤집어서 바가지 뒷면의 물때를 손바닥으로 밀어내고 있는데 삐그덕 소리가 난다. 빗장을 채우지 않은 대문이 안쪽으로 밀려나며 그 틈으로 아이의 얼굴이 빠끔히 보인다. 원희는 반가워서 아이를 향해 들어오라는 손짓을 한다. 아이는 조르르 달려오면서 손을 뻗어 국화 꽃잎을 훑어낸다. 원희 곁으로 왔을 땐 손바닥에 한줌이나 되는 잎이 쥐어져 있다. 아이는 눈을 반짝 뜨고 원희의 기색을 살피면서 손바닥 안의 꽃잎을 마당으로 훅— 불어 날린다. 몇 잎이 고무통 속의 물 위로 떨어져내려 동동 뜬다.

"애두, 언제나 얌전할 거야?"

원희가 마당으로 내려깔린 꽃잎을 바라보며 꾸중했지만, 아이는 원희의 말을 전혀 못 들은 척하면서 물뿌리개에서 흘러나오는 물줄기를 바라보며 어마, 탄성을 지른다. 원희는 물뿌리개를 아이의 말간 이마에 대고 흔든다.

"아이…… 싫어. 나, 몰라."

아이의 소란스러움은 정물처럼 가라앉아 있던 마당을 총총히 일깨운다. 싫다는 아이의 얼굴에 계속 물줄기를 뿌려대며 원희는 어머니 방문을 본다.

"아아, 그만! 내가 잘못했어, 언니."

아이와 함께 있으면 유리알처럼 맑은 햇살 속에서도 가시지 않는 집 안의 우수가 어느 정도는 덜어내진다. 아이가 마루를 더럽혀놓아도 어머니는 싫어하는 기색 없이 걸레를 빨아 마루를 닦았다. 아이는 국화 사이에 딱 한 그루 서 있는 키 큰 해바라기를 마구 흔들어대기도 했다. 아이가 돌아간 뒤 해바라기 씨앗을 주우며 어머니가 마루를 닦는 모습을 훔쳐보고 원희는 즐거웠다. 원희는 가능한 한 아이가 집 안을 많이 어지럽히기를 은근히 바랐다. 물세례를 받는 아이의 소란으로 부스스 정적을 털고 일어난 집 안이 제 분위기를 되찾고 있는데도 어머니의 기척은 없다. 원희는 아이에게서 물뿌리개를 거두고 빨랫줄에 널린 수건으로 아이의 얼굴을 닦아준다.

그 가뭄이 계속되는 동안 원희는 조바심을 쳤다. 더는 못 견디겠다는 갑현의 중얼거림이 불쑥 떠오르곤 했다. 행여 그도 오빠처럼 이곳을 떠나버리지나 않을까? 어느 날 느닷없이 그의 모습도 다시 볼 수 없게 되는 것은 아닐까? 아아, 그것은 너무 저녁 같은 일이었다.

—이 토끼집 손 좀 봐줘요.

허름한 판자를 뚫고 토끼 두 마리 중 수컷이 사라져버렸을 때 원희는 삽을 들고 나가는 갑현을 불러세웠다. 단 한 번의 어색한 부탁을 갑현은 마다 않고 들어주었다. 낡은 판자를 아예 뜯어버리고 새 걸로 바꿔주었고 쓰다가 남은 거라며 토끼집에 푸른색 페인트도 칠해주었다. 그가 못질을 할 때 불거져나오던 건강한 팔뚝의 근육을 바라보며 얼굴이 붉어지는 자신에게 흠칫 놀라 원희는 앉아버렸다. 어디에 괴어 있던 눈물이었던가. 참으려고 애를 쓸수록 어깨는 더욱 세차게 들썩거려졌고, 어쩔 줄 몰라하는 갑현을 앞에 세워두고 원희는 실컷 울어버렸다.

"꽃나무 밑에 이것 심는다, 언니?"

물방울을 닦는 대로 몸을 맡기고 있던 아이의 갑작스런 말에 원희는 정신이 들어 아이의 손바닥을 내려다본다.

"그게 뭐지?"

아이는 손을 쥐어버린다. 그러나 이내 덧니를 드러내며 멋쩍게 웃어 보이면서 손바닥을 편다. 아이가 조심스럽게 펴 보이는 손바닥엔 긴 머리카락 몇 올이 엉켜 있다. 아이의 머리카락은 아닌 것이 확실하다. 아이는 단발인데 손안의 것은 길다.

"오늘 경희하구 싸웠어. 이건 그 계집애 거야."

"왜 싸웠는데?"

"성당 옆에 새로 생긴 유치원 있잖아, 거기 좀 다닌다고 내가 부르는 노래가 틀리대잖아. 절름발이 계집애가."

절름발이? 원희는 어깨를 모았다가 편다. 원희가 아무 말도 못 하고 있자 아이는 자랑스럽게 말을 잇는다.

"싸운 애 머리카락을 꽃밭에다 심으면 그애 손가락이 썩는대. 아마 그 기집애도 내 머리카락을 꽃밭에다 심을 거야, 그치?"

원희는 말없이 고무통 안의 바가지를 집는다. 누군가를 미워하는 것도 사실은 사랑이라는 흔한 사람들의 말을 떠올리면서. 사무치는 마음이 넘치면 마지막 방법으로 그를 미워해보지. 부질없는 일인 줄 알면서도. 물뿌리개 안으로 물이 가득 채워지자 원희는 아이를 못 본 척하고 마당으로 내려선다. 그것은 얼마 동안 견디게 해주지. 곧 자신에게 들통이 나서 더 깊은 쓸쓸함에 붙들리게 되지만, 물 뿌린 흔적은 햇살이 다 지워버리고 없다. 눈가늠으로 어디까지였을까를 생각해보던 원희는 걸음을 꽃밭으로 옮긴다. 아이는 시무룩한 얼굴로 원희의 그림자를 밟으며 따라온다. 쏴아. 늦물을 받는 국화 몇 순이 아버지 베개에서 나는 향내를 뿜어낸다. 아이의 손이 스쳐 간 자리에서는 뿌리를 잃은 꽃잎이 흩어진다. 순간 곰배팔이가 사정없이 밟아버린 부러진 국화가 떠오른다. 원희는 고개를 흔든다.

처음으로 국화꽃을 선물받은 초등학교 졸업식 날, 오빠가 사온 꽃과 아이들이 버리고 간 이 꽃 저 꽃을 묶어보니 가슴으로 안겨들어올 만큼 한 아름이었다. 성당은 지금처럼 갖추고 있는 것이 제대로인 것은 없었지만 꼭대기에 달린 종탑과 십자가는 원희 마음의 성지였다. 읍내에서 미사 시간에 맞춰 신부와 복사가 내려오는 주일 날을 빼면 성당은 언제나 빈집 같았다. 졸업식을 마치고 돌아온 원희는 성당으로 달려갔다. 성유가 담겨 있는 녹슨 은제 항아리에 국화꽃을 가득 꽂았다. 그러고도 꽃은 남았다. 은제 항아리를 제단 위에 내려놓자 어느 미사 때보다도 화려한 분위기가 만들어졌다. 마음속에는 곧 중학생이 된다는 뿌듯함과 헤어진 친구들에 대한 섭섭함이 한데 섞여 있었다. 기도에 빠져 성당문이 열리고 곰배팔이가 가까이 오고 있다는 것을 원희는 전혀 몰랐다. 안고 있는 국화꽃 냄새가 향긋하게 맡아졌을 뿐. 원희가 눈을 떴을 때 벌써 곰배팔이는 원희의 어깨를 거칠게 잡아끌었다. 안고 있던 국화꽃이 후드득 바닥으로 떨어졌다. 혼자 있어서는 안 된다는 어머니의 말을 떠올렸지만 이미 원희는 혼자였다. 사나워진 곰배팔이는 뒷자리 어두운 곳으로 원희를 끌고 갔다. 무슨 소린가 질러야 한다고 생각했으나 겁에 질려 목이 잠기고 소리는 입안에서만 웅웅거렸다. 곰배팔이가 소름끼치게 흉한 꼴의 얼굴과 오그라붙은 팔 부근을 내보이며 짓눌러왔다. 꿈틀거리는 지렁이 같은 흉터가 원희의 온몸의 힘을 빼갔다. 제단 위 성유가 담긴 항아리 안에 가득 꽂아놓은 국화들이 노란 얼룩점처럼 잠깐 보였다. 남아서 품에 안고 있던 꽃들은 사방으로 흩어지고 짓밟혔다. 비명도 못 지르고 원희는 까무러쳤다. 눈을 뜨고 보니 안방이었다. 어머니는 더운 물수건으로 원희의 몸을 닦아내며 눈물을 흘렸다.

"아무리 정신이 나간 놈이기로 이 어린것을."

물수건보다 더 뜨거운 어머니의 눈물이 무감각한 다리로 뚝뚝 떨어졌다.

"이 죽일 놈."

 방문을 거칠게 밀고 나가는 아버지의 모습이 가물거리는 의식 속으로 보였다. 그 충격 이후 원희의 왼쪽 다리 발육은 멈추었다. 한약도 양약도 소용없었다. 까닭을 모르겠다는 게 의사들 대답이었다. 키는 자랐지만 원희의 왼쪽 다리는 지금도 초등학교 졸업식 때와 똑같은 두께인 것이다. 그날 원희는 성유를 주일 미사가 있는 날보다도 더 많이 뿌렸었다. 제단을 화사하게 장식하는 데 더욱 경건하려고.

 쓸데없는 일인 줄 알면서도 원희는 이미 기 잃은 채송화 줄기에 물을 뿌려본다. 제철인 여름에도 채송화는 아침에 피었다가 오후에 시들어버렸다. 아이는 해바라기 밑동의 흙을 손바닥으로 파내고 경희의 머리카락을 심고 있다. 경희라면? 들꽃을 안고 찬송가를 부르며 즐겁게 성당으로 걸어가는 모습을 몇 번 본 적이 있다. 소아마비를 앓았던 다리를 절룩이면서. 원희는 꽃밭에 엎드려 있는 아이의 둥그런 어깨에 퍼부어지는 빛살을 눈여겨본다. 손바닥으로 주위의 흙을 쓸어모아 머리카락이 묻힌 곳을 무덤처럼 볼록하게 만들고, 아이는 손바닥을 툭툭 털고 일어선다. 원희의 손을 잡고 뱅글 한 바퀴 돌면서 아이는 소리내어 웃는다. 그 웃음소리에 집이 흔들렸는가? 그토록 굳게 닫혀만 있던 어머니의 방문이 스르륵 열린다. 아이는 원희의 손을 놓고 숱 많은 단발머리가 앞으로 다 쏟아지도록 인사를 한다.

 "난 누군가 했더니 너구나. 일루 가까이 오너라."

원희를 남겨두고 아이는 깡충 가볍게 뛰어서 마루께로 간다. 그러나 어머니는 아이를 반기지 않는다. 가까이 오라고 한 방금 전의 말은 물론, 원희나 아이의 존재까지 잊은 듯 어머니는 초점 없는 눈으로 멍하니 앉아 있다. 무색해진 아이는 슬몃 뒷걸음질쳐서 다시 원희에게로 온다. 원희는 아이의 손을 잡아쥔다.

"할머니가 다른 생각 땜에 그런단다."

"오늘도 서울 간 아저씨 기다리는 거야?"

달리 대답할 말이 없어 원희는 고개를 끄덕인다. 왜 이 아이 역시 오빠를 서울 아저씨라고 부르는 걸까? 어머니와 생전의 아버지가 그렇게 믿었듯 오빠는 정말 서울에 있을까? 아니면 부산? 아니면 제주? 또 아니면 이 세상 밖 어디……?

―우리 집에 서울서 온 편지 없소?

누런 가방을 메고 과수원 길을 지나가던 집배원은 언제나 고개를 내저었고 그러면 아버지는 뒷짐을 지고 헛기침을 하였다. 이 년 전, 오빠는 어디로 간다는 쪽지 한 장 안 남기고 집을 나갔다. 그런데도 어머니나 아버지는 오빠가 다른 곳 아닌 서울에 있을 거라고 믿었다. 아버지와는 달라서 논일, 밭일을 싫어했던 사람. 과수원의 사과가 무르익어 거둘 손이 모자라 쩔쩔매도 읍내 밀밭다방에 앉아 있기를 더 좋아했던 사람. 끊임없이 무슨 엉뚱한 사업만 구상하기에 바빴던 사람……

"서울 아저씬 나빠."

이번에도 느닷없이 원희의 생각을 깨운 건 아이다. 아이 말처럼 사실이 그럴는지 모른다. 원희는 오빠 생각에 허해진 마음을 여미고 아이의 손을 잡는다.

"그런 말 하는 게 아니란다."

"나도 다 들어서 알아. 할아버지 죽은 것은 다 아저씨 탓이래…… 할머니가 저렇게 아픈 것도…… 화병이래…… 서울 아저씨가 과수원이랑 산이랑 팔아서……"

망연히 앉아 있는 어머니의 눈치를 살피며 원희는 아이의 입술에 손바닥을 갖다댄다.

"언제든 오기야 하겠지. 선산까지 팔아 뜬 놈이 어찌 쉽게 돌아오겠냐만."

원희는 온몸의 기운이 풀리며 땅속으로 스며들어가는 것 같아 다시 한번 어깨를 움츠렸다가 폈다.

"꿈자리가 뒤숭숭한 게 어찌 맘이 편칠 않구나."

어머니가 밤낮으로 시달리고 있는 환청도 사나운 꿈도 오빠가 떠나고 난 뒤에 시작되어 아버지가 죽고 난 후로 부쩍 심해졌다는 걸 원희는 안다. 사나운 꿈은 아침에 이야기해버려야 화를 입지 않는다는 말을 믿는 듯 어머니는 듣는 사람도 없는 마루에 걸터앉아 곧잘 꿈 이야기를 했다. 꿈 이야기 속의 등장인물은 대개 오빠나 아버지다. 아침에 집 앞을 지나가는 날새라도 한 마리 있었다면 그 새는 숭숭한 꿈을 뒤집어쓰고 고달픈 길이 더 고달파졌을 것이다. 어머니를 보고 있기가 민망해서 원희는 아이의 귀에 대고 나직이 소곤거린다.

"노래 하나 부르런."

기다렸는가, 아이는 필요 이상으로 높은 목소리를 내며 큰 제스

처를 보인다.

뚱보 아저씨 집에는
일곱 명의 아들이 있었는데요.

아이는 노래를 부르다 말고 수선스럽게 원희를 흔든다.
"바로 이 노래 때문에 경희랑 싸운 거야. 그 기집앤 뚱보 아저씨 집이 아니고 야곱의 집이라는 거야."
"야곱?"
"응, 야곱."
"내가 알기로는 믿음의 조상 아브라함은…… 이렇게 시작하는 것 같은데?"
"아브라함?"
말해놓고 보니 아브라함도 아니다. 아이가 부른 뒷부분의 노래가 정확한 것이라면 아브라함에겐 외아들 이삭밖에 없었으니. 하기는 야곱도 아니다. 야곱은 아들이 열한 명이나 되잖는가. 야성적이고 고혹적이었을 딸 디나까지 합하면 열둘이지.
"아브라함이 누구야?"
뭐라고 말해줘야 할까. 한 배, 한 탯줄을 통해 태어난 쌍둥이인데 일 분이나 아니면 삼 분의 차이로 동생이 되었다가 팥죽 한 그릇으로 형의 권리를 산 사람이라고…… 아니지 그 사람은 야곱이지. 처음으로 열국의 아비가 되는 은총을 받아 아흔아홉의 노년에 첫 할례를 받은 사람이라고 해줄까? 아니면 외아들 이삭을 제물로 쓸 만큼 믿음이 깊은…… 원희는 짜증스러워 마루의 어머니를 건너다본다.

"아브라함이 누구냐니까?"

"……"

"무서운 사람이야?"

원희가 대답을 못 하는 사이, 갑현네 마당에서 연기가 피어오른다. 원희는 담을 넘겨다본다. 아이 할머니가 서글픈 모습으로 앉아 닭털을 태우고 있다. 무슨 일일까? 닭까지 잡다니.

"오늘 너희 집 귀한 손님이 오는 모양이지?"

"아니."

"할머니가 음식 장만을 많이 하시는데? 닭도 잡고."

"응, 오늘이 큰외삼촌 제삿날이래."

원희는 흠칫 놀라 어머니를 바라본다. 그랬었구나. 그래서 아침부터 노인이 콩나물을 씻고 병어도 씻고……

"오늘이 말이냐? 오늘이 니 큰외삼촌 제사라고?"

어머니의 갑작스런 반문에 아이가 미처 대답도 하기 전 담 너머로 아이 할머니가 얼굴을 내민다.

"그려, 오늘이 그 못난 놈 제사여. 내가 그눔 제사 음식 마련해주는 것도 이번이 마지막인 것 같네…… 내가 없으면 그눔 혼이 젯밥이나 얻어먹겠나?"

아이 할머니는 말끝을 흐리며 원희를 바라본다. 눈물이 말라 얼룩이 진 얼굴로. 원희는 얼른 고개를 숙이고 국화꽃을 본다.

"저것, 원희만 보면 맴이 불덩이 같아져…… 그랴도 이제는 그만

314

잊어줬으믄…… 이 늙은이가 이런 말 하면 자식 역성드는 꼴밖에
안 되야도. ……그놈 탓만은 아니여…… 내가 아무래도 올 겨울을
못 넘기지 싶어서 꼭 한 번 이런 말 하려 했네…… 전쟁 나기 전에
는 그놈도 참말 건강했제…… 남들은 다 괜찮은디 왜 하필 그놈만
그 지경이 되었는지…… 그라도 나는 그놈이 그 지경으로라도 살아
있을 때가 좋데…… 자식 제사 지낸 몸으로 내 죽어도 눈을 못 감
지 싶은 것이……"

아이 할머니는 목울음을 삼키며 휘적휘적 걸어 펌프가로 간다.
원희는 아이의 손을 잡아끈다.

"마루로 가자."

원희의 성급한 채근에 아이는 끌려오듯 따라온다. 아이는 그만
원희의 힘에는 끄떡 않던 돌부리에 걸려 넘어진다. 아이의 손을 힘
주어 잡고 있던 원희도 함께 쓰러진다. 남빛 치마는 훌렁 위로 치켜
지고 햇빛을 받아보지 못한 왼쪽 다리가 드러난다. 원희는 반사적
으로 아이를 쳐다본다. 야무지게 먼저 몸을 일으킨 아이는 놀란 눈
을 뜨고 있다. 원희는 빠르게 몸을 일으키고 치마를 내려버린다.

"다친 곳은?"

화가 난 듯한 원희의 무뚝뚝한 물음에 아이는 고개를 젓는다. 어
머니는 방 안에서 나와 마루로 내려서고 있다. 두려울 정도로 원희
는 가슴이 뜨거워진다.

"거기 계세요, 어머니. 난 괜찮아."

중간에서 낯설게 만난 어머니의 시선을 피해 원희는 아이의 어깨
를 다정하게 안는다. 마루로 올라서는 원희와 아이를 맞는 어머니

얼굴에 잠깐 변화가 일었다 사라진다.

"용하지 뭐예요, 울지도 않고 어린 게."

마룻바닥을 짚은 채 힘이 없는 어머니의 야윈 손등이 허물어져가던 원희 속을 까맣게 뒤집어놓는다. 아이는 움츠렸던 어깨를 활짝 폈지만 어머니 시선은 아이에게서 겉돌고 있다. 넘어질 때 다친 상처로 왼쪽 무릎이 쓰라리기 시작한다. 손뼉을 탁탁 치는 아이의 낯빛 위로 무료함이 스친다.

"언닌 왜 다리 모양이 달라?"

티없이 순한 눈빛인데도 언젠가 물었던 아이의 호기심이 톱날처럼 섬뜩하게 다시 가슴을 밟고 지나간다. 서쪽으로 기울고 있는 햇빛이 어머니의 빗질 안 된 섬섬한 은발에 짧게 스민다. 몸을 비틀거리며 방문을 여는 어머니의 손등이 파르르 떨고 있다. 새로 바른 흰 창호지에 부유하고 있는 차가운 냉기가 어머니를 감추며 스러진다.

— 이놈은 절대 달아나지 않을 거야.

양철 홈통과 처마 끝 차양으로 똑똑 떨어지는 빗방울이 가뭄의 끝을 알리던 날, 갑현은 눈빛 같은 빛나는 털을 가진 빨간 눈의 토끼를 품에 안고 왔다. 가뭄에 지쳐 멀뚱해 보였던 그는 다시 시금치처럼 새파래져 있었다. 그가 건네주는 토끼를 선뜻 받아안지 못하고 원희가 서먹하게 서 있는데 슬레이트 지붕을 때리는 빗소리는 더욱 굵어졌다. 처마 밖에 서 있던 그가 성큼 안으로 들어서는 통에, 원희는 그의 품에 안긴 꼴이 되었다. 과수원의 나뭇잎새들이 비바람에 수런거렸고 상큼한 땅냄새가 그 바람에 섞여왔다. 갑현의 품속에서 원희는 마당으로 쏟아지는 빗방울을 세었다. 언제까지나 그렇게 있고 싶었다.

　—다시는 울지 마라.

　갑현은 성큼 집으로 뛰어갔다. 금방 삽을 챙겨들고 대문을 다시 나서면서 갑현은 아직도 그대로 서 있는 원희를 향해 시원스럽게 손을 흔들었다. 원희는 그때야 어느 틈에 마루로 깡충 뛰어올라간 빨간 눈의 토끼가 빤히 쳐다보고 있음을 알아차리고 등을 돌려버렸다.

　원희는 아이의 단발머리를 결 따라 쓰다듬는다.

　"넌 왜 성당에 안 나가? 거기 가면 노래도 배우고 할 텐데?"

　"할머니가 못 가게 해, 성당 얘기만 꺼내면 야단맞아. 근처에도 가지 말라던걸. 흉한 곳이라면서."

　원희는 과수원 뒤쪽을 바라본다. 나무들이 가려 성당은 잘 보이지 않고 십자가가 달린 탑만 얼핏 보인다.

　곰배팔이는 그 이후로도 몇 년을 더 마을과 읍내 사이를 떠돌았다. 아버지에게 얻어맞은 다리를 절룩이면서. 어쩌다가 비행기가 소리내며 지나가면 그는 귀를 틀어막고 짐승 같은 비명을 질렀다. 사시나무처럼 온몸을 바들바들 떨면서. 그의 시체가 발견된 곳은 성당 앞 방죽이었다. 아이네 할머니는 방죽 속에서 아들의 시체를 혼자 힘으로 끌어냈다. 통곡도 눈물도 없이 받아들일 것을 감당하고 있다는 표정으로. 그날이 오늘이었다니. 마을에서 가장 높은 지붕을 가진 성당 꼭대기에 달린 십자가는 알고 있을 거였다. 원희 자신이 알지 못하는 성당 주변에서 일어난 수많은 세월 앞의 일까지도.

　무릎에서 피가 번지고 있는지 끈끈함이 벌레처럼 스멀거린다. 마음에 갈무려둔 오빠에 대한 섭섭함은 막막할 때마다 차라리 그리운 목마름으로 선명해오곤 한다. 원희는 입술을 깨문다. 아랫입술 젖은 살갗에 진한 아픔이 물린다.

"오늘은 그만 놀까?"

원희의 말에 아이가 고개를 든다. 아이의 검은 눈빛에 오빠에 대한 마음의 파문을 들켜버린 것 같아 원희는 활짝 웃으며 말을 바꾼다.

"아니면 그 노래를 다시 불러보든지…… 야곱도 아브라함도 아닐 거야. 네가 하던 대로 뚱보 아저씨로 하렴."

아이가 씩 웃으며 몸을 폈을 때 곧추세운 어머니 음성이 새어나온다.

"오늘은 그만 가보거라."

보일 듯 말 듯 어색한 미소를 지으며 아이는 원희를 바라본다. 원희는 고개를 끄덕여준다. 아이는 마루를 내려섰다. 원희는 아이를 따라 내려가 운동화 끈을 나비 모양으로 매듭지어줬다.

"내일 또 올게."

종이비행기 같은 손을 흔들면서 대문을 빠져나간 아이는 대문의 모서리를 모아 바람이 불어도 문이 밀리지 않게 닫아준다. 아버지가 살아 있던 시간 속에서나 들을 수 있었던 '쾅' 소리가 아이의 여운으로 남아 떠돈다.

결혼이라는 말을 꺼내기 전까지 원희는 밤나무숲에서의 갑현과의 시간들이 좋았다. 가끔 물끄럼한 그의 시선이 겸연쩍고 낯설기는 했지만 그 시간은 자신이 세상으로 나가는 단 하나의 길인 것 같아 물을 데워 머리를 감고 얼굴에 로션을 곱게 펴바르며 거울 앞에 오래 앉아 있기도 했다. 어디서 그렇게 재미있는 이야기들을 많이 들어오는 것인가? 원희는 내가 이렇게 웃어도 되는가, 싶을 정도로 갑현 앞에서는 스스럼없이 웃을 수도 있었다.

— 도시로 나가 선반공이나 될까?

가뭄 때문에 추수를 마치고도 너 스웨터 하나도 못 사준다고, 도시 어느 공장살이가 설마 이보다 못하겠냐고, 어둡게 푸념하는 갑현에게 아무런 말도 못 하고 앉아 있는 자신이 싫어 언젠가 갑현이 더듬더듬했던 부탁을 들어주기로 한 것이 잘못이었다.

— 한 번만 만져봐요.

원희는 앞단추를 풀고 오른쪽 가슴을 꺼내 보여줬다. 그가 가만히 손을 내밀었을 때 원희는 또 눈물이 나오려는 걸 참느라고 애써야 했다. 스스로 단추를 채워주고 뒤로 몸을 젖힌 갑현은 아무 말도 않고 한참을 가만있었다. 너무나 어색하고 긴 침묵을 못 견딘 원희가 먼저 몸을 일으켰다. 소스라치게 놀란 갑현이 젖힌 몸을 바로 했다. 그러고는 결혼이라는 말을 꺼냈다.

— 우린 결혼할 수 있어.

원희는 얼굴을 흉하게 일그러뜨려버렸다. 스물다섯이 되도록 전혀 생각도 못 해본 결혼이라는 생경스러운 말. 그날부터 시작된 원희의 나락은 밤나무숲으로 나가지 못하게 만들었다. 저녁을 먹고 늘 함께했던 갑현과의 밤나무숲 산책은 이제 다시는 할 수 없으리라. 원희는 이후로 물을 데워 머리를 감지 않았고 거울 앞에 앉아 있지도 않았다.

―너 아직도 내 삼촌을 기억하니? 그분은 제정신이 아니었어.

원희의 어두운 외면에 며칠 만에 집으로 찾아온 갑현이 풀이 죽어 말했으나 그 말을 들음으로써 더 서먹해질 뿐이었다. 결혼. 그 말이 갑현과의 사이에 끼어들면서 원희의 가슴은 밑바닥까지 긁힌 듯 쓰라렸다.

서녘 하늘이 동화 빛깔로 물들어간다. 저녁 기운을 담은 바람이 분다. 국화 잎이 흔들려 몇 잎 펄펄 떨어진다. 원희는 마루를 내려와 꽃밭으로 걸어가 그 앞에 선다. 해바라기 밑동에 아이가 만들어놓은 무덤을 허물어뜨린다. 무덤 안에서 나온 경희의 머리카락을 손바닥에 올려놓고 훅 불어 날린다. 아이가 꽃잎을 바람에 불어 날렸던 것처럼.

"원희야."

어느 사이 마루에 오랜만의 빗질로 단정해진 머리를 하고 어머니가 서 있다. 원희는 문득 아버지를 본 것 같아 눈을 휘둥그렇게 뜬다. 아버지도 지금의 어머니처럼 병석에서 불현듯 몸을 일으켜 어머니와 원희를 놀라게 하던 때가 있었다. 아버지는 즐거움의 확실한 방법을 알고 있었는데 그것은 들일이었다. 집배원이 가져다줄 서울 편지를 기다리다 시름이 깊어지면 훌훌 털고 일어나 이미 자신의 소유가 아닌 과수원으로 나가 나뭇가지 순을 쳐주고 밑거름을 실어내주기도 했다.

"다리는 정말 괜찮으냐?"

"네."

원희는 피가 번지다가 말랐거나 피멍이 들어 있을 무릎을 정말

괜찮다는 듯 손바닥으로 쓸어 보인다. 어머니는 마당을 휘 둘러보
더니 마루를 내려서며 신발을 신는다.

"읍에 좀 다녀오마."

"네?"

"그래도 나는 복이 많은 게여, 성헌 아들 폭격 맞아 정신 망가진
꼴은 안 봤응게…… 뿐이냐, 삼십 년을 느희 아버지와 함께 살았
고…… 조기라도 한 꾸러미 보내고 싶구나…… 묻어두거라……
세상에는 의사들이 손봐서 나을 병이 따로 있는 게여."

원희는 무너뜨린 해바라기 밑동 무덤 자국을 표적 없이 편편히
밟아줬다. 어디서 날아온 것인가? 한 무리의 철새떼가 구름을 이루
며 하늘을 가로질러간다.

"함께 가랴?"

"잠깐만요, 빨래가 다 말랐어요. 걷어놓고 가요, 어머니."

"그러자, 장독 뚜껑은 내 닫으마."

어머니가 장독이 있는 뒤꼍으로 돌아간 뒤, 인기척이 나 대문을
바라보니 갑현이 서 있다. 갑현은 마당에 뭔가를 던져두고 되돌아
간다. 성당에서 저녁 미사를 알리는 종소리가 울려 원희는 과수원
뒤쪽을 바라본다. 갑현이 던져두고 간 네모난 종이쪽지를 비밀스럽
게 주워들면서 원희는 또 울고 싶은 걸 참는다. 원희는 한숨으로 얼
룩진 수많은 낮과 밤의 물기가 가신 어머니의 베갯잇부터 걷는다.
빨래를 마루에 내려놓고 건너다보니 갑현이 흰 모자를 벗어 벽에
걸고 있다. 어머니와 함께 대문을 나서면서 원희는 갑현의 쪽지를
펼쳐본다.

—네 생각처럼 우리들의 장래가 그렇게 암담한 것만은 아니야.

고구마를 캐다가 쓴 것인가? 황토흙이 묻어 있고 큰 글씨는 균형
이 없다. 직선으로 날아가던 철새떼가 누구의 명령이라도 받은 것
인가. 그들은 방향을 바꿔 포물선을 그리더니 다시 반대쪽으로 날
아간다. 원희는 어머니의 재촉을 받으면서도 철새떼의 모습이 아주
보이지 않을 때까지 우두커니 서 있다.

등대댁

1

　총총한 별들이 밤하늘에 맑고 차갑게 떠 있다. 오리온자리는 우주에서 가장 아름다운 성운이라고 들었다. 지금 막 별이 태어나려고 하는 기가 막힌 곳이라고. 별을 만드는 기본 재료가 꿈 같은 것이 아니고 우주의 별과 별 사이에 퍼져 있는 차가운 수소분자 속의 가스와 먼지의 구름들이라고 해도, 나는 별빛을 보면 사람의 눈빛을 생각하게 된다. 어렸을 때, 젊어서 일찍 혼자 된 고모는 여름밤에 평상에 나와 있다가 하늘에 유성 하나가 가로질러 서산 쪽으로 재빨리 사라질 때면 '영혼 하나가 산 너머 갔다'고 말하곤 했다. 고모의 그 말은 내 마음속에 무슨 주문처럼 비밀스럽게 가라앉아 있다가, 성년이 된 지금도 어쩌다 밤하늘을 가로질러가는 별똥별을 보게 되면 '영혼 하나가 산 너머 갔다'고 내 마음속 겹겹의 문을 열고 새어나오곤 한다.

누군들 안 그러겠는가만은 하루 중의 얼마쯤을 나는 심한 무력감에 시달리곤 한다. 때때로 그 증상은 너무 심해서 일상이 무슨 수렁처럼 느껴진다. 내 발은 이미 그 수렁에 빠져 있고 다시는 땅 위로 끌어올릴 수 없으리라는 불안심리까지 작용할라치면, 나는 대책없이 산만해진다. 그럴 때면 주인 약사 아저씨의 눈치도 눈치지만 내가 먼저 피곤해서 견디기가 힘이 든다. 이제 학교 졸업한 지 이 년밖에 안 되는 초년 약사여서 중요한 조제약은 약국 주인 약사가 처리한다 하여도, 그 무력감이 가져다주는 정신의 산만함은 내 직업엔 참으로 위험한 일이기도 하다. 이 산만함과 함께 나타나는 게 건망증인데, 그럴 때는 뭐든지 다 가방에 넣고 다녀야지 손에 들고 다녔다 하면 아무리 중요한 것이라 해도 무사히 건재하기가 어렵다. 공중전화 박스 속에, 버스 속에…… 들렀던 어떤 길 속에 그냥 두고 오기 일쑤인데, 어느 때는 물건을 애써 고르고 나서 값을 치르고는 그 집에 그대로 두고 오기까지 한다. 그런 물건들은 또 대부분 그날 당장 필요한 때가 많아서 집에 돌아와 아무리 찾아도 없는 것이다. 할 수 없이 다시 나가 들렀던 곳을 차례차례 순찰하듯이 되짚어가다가 처음 물건을 샀던 집까지 가게 되어 거기서 그 물건을 찾고 나면 돌아오는 길이 참으로 난감하다. 그런 악순환을 되풀이하던 어느 날 생각 없이 찻길을 건너다가 요란한 클랙슨을 울리며 차를 멈춘 택시기사가 '야 죽으려고 환장했냐 엉!' 소리를 꽥 친 다음에 퍼붓는 욕설을 한참 고스란히 듣고 나거나, 술 취한 사람처럼 퇴근길에 바깥으로 통하는 멀쩡한 출입문을 두고 곁의 유리문 쪽으로 나가다가 창문에 쾅 얼굴을 부딪고 나거나…… 기어이는 도마질을 하다가 검지쯤을 싹 베어 피를 철철 흘리고 나야, 아, 정말 내가 왜 이러는가? 골똘히 생각을 해보게 되는 것이다. 그러나 언제나 그 생각엔 해답이 없다. 이렇게 살아도 되는 것인가. 왜 나는 이렇게 누추하며, 왜 나는…… 왜 나는…… 왜 나는…… 밑바탕에 왜 나는? 이라는 밑도 끝도 없는 전제를 깔고 있는 이 무력감은 극한 절망으로도 치닫지 못하는 취기 같은 것이어서, 아무 해답도 얻어내지 못해도 헤맬 만큼은 헤매야 풀이 죽는 것이다. 그러나 이런 혼란 속에서도 가끔 등대댁과 구철이…… 이 두 모자의 눈빛이 나를 서늘하게 할 때가 있다. 하늘의 저 수많은 영혼, 저 별들 중의 어떤 별 하나를 구체적으로 지정해서 저 별은 내가 아는 누군가의 영혼이야, 라고 생각해본 적은 없지만 언제부턴가 등대댁과 구철이의 눈물 글썽한 눈빛이, 밤을 내려다보고 있는 저 별처럼, 호사스런 생각으로 혼란스러운 나를 이윽히 내려다보고 있음을 느낄 때가 있다. 두 모자의 눈빛은 나에게서 피곤하고 기계적인 웃음을 밀어내고 주위가 산만한 내 마음을 느릿느릿하게나마 안정시켜주곤 한다.

약사 고시를 앞둔 대학 사학년 그때, 오빠의 결혼식을 이틀 앞두고 J읍에 도착했을 때는 아홉시도 다 안 됐는데 이미 마을로 들어가는 막차가 끊어진 후였다. 하긴 시골 아홉시와 도시의 아홉시는 천지 차이다. 마지막으로 들어간 막차는 되나올 땐 기사 혼자 타고 덜컹거리며 읍으로 돌아온다. 마을의 아는 얼굴이라도 만나게 될까 하여 버스정류장에서 한참을 서성거렸지만 허사였다. 좀 난감한 기분으로 마을 신작로로 빠지는 읍의 중앙통 길을 걸어나오면서도 나는 쉴새없이 사방을 두리번거렸다. 택시를 탈까도 생각했지만 그것

도 혼자서는 선뜻 내키지 않았다. 마을로 들어가려면 5월쯤에 아카
시아가 흐드러지게 피는 재를 넘어가야 하는데, 택시를 혼자 타고
밤에 기사와 단둘이 그 재를 넘어가려면 괜히 긴장감이 돌아서 침
도 제대로 못 삼킬 만큼 택시 안의 분위기가 어색했던 기억을 가지
고 있는 나로서는 당연한 일이었다. 재는 낮지만 단숨에 끝나지 않
고 마을의 불빛이 보이는 다리로 이어질 때까지 구불구불 몇 재가
이어졌다. 그 재를 따라 구계동, 백운동, 삼산동, 입암…… 여러 마
을이 나오는데도 불구하고 막차가 끊어질 무렵이면 어쩌다 자전거
헤드라이트 하나쯤이나 발견할까, 인적이 뜸한 길이었다. 그 길을
생판 모르는 택시기사와 단둘이 간다? ……언젠가 내가 탔던 그
택시기사가 알면 헛 참, 하고 기가 막혀할지는 모르겠지만 다리가
나올 때까지 가슴은 두근거리고 목이 뻣뻣해지고 손에 잔뜩 힘이
갔었다. 그런 경험을 다시 하고 싶지 않아 중앙통을 지나 신작로로
나올 때까지 계속 사방을 두리번거리다 만난 사람이 바로 등대댁이
었다.

등대댁은 내가 다닌 J읍의 남초등학교로 이어지는 골목의 ‘전주
식당’ 처마 밑에 우두커니 서 있었다. 아는 얼굴을 찾던 나는 너무
나 반가워서 후닥닥 뛰어갔다. 아짐! 하고 부르는 내 목소리가 그렇
게 작은 소리가 아니었는데도 등대댁은 그대로 우두커니 서 있기만
하였다. 나는 내가 잘못 보았나 싶어 잠깐 주춤하였지만 그는 분명
등대댁이었다. 하관이 빤 작은 얼굴, 가르마를 타고 플라스틱 비녀
로 쪽찐 머리, 흉터같이 보일 정도로 굵은 주름이 뭉쳐 있는 왼쪽
눈…… 분명했다. 등대댁은 전주식당에서 새어나오는 형광등 불빛

을 뒤로하고 넋이 빠진 듯 정말 우두커니 서 있었다. 닳아빠진 검은 털신 위로 두툼한 버선목이 올라와 있고, 월남치마라고 불리는 밋밋한 통치마 위로 밤색 스웨터가 엉덩이까지 내려와 있었는데, 방금 벗은 듯싶은 노란 수건을 축 내려뜨리고는 얼핏 섬뜩한 생각이 들 만큼 싸늘한 모습으로 그렇게 서 있는 것이었다. 그의 그런 모습을 곁에서 한참 보고 있다가 나는 아짐! 하며 등대댁의 몸을 흔들었다. 그때야 등대댁은 정신이 든 듯 눈을 들어 나를 쳐다보았다. 금방 나를 알아보지 못하고 허둥지둥하다가 한참 만에 등대댁은 씩 웃었다.

"난 누구라고…… 가운뎃집 큰딸 아녀…… 서울서 오는 길인감?"

굳이 내 대답을 듣기 위한 물음은 아니고 그냥 인사치레였는지, 등대댁은 말을 마치자마자 수건을 탁탁 털어 접어 스웨터 주머니에 넣고는 앞서 걸어갔다. 나도 등대댁의 뒤를 따라붙었다.

"걸어가시려구요?"

"……막차가 끊겼을 것이여."

좀 전까지 우두커니 서 있던 모습과는 전혀 반대로 부지런히 앞장서서 신작로로 접어드는 등대댁을 따라가기 위해 나는 뛰어야 했다. 한참 앞서가다가 그때야 숨차하는 나를 의식했는지 등대댁은 걸음을 보통걸음으로 바꿔 걸었다.

"……기차를 늦게 탔는가비네? 귀한 집 딸내미가 밤길을 뛰네이."

"아짐도…… 귀한 집은 무슨."

"아, 그만허면 귀한 집이제…… 그럼!"

등대댁은 '그럼'을 한번 더 덧붙이면서 한숨을 짧게 내쉬었다.

"복도 많으시어…… 아들들 인물 반듯하고 공부 잘해 서울서 학교 마치고…… 인자 둘째며느리까지 보고…… 시상에 부러울 게 없겠네……"

어머니를 두고 하는 말이었다. 등대댁이 정말 너무도 진심으로 말하는 것 같아서, 처음에는 가볍게 웃음으로 대하던 나는, 말을 할 때마다 하늘과 땅을 번갈아 쳐다보는 등대댁을 새삼스럽게 살펴보았다.

등대댁은 어머니 말에 의하면 동네에서 유일하게 바닷가에서 마을로 시집온 사람이었다. 마을에서 바다는 너무나 멀리 있었고, 마을로 시집온 여자들은 대부분 J읍 근처 전형적인 내륙이 고향이어서, 자기들과는 다른 냄새를 풍기는 등대댁이 시집을 오자 '등대집'이라고 부른 것이 택호가 되었다고 들은 적이 있었다. 그러나 등대댁은 그의 택호처럼 등대 같은 이미지는 아니었다. 마을의 초입에 신작로를 내다보며 있는 그의 집은 대문조차 실하지 않아 신작로에서 마당이, 마루가, 방문이…… 그리고 얕은 슬레이트 지붕 너머 밤나무가 우거진 뒷산이 다 보였다. 어느 때인가 한 번은 등대댁네 집이 잠깐 막걸리와 과자 부스러기를 파는 가게가 된 적이 있었는데, 가게 자리를 따로 만든 것이 아니고 마루를 가게로 사용했었다. 그때 신작로를 지나다보면 막걸리가 찰랑찰랑 넘치는 양은주전자와 흰 사기주발을 상에 들고 부엌에서 나오던 등대댁의 모습이 보이곤 했다. 그때 등대댁의 앞자락에는 흰 앞치마가 단정하게 뒤로 묶여 있었는데 그 앞치마에는 아우트라인스티치로 해바라기가 수놓아져 있기도 했었다.

그러나 등대댁의 그런 이미지는 어느 한순간일 뿐이다. 등대댁은 마을의 어느 집이고 큰일이 있을 때마다 그 집의 부엌에 가면 꼭 있었다. 허리를 구부정하게 접고 아궁이 앞에 앉아 솔가지를 뚝뚝 분질러 불을 지피거나 잰걸음으로 양손에 양동이를 들고 샘가로 가서 두레박질을 하는 모습은 아주 낯익은 것이었다. 마을에 초상이 나거나 누구 결혼식, 회갑 잔치가 있으면 그 집 안주인이 가장 먼저 찾는 사람이 아마 등대댁이었을 것이다. 종갓집 큰며느리로 사십 년을 살아가고 있는 어머니도, 마을에 등대댁이 없었으면 집안의 큰일을 치를 수 없었을 것이라고 말할 만큼, 등대댁이 우리 집을 비롯하여 마을의 부엌 살림을 봐주는 모습은 친숙한 것이었다. 그렇게 묵묵히 일하는 모습은 늘 봐왔어도 등대댁이 입을 열어 누구를 부러워하는 모습은 처음이어서 그때 나는 정말로 등대댁이 새삼스러웠다.

"아까 전주식당 앞에선 왜 그렇게 우두커니 계셨어요?"

발소리만 들리는 밤길의 어색한 침묵을 깨려고 한 말이었는데 등대댁은 걸음을 멈추고 가슴을 두어 번 쓸어내렸다.

"내가 그랬는가?"

"네…… 제가 크게 불렀는데도 못 들으시는 것 같았어요."

"세상에다 나쁜 일은 안 허고 산 것 같은디…… 전생에 죄가 많은가벼…… 앞서 보낸 사람들 생각이 나데…… 우리 형철이 살았시믄 자네하고 동갑이제? ……생각해보니 이승에 잘하고 가는 일이 없어…… 얼결에 시집보낸 복남이 일만 혀도…… 맥빠지는 일이네이…… 뿐인가…… 철모르는 것들이 아직 둘이나 남었는디.”

“아짐, 무슨 걱정거리라도……”

내 말끝에 등대댁과 나는 동시에 가볍게 웃었다. 등대댁이 왜 웃었는지는 몰라도 나는 내가 발음한 ‘무슨 걱정거리라도’라는 말이 너무나 어색해서 웃었다. ……우리의 대화는 곧 끊겼고 침묵 속에서 재를 넘었다. 나는 우리 두 사람의 그림자를 보다가 가끔 하늘에 무수하게 떠 있는 별들을 쳐다보았다. 산에 꽃이 피기 전에 별들이 먼저 한기를 한 겹씩 벗어내며 곧 봄이 오고 있음을 말해주고 있었다. 구름 속에 몸을 반쯤 담그고 있던, 둥근 달로 차가는 중인 달이 가끔 하늘로 나오기도 했다. 우리의 침묵을 깬 것은, 마을로 이어지는 다리에 도착했을 때 저편 다리 난간에 앉아 등대댁을 기다리고 있다가 아주 힘껏 달려왔던 구철이였다. 나는 그 다리 위에서, 서로 너무나 사랑하는 두 모자의 눈빛을 별들 아래서 보게 되었다. 하학에 쫓겨 늘 허둥지둥하던 나는 그 순간 정신이 반짝 들었다. 집으로 돌아오자마자 어머니에게 등대댁 이야기를 자세히 묻고 물었다. 그리곤 마음속으로 언제까지나 마을의 신작롯가 집에서…… 마당이 보이고…… 마루가 보이고…… 지붕 너머로 밤나무숲이 보이는 그 집에서 별똥별이 떨어져 서산으로 휙 달아나지 않기를 바랐다.

2

　등대댁은 구부러진 골목을 돌면서 길게 한숨을 토해낸다. 한숨이 목젖을 넘어오다가 걸렸는지 속이 답답하다. 등대댁은 걸음을 잠깐 멈추고 뒤를 돌아다본다. 방금 빠져나온 전주식당으로 통하는 긴 골목이 어둡다. 등대댁은 담벼락에 붙어서 있는 전신주에 몸을 잠깐 지탱하고 고개를 들어 하늘을 쳐다본다. 눅눅한 저녁 하늘이 어둠 속으로 잠겨들고 있다. 등대댁은 저녁 하늘을 쳐다보면서 전주식당 여주인 말을 떠올렸다. 그 여인은 등대댁보다 몇 년은 젊은 여자였다.

　"아주머니가 이렇게 자꾸 아프셔서…… 병원엔 가보셨어요? 내일은…… 다른 사람 구해봐야겠어요."

　농사일이 없는 겨울철이나 지금처럼 어중간한 농한기 때에는 등대댁에게 주방일을 맡겨왔던 전주식당이었다. 그것을 햇수로 쳐도 사오 년은 족히 될 것이었다. 그런데 오늘 그 여인의 말은 등대댁에게 이제 식당일을 그만두라는 것을 넌지시 암시하고 있었다. 등대댁은 전신주에 몸을 기댄 채 울적한 마음으로 남초등학교 쪽 하늘을 쳐다봤다. 그 하늘엔 더 짙은 어둠이 먹히고 있다.

　등대댁은 머리를 세차게 흔들어본다. 이렇게 머리를 흔들면서 보건소 무료 진료원의 말을 부정해온 지도 한 달이 지났다. 등대댁은 휘어지는 다리를 곧바로 세우지만 금세 온몸에서 힘이 쭉 빠진다. 하늘마저도 흐릿하게 보인다. 등대댁은 전신주에서 몸을 떼고 다시 걷기 시작한다. 그리고 자꾸 정신이 희미해지는 자신에게 위안을 주어본다. 지놈이 뭘 알아. 큰 병원으로 가봐야제.

그런데 왜 나는 병원에 안 가고 있는가. 무엇이 두려워서…… 등대댁은 고개를 푹 떨군다. 정말 두렵다. 큰 병원에서도 그 진료원의 말대로라면……

광대뼈가 유난히 튀어나오고 가슴팍이 딱 벌어진 보건소 진료원도 그랬었다. 아주머니도 너무하십니다. 이젠 온 자궁 안에 암세포가 쫙 퍼져서 칼 댈 자리도 없어요. 요즘은 자궁암은 병도 아니라구요. 초기에만 발견되면 고칠 수 있는 것인데…… 아무튼 큰 병원으로 가보세요. 초기. 지난가을 추수가 시작될 무렵 하혈이 조금 있었던 그때가 초기란 말인가. 그때에만 병원에 갔으면 암이라도 나을 수 있었단 말인가.

간혹 있었던 일이기에 그러려니 했었다. 그런데 추수가 한창 무르익을 무렵부터는 그 양이 많아지며 조금만 무리를 해도 아찔한 현기증이 몰리면서 아랫배 쪽에서 통증이 일곤 했다. 그 하잘것없는 증세가 내 몸에 암세포를 뿌려놓다니……

등대댁은 그때껏 병원에 가본 적이 없었다. 그저 병원이라는 곳은 팔자 좋은 사람들이나 드나드는 곳이려니, 나 같은 못난 가난뱅이한테는 병원 갈 병조차 돌아가려니 했었는데……

병에 초기가 있다는 것조차 몰랐지만 암이 무서운 병이라는 것은 등대댁도 알고 있었다. 다리 건넛집 이씨도 위암으로 죽었고, 재작년 여름 가뭄 들었을 때 수리조합 물꼬를 차지하려고 검게 탄 정강이를 다 드러내놓고 소리소리 지르던 미자 아버지도 작년에 죽었지 않은가. 그렇게 천 년, 백 년이라도 거뜬히 살아낼 것 같은 미자 아버지도 결국 암에는 못 견디고 말았다.

등대댁은 걸음을 빨리한다. 걸음을 빨리하면서 다시 한번 쳐다본 남초등학교 뒤 개천쯤 되는 하늘 쪽에서 저녁새 한 마리가 천천히 하강하고 있었다. 골목을 다 빠져나오자 버스 멈추는 곳이 보인다. 그런데 버스는 없다. 마을로 향하는 버스는 딱 한 대뿐인데다, 운행 시간조차 정해놓은 게 아니었다. 한번 마을로 들어가는 버스를 놓치면 두 시간은 넉넉히 기다려야 한다. 등대댁은 정거장에 잠깐 서 있다가 다시 걸음을 옮겨 읍내와 마을을 이어주는 신작로로 접어든다. 봄기운이기는 하지만 어쩐지 등대댁에겐 쌀쌀하게만 느껴진다. 등대댁은 스웨터 앞자락을 추스르며 양 겨드랑이에 손을 끼운다. 조금 따뜻한 손기운이 겨드랑이에서부터 온몸으로 번진다. 몇 걸음을 옮기다가 다시 뒤돌아본다. 역시 버스는 보이지 않는다. 집에서 애타게 기다리고 있을 구철과 미순 생각에 등대댁의 마음은 조급해진다.

저만큼 다리가 보이고 동네의 집들이 어둠 속에 잠겨 있다. 이 집 저 집서 켜놓은 빛이 어둠 속에서 신호처럼 출렁댄다. 등대댁은 마을이 보이자 더 조급해진다. 그때까지도 버스는 보이지 않았다. 그냥 걸어오기를 잘했다고 생각하면서 등대댁이 다리 중간쯤 왔을 때다.

"엄니."

구철이다. 다리 난간에 걸터앉아 있다가 구철이는 등대댁을 발견하고는 후닥닥 달려온다.

"거기 앉지 말라고 그랬잖여. 떨어지면 어쩔라고 그려."

"엄니가 하도 안 와서 심심혀서……"

구철은 등대댁의 꾸중에 말끝을 얼버무린다. 그러고는 등대댁의 손목을 꼭 쥔다. 작은 손이다. 등대댁이 손바닥을 펴서 구철의 손을 쥐자 쏘옥 안겨들어온다.

"미순이는?"

"자."

"밥도 안 먹고 자서 워쩐다냐. 깨우먼은 또 울 틴디."

"오늘은 미순이 안 깨워도 되여."

"니는 니 동상 밥 안 먹고 자도 괜찮다는 얘기냐?"

"아니, 그런 것이 아니고…… 암튼 안 깨워도 된당게!"

구철이가 혼자서 크게 웃는다. 구철의 웃음소리가 어둠 속에서 혼자 명랑하다. 자석. 뭣이 저리 우스운고.

등대댁은 구철의 머리를 쓸어내린다. 까칠한 구철의 머리털이 등대댁의 손가락에 감겼다. 바람이 차가운지 구철이는 어깨를 바싹 오므린다.

"춥냐."

"아니."

"아직은 추운디. 옷 좀 하나 더 껴입고 나오지 그랬냐."

"난 안 추워, 엄니."

등대댁은 걸음을 멈추고 구철의 앞으로 가서 무릎을 굽히고 등을 내민다.

"업혀."

구철은 어둠 속에서 등대댁의 등에 손바닥을 대보고는 씩 웃는다.

“난 괜찮혀, 엄니.”

“내가 업어주고 싶어서 그랴. 어서 업혀, 자!”

등대댁은 구철에게 더 바짝 등을 댄다. 그때야 구철은 머뭇거리며 등대댁의 등에 업힌다. 그러고는 제 어미의 스웨터 안 가슴에 두 손을 살짝 들이밀며 더듬거린다. 차가운 기운에 등대댁이 등을 편다.

“엄니, 젖 다 말라버렸다 잉.”

“장난치지 말어. 간지렁게.”

미순이가 태어난 뒤에도 한사코 등대댁의 가슴을 차지하려던 구철이다. 등대댁은 구철이를 둘렀던 팔에 힘을 주면서 하늘을 또 한 번 쳐다본다. 답답할수록 까닭없이 하늘만 보게 된다. 글썽한 눈물 속으로 듬성듬성 별빛이 보인다. 미순의 눈처럼 맑은 빛이다.

“누나 왔다 갔어, 엄니.”

“언지.”

“아까 해지람 때.”

“누나가 뭐라고 혀?”

“엄니 식당일 갔당게로 막 울잖여. 내일 또 온다고. 나보고랑 미순한테랑 엄니 말 잘 들으라고 그렸어.”

등대댁의 글썽한 눈에서 눈물이 주르륵 밭고랑 같은 얼굴을 타고 흘러내린다. 이러다가 내가 죽기라도 하면 그것이 두 동상들을 맡어야 헐 턴디.

시집이라고 보내기는 했지만 등대댁은 복남이 생각만 하면 울적해진다. 저쪽 집안이야 먹고살 논마지기나 있는 집으로, 따지자면 등대댁에게 과분한 자리이긴 하였지만 정작 과분해야 할 사위가 절름발이였다. 거기다가 농사철이면 일꾼을 부리고도 셈 하나 제대로 할 줄 모르는 우두커니였다. 그런 사위에게 재작년에사 초경을 치른 열여덟 살밖에 되지 않는 복남을 보냈구나, 생각하면 왠지 씁쓸해지고 서운했다. 그러나 원체 가난하게만 살아온 복남은 시집을 가겠다고 했다. 딴엔 못 배운 복남이로서 계산 빠르지 않은 남편을 만나 사는 것이 일신상 수월할 것이라는 생각도 들고 해서 마지못해 혼인시키긴 했지만 섭섭한 마음은 가시지가 않았다.

마당에 들어서도 집 안은 아무 기척 없이 조용하기만 하다. 한 달 전까지만 해도 구철을 거뜬히 업을 수 있었는데 오늘은 무척 힘이 든다. 구철을 마루에 내려놓고 등대댁은 방문을 열고 들어간다. 방 안에서 눅눅한 냄새가 난다. 등대댁은 구철을 돌아보며 방문을 조금 열라고 한다. 구철은 뒤쪽으로 난 작은 문을 소리 안 나게 연다. 등대댁은 아랫목에서 깊은 잠에 빠져 있는 미순을 본다. 이불도 덮지 않은 채 가슴팍과 얼굴을 방바닥에 대고 미순은 자고 있다. 그젠가 등대댁이 묶어준 머리가 풀리고, 양쪽 가르마를 중심으로 두 갈래로 단정하게 묶여 있다. 아마도 복남이가 다시 빗겨준 모양이다. 시집가기 전 복남은 곧잘 미순을 무릎에 앉히고 빗질을 해주었는데, 그럴 때면 미순은 예쁘게 빗겨진 제 머리를 낡은 벽거울로 비춰보곤 헤실헤실 웃곤 했다. 그러다가 복남일 시집보낸 것이 미순에게 큰 즐거움을 빼앗은 셈이 되었고 가끔 등대댁이 미순의 머리를 빗겨주지만, 벽거울 속의 미순은 웃질 않았다. 아마도 복남의 솜씨보다 등대댁의 빗질이 성에 안 찼던 모양이다.

등대댁은 미순에게서 눈을 떼고 방 안을 돌아보다가 구철과 눈빛이 마주쳤다.

"배고프쟈. 조금만 기대려. 밥해줄게. 근디 야는 밥도 안 먹고 자서 워쩌!"

등대댁이 몸을 일으키려고 하자 구철은 배시시 웃으면서 윗목을 가리켰다. 윗목엔 밥상이 놓여 있고 상보 대신 보자기가 덮여 있었다. 등대댁은 윗목으로 가서 보자기를 들춰냈다. 숟갈 한 개와 젓가락 한 쌍, 그리고 김치 등이 보자기 속에서 모습을 드러냈다.

"이게 뭐여."

"내가 밥했어."

"니가?"

"응."

등대댁은 멍하니 선 채로 구철을 바라보았다. 구철은 아랫목에 둘둘 말린 담요를 풀더니 밥그릇을 등대댁에게 내밀었다.

"엄니 밥은 여깄어."

그때야 상황을 알아차린 등대댁은 구철에게로 다가가서 구철의 등을 가볍게 두들기듯 때린다.

"사내녀석이 밥 빌어먹게 뭔 부엌일이여, 부엌일이. 큰사람이 될라믄은 배고픈 것쯤은 참을 줄 알아야제. 다신 부엌에 들어가지 말어, 응?"

등대댁이 의외로 꾸중을 하자 구철은 멋쩍은 듯이 웃는다.

"내가 배고파서 밥헌 것 아녀, 엄니!"

"그럼?"

"미순이가 막 보채서…… 글고 엄니가 늦게 와서 밥헐라먼 너무 힘들잖어."

등대댁은 구철의 눈을 한참 들여다본다. 형철이의 그 또렷한 눈빛이 거기 있다. 많이 컸구나. 그려. 얼른 커야제.

"그려도 사내녀석이 부엌에 들어가는 것 아녀. 큰사람 되지 못허니께. 엄니 말 알아들어!"

구철은 고갤 끄덕인다. 그러고는 윗목의 밥상을 등대댁에게 밀쳐준다.

"그리도 오늘은 엄니, 맛있게 먹어 잉."

"그려, 오늘은 엄니가 맛있게 먹어줄 팅게 다신 이러먼 못써. 내 말 알어들어?"

"잉."

등대댁은 별로 밥 생각이 없었지만 아들의 마음을 기쁘게 해줄 양으로 한 그릇을 다 비워낸다. 대접에다 숭늉을 따라주며 구철은 등대댁 옆으로 다가앉는다.

"엄니, 맛있지 잉?"

"응, 맛있구먼. 언제 밥하는 건 다 배웠디야."

"엄니 밥할 때 훔쳐봤제…… 히…… 미순인 돌을 두 개나 씹었어."

등대댁은 구철의 머리를 쓰다듬어주고는 밥상을 들고 부엌으로 가는데 가슴이 먹먹하다.

하늘엔 총총한 별들이 무수한 빛을 내고 있다. 등대댁은 하늘 저쪽을 울적하게 쳐다보고는 고개를 숙인다. 등대댁의 낯빛 위로 섬광 같은 어두운 별빛이 잠깐 흘렀다. 어느새 달이 떴다. 둥그렇지도 반달도 아닌 달을 쳐다보면서 등대댁은 음력 날짜를 손가락으로 접어 헤아려본다. 등대댁이 네번째 손가락을 막 접고 있는데 대문에서 인기척이 들린다. 바람 소린가 싶어 다시 손가락을 접으려는데 사람 목소리가 들린다.

"안에 있는가."

"누구요."

"날세."

박씨 목소리다. 등대댁은 황급히 대문으로 걸음을 옮긴다.

"아이고, 이 밤에 성님이 웬일이대요. 들어오시라우."

등대댁이 반가운 목소리로 박씨를 맞는다. 그러나 박씨는 들어오려는 기색을 보이지 않는다.

"밤도 늦었는디. 금방 가봐야 혀. 이것 받게."

박씨가 품에 안고 있던, 물건을 싼 보자기를 내민다. 등대댁은 주춤대면서 받아든다. 무엇인지 폭신하다.

"이것이 뭐이오."

"응, 한복이여. 우리 둘째놈 혼인 치를 때 자네가 너무 애써주어서…… 고맙다는 치레는 아니고. 그냥 내 성의인게 받아두어."

"무슨 말씀이대요. 다 품삯으로 쳐서 받을 만큼 받았는디. 이래싸면 경우가 아니지라우."

"이 사람, 경우는 무신 경우랑가. 그나저나 옷이 자네 몸에 잘 맞을랑가 모르겠네. 우리 동서랑 몸 치수가 똑같다고 혀서 동서 몸에 맞췄는디…… 오늘 읍내 나가는 길에 속치마랑 속바지도 하나씩 사서 넣었네."

"자식헌티도 아직 옷을 못 얻어입어봤는디, 성님이 옷을 다 혀주고…… 고맙기는 헌디, 이리 폐를 끼쳐서 어쩐다요."

"이 사람, 폐라고 생각허면 내가 정말 섭섭혀. 폐로 따지면 내가 자네헌티 더 끼쳤제. 큰놈 혼인 때도 자네가 궂은일 다 봐주고…… 참, 글고 모짜리 허기 전에 동네 사람끼리 유달산에 댕겨오기로 혔응게 그때 같이 가세."

"무신 유달산은 유달산이오."

"뭔 소리여. 동네 사람끼리 가는디 작년에도 자네는 안 갔잖은가. 이번에도 빠지면 나 섭섭허게 생각헐랑게 그리 아소."

등대댁은 가슴이 저민다. 자신이 암이라는 사실이 마을에 알려지고 나서 만나는 사람마다 모두 측은한 눈짓으로 자신을 바라보는 것 같아 슬퍼지는 것이다. 지금 박씨도 꼭 그런 것만 같다.

"참, 글고 병원에는 다시 가봤는가?"

등대댁은 고갤 숙여버린다. 박씨의 흰 고무신이 숙인 등대댁의 눈 속으로 들어온다. 고무신은 달빛을 받아 더욱더 희다.

"이 사람, 아직도 안 가봤구만. 그러잖어도 내가 그 일 땜이 더 왔네. 지금 우리 큰놈이 집에 왔는디. 내가 자네 이야길 혔더니 친구 중에 병원 의사 선상이 있다네. 그래서 내가 내일 자네 데리고 전주로 가라고 혔응게 내일 우리 큰놈이랑 같이 병원에 가보소."

"가보면 뭣허요. 이미 칼 댈 자리도 없다는디……"

"글도 보건소 진료원이 그랬담서. 큰 병원에 가보라고."

"그랬기는 혔지만 내는 안 갈라요. 병원 가서 다시 그 소리 들으

먼 난 일어나도 못 헐 것 같소."

"그리도 가보소. 무신 수가 있을지도 모르잖여."

"수가 있으면 뭣헌대요. 내가 어찌다가 이리 되었간디. 첨에 하혈이 비칠 때만 병원에 갔드라도 암시랑 안 혔다고 글드만요. 근디 난 그것도 모르고 병원에 가면 지레 죽는 줄 알고…… 그놈의 병원비가 아까워서, 이 꼴이 되었지라우. 근디 인자 와서…… 칼 델 자리도 없다는디…… 인자서 그 소리 들을라고 병원에 간다요. 성님 같으면 성님이 내 맘이면 그 소리 확인할라고 병원에 가겄소?"

등대댁은 박씨에게가 아니라 자신에게 꾸중하듯이 말하고는 눈을 끔벅대며 박씨의 흰 고무신 코만 내려다본다. 박씨는 대꾸 없이 한참 등대댁의 모습을 보다가는 안타깝게 등대댁의 손을 잡는다.

"이 사람, 내가 어찌 자네 맘을 모르겄나. 글지만도 내가 병원에 가보라고 허는 것은 자네 병 확인하러 가라는 것이 아니고…… 혹시 아는가, 무신 수가 있어서 자네 병을 고칠랑가."

"소용없는 일이지라우. 미자 아버지도 그르케 오래 살 것 같드만 죽지 않았는갑유. 근디 내가 무신 수로 산다요. 다 소용없는 일여, 다아……"

"소용없는 일이라고 앉아서 죽기만 기다릴 순 없잖여. 이 사람아, 어찌 이렇게 답답헌가. 곧 모짜리도 내야고 나락 키워서 추수도 혀야 허고…… 그 많은 일 다 냉겨놓는다고 치세. 저 어린 새끼들은 어떻게 냉겨놀라고…… 그르케 날 받아논 사람처럼 기다릴 챔여. 못났고만. 나는 그리도 자네 그르케 안 봤네. 이까짓 병도 싹 이겨낼 줄 알았는디……"

"성님."

"병원은 죽을라고 가는 곳이 아녀, 이 사람아. 치료혀서 나슬라고 가는 것이제. 후딱 나서갖고 보리도 비고 자네 산밭에 고추 모종도 혀야제. 안 그렁가?"

기어이 박씨의 고무신 코에 등대댁의 눈물방울이 떨어진다. 자신도 그럴 줄 알았다. 없이 쪼들리며 살아도 이제 겨우 마련한 산밭에 고추 모종하고 밭둑에 옥수수 심어서 영글면 따다가 아이들 삶아주고 철둑 옆의 다랭이논에 볍씨 담가서 모 키우고…… 구철이놈 콩밥 좋아하니까 논둑의 풀 싹 베어내고 거기다가 강낭콩 한 됫박 뿌려서 겨우내 콩밥 해서 먹이고…… 그렇게 살 줄 알았다.

등대댁은 고개를 들고 하늘을 쳐다본다. 어지럼증이 함께 올라온다. 오늘 들어 몇 번째 바라보는 하늘인지 셀 수도 없다. 하늘을 바라보는 등대댁의 마음은 늘 한결같은데 하늘은 바라볼 적마다 다르다. 어떤 때는 구름이 이쪽서 흐르고 어떤 때는 아예 없어져버리고…… 없어졌는가, 아예 없어져버렸는가 싶으면 다시 살짝 고갤 내밀고 뭉쳐다니다가 흩어다니다가…… 해 저물녘이 되면 노을이 뜨고, 노을이 개면 밤구름이 흘러다니고.

변덕 심한 하늘을 바라보아야 마음이 풀리는 건 아니지만 그래도 저놈의 하늘이라도 바라보지 않으면 등대댁은 견딜 수가 없다. 하늘엔 박씨를 만나기 전에 그렇게도 총총히 빛을 내던 별들은 온데간데없고 밤구름만 무겁게 흘러다닌다.

"이 사람아, 내 말 알아듣겠는가. 낼 아침에 내가 우리 큰놈 데리고 올랑께 준비하고 있으소. 하늘님이 있다먼 다 내려다보고 있을 거여. 내 말대로 혀지?”

“고맙기는 헌디 마음이 내키질 않고만요.”

“내키고 안 내키고가 어딨당가. 당연히 그렇게 혀야 쓰네. 그러케 알고 난 갈라네.”

“원, 성님도 넘의 집에 왔으면 들어왔다 가야지. 뭔 인심이 밖에 만 서 있다가 간다요.”

“늦었는디 가야지. 자네도 어여 들어가.”

신작로를 건너 골목길로 접어드는 박씨의 뒷모습을 등대댁은 멀거니 바라보다가 얼굴을 더듬는다. 뻣뻣한 손바닥에 물기가 묻는다. 등대댁은 애꿎은 하늘만 다시 한번 쳐다본다. 박씨가 걸음을 멈추고 뒤돌아서서 등대댁에게 손짓을 한다.

“섰지 말고 어여 들어가.”

박씨가 어둠 속으로 사라지고 난 한참 후에야 등대댁은 소리 안 나게 대문을 닫는다. 박씨가 내밀고 간 보자기 꾸러미를 꼭 품에 안고 방 안으로 들어선다. 구철이가 쪼그리고 앉은 채 안으로 들어서는 등대댁의 얼굴을 빤히 올려다본다.

“낼 아침에 늦잠 자겠다. 핵교 늦는다 수선 떨지 말고 어여 자.”

“엄니, 어디 아퍼?”

등대댁은 섬뜩 놀라며 구철을 본다.

“아프기는…… 엄니가 언지 아픈 적 있었어? 걱정 말고 잠자도록 혀.”

“박씨 아짐하고 혀는 소리 다 들었단 말여. 엄니! 아프면 아짐 말대로 병원 가 잉!”

"알겄어. 그리 헐랑게 인자 자."

"나하고 약속혀."

구철이가 겨우내 튼 새끼손가락을 등대댁에게 쑥 내민다. 등대댁
은 멀거니 구철을 바라보다가는 자신의 새끼손가락으로 마주 잡아
준다. 그제야 구철은 안심이 되는지 베개를 끌어당기며 눕는다. 등
대댁은 구철의 숨소리가 고르게 들려올 때까지 구철의 눈 감은 모
습을 들여다본다. 큰놈의 얼굴이 구철의 얼굴에 겹쳐진다. 그놈이
사고 없이 잘만 자라나주었다면 지금쯤은 제 아버지 몫을 다 하고
있을 것이다. 다 지난 일이지, 하고 체념을 한 지는 오래건만 그래
도 이렇게 허전한 날이면 등대댁의 가슴을 휘저어놓곤 한다.

등대댁은 흠칫 놀라며 몸을 추스른다. 큰놈 생각을 하면서 자신
이 남편처럼 히죽히죽 웃고 있다. 등대댁은 손바닥으로 자신의 입
술을 훔친다. 십여 년을 괴롭히던 그 사람의 웃음을 내가 흉내내다
니! 등대댁은 쓴웃음을 지으면서 박씨가 주고 간 보자기의 매듭을
풀어본다. 매듭 풀린 보자기 속에서 옥색 한복이 보인다. 곱기도 하
지…… 손바닥으로 문질러본다. 매끄러운 감촉이 까칠한 손바닥으
로 전해온다. 고맙기도 허지. 어쩜 속바지까지…… 등대댁은 보자
기 안에서 나오는 흰 속치마와 은회색 속바지를 꺼내 이리저리 살
펴본다. 보자기를 처음처럼 다시 묶어 윗목으로 밀어놓고 형광등
스위치를 내린다. 칠흑처럼 어두워진 방 안에서 미순의 곁을 찾아
미순을 품에 꼭 껴안아준다. 미순이 잠결에 칭얼댄다. 등대댁은 반
듯이 몸을 눕히고 천장을 올려다보며 눈을 감는다. 쉬이 잠이 올 것
같지 않았지만 감은 눈을 다시 뜨지는 않는다.

좁은 창이 어슴푸레하게 밝아오고 있다. 등대댁은 잠깐 붙였던 눈을 뜨자마자 베개를 바로 세우고 봉창을 마주 바라본다. 구철이 뚫었음 직한 구멍이 몇 개 뚫려 있다. 등대댁은 그 구멍을 멀거니 바라보다가 몸을 일으킨다. 깊은 잠에 빠져 있는 구철과 미순의 이불을 다독거려주고 마루로 나온다. 다른 날보다 꽤 이른 시간이다. 신발을 끌고 부엌문을 열려다가 잠시 머뭇거린다. 오늘쯤은 볍씨를 담가야 헐 틴디……

등대댁은 볍씨가 있는 광 쪽을 쳐다본다. 마당을 걸어나온다. 신작로 쪽으로 몇 걸음 향하다가는 산밭으로 방향을 바꾼다. 마을은 새벽이 오고 있는 것을 아는지 모르는지 조용하다. 등대댁은 걸음을 멈추고 마을을 내려다본다. 희미한 어둠 속에서 박씨 집을 찾아본다. 저번 날에 슬레이트 지붕에 파란 페인트칠을 한 박씨 집 지붕은 찾아내기가 어렵지 않다. 고마운 사람. 박씨 집 지붕을 한참 바라보던 등대댁은 휘휘 마을을 둘러본다. 어느새 십오 년여. 씁쓸하게 웃는다. 마을 바깥쪽으로 넓게 펼쳐진 들을 본다. 끝도 보이지 않는다. 십오 년 동안 난 뭘 혔대여. 동네에 들은 넓었지만 등대댁의 소유라곤 철둑 다랭이논과 산밭뿐이었다. 인자사 겨우 밭 한 뙈기를 마련혔는디.

등대댁은 다시 걷기 시작한다. 길 양쪽 잡풀들이 옷자락에 스칠 때마다 간밤에 내린 이슬이 축축이 밴다. 산밭에 다다를 때까지 어슴푸레하다. 산밭엔 찬 새벽 기운이 뻗쳐 있다. 등대댁은 치맛자락을 위로 말아올리며 밭두둑을 내려선다. 작년에 뽑다 만 고춧대가 듬성듬성 쓰러져 있다. 등대댁이 겨우내 바람 맞고 눈 맞았을 썩은 고춧대를 일으켜세우는데 고춧대는 손이 닿자마자 부서지고 만다.

작은 밭뙈기였지만 고추는 주렁주렁 많이도 열려주었다. 그것으로 김장도 잘 하고 서울 대학생인 큰딸 등록금 대느라 밭을 팔아버렸던 박씨네도 몇 근 달아주었다. 그때 고마워서 어쩔 줄 모르던 박씨 모습. 허구한 날 신세만 지던 박씨에게 고추 몇 근 달아주었을 뿐인데 박씨는 부끄러울 정도로 고마워했다. 다시 고추 모종을 할 수나 있을지.

등대댁은 깊은 숨을 내쉬며 밭두둑에 엉덩일 붙이고 다리를 뻗는다. 맞바람에 소나무들이 간간이 흔들린다. 등대댁은 몸을 숙여 흙을 한줌 꼭 쥐어본다. 까슬한 감촉이 부드러워 더욱 꼭 쥐어보는데 눅눅하게 가슴이 저려온다.

그때도 꼭 지금처럼 봄볕이 살살이 스미지 않던 어정쩡한 계절이었다. 학교에서 막 돌아온 형철이가 방바닥에 배를 대고 숙제를 하고 있었다. 몽당연필에 침을 묻히며 국어책의 연습문제를 열심히 풀고 있는 형철을 바라보다가 좁은 마당 귀퉁이를 일궈서 상추나 갈아볼까 하고 나오는데, 뒷집에 살던 언청이 남주가 대문을 밀고 들어섰다. 저놈이 또 형철이 숙제 방해하러 왔나보다 싶었지만 그대로 내버려두었다. 마을에서 남주와 놀아주는 아이라곤 성격이 무던한 형철이밖에 없다는 걸 잘 알고 있는 터였고, 몇 년째 남주 부모의 논을 나눠 먹기 짓는 입장으로서 남주 부모를 늘 고맙게 생각해왔던 터이기도 하였다. 늘 벌어져 있는 입술 사이로 다 들여다보이는 누런 이, 축 처진 아랫입술을 타고 질질 흘러내리는 침. 남주는 지능이 낮아 열몇 살이 지나도록 어머니도 제대로 못 불렀다.

숙제 잘 하고 있던 형철을 남주는 무슨 수를 썼는지 꾀어서 나갔다. 그러고는 해 저물녘이 되어도 형철은 돌아오지 않았다. 곧잘 있던 일이라 등대댁은 크게 걱정하지 않고 있는데 신작로 쪽에서 소란스런 사람들 소리가 들리더니 대문이 열리고 남주 모가 잔뜩 겁에 질린 파란 낯빛으로 들어왔다. 남주 모는 뭐라고 알아들을 수도 없는 말을 연신 더듬거리면서 등대댁을 끌고 뒷산 영기봉으로 갔다. 남주 모의 손에 끌려 허겁지겁 영기봉으로 올라간 등대댁은 너무도 뜻밖의 광경 앞에 얼이 빠져버렸다. 자욱한 연기가 산속 가득하고 동네 사람들이 어느새 그렇게 많이 몰려왔는지 손에 양동이를 들고 웅성거렸다. 산불이 났구나 직감하면서도 등대댁은 상황을 짐작하는 데 한참이 걸렸다. 웅성거리며 모여 있는 가운데에 불탄 채 쓰러져 있는 아이가 다름아닌 형철이었던 것이다. 세상에 이런 일이! 등대댁의 등줄기로 소름이 쫙 끼쳤다. 사람들을 제치고 형철에게 달려들었을 때 누군가 등대댁의 등을 떼밀었다.

"만지지 말어. 살이 익었어. 움푹 파일 거여."

머리가 아찔했다. 하늘이 노랬다. 앞이 캄캄해졌다. 주위를 휘둘러보았다. 우습게도 남주는 형철의 옆에서 입을 헤벌리고 히죽히죽 웃고 있었다. 몸에서 힘이 쭉 빠졌다.

"헤에— 부부불 지이일렀어. 내가 부부불 질러어……"

남주가 제 주머니에서 성냥갑을 자랑스럽게 끄집어내며 헤헤거렸다. 등대댁은 순간적으로 남주에게 달려들어 남주의 가슴에 주먹을 휘두르다 까무러쳤다.

"이 병신놈이, 내 아들을…… 아이고, 이 병신새끼가……"

등대댁이 정신을 차렸을 땐 이미 형철의 몸은 싸늘히 식은 다음
이었다. 너무도 화상이 심해서 제대로 손 한 번 써볼 수도 없었다.
공동묘지로 한밤중에 형철을 거적에 싸서 지게에다 지고 묻으러 갔
던 형철의 아버지는 부슬부슬 묘지를 적시던 빗속에서 꼭 남주 같
은 웃음을 히죽히죽 웃어댔다. 남편이 죽을 때까지 히죽히죽 웃던
웃음은 그때 시작된 것이었다. 그렇다고 남편이 미친 것은 아니었
다. 그저 히죽대면서 한 모금도 입에 댈 줄 몰랐던 술을 겁없이 마
셔댈 뿐이었다. 남편은 이상하게 주정도 하지 않았다. 마을 아무 곳
에나 쓰러져 있기 일쑤였고, 마을 청년들이 업고 오거나, 용케도 집
을 찾아오면 남편은 고꾸라져 잠만 잤다. 그것이 등대댁에겐 더 무
서웠다. 술주정을 부리지 않고 쓰러진 다음날에는 남편의 히죽대는
웃음은 더 커지는 것이었고, 웃음이 커지는 날엔 더 많은 술을 마셔
댔던 것이다.

등대댁은 움켜쥐고 있던 흙덩이를 저만큼 던져본다. 흙덩이가 나
가떨어지는 소리를 들으며 등대댁은 어깨를 움츠린다. 이 흙 속에
다 구철이 미순이 좋아하는 것 다 심어볼 참이었는디.

등대댁은 눈을 끔벅이면서 소맷자락으로 얼굴을 쓱 훔쳤다. 그랬
다. 뭐든지 다 심어보고 싶었다. 자식놈들이 좋아하는 것이면 뭐든
지 이 산밭에 다 심어서 거둬들일 참이었다.

등대댁은 어깨를 폈다가는 엎드려서 잡초를 뽑아냈다. 이 땅을
얻기 위하여 지낸 세월은 길기도 하였다. 품삯일 쉰 적이 없고 마을
궂은일, 식당일…… 할 수 있는 일이면 뭐든지 다 했다. 그렇게 십
여 년이 걸렸다. 그런디…… 심어보고 싶은 것 다 심어보지도 못하

고…… 그리는 못 혀.

등대댁은 벌떡 일어섰다. 아랫배가 쓰렸다. 비틀걸음으로 밭둑으로 올라섰다. 머리조차 핑하니 어지럽다. 등대댁은 산밭을 손으로 더듬듯이 눈으로 살폈다. 훅. 등대댁은 아랫배를 꾹 쥐어짠다. 아래쪽에서 질척한 것이 왈칵 쏟아져서 흐른다. 다 쏟아버려야 혀. 이놈의 몹쓸 병을 다 쏟아버려야 혀.

등대댁은 통증을 참고 아랫배에 강한 힘을 주지만 눈앞이 한없이 어지럽다. 소나무들이 자꾸 흔들거린다. 배를 움킨 채 몇 걸음 걷는다. 서너 걸음도 못 떼고 푹 쓰러진다. 땅바닥에 엎드린 등대댁의 코에 흙냄새가 향긋하다. 병원은 죽을라고 가는 곳이 아녀, 이 사람아. 치료혀갖고 나슬라고 가는 것이제. 후딱 나서서 보리도 비고 산밭에 고추 모종도 혀고 혀얄 것 아녀. 안 그렇가?

등대댁은 팔에 온 힘을 기울여 몸을 일으킨다. 고추 모종. 구철의 얼굴이 어른거린다. 어젯밤 병원에 간다고 약속하면서 걸었던 구철의 튼 새끼손가락이 보인다.

등대댁은 반쯤 몸을 일으켜서 곁에 있던 소나무를 붙잡는다. 얼굴이 누렇다. 몇 걸음 걸어본다. 다리가 휘청댄다. 쓰러지면 안 되어. 병원에 가야제. 갔다 와서 밭이랑 내서 강냉이 심고…… 아암, 강냉이도 심고.

등대댁은 정신없이 어지러워오는 머리를 감싸쥔다. 남편의 웃음이 떠오른다. 십여 년 동안 히죽히죽 웃던 남편이 큰놈을 지게에다 지고 공동묘지로 향하고 있다. 등대댁은 고개를 번쩍 든다. 헝클어진 머리카락이 얼굴로 가닥가닥 흘러내려와 있다. 등대댁은 아까와는 달리 큰 걸음으로 집을 향해 걷는다.

저만큼 집으로 들어가는 신작로가 보인다. 등대댁의 입가에 희미한 웃음이 번진다. 등대댁은 밤나무 둥치에 몸을 의지하고 버티어 선다. 밤나무 꼭대기에서 새벽새 몇 마리가 울어서 새 울음소리 나는 곳을 쳐다보지만 새들은 보이지 않는다. 등대댁은 자꾸 휘는 다리를 곧바로 세운다. 병원에 가야제. 후딱 댕겨와서 볍씨 담가야제. 제때 놓치면 일 년 벼농사 망치는 뱁여.

등대댁은 다시 몸을 추스른다. 등대댁이 밤나무에서 몸을 떼자 밤나무 꼭대기에서 새벽새들이 푸드득 날개를 털며 날아간다. 털린 이슬물이 축축이 밴 등대댁의 치맛자락에 산밭의 황토흙이 잔뜩 묻어 있다.

어떤 실종

─내 소재지와 이름은 밝힐 수가 없습니다. 나는 군의관입니다. 나는 지금 괴로움과 절망에 빠져 있습니다. 며칠 전에 나는 내 생애에서 지금까지 겪어보지 못했던 아주 낯선 문제에 부딪혔습니다. 그날 이 강가에 나오지 말았어야 했거나, 아무것도 보지 못하고 지나쳐야 했습니다. 그러잖아도 비쩍 마른 체구인데, 며칠 사이에 내 몸은 뼈에 도배를 해놓은 꼴이 되었습니다. 그날 아침에 나는 근무하는 부대 근처 강가로 산책을 나갔다가 시체 한 구를 물속에서 건져올렸습니다. 그는 병사처럼 머리가 짧았지만 사복 차림이었습니다. 물살을 타고 멀리 흘러왔는지 그의 얼굴은 상처투성이였고, 옷이 찢어질 만큼 몸은 탱탱하게 부풀어 있었습니다. 두 손은 철사로 꽁꽁 묶여 있었죠. 그의 신분과 사인을 알아내야 할 것 같아서 먼저 부대 상사에게 알렸습니다. 그런데 말입니다. 상사는 문제가 복잡해질지도 모르니 괜히 끼어들지 말고 그 시체를 흘러오던 대로 다시 흘러가게 강물에 띄우라는 것입니다. 그렇게 해서는 안 된다는 것

을 알지만 그러나 지금 내가 어떻게 해야 합니까. 왜 내가 그 시간에 강가로 나갔는지 그 우연이 원망스럽습니다. 왜 하필이면 내 삶에 이런 우연이 끼어들었단 말입니까! 지금까지의 내 인생은 순탄했습니다. 부질없는 일인 줄 알면서도 누군가 해답을 보내어오길 바라며 시체 곁에서 이 편지를 쓰고 있습니다. 이 편지는 곧 강물에 띄울 것입니다. 나는 어쩌면 좋습니까?

누군가의 영혼을 불러세우기라도 할 듯이 새벽 미사를 알리는 종소리가 골목으로 울려퍼졌다. 어둠 속이라 종루는 보이지 않았지만 소리는 괴괴한 모든 틈에 댕댕, 섞여들었다. 언제부턴가 내리기 시작한 눈송이들이 성당 앞 유료 간이주차장의 양철 지붕 위에 소복이 쌓여 있다. 가끔 음울한 바람이, 쌓여 있는 눈 위로 다시 쌓이려는 눈발을 휘감았다가 풀어 날려보냈다. 성당 맞은편 골목에서 열일곱쯤 되어 보이는 한 여학생이 회색 목도리를 칭칭 동여맨 노파를 부축하고 걸어나왔다. 옆구리에 성경책을 끼고 있는 걸로 보아 새벽 미사를 보러 가는 모양이었다. 종소리와 여학생과 노파를 배경으로 서 있는 수은등 갓은 넓은 편이어서 빛이 주차장 쪽으로까지 꽤 넓게 번져나왔다. 사방은 고요했다. 다시는 돌아올 수 없는 시간들이 그 고요함 속에서 흘러가고 있었다. 기세로 보아 눈은 날이 새고 나서도 어쩌면 종일토록 내릴지도 몰랐다. 주차장 앞 철물점과 중국음식점 ‘장가구’가 있는 건물 이층은 편물공장이다. 이런 시각에 불이 꺼진 편물공장 내부에 들어가보면 좀 음산할 것이다. 털실뭉치들, 팔만 덜 만들어진 스웨터, 손가락을 끼울 자리에 아직

구멍만 뚫린 장갑, 얼음덩이처럼 차가울 손기계…… 문단속을 철저하게 하지 않아 창문이라도 덜컹거린다면? 어쨌든 시간은 공평하게 그 빈 공장 안에서도 흘러가고 있을 것이다. 그렇게 흘러서 어디로 가는가. 마땅히 무덤 속이겠지만 사람이라면 누구나 그렇게 귀결짓고 싶지 않을 때가 있다.

어떤 취객이 사고로 피 흘리며 응급실로 실려가고, 방 전셋값까지 돌려 용달차를 마련한 기사가 새벽일을 나가고, 십이지장궤양으로 서너 달 병원에 입원하고 있는 환자가 육 인용 병실에서 지루히 잠을 깨고, 어떤 상인이 새벽 도매시장에서 뗀 옷보퉁이를 눈 내리는 길바닥에 내려놓고 열심히 택시를 잡고 있을 시간에, 그 간이주차장 뒷집 지하방 창틀에는 반쯤 탄 둥근 초가 놓여 있었다. 하얀색인 그 초는 안으로만 타들어가는 것이었다. 그래서 반쯤 태워도 겉에서 보면 성냥불이 전혀 닿지 않은 초로 보였다. 타지 않는 그 겉쪽에는 오른쪽 귀 쪽으로 한쪽이 떨어져나간 탈 형식의 얼굴이 부드럽게 웃는 모습이 그려져 있고, 바로 그 곁에 이런 문구가 새겨져 있었다. '성 안 내는 그 얼굴 참다운 공양, 부드러운 말 한마디 미묘한 향기.'

네 평쯤 되어 보이는 방 한쪽 벽면으론 많은 양의 책들이 쌓여 있었다. 나름대로 정리는 한 모양이지만, 규모 있는 책장 속에 있는 것이 아니라서 어수선해 보이는데, 그 책더미 속에는 페터 한트케의 『소망 없는 불행』이 있는가 하면, 길거리 리어카에서 산 듯한 『꿈해몽풀이』도 한구석을 차지하고 있다. 그 책더미 옆으로 밀려난 듯이 서 있는 한 칸짜리 이불장 문엔 아프리카 밀림처럼 보이는 풍

경이 조잡하게 그려져 있다. 코끼리, 원숭이, 날새 들 위로 솟아 있
는 이름 모를 나무, 그 잎사귀는 색이 바래서 자세히 보지 않으면
나무가 아니라 웬 기둥이 서 있는 것같이 보이기도 했다. 다섯 칸짜
리 나무 서랍장 맨 밑칸은 덜 닫혀 있고, 서랍장 위로는 두툼한 스
웨터 몇 벌이 개어져 있다. 여름에 들고 다녔음 직한 왕골가방 속에
는 양말 몇 켤레가 둘둘 말린 스타킹과 함께 담긴 채로 벽에 걸려
있다. 바로 그 밑에 성모 마리아 석고상이 놓여 있는데 그 석고상은
미사포를 쓰고도 그 위에 또 먼지를 뒤집어쓰고 있다. 스웨터가 놓
인 서랍장 빈 공간에는 아스트린젠트, 로션, 스킨 병들이, 큰 것과
작은 것이 막 섞여서 세워져 있다. 영양크림 병은 뚜껑이 열린 채
로. 바깥에서 문 쪽으로는 텔레비전이 놓여 있고 텔레비전 옆엔 전
축이 있는데 공간이 좁아서인지 스피커 하나는 창문 쪽의 벽에 매
달려 있고, 또하나는 서랍장 위 스웨터들 뒤에 서 있다. 스웨터들이
쌓인 높이 때문에 그 스피커는 꼭대기만 조금 보였다. 이 방 안의
모든 것들은 어둠 속에 있었다. 전열기가 두 줄 달린 난로 옆으로
우두커니 앉아 있는 손씨도 어둠 속에 있었다. 손씨가 깨어난 줄도
모르고 어수선한 잠을 자고 있는 희옥도 어둠 속에 있었다. 두 부녀
는, 아직 문을 열어보지 않은 사람이면 누구나 다 마찬가지이듯이,
바깥에 눈이 내려서 쌓이고 있는 것을 몰랐다. 희옥은 자신이 자주
다니는 시장 골목 앞 목욕탕 굴뚝 속으로 눈발이 빠지고 있는 것을
모를 뿐만 아니라, 현실과는 반대로 폭양 속이 배경인 꿈을 꾸고 있
는 중이었다.

폭양이 내리퍼붓는 둑은 위험하게 경사가 져 있고 인기척 하나

없다. 왜 나는 이곳에 서 있을까. 희옥은 자전거 페달 위에 오른쪽 발을 올려놓은 채로 우두커니 서 있다. 분명 수많은 사람들과 함께 이 길을 왔었다. 그 속엔 어렸을 때 소꿉친구였던 부순이도 있었고, 초등학교 일학년 때 짝꿍이었다가 나중에 담임선생님 집으로 식모를 살러 갔던 홍미자도 있었고, 중학교 때 만둣집으로 떼지어 몰려갔었던 이학년 3반의 수많은 얼굴들, 고등학교 때 체력장을 함께 했던 얼굴들, 대학교 때 한 학기만 마치고 군 입대를 한 까마득히 잊고 있었던 얼굴들을 무슨 이유로인지 모두들 만나 이 둑길을 자전거를 타고 달려왔었다. 그러더니 차츰 멀어지고 뿌옇게 흐려지면서 다들 어디론가 사라져버렸다. 희옥은 혼자 남아 어쩌지를 못하고 둑길에 서 있다. 어느 순간 바로 앞에, 혹은 끝없이 이어지는 둑길 먼 앞길에, 한 얼굴이 나타나 희옥을 향해 팔랑개비처럼 손을 흔들었다. 폭양에 질린 새 한 마리가 잡풀 속에서 먼지 묻은 몸을 퍼득거리며 하늘 속으로 달아났다. 희옥은 흐려지는 얼굴을 놓치지 않으려고 양미간을 잔뜩 일그러뜨리고 보고 또 보았다. 아, 한없이 청년스러운…… 오빠.

희옥이가 꿈을 꾸다가 소스라치자 우두커니 앉아 있던 손씨는 딸에게 다가가 이마를 손바닥으로 짚어주었다. 한참 후 손씨의 두툼한 손바닥은 희옥의 뺨에 잠깐 닿더니 희옥의 옆얼굴에 흘러내린 머리카락들을 천천히 쓸어넘겨주었다.

오빠의 눈, 코, 입술을 쓸어보고 싶은데 그마저 점점 흐려져갔다. 그는 여러 모습이었다. 화염병과 각목을 들고 있기도 하고, 책을 읽고 있기도 하고, 흰 마스크를 쓰고 주저앉아 구토를 하고 있기도 했

다. 선배와 후배에게 섞여 있던 그가 어느 순간 혼자 산을 오르고도
있었다…… 그러다가 그러다가 아주 안 보이게 되었을 때 희옥은
자전거를 놓아버리고 풀썩 주저앉아 참지 못하고 울음을 터뜨렸다.
등허리를 나른하게 접고 있던 둑길의 잡초들이 한바탕 소용돌이쳤
다. 한없이 청년스러운, 점점 멀어져 이제는 보이지 않는 얼굴.

희옥은 허우적거리며 안간힘을 다해 눈을 떴다. 희옥이가 손을
너무 세차게 내젓는 바람에 희옥의 이마에 손을 올려놓고 있던 손
씨는 누가 떠밀어 넘어지는 꼴이 되어버렸다. 희옥은 꿈속의 폭양
대신 천장까지 꽉 들어차 있는 어둠을 응시하였다. 오래 병에 시달
리고 난 뒤끝처럼 몸이 무겁고, 눈을 뜨려니 눈꺼풀이 힘겨웠다. 희
옥이 이렇게 잠이 깬 줄도 모르고 손씨는 딸의 잠을 깨우지 않으려
고 쓰러진 몸을 세우자마자 움직임 없이 앉아 있다. 희옥은 혼곤한
정신에도 자신의 이마를 쓰다듬던 두툼한 손바닥의 체온을 감지해
내며 제 얼굴을 쓸어보았다. 그러다가 깜짝 정신이 든 듯 얼굴에서
손을 거둬 곁 이부자리 쪽으로 뻗어보았다. 늘 혼자 자는 습벽 때문
에 아버지가 상경해 곁잠자리를 했었다는 걸 희옥은 잊고 있었던
것이었다.

아버지?

희옥은 벌떡 일어나 형광등을 켰다. 흰 등빛이 끔벅일 때마다 난
로 쪽에 등을 대고 우두커니 앉아 있는 손씨가 나타났다가는 사라
졌다. 얼굴이 둥근 편인데도 턱선이 뾰족한 손씨는 그 턱 때문에 늘
입술이 더 가느다랗게 보였다. 오래전에 벗어진 앞머리 부분에 요
즘 웬일인지 머리가 다시 돋고 있는 중이었다. 어린아이의 배냇머

리 같은 짧고 보드라운 손씨의 머리털을, 어제 서울역에 마중나왔
을 때부터 희옥은 아주 신기해했다. 그 신기함은 손씨가 아버지라
는 사실도 잊게 하는지 희옥은 너무 보드라워요, 하면서 버스 속에
서도 자주 손을 뻗어 만졌다. 희옥의 그 손길이 손씨는 싫지 않았
다. 싫다니! 딸의 손바닥이 자신의 머리에서 떨어지지 않도록 붙박
아둘 수 있다면 그렇게 하고 싶었다. 그런 감정에 휩싸이면서 손씨
는 주책없이 눈물까지 글썽였었다.

"에이, 아버지. 깜짝 놀랬네. 가버리신 줄 알았잖아요."

"가다니…… 내가 말이냐?"

희옥은 가슴이 쩡해왔다. 아무렴, 아버지가 자신에게 말도 없이
가겠는가. 더구나 아직 날도 밝지 않은 새벽에. 희옥은 괜히 면구스
러워 아니 그냥요, 말을 얼버무리면서 뒤집어진 이불을 바로 하기
위해 양끝을 잡고 펄럭이다가 얼굴을 묻고 누워버렸다.

잠옷 겸으로 입고 있는 녹색 트레이닝복 속의 손씨 얼굴은 작고,
형광등 빛보다 창백하였다. 모처럼 양복에 넥타이까지 매고 나타난
어제 모습과는 사뭇 달랐다. 희옥은 이불 속에서 얼굴을 눈까지만
빠끔히 내밀고는 손씨를 올려다봤다.

"아버지가 좀 전에 내 이마에 손 짚었어요?"

"왜, 그래서 잠이 깼냐?"

"아, 아니 좋아서!"

"좋더냐?"

"예!"

천장을 쳐다보려다가 손씨는 눈이 시어서 두 눈을 꾹 감아버렸

다. 손씨의 평소 버릇은 그렇게 두 눈을 꾹 감고 엄지를 사용해 눈꺼풀을 꾹꾹 누르는 것이었다. 어김없이 손씨는 감은 두 눈 위로 양손의 엄지를 갖다댔다. 손씨는 자신이 이렇게 할 적마다 희옥이가 늘 우울한 기분에 사로잡힌다는 것을 알지 못했다. 아무리 애정과 연민을 가지고 있는 사이라고 해도 서로 모르는 부분이 누구에게나 있게 마련이었다. 저마다 중요하게 여기는 것이 다른 것, 뜻없이 한 말이 당황스럽게도 상대방에게 깊은 상처를 주게 되는 경우가 거기에서 비롯되는 것일 것이다. 그러나 어떻게 그를 다 안단 말인가. 단 한 사람이라도 그를 다 알기란 불가능한 것인지 모른다. 관심과 애정이 적어서가 아니라 사람이 갖고 있는 복잡함과 미묘함이 너무 깊어서.

자신이 두 눈을 꼭 감고 엄지로 눈꺼풀을 꾹꾹 문지를 때마다 희옥이가 우울한 기분에 빠진다는 것을 손씨가 알면 그는 당장 그 버릇을 그칠 것이었다. 그러나 희옥은 자신의 우울함을 손씨에게 말하지 않았고, 손씨는 그걸 모르고 있다. 어머니는 죽어서 묘지에 있지만, 아버지가 감은 두 눈을 엄지로 꾹꾹 누를 때는 살아 돌아와서 희옥의 바로 곁에 있었다. 그러고는 끊임없이 자동장치가 된 인형처럼 두 눈을 굴리며 질문을 던지는 것이었다. 왜…… 오빠를 찾아 나서지 않지…… 응? ……왜?

오빠의 사망통지서와 몇 가지 유품이 전달되었어도 어머니는 오빠의 사망을 완강히 부정했다. 뼛가루라도 있어야 할 것 아녀, 느닷없이 하늘로 솟을 놈도 땅으로 꺼질 놈도 아닌게. 그러던 어머니가 잠을 자다가 느닷없이 헛손질을 하며 깨어나서, 온몸을 부르르 떨

며, 그 넋 나간 듯한 웃음도 울음도 아닌 울부짖음을 날이 샐 때까
지 멈추지 않을 때도, 손씨는 아내가 혀를 깨물지 못하도록 수건을
찢어 이빨 사이에 물려놓았다. 그러고선 손씨가 두 눈을 꾹 감고 엄
지로 눈꺼풀을 문지르는 것을 희옥은 보았다. 주홍 나일론 빨랫줄
로 꽁꽁 묶어 병원에 실려간 후에도, 좀 나아져 돌아와서 어머니가
온 살림들을 오빠가 쓰던 방을 향해 내던지고 깨부술 때도…… 그
리고 기어이 물 한 모금 입에 대지 않는 나날들을 살다가 깡말라 숨
을 끊을 때도.

"날이 새려면 멀었을 텐데 더 주무셔요."

"잠이…… 잠이 안 오는구나."

"아버지도 늙으셨나봐……노인 되면 맨 먼저 잠이 줄어든다잖아
요."

희옥은 여전히 이불 위로 코까지만 내밀고는 역시 여전히 감은
두 눈을 문지르고 있는 손씨를 건너다보았다. 웬일인지 무릎까지
꿇고 있다.

"아버지 발을 좀 뻗어요. 그렇게 웅크리고 있으면 혈액순환이
잘…… 안 돼."

희옥은 코 빠뜨리면서 뜨개질하듯 말하고 나서 얼른 이불을 뒤집
어쓰고 숨을 죽였다. 아버지는 왜 뒤통수를 긁적거리거나 어깨를
펼 줄을 모를까. 희옥이 혼자 괜한 심사를 뒤틀었다가 다시 얼굴을
내밀어보는데 아버지 손씨도 한 치의 양보 없이 그 자세로 앉아 있
다. 깡마른 손목.

"난로를 켤까, 아버지?"

손씨의 대답 없음에도 불구하고 희옥은 일어나서 난로를 켰다. 난로 곁에 아주 바짝 앉아 있던 손씨는 전열기에 오렌지빛 불이 번지기 시작했을 때야 엉덩이를 엉거주춤하게 들어, 두어 발짝 물러서면서 꿇고 있던 무릎을 풀었다.

"……방에…… 방에…… 습기가 아주 많구나. ……서리같이 내린다."

"아, 그래서 잠을 못 주무시는군요, 아버지?"

"아니다…… 아녀."

턱없이 팔을 내젓는 지척의 손씨를 희옥은 아주 먼 데 있는 사람을 보듯 물끄러미 쳐다보았다.

"진작 말씀하시지요. 제습기 가동시킬게, 아버지."

희옥은 옷장 문을 열고 제습기를 꺼내왔다. 문이 잘 열리지 않아 세게 당겼다 놓는 통에 옷장 곁에 쌓여 있던 책들 한쪽이 담장 헐리듯 무너져내렸다. 난로가 켜진데다 제습기 선까지 꽂자, 형광등 불빛이 깜박 어두워졌다. 쓰러진 책들을 주섬주섬 쌓아올리던 손씨는 그 변화에도 눈을 꿈벅 감았다가 떴다.

"겨울 되고 방이 많이 건조해졌었어요. 그래서 치워뒀었는데…… 어쩌면 밖에 눈이 오고 있는지도 모르겠군요. 정말이에요, 아버지. 다른 날은 이러지 않았어요. 그리고 전 지금도 못 느끼겠는걸요."

"등이 축축한 것 같어. 이 정도인데 못 느낀단 말이냐?"

"그래요? 그럼 이불 속으로 들어오세요, 아버지."

"나야, 괜찮다. 너…… 너 말이다."

습기. 희옥은 우두커니 선 채로 물방울이 고이고 있는 제습기를 처다보았다. 오빠와 어머니가 사라져버리고 처음 맞는 여름, 그 여름에 터무니없이 뛰어버린 방값을 맞춰주지 못해서, 또 뭣보다도 오빠와의 추억들이 켜켜이 쌓여 있는 그 방을 떠나고 싶기도 해서, 희옥은 이 지하방으로 이사를 했다. 복덕방 그 중년 남자도, 한 번도 웃는 모습을 본 적이 없는 집주인 여자도, 습기에 대한 이야기는 한마디도 없었다. 젊었을 때 지하방에서 일 년을 살아본 적이 있다는, 희옥이 일하고 있는 출판사의 윗사람이 고개를 설레설레 젓긴 했었다. 그땐 괜찮았지. 그런데 습기라는 게 말이오. 몸에 한번 차면 안 빠져나가는 모양입디다. 그때 찬 습기가 뼛속에서 출렁출렁거리는 게 요즘 느껴진다니까. 다른 방을 구해봐요. 나중에 나처럼 되지 말고. 희옥도 그처럼 되기는 싫었다. 그는 거의 매일을 웅크리고 미간을 좁히고 손마디를 꺾고 어깨를 두드리고 허리를 펴려다 마는 자세를 취했다. 바람이 불면 바람 때문에, 비가 내리면 빗방울 때문에, 구름이 끼면 그 구름 때문에. 그는, 나는 듬성듬성 못이 빠져 삐걱거리는, 거기다 금까지 간, 한옥집 마룻바닥이다, 며 쓸쓸하게 웃곤 했다. 그처럼 되기는 싫었지만 그의 말이 실감이 덜 났고 방 전셋값이 갖고 있는 돈과 맞다는 점 때문에 희옥은 이사를 했다. 짐을 옮기는 날은 장마중의 하루였다. 그 며칠 전부터 내리던 비가 작은 용달차에 실은 살림 위로 계속 내렸다. 빗물이 스며들지 않게 하기 위해 용달차 기사는 주홍 천막을 튼튼하게 살림들 위로 쳐주었지만, 지하방에 도착했을 때는 박스 속의 책들이 반쯤은 젖어 있었다. 희옥은 그때 방 안에 어수선하게 살림들을 풀어놓고 다시 입대 전까지 오빠와 함께 살던 그 방으로 갔다. 늘 조금씩 없애오던,

그래도 어느 구석에선가 나타나던 오빠의 남은 살림을, 이삿짐을 싸면서 따로 빼놓은 오빠의 흔적들을, 마지막으로 시멘트 부엌 바닥에서 불태웠다. 무슨 감정이 있는 듯 불은 잘 붙어주질 않았다. 내의 상자를 뜯어 거기에 먼저 불을 붙여 옮겨붙이면서 희옥은 어렸을 때의 한 풍경을 떠올렸다. 사람이 죽고 상여가 마을에서 벌어지려는 무렵에, 그 상여 뒷전에서 관 속에 누워 있는 그 사람이 살아 있을 때에 덮던 이불과 옷들, 그가 쓰던 가구들을 남은 누군가가 태웠다. 그래야만 그의 영혼이 집에서 완전히 떠나간다고 하였다. 어느 추웠던 날, 그게 누구의 장례식이었는지는 잊었지만 그 영혼을 보내는 불꽃 주위에 동네 조무래기들과 빙 둘러서서 곱은 손을 쪼였던 기억을 떠올리면서 희옥은 재채기를 심하게 해대었다. 부엌 문 밖으로 비는 계속 내렸다. 오빠의 살림들이 타는 불꽃 위로, 어렸을 때 그랬던 것처럼 희옥은 손바닥을 불 쬐듯 폈다…… 추억은 추워도 타는 영혼은 따뜻했다. 그가 들고 다니던 배낭과 등산화가 가장 오래 끈질기게 탔다.

"봐라, 물방울 떨어지는 소리…… 이 속에서 날마다 살면서 몸이 배겨날까 싶다."

"아마 밖에 눈이 내리거나 그럴 거예요. 다른 날은 이렇지 않았어요, 아버지."

저 물방울 떨어지는 소리. 희옥은 벌써 제습기 물통 밑바닥을 채우고 있는 물방울을 염려스럽게 쳐다봤다. 이사온 지 이틀 만에 희옥은 출판사 윗사람의 주의를 새겨듣지 않았던 걸 후회했다. 손씨가 서리 같다고 표현한 습기를 희옥은 이슬처럼 느꼈다. 들판에서 잠을 자고 난 것같이, 잠자는 동안 축축이 내린 이슬같이, 잠에서 깨어나보니 몸에서 이불 밖으로 빠져나온 모든 부분이 습기로 축축했다. 머리카락은 꼭 감고 말리는 중 같았다. 이불 위를 손바닥으로 쓸어보는데 산행을 갔다가 치고 잔 텐트를 새벽에 만져보는 기분이었다. 그러잖아도 젖어 있던 책들이 불과 이틀 만에 더 젖어들었다. 일주일 후엔 거울 뒤에서 곰팡이 자국도 발견했다. 검푸른 곰팡이 자국은 희옥에게 슬픔과 두려움을 동시에 안겨다주었다. 슬픔은 그 자국이 오빠와 어머니가 남긴 흔적 같아서이고, 두려움은 그 흔적이 오랜 시간 계속 남아 떠돌아다니리라는 느낌에서였다. 희옥은 한여름에 심한 기침을 해대면서 가전제품 상점을 기웃거렸다. 한 달 봉급 반쯤이나 되는 돈을 치르고 구한 제습기는, 집 전체에 흐르는 전압이 110V인데, 저 혼자만 220V였다. 모든 제습기들이 그렇다고, 다시 걸음한 가전제품 상점 주인은 상냥하게 말해주었다. 결국 희옥은 전신 전화국에 전화를 걸어서 제습기를 사용할 곳만 220V로 승압을 시키는 번거로움까지 치러냈다. 바깥에서 습기가 들어오지 못하도록 문을 닫아걸고 제습기를 가동시켜놓으면 물방울 떨어지는 소리가 유난히도 크게 들렸다. 늘 비가 내리고 있는 듯이. 그 여름날 한번은 희옥이가 제습기를 연속으로 맞춰놓고는 그대로 출근을 한 적이 있었다. 퇴근해 돌아와보니 물통의 물이 넘쳐 방바닥이 온통 물바닥이었다. 이후로 희옥은 제습기 때문에 바깥에 있으면 불안한 날이 많았다. 적습에 맞춰놓거나 혹은 아예 선을 빼놓고 나온 것이 확실하지 않으면 무슨 일에도 집중할 수가 없어서 근무 중인 한낮에 방에 들른 적이 여러 번이었다. 뿐인가. 분명히 적습에

다 맞췄거나, 선을 빼놓았는데 돌아서면 정말 분명한가? 의심이 생기는 것이었다. 그래 분명해, 하면서도 일단 의심이 생긴 뒤면 다시 가서 확인해야지만 했다. 물이 물통을 넘을 수도 있다는 사실, 방바닥이 물바닥이 될 수도 있다는 사실이 주는 난감함은, 다시 확인해야 하는 번거로움을 언제나 앞질렀다. 빈방에 물이 차다니. 정말이지, 희옥은 다시는 그런 꼴을 보고 싶지가 않았다.

"저걸 한번 틀어볼라냐?"

손씨는 전축을 쳐다보지도 않고 손짓으로 가리켰다. 희옥은 다가가서 난로선이 꽂힌 옆에 전축선을 꽂았다. 형광등 불빛이 더 어두워졌다. 튜너를 눌렀으나 지지직 잡음만 새어나왔다. 다이얼을 여기저기 맞춰봐도 마찬가지였다.

"아직 방송할 시간이 안 됐나봐요. ……그리고 여기선 농사 정보 같은 건 안 해, 아버지."

희옥은 농사 정보? 다시 한번 되뇌다가 푹 웃었다. 마을에서 손씨는 새벽잠을 깨면 늘 라디오의 농사 정보를 들었다. 통일벼를 심을 계획인 농가는 오늘쯤 볍씨를 담그면 적당합니다. 물의 온도는…… 희옥은 가끔 마을에 갔을 때 손씨가 틀어놓은 그 방송을 들었다. 농사 정보를 말하면서도 아나운서인지 성우인지 모를 남자의 목소리는 상당히 세련되고 도시적이어서, 목소리로만 짐작하면 볍씨가 뭔지도 모를 사람처럼 느껴졌다. 손씨는 그 농사 정보를 통해 들은 정보를, 아무 그림도 없고, 1, 2, 3, 4……만 큼직한 칸에 쓰여 있는 농협에서 나온 큰 달력 그날 날짜 밑에 검은 사인펜으로 꾹꾹 눌러 적어넣으면서 아침을 맞았다. 농업협동조합이라고 쓰여 있는 달력

밑의 크고 굵은 명조체 글씨와, 칸칸마다 쓰여 있는 삐뚜름한 손씨
의 사인펜 글씨가 대조적이면서도 어울리는 데가 있어서 희옥은 가
끔 그 달력 앞에서 푹 웃곤 했다.
　"새벽이면 가끔 가야금 뜯는 것도 방송허는디…… 것도 아직 안
나오냐?
　"가야금요? 가야금 소리 듣고 싶으세요?"
　"잠이…… 잠이 안 오니까 말이다."
　"괴상한 판이 하나 있긴 있어요, 아버지…… 틀어볼까요?"
　"그래볼라냐."
　희옥은 대충 쌓아놓은 레코드들을 뒤적거렸다. 어느 층에 황병기
의 〈미궁〉이 있을 것이었다. 오빠는 자주 그 음반을 들었다. 그 부엌
에서 오빠의 남은 살림들을 다 연소시켰다고 생각했지만, 차마 빠
져나가지 못한 옷들과 책은 옮긴 짐 속에서 얼굴의 눈, 코, 입처럼
섞여나왔다. 〈미궁〉도 그중의 하나였다. 어느 날 밤, 〈미궁〉을 턴테
이블에 올려놨다가 희옥은 기겁을 하면서 내려놓아버렸다. 오동나
무로 만든 공명관에서 흘러나올 찬찬한 소리를 기대했었는데, 날
세운 쇠붙이를 내려놓는 듯한 신경을 긁는 소리로 시작되더니 급기
야는 웬 여자가 혁혁 웃어대는 것이었다. 아니, 혁혁 울어대는 것이
었다. 웃음의 고비 뒤엔 울음이, 울음의 고비 뒤에는 웃음이 터져나
왔는데, 희옥은 참을 수가 없어 거칠게 내려놓은 뒤 아직 한 번도
손대지 않았다. 희옥은 〈미궁〉을 찾아내 턴테이블에 올려놓았다.
분명히 손씨가 원하는 가야금 소린 아닐 테지만, 분명히 '가야금 황
병기'라고 쓰여 있었다. 손씨와 함께라면 그 여자의 그 울음과 웃음

을 끝까지 들을 수 있을지도 모른다는 생각을 희옥은 했다.

"꺼……꺼버려라."

손씨는 팔을 휘저었다. 손씨도 희옥처럼 울음이거나 웃음이 숨과 함께 넘어가려는 순간까지밖에 참지를 못했다.

"이상하지요? 이게 웃는 거야 우는 거야, 아버지?"

"……꺼버리라니까!"

희옥은 불이 들어와 있는 포노를 눌러버리고 레코드집을 읽었다. 미궁The Labyrinth. 가야금 : 황병기/목소리 : 홍신자. 황병기 제3작품집. 홍신자? 그 춤꾼 홍신자 말일까? 희옥은 〈미궁〉을 던져놓고 손씨를 돌아다보았다. 손씨는 창백해진 낯빛을 하고 있었다. 두 눈을 꾹 감고 두 엄지로 눈꺼풀을 꾹꾹 누르고 있었다. 희옥의 가슴으로 또 바람이 지나갔다. 희옥은 이불 속으로 돌아와 누웠다. 몸을 뒤집었다. 담요에 뭉개지는 콧등 아래로 눈물이 흘러내려 입술을 적셨다. 콧속으로도 흘러오는 그 짠물을 그녀는 꿀꺽 삼켜버렸다.

두 부녀 사이에 한참 침묵이 흘렀다. 그 침묵 사이로 제습기의 물방울 떨어지는 소리가 규칙적이지 못하고 불안하게 똑똑거렸다.

"아버지, 노래 불러보시겠어요? 아버지 노래 잘하시잖아요."

손씨보다 희옥이 그 침묵을 참아내지 못하고 눈가를 팔소매로 쓱쓱 훔치며 벌떡 일어났다.

"노래? 노래는 무슨……"

"아니야, 아버지. 불러봐요. 공테이프도 있고 마이크도 있어요. 녹음해볼게…… 왜 전에 아버지 북도 치시고 창도 곧잘 하셨잖아요."

“옛날에…… 옛날엔 그랬지…… 그걸…… 기억하냐?”

“그럼요.”

“니 어렸을 때인데도?”

“그래도.”

“다…… 옛날 가락이여…… 이젠 못 혀…… 다 잊어뿌렀다.”

“아니야…… 하려고 하면 생각날 거예요. 북선생 데려다가 아랫방에 묵게 한 것도 다 알아요……”

“에미가 그러더냐?”

“응? 아…… 아니.”

“너 태어나기 전인데도?”

“응…… 네! 아니…… 아니야……”

희옥이 서랍에서 아직 한 번도 써보지 않은 마이크를 비닐봉지에서 꺼내는데 콧속으로 또 짠물이 넘어왔다. 마이크 선을 끼자 뚜— 소리가 음산하게 울려나왔다. 볼륨을 낮게 해놓고 희옥은 부지런히 공테이프를 끼웠다. 녹음과 재생을 동시에 누르는 틈을 타 희옥은 넘어온 짠물을 또 꿀걱 삼켰다. 손씨는 얼결에 마이크를 받아쥐고 멀뚱히 희옥을 쳐다보았다.

“듣고 싶어, 아버지. 노래해주세요, 응?”

“나는 이제 늙었다…… 내가 왜 양복 입고 넥타이를 매고 왔는지 아냐? 니 만나는 사람이 있으면 이번 참에 내 만나보고 가려고 왔어…… 세월이 흘렀어야…… 이젠 그런 얘기를 해야 되어…… 언제까지나 오래비 에미 그늘 속에서 살 수만은 없응게.”

마이크를 들고 얘기하는 통에 손씨의 목소리는 스피커를 타고 웅웅거렸다. 그 소리에 희옥은 화들짝 놀라 손씨의 손을 쥐었다.

"노래해줘요, 아버지…… 응?"

"꿈을…… 꿈을 자주 꾸는구나…… 흉몽이다…… 맥을 만들어 머리맡에 놓고 자도 꾼다…… 가끔 네 어미도 본다…… 날 야단친다…… 널…… 그렇게 두고 올 거냐고 말여…… 혼인을 시키고 와야 헐 것 아니냐고 말여. 꿈이라서인가…… 인자는 네 오래비 안 찾드라…… 하긴 인자 함께 있겠구나."

"노래해줘요…… 한 번만, 아버지."

"그렇게 듣고 싶으냐?"

"응…… 그래요, 듣고 싶어요."

손씨는 잔뜩 얼굴을 일그러뜨리고 마이크를 당겨 잡았다. 난로 불빛이 손씨의 왼쪽 뺨을 강하게 비추는 통에 얼굴 다른 부분에 그늘이 졌다.

"어하 청춘…… 손님들아…… 이내 말을 들어보소. 젊어 청춘 고운 그때 엊그젠 줄만 알았더니…… 오늘 보니 늙어 샜구나…… 검던 머리 희어지고 곱던 얼굴이 추려허네…… 백발이 모두…… 원수로구나…… 안 된다…… 안 돼…… 다 잊어뿌렀다."

"잘하시는데요…… 더…… 더…… 좀더 해주세요, 아버지. 응?"

손씨는 물끄러미 희옥의 두 눈을 쳐다보더니 다시 마이크를 당겼다. 희옥의 가느다란 두 눈은 아내를 닮았다. 아들이 입대해서 사회로 영영 돌아오지 않게 되었을 때까지는 사랑하는지도 못 느꼈던 아내. 성질이 화통 같았던 여자. 부부싸움중에 손씨가 밥상을 걷어차면 아내는 곁에 있던 숭늉 양푼을 뒤엎었다. 삽을 내팽개치면 호미를 땅에 박았고 뺨을 치면 어깻죽지라도 잡아끌어야 분이 풀렸던 여자. 한번은 장을 담그는데 마당의 소금을 장독대로 옮겨다주지 않는다고 그 큰 장독 뚜껑을 깨버렸던 여자였다. 그러나 아내는 젊은 시절 손씨가 밖으로만 나돌 때도 주춤하는 법 없이 살림을 지켰다. 농번기 때 손씨가 턱없이 읍내 봉다방에 앉아 있어도 그녀는 논 한구석 빈틈없이 모를 심어놓았다. 마당 한구석에라도 잡초가 자라는 걸 그냥 넘기지 못했다. 빈 땅이면 어디든 뭔가를 심어놓았다. 논두렁엔 콩을, 마당엔 채송화, 해바라기, 포도 덩굴을, 그 먼 다랑이 산밭에 그 흔한 옥수수를 심어놓고 아내는 부지런히 왔다갔다했다. 자식도 성질대로 불같이 사랑했다. 아들에겐 끊임없이 남과 달라야 한다고 가르쳤다. 이장네 봉식이하고는 놀지 말그라. 아이가 왜 꾀죄죄하고 근천스럽지 않든. 사람은 귀하게 굴어야 해. 눈을 내려뜨지 말고 등은 곧바로 세우고, 알았제.

손씨는 마이크를 쥔 채로 쓸쓸하게 웃었다. 헐렁한 잇속이 난로 불빛에 비쳐 불그스름했다.

아들은 아내의 소망대로 남다르게 자랐다. 용모에서부터 행동거지까지 남의 눈에 띄었다. 또래들과 섞여 있으면 아들은 조숙해 보여서 늘 윗형 같았다. 아내가 원하는 대로 법학을 선택했고 여자에겐 관심이 없었다. 손씨는 그런 아들을 위태위태하게 바라보았다. 아내는 법전을 덮어두고 시위에 가담하는 것만은 원하지 않았을 것이다. 일학년을 못 마치고 휴학, 이학년을 못 마치고 휴학…… 기어이 강제 징집되어 갔다…… 그러고는 다시 돌아오지 않았다. 아내의 소망대로 아들은 분명 남과 다른 사람이 되었다. 분명히 말이다. 아내는 성질답게 뼛가루도 없이 사망통지서와 소지품만 돌아온 아들의 죽음을 절대로 받아들이지 않았다. 총 맞은 모습이라도 상관없응게 내 눈앞에 보여주소! 아들의 친구들과, 부대를 번갈아 열심히 찾아다니다가 한번은 눈을 희번덕거리며 돌아왔다. 무슨 큰 비밀을 말하듯이 손씨의 귀를 바싹 끌어당겨놓고는 속삭이며 키득거렸다. 여보, 그놈은 살아 있소. 어데로 사라졌는가는 몰라도 놈이 죽은 걸 본 사람은 한 사람도 없응게.

"뭐하세요. 아버지. 더 불러줘요…… 조금 더."

"그래…… 그래."

"너무 입 가까이 마이크 대지 말구요."

"……이놈의 백발을…… 내가…… 한번 막아보랴…… 한 손에다…… 몽키를 들고…… 또 한 손에다…… 철퇴 들고…… 아…… 아무리 치고 팬들 오는 백발 막을소냐…… 등장가세…… 등장가세…… 하느님 전으로 등장가세…… 일배…… 이배…… 부일배라…… 한잔…… 더 자시소…… 한잔…… 더 먹소…… 취하도록 마셔가면서…… 놀……다……가…… 세……세월아…… 세월아…… 가들 말어라…… 아까운…… 청춘이…… 다…… 늙…… 는다……"

손씨는 숨이 턱 막혀 마이크를 아래로 내리고 가슴을 폈다. 아내는 처절하고 비참하게 미쳐갔다. 아들을 잃은 후에 땅에다 아무것도 심지 않는 아내를 보면서 손씨는 아내를 향해 마음을 열었다. 세상에서 아내를 가장 사랑한다고 하늘에다 대고 비명을 질렀다. 그러니 제발 모든 걸 다시 회복시킬 수 있도록 해주십시오. 그렇게만 된다면 이 여자를…… 내 늙은 아내를…… 믿음과 애정이 피처럼 진하게 솟아나서 주체할 수가 없었다. 미쳐서 산길이고 들길이고 맨발로 하염없이 걸어다니는 아내의 뒤를, 절대로 신지 않으려는 신발을 들고 뒤따라 다녔다.

"희옥아!"

"네……"

"나……는…… 이 애비는…… 이제 늙었다…… 마음이 요즘 이상허다…… 내가 말이다, 희옥아……"

"아버지, 노래 한 곡만 더 해주세요."

"이놈아!"

"한 곡만…… 더…… 아버지."

"인자는 이 세상에 너와 나 둘뿐여…… 나는…… 늙었어야……"

"아버지…… 노래!"

"너는 시퍼러…… 살아야 할 날이 창창헌디……"

"아버지…… 노래 한 곡만 더…… 꼭 한 곡만 더 들려줘…… 응…… 아버지."

희옥은 이불을 뒤집어썼다. 다른 사람에게 오빠가 어떤 생각을 가진 후배고 선배인지 알지는 못해도 그는 희옥에겐 아름다운 사람이었다. 세 살 터울일 뿐인데도 오빠는 언제나 우리 희옥이, 귀여운 희옥이였다. 남들은 다 눈이 크고 둥그렇고 예쁜데 내 눈만 이렇게 가느다랗다고 희옥이가 짜증을 낼 수 있는 상대는 오빠뿐이었다. 내 보기엔 네 눈이 세상에서 제일 예쁘다. 그래도 니가 정 싫다면 이다음에 니 학교 졸업하기 전에 내가 쌍꺼풀 해주마! 정말? 정말!

하아, 오빠도 그런 말 할 줄 알어? 왜? 내가 어때서? 오빤 투사잖
아, 투사? <u>으흐흐흐</u>…… 내가 투사란 말이지.

"어여 해라…… 어여……"

너는 피부가 하얗고 머리카락이 검고 눈이 깊어서 옛날에 태어났
으면 꼭 왕빗감이다…… 오빠 그런 억지가 어덨수. 그런 식이면 왕
빗감이 수도 없겠다, 뭐. 희옥은 마이크를 쥐고 입술을 깨물었다.

"……나는 그대 모습을 꿈속에서 보았네…… 사랑하는 사람이여
꿈속에서 그댈 봤네…… 너무나 반가워서 마구 달려갔었네…… 사
랑하는 사람이여 그대를 부르며…… 장미꽃 향기를 맡으며 잔잔하
게 미소짓는 그대 모습…… 보았네…… 살며시 그대를…… 그대
를……"

"그래…… 노랠 아주 잘하는구나."

어느 때 함께 저녁을 먹은 뒤 희옥이가 부엌으로 나가 설거지를
하고 있는데 오빠는 화장실을 다녀오다가 갑자기 마마! 하고 불렀
다. 희옥이 깜짝 놀라 고무장갑을 낀 채로 얼굴을 반짝 들었는데 오
빠는 옛날 시녀들이 왕비를 배알할 때 취하는 자세로 서서는 웃지
도 않고 엄숙하게 말하는 것이었다. 마마! 손수 설거지를 하시다뇨.
제발 그만두시고 어서 아랫목으로 가 좌정하십시오. 희옥이 허리까
지 굽히고 한참 웃고 있는데 오빠는 다가와서 진짜로 고무장갑을
벗겨내었다. 희옥이 장난 그만하라고 소리쳐도 오빠는 막무가내였
다. 한사코 벗긴 고무장갑을 자신의 손에 끼면서 희옥을 방으로 밀
어넣었다. 마마! 윗목은 춥사옵니다. 꼭 아랫목에 좌정하시옵소서.

"……희옥아!"

"……네."

"너 혼인해서 사는 것……"

"아버지."

"사는 것을 조금이라도 보고 가고 싶어…… 나는 늙었어…… 세월이 흘렀다…… 인자는 너만 살날이 남았어."

손씨는 말 한마디를 하기 위해 정신을 집중시키기도 힘이 들었다. 뻣뻣해진 등을 허물어뜨리며 누웠다. 희옥은 열을 너무 받은 난로선을 빼냈다. 날이 밝았을까? 희옥은 갑자기 멍텅구리가 된 듯 아무것도 생각이 나지 않아 우두커니 한참을 서 있었다. 골목으로 오토바이가 부릉 소리를 내며 지나갔다. 희옥은 제습기 쪽을 쳐다보다가 나무 서랍장 위의 미사포를 쓴 성모 마리아상 쪽으로 눈을 주었다가 허둥지둥 손씨를 내려다봤다. 아버지는 왜 이렇게 작아졌는가.

"이대로 잠을 자다가…… 내가 어느 날인가는 못 깨어날 것만 같단 말이다…… 그러믄 니는 어쩔 텐가 말이다…… 그리 도리질만 말고 만나는 사람 없시믄 맞선을 보자…… 응…… 희옥아……"

"춥지, 춥지, 아버지."

희옥이 후딱 서랍장 위에 쌓여 있는 스웨터 중에서 맨 윗것을 들어내 손씨의 허리를 세워서 한쪽 팔로 받치고 목을 끼우는데 자신에게도 꼭 끼는 것이 아버지에겐 헐렁했다. 왜 이렇게 작아졌소, 아버지. 희옥이 심사를 잔뜩 뒤트는데 속눈썹은 눈물에 축축하게 젖어들었다. 손씨의 생기없는 눈에도 눈물이 넘칠 듯이 차올랐다. 팔목은 바들바들 떨렸다. 두 부녀는 결국 서로 끌어안고 얼굴을 대고 흐느껴 울어버렸다. 아내와 아들이, 오빠와 어머니가 그들의 인생에

처놓은 불안을 서로 모르게 하려고 애쓰다가 참지를 못하고.

두 부녀가 간이 유료주차장 앞 지하방에서 서로 얼굴을 만지며 울고 있을 때 지상은 눈발이 송이송이 굵어지고 있었다. 새벽 미사를 마친 노파와 손녀가 그 눈송이를 사각사각 밟고 지나갔다. 사르륵사르륵…… 눈송이는 세상을 하얗게 덮어야 할, 꼭 그래야 할 일이 있는 듯이 어느 집 창문 약간 홈진 데까지 찾아가서 쌓였다. 사르륵사르륵…… 내리는 눈송이들은 한 번도 도리질을 해본 적이 없어 보였다. 망설임 없이 어디에나 쌓여가고 있다…… 눈이 그치고 봄이 와도 희옥은 아무것도 잊지 못하고 아무것도 사랑하지 못할지도 모른다…… 손씨는 그런 딸의 손목을 이끌고 비척비척 맞선 장소에 나갈지도 모른다…… 그때 희옥은 슬금슬금 손씨의 안색을 살피면서 '목이 너무 짧은 것 같아요' '눈에 점이 박혀 있네요' 갖은 핑계를 끌어다댈 것이었다. 남은 두 부녀의 생에 불안과 눈물은 그물처럼 쳐져버린 것이다…… 그런 날들 속의 어느 날 아침 손씨는 다시는 눈을 뜨지 않을지도 모를 일이다…… 하지만 그게 어쨌단 말인가. 희옥과 손씨가 어떻게 울고 있든 상관없이 주차장 앞, 철물점과 중국음식점 '장가구'가 있는 이층 편물공장 여직공들은 이제 깨어나서 곧 출근을 할 것이었다. 작업종이 울리기 전 짧은 시간, 아가씨들은 유리창의 성에를 화판 삼아 무늬를 그릴 것이었다. 사랑해, 못 잊어, 글씨를 새겨넣기도 할 것이었다. 그러곤 재빨리 무늬와 글씨를 뭉개버리곤, 고드름같이 차가워진 손가락 끝을 호오, 입김으로 녹이면서 까르륵 웃을 것이었다.

외딴 방

눈이 잘 녹지 않는 곳. 내린 눈이 하룻밤만 지나면 그대로 빙판이 되는 곳. 눈은 또 내려서, 또 내려서 빙판 위에서 언다…… 세월이 딱 십 년 지나서 내가 그곳을 떠올렸을 때 골목골목 겨우내 녹지 않고 있던 그 빙판이 먼저 떠올랐다. 그랬다. 또 내린 눈은 먼저 얼어 있던 것들 위에서 얼었다…… 그 채소밭과 전신주 밑을 기억한다. 술을 마신 어린 남자 공원은 가끔 그 전신주 밑에 머리를 박고 비틀거리면서 오줌을 누었다. 늦은 밤 나는 천근이나 되는 듯이 느껴지는 자주색 가방의 무게 때문에 오른쪽이 더 처진 어깨로 지나가다가 오줌발에 누렇게 녹은 그 전신주 밑을 보곤 했다. 가로등 불빛 아래의 그 누런 구멍이 나를 다 밀어넣어도 메워지지 않을 듯 깊어 보일 때마다 가방을 쥔 손 쪽의 내 어깨는 더 기울어졌다. 그럴 땐 생각난 듯이 나는 펄쩍펄쩍 뛰어 항상 문이 열린 그 집으로 스며들곤 했다. 그랬다. 그건 분명 스며듦이었다. 그 집으로 한 발짝 들어서는 순간 나는 없어지고, 열여섯 살 내 청춘은 없어지고 점만 남았다…… 그 집에 기거하는 사람이면 누구나 다 그랬으므로 그 집 안에서는 하나의 점인 것이 공평한 것이었다. 십 년 후, 내 청춘은 느닷없이 그것이 공평하지 않다는 것을 깨달았다. 그리고 지금 그 여자 생각에 가슴이 미어져 나는 이 글을 쓴다. 그 여자, 희재 언니……
희재 언니.

수원행 전철이 통과하는 전철역이 그 동네의 시작이다. 전철역 앞에서부터 길은 세 갈래로 나뉘었다. 길은 세 갈래였어도 어느 길로 접어드나 공단과 연결되었다. 단지 그 집으로 통하는 좌측길만 사진관과 보리밭다방 사이로 골목이 또 있었고, 그 골목을 사이에 두고 집들이 들어서 있었다. 그러나 집들이 있는 그 골목을 벗어나 시장으로 통하는 육교를 건너고 나면 그 시장 끝도 역시 공단이었다.
서른일곱 개의 방이 있던 그 집, 미로처럼 구불구불 들어가 이젠 더 어쩔 수 없을 것 같은 곳에 작은 부엌이 딸린 방이 또 있던 삼층 붉은 벽돌집. 이층으로 올라가던 계단 삼 미터 앞, 위에서 보면 시멘트로 덮인 마당 중앙에 수돗가가 있었다. 계단 왼편엔 황색 나무 문 두 개. 그 나무문의 유리창엔 먼지가 두껍게 내려앉아 있었다. 그 먼지 속에 흰 페인트 글씨로 男, 女가 쓰여 있었다. 아침이면 서로 멋쩍어하며, 전혀 다른 일을 기다리고 있는 사람들처럼 딴전 피우며, 그 집 사람들은 수돗가 근처에서 서성거렸다. 한 대문을 썼지만 서로 그때만 얼굴들을 볼 수 있었다. 웃지도 아는 척도 하지 않고. 계단 오른편에서 두번째 문…… 희재 언니는 거기 혼자 살았다.
오빠와 내가 처음 그 집으로 이사를 갔을 때, 나는 먼저 부엌문 작은 창을 열었다. 먼저 살던 사람이 남긴 퀴퀴한 냄새를 털어내고, 받침대로 썼을 벽돌 조각, 선반 위의 휴지, 팽개쳐진 낡은 석유곤로 들을 들어내고, 오빠의 책들과 소지품, 내 가방을 정리하는 데만 하루가 걸렸다. 소꿉 살림을 꾸릴 세간살이를 구하러 시장에 가기도 전에 저녁이 되어버렸고, 어머니가 미리 부친 쌀은 있었어도 냄비가 없어 밥을 짓지 못했다. 그 전철역 앞 보리밭다방 이층 중국집에서 저녁을 때우고 돌아오는 길에 피곤해서 눈이 반쯤 감겼다. 오빠도 그런 모양으로 방으로 들어오자마자 누워 잠에 빠졌다.

가끔 나는 기억이 안 난다. 어떤 부분, 그냥 지나칠 만도 한 어떤 부분을 너무나 상세하게 기억하고 있는가 하면, 그냥 누구나 당연히 자연스럽게 기억나야 할 부분은 볕 좋은 날 양지처럼 텅 비어 있다. 우리가 그 집으로 이사한 때가 어느 계절이었는지, 연탄불을 땠었는지 안 땠었는지는 전혀 기억이 안 난다. 중학교를 졸업하고 몇 개월 시골집에 있었고, 서울에 올라와서 그 전자회사에 취직하기 위해 두 달여 동안 이름도 정확히 기억나지 않는 무슨 직업훈련원에서 납땜질을 배웠으니 그 기간들을 계산해보면 초가을이 아니었을까…… 짐작해볼 뿐이다. 내 기억 속에서 그 무렵의 시공이 텅 비어 있는데도 알 수 없는 일이다. 잠에 빠진 오빠의 흰 얼굴과 창을 열고 봤던 바깥 풍경은 환하고 환했다.

창을 열었던 순간에 전철이 멎었을까? 공터 건너 전철역이 창을 통해 바로 내다보였는데 순간 내 눈은 휘둥그레졌다. 전철역 계단을 타고 쏟아지는 그 수많은 사람들. ㄷ자 계단을 들쑥날쑥 빼곡히 채우고 있던 사람들의 머리. 사람들은 세 갈래 길 앞에까지 그렇게 밀물처럼 밀려와 갈라졌는데 신비하게도 오 분도 안 지나 또 텅 비어버리는 것이었다. 환시였을까? 나는 좀 멍해져서 단 오 분 사이에 일어났던 그 꽉 참과 텅 빔을 곱씹었다. 내 잠자리였던 다락의 계단 세 개를 더듬거리며 올라올 때까지 나는 창문 앞에 서서 똑같은 순간들을 두 번 더 구경했다.

다음날 나는 직업훈련원에서 지정받은 '동남전자주식회사'로 출근을 했다. TV, 스테레오를 주 생산품으로 하는 회사였는데 훈련원에서 합숙이 끝난 후 희망 회사를 택하라 하며 칠판에 많은 회사 이름을 적어놓았을 때, 언젠가 TV 광고에서 예쁜 여자가 헤드폰을 끼고 스모키의 〈What Can I do〉를 열정적으로 따라 부르다…… 동남스테레오…… 했던 장면이 떠올라 그 회사를 택했다. 훈련원에서는 납땜을 배웠으나 나는 그 지지직거리는 소리와 물렁한 납이 녹을 때 솟아오르는 연기가 싫어서, 뒤로 어물쩡 서 있다가 '스테레오과' A라인 1번이 되었다. 내가 하는 일은 스테레오 속자재 밑판에 에어드라이버로 나사 일곱 개를 박는 일이었다. 각 장소마다 나사의 크기가 달라 사용될 나사와 박아야 할 자리를 외우는 데 꽤 여러 날이 걸렸다. 나는 1번이었고 내가 작업을 마쳐야 자동으로 굴러가는 라인을 따라 2번이 일을 이을 수 있었다. 나와 2번 사이는 이 미터가량 사이가 있었으며 그 사이에 내가 작업을 마친 스테레오 밑판이 끊기지 않고 흘러가게끔 속도를 맞춰야 한다고 작업반장은 설명했다. 나는 그 속도와 나사를 박는 장소와 나사의 종류를 맞추고 알아내고 틀리지 않게 하려고 너무나 애를 써서 그 첫날 일과 끝종도 못 들었다. 빠릿하지 못하고 눈썰미가 부족해서였을까? 하느라고 해도 2번은 어느새 손을 놓고 나를 멀뚱히 쳐다보고 있었고, 내가 나사를 박은 자리에 다른 자재를 연결시키는 작업을 하는 라인 속의 사람은, 다른 나사가 박혔다며 다시 내게로 작업판을 가져오기 일쑤였다. 작업반장이 자주 내 앞에서 걸음을 멈추고 나를 바라보아서 나는 일을 더 못했다. 답답했는지 그가 내게서 에어드라이버를 빼앗아 나사를 빠른 속도로 박기도 하고, 준비반에서 작업판을 가져다 쌓아주기도 하며 도와주었어도 그날 검사과로 넘어가 체크된 스테레오 생산량은 평소에 비해 열 대도 넘게 부족해서 B라인 C라인보다 뒤처졌다고 A라인 모든 이들이 일과 후 작업계장으로부터 훈시를 들었던 게 생각난다.

그날 저녁에 귀가하면서 시장에 들러 밥솥, 국자, 주걱, 밥그릇…… 밥을 해먹을 수 있는 살림들을 샀고, 그 집 그 부엌에서 첫밥을 지었다.

그때 오빠는 방위였고 안양 과외학원의 수학강사였다. 꼭 전철역 앞에 방이 필요했던 것도 오빠 때문이었다. 오빠는 새벽 네시 반에 가발을 쓰고 신사복을 입었다. 가발은 다락방 문 안쪽에 못을 치고 걸어놓았다. 내 잠을 깨우지 않으려고 살며시 다락문을 열어도 나는 오빠의 기척에 항상 잠이 깨곤 했다. 그러나 오빠의 마음에 맞춰 뒤척이거나 일어나서 잠을 깼다는 기척을 보이지 않았다. 내가 그래봐야 일 초가 급한 오빠의 학원행에 방해만 될 뿐이었으므로.

오빠는 새벽반과 야간반을 맡고 있었다. 지금 문득 새벽마다 가발을 쓰느라 거울을 들여다봐야 했던 오빠의 기분이 어땠을까, 하는 생각이 든다. 오빠와 나는 같은 방에 살면서도 밤 열시가 지나야 만났다. 아침을 지어놓고 도시락을 싸놓고 내가 출근을 하면 오빠는 학원에서 돌아와 다시 가발과 신사복을 허물 벗듯 벗어놓고 방위가 되어 용산동 사무소 근무지로 갔다. 그러곤 저녁에 내가 퇴근하지도 않은 방으로 먼저 돌아와 다시 강사 차림으로 전철을 탔다. 가끔 오빠는 학생들이 선생님인 자기가 설마 방위일 줄은 생각도 못 하리라며 웃곤 했다.

에어드라이버로 나사 박는 일이 손에 익었을 때쯤, 이제 나 때문에 생산량이 줄지 않게 되었을 때쯤, 회사 내에서 '산업체 야간 특별학급' 학생을 선발하는 시험 공고가 났다. 경제개발 5개년 계획을 세워 무조건 앞만 향해 달려온 대통령의 특별 지시로, 산업체에서 근무하는 공원 중고등학교 과정을 공부하고 싶은 사람에게 아름답게도 특별히 베푸는 자비였다. 국립고등학교 야간부에 상업과정 다섯 학급을 신설했는데 '동남전자주식회사'에서만도 네 학급이 넘을 이백여 명이 지원을 하고 있어서 열 명만 보낼 생각이었던 회사에서는 호구책으로 시험을 치르기로 했다. 지원한 사람들의 나이는 대부분 스물이 넘었다. 어떤 방식으로 시험문제를 출제했든 간에 중학 과정의 문제였으니 중학교를 막 졸업하고 상경했던 내가 그들보다 점수가 월등히 나을 수밖에.

내가 학교에 다니기 시작하면서 오빠와 나는 밤 열두시나 되어야 만났다. 아침에 밥을 많이 해서 저녁까지 겸하는 방법을 썼다. 방 한편의 작은 나무밥상은 늘 상보로 덮여 다리가 접힐 틈이 없이 놓여 있었다. 오빠는 국을 좋아했다. 국이 없으면 밥을 뜨다 마는 사람이었다. 그 때문에 내 마지막 일과는 하교하면서 시장에 들러 생

선이라든지 두부 시래기 등 국거리가 될 만한 것들을 사오는 것이
었다.

  내가 희재 언니를 처음 본 것은 그해 봄이다. 그 집 시멘트 마당
중앙 수돗가에서 교복을 빨고 있던 희재 언니의 블라우스를 기억한
다. 한집에 살면서 얼굴 한 번 안 맞닥뜨리고 가을 겨울을 보냈는
지, 아니면 그 겨울날에, 혹은 봄날에 희재 언니가 이사를 왔었는지
그것은 모를 일이다. 서른일곱 개의 방, 그 방 하나에 한 사람씩만
산다 해도 서른일곱 명일 텐데 봄이 되도록 내가 얼굴이라도 부딪
친 사람은 서넛도 안 되었다. 어느 방에 누가 사는지 도시 알 수가
없었다. 대문은 항상 열려 있었으며, 대문을 들어서면 밖으로 난 문
에 자물쇠들이 먼저 눈에 보였다. 가끔 문을 따고 있는 사람의 뒷등
을 보면서 나는 삼층으로 올라가곤 했다. 세탁거리를 나는 삼층 부
엌에서 대충 해결하곤 했었는데, 그날은 이불 홑청을 뜯었던 참이
라 좁은 부엌에서 어쩔 수가 없어 대야에 담아가지고 수돗가로 갔
던 것 같다. 일요일이었을까? 모르겠지만 햇볕이 좋은 날이었다. 이
층 삼층 건물이 마당을 그늘지게 하고 있었지만 수돗가가 있는 중
앙만은 빛이 들었다. 희재 언니가 빨고 있는 빨랫감이 하필 같은 학
교의 교복이어서 나는 반가웠을 것이다. 나는 대야를 곁에 놓고 기
다렸다. 이전에 학교에서도 골목에서도 그녀와 마주친 적이 없었다.
어쩌면 빨고 있는 교복은 동생 것일지도 모른다는 생각도 들었다.
내가 무슨 생각을 하든 희재 언니는 빨래 헹구는 일에 열심이었는
데 넓게 퍼지는 치마 속에 넣어 입은 블라우스의 잔꽃무늬가 그녀
의 몸짓에 따라 당겨져서 일그러지곤 했다. 나는 희재 언니의 한 주

먹이나 될까 한 얄팍한 허리와 자주자주 엉망이 되어지는 그 잔꽃 무늬를 아슬아슬한 기분으로 보고 있다가 바가지를 든 채 고갤 쳐 드는 그녀의 눈과 정면으로 마주쳤다.

햇빛같이 표정이 없는 무심한 얼굴.

바로 그녀가 희미하게 미소짓지 않았다면 나는 무안해져서 손깍 지를 꼈거나, 삼층으로 후다닥 올라가버렸거나, 열려 있는 대문 밖 으로 일없이 나가 골목 끝까지 걸어갔다 왔을 것이다. 희미하게 웃 는 희재 언니의 얼굴엔 가루비누가 버짐처럼 묻어 있었다. 그녀는 틀어놓은 수도꼭지 밑으로 내 세숫대야를 당겨주고는 옥상으로 올 라갔다. 이불 홑청을 다 빨아 고무장갑을 낀 채로 나도 옥상으로 갔 을 때, 그녀는 빨랫줄 한켠에 교복과 양말과 손수건과 속옷 들을 널 어놓고 옥상 난간에 걸터앉아 햇볕을 쬐고 있었다. 내가 그 앞을 왔 다갔다하며 힘겹게 이불 홑청을 다 널 때까지 희재 언니는 전철역 에서 시선을 떼지 않았다.

"수건이 떨어졌어."

빨래를 다 널었을 때 이불 홑청에 가려 건너편의 그녀 모습은 보 이지 않고 목소리만 건너왔다. 옥상 바닥을 보니 곁으로 빨았던 수 건이 어느 결에 떨어져 있어, 주워서 다시 헹궈와 널고 있는 동안에 도 그녀는 그 자리에 앉아만 있었다. 휭하니 그냥 내려오지를 못하 고 미적거리고 있는데 저것 좀 봐, 그녀가 팔을 뻗어 어딘가를 가리 켰다. 희재 언니 곁으로 다가가서 그녀가 가리키는 곳을 보니 전철 역 건너편 어느 공장 굴뚝에서 시커먼 연기가 구름처럼 솟아오르고 있었다.

"굉장하지?"

그녀는 손을 거두고 힘없이 웃었다. 빨래를 할 때 구부리고 앉아 주름이 진 스커트 자락을 손바닥으로 문지르는 그녀의 손등이, 부자연스럽게 물에 불은 것처럼 부풀어 있었다. 내가 자신의 손등을 쳐다보고 있는 것을 느꼈는지 그녀는 또 희미하게 웃었다.

"미싱 바늘에 찔렸거든, 물에 손을 넣었더니 불었어…… 어느 방에 살아?"

"삼층."

"사반이지? 저번에 버스에서 봤어, 학교에서도 한 번 보고…… 여기 사는지는 몰랐네."

"나는 한 번도 못 봤어요."

희재 언니는 내 말에 또 희미하게 웃었다. 내 얼굴이 어려 보여서였는지 그녀는 그냥 동생에게 말하듯 했고, 그래서 나는 예예, 그랬다.

"이 집은 좋아…… 누가 죽어도 모를 거야."

안 그래? 하는 투로 그녀는 눈을 동그랗게 모으고는 나를 봤다. 가루비누는 지워지지 않고 묻어 있었고 유난히 낮은 코 곁에 사마귀가 하나 붙어 있었다.

그날 그녀와 나는 장독대 곁에 버려져 있는 파꽃 화분을 들어다 이불 홑청 밑에 놓고 물을 짜주었다. 햇볕 때문이었을까? 나는 내 마음을 안 들키고 어떻게든 그 옥상에서 더 머무를 구실을 만들려고 애썼다. 나는 그녀가 좋았다. 그녀도 마찬가지였을 것이라고 생각하면 지금도 눈물이 글썽해진다. 우리는 그날 잠시 서로가 맘에 들어 행복했다. 잘은 모르겠어도 서글픈 듯 평화로웠던 그 순간, 그녀는 어쨌는지 몰라도 나는 행복했다. 특히 ‘그럼’ 게임을 했을 때는. ‘그럼’ 게임이란 지금 내가 붙인 이름이다. 그녀가 그 안을 먼저 내었는데, 사실 게임이랄 것도 없다. 희재 언니가 뭐라 하면 나는 전혀 이의없이 그럼…… 하면 되었으니까. 마찬가지로 바꿔서 내가 뭐라 하면 그녀가…… 그럼…… 그럼 해주면 되었으므로. 내가 그때 무슨 말을 했었는지는 생각 안 난다. 그래도 그녀의 물속 같은 목소리…… 가끔은 깔깔 웃으면서 그럼, 그럼 했던 그 오후 다섯시 같은 목소리, 그 손뼉 치는 소리…… 십 년을 훌쩍 뛰어넘어 생생히 들린다. 편안하고 서글픈 듯 그녀는 말했다.

“난 잠을 자겠어. 사흘 나흘 깨지 않고 푹 자겠어.”

“……그럼.”

“동생이 학교 졸업하고 설마 대학 간다고는 안 하겠지, 안 그래?”

“……그럼.”

“그래도 가겠다 하면 보내야겠지.”

“……그럼.”

“모르는 소리…… 이보다 더 일할 수는 없어. 하루는 이십사 시간뿐이니까.”

“……그럼.”

“난 이 정도밖에 할 수 없어. 날 알아줄 거야.”

“……그럼.”

“반장님이 내일쯤은 작업실에 환풍기를 달아주겠지?”

“……그럼.”

“옷감 먼지가 그렇게 일어나는 걸 직접 봤는데 안 달아줄까.”

“……그럼.”

“이다음에 마당이 있는 이층집에서 살 수 있을까?”

“……그럼.”

도톰한, 색깔은 하나도 없는, 엷은 살빛 그녀의 입술은 즐겁게 여닫혔다. 그럼, 그럼, 그럼…… 가능하지 않은 일이 전혀 없는 우리들의 짧은 그 시간, 어렴풋이 예쁜 아이를 낳을 수 있을까? 희재 언니가 물었고 나는 그럼, 대답했다. 꿈속 같은 시간에 그녀는 현실을 모두 뒤바꿔놓았다. 그녀의 동생은 이미 대학에 다니고 있었고, 그녀는 미싱사가 아니었으며, 서른일곱 개의 방 중의 그 어느 한 방에 살고 있는 것도 아니었다. 처음에 나는 파꽃 화분 속의 흙을 손가락으로 꾹꾹 찍으며 그럼, 그럼 하다가 나중에는 한줌씩 퍼내며 그럼, 그럼 하고 있었다. 그 집에 들어설 때마다, 느슨해졌던 것들이 팽팽히 모아지며 뭉게뭉게 괴어오던 경계심, 막연함은 ‘그럼’ 게임을 하는 동안 모두 사라졌다. 우리는 아주 먼 길을 걷고 있는 두 계집애처럼 높낮이 없는 ‘그럼’ 게임을 이불 홑청이 말라가도록 했다. 순간순간 그녀는 해맑아졌고 가끔가끔 나는 가슴이 막혀왔다. 그녀의 나이가 몇이었는지 생각나지 않는다. 나보다 서넛 많아 보였으니 열아홉…… 스물…… 스물하나…… 가끔 얼굴이 붉어졌던 그녀가 소녀 같았다는 생각이 들지만, 소녀 같은 게 아니고 진짜 소녀였는지도 모른다. 그리운 그 여자는 정신이 난 듯 갑자기 해의 방향을 보더니 싱겁다는 듯 툭툭 털고 일어나버렸다.

“잠을 자야 해.”

"그럼."

"게임이 아니야. 난 정말 잠이 와."

그녀는 갑자기 냉담해져서 화르르 옥상을 내려가버렸다. 그녀가 가버리고 난 후 나는 그 옥상에 쭈그리고 앉아 손톱 밑의 흙을 파냈다. 그녀의 블라우스, 치마, 손짓, 입 모양, 가는 목의 핏줄 들이 그녀가 간 후에도 내 주위에 남아 냇물처럼 졸졸 내 어딘가로 흘러들어서, 꿈결인가? 나는 휘― 돌아다보았다. 무슨 비밀을 가린 휘장처럼 이불 홑청이 펄럭였고, 그녀의 손수건이 바람에 밀려 바닥에 떨어져 있었다. 나는 그녀의 손수건을 빨랫집게로 물려준 뒤 옥상에서 내려왔다.

다음날, 종례가 끝나고 급우들이 숭숭히 빠져나간 교실에 잠깐 앉아 있다가 가방을 들고 몸을 일으키는데 누가 가만히 어깨에 손을 얹었다. 돌아보니 희재 언니였다. 이후부터 우리는 함께 하교를 했다. 희재 언니는 기꺼이 나의 늦은 밤 시장 순례에 동참해주었다. 시장 건물이 따로 있었던 게 아니었고, 공단으로 통하는 길목에 겨우 눈이나 비를 가리게 만든 양철지붕 아래서, 사과궤짝과 나무판자로 시장터를 만들고 있었으므로 대낮에도 피난민촌 같은데, 한밤중엔 우리가 도착하면 파장한 가게들이 많아 되게 을씨년스러웠다. 물건들도 거래 끝의 처진 것들만 있기 마련이었는데, 가끔씩은 문 안 닫은 가게로 건너가지도 못하게 비닐봉지, 나무판자, 지푸라기 같은 쓰레기들이 앞을 가로막고까지 있어서 교복치마 끝을 감치며 빙빙 돌아가야 했다. 돌아가서 문 안 닫은 가게 좌판 위의 생선 꼴을 보고 희재 언니는 간혹 이마를 찡그렸다. 생선의 살은 짓무르고 눈알은 튀어나오고 때때로 배까지 터져 있어 가게 주인이 거저 주는 식의 값을 말해도 희재 언니는 내 손을 잡아끌고 먼저 가곤 했다. 하지만 냉장고가 있었던 것도 아니어서, 그렇게 하루하루를 장에 들르지 않으면 안 되었고, 시장 밖 길목에 쭈그리고 앉아 있는 사람들에게서조차 국거리를 구할 수 없으면 그 축 처진 생선을 사게 되었다. 비닐봉지 안에 든 생선 속에서는 나쁜 물이 뚝뚝 떨어지게 마련이었는데, 처음에 이마를 찡그리며 피하던 희재 언니는 나 대신 그 생선을 들어주곤 했다. 그럴 때는 생선을 든 희재 언니의 손이 앞으로 뻗어 있어 지나가던 사람들이 뭣인가 싶어 힐끔힐끔 쳐다보기도 했는데 그때 희재 언니랑 내가 동시에 얼굴이 마주치면 웃음을 참느라 눈물을 글썽여야 했다.

희재 언니의 방을 나는 기억한다. 희재 언니의 방은 내 방보다 방세가 쌌던 것일까? 두 사람이 나란히 서면 돌아보지도 못할 부엌문을 열면 선반이 보였는데, 그 위엔 희재 언니가 학교에 입학하기 전에 신었던 듯한 자주색 하이힐이 놓여 있었다. 그녀의 방에 처음 들어갔을 때 그리고 이후 몇 번을 나는 그 방문을 열면서 동시에 그 선반에 머리를 찧곤 했다. 내가 얼굴이 붉어져서 머리를 매만지면 희재 언니는 희미하게 웃으며, 곧 익숙해져 나도 첨엔 그랬거든, 했다. 그녀의 방은 세 평도 채 못 되었다. 비키니 옷장 하나, 나무상 하나가 그녀 살림의 전부였다. 창문 창틀에 로션과 스킨병을 올려놓았고 나무상 위에 교과서들이 놓여 있었다. 작은 라디오와 다리미는 그녀의 큰 재산이었다. 다리미는 상자도 새것이었는데 그때말로 교복 칼라를 다리기 위해 샀다고 즐거워했었다. 다락에서보다는 낮지 않겠느냐는 그녀의 제안으로 나는 가끔 희재 언니의 방에서 함께 잤다. 나와 둘이 누우면 우리는 뒤척이지도 못하고 차려 자세로 자야 했다. 그 천장의 잔꽃무늬…… 어느 날 희재 언니는 지업사에서 도배지를 사와서 천장의 얼룩들이 싫다고 오빠의 의자 위에 베개를 올려놓고 도배를 했다. 키가 닿지 않은 데가 있어 결국 오빠가 손을 봐줬는데, 희재 언니는 고개를 갸웃거리며 오빠가 둘이냐고 물었다. 내가 저이가 우리 오빠야, 라고 말해줬을 때는 오빠가 무슨 일로 나보다 늦게 귀가해 학원 강사 차림이었는데, 그날 도배를 해준 사람은 희재 언니 생각으로 삼층 어느 방에 사는 방위였던 모양이었다. 가발에 대한 내 설명에 희재 언니는 처음으로 활짝 웃었다. 그럴 수도 있어? 재밌어…… 그녀는 이후로도 종종 그 생각만 하면 웃음이 터지는지 버스 타고 하교할 때 우두커니 서 있다 혼자 씩 웃어서 내가 손가락으로 옆구리를 찌르며 영문을 물으면 오빠 이야기였다.

도배를 한 다음부터 희재 언니의 방에 누우면 그 잔꽃들이 어지러워 나는 눈을 감곤 했다. 낡은 벽지와 대조를 이루어 천장만 살아 있는 듯했다. 눈을 감으면 전철이 멎었다가 지나가는 소리가 들렸다. 희재 언니의 방을 알고부터 그래도 그 집에서는 내 방이 숨통 트이는 방이라는 걸 알게 되었다. 내 방은 삼층이지만 창문을 열면 공터가 보이고 전철역이 보이고, 하늘도 보였는데, 희재 언니의 방 창문은 열어봐야 바로 옆집 뒷담 붉은 벽돌담이었다. 양쪽 집 빗물 홈통이 그 담으로 통하고 있었다. 담 밑은 언제나 습기가 차 있었다. 늪 속의 흙처럼 밟으면 정강이까지는 푹 들어갈 듯 검은 흙이 젖어 있었다. 그 위로 누가 버린 담배꽁초, 라면 봉지, 껌종이 따위들이 벽화처럼 박혀 어지럽게 그림을 그려대고 있었다. 한 오백 년은 청소 안 했을 거야…… 내가 담 밑을 내려다보며 투덜거리자 그녀는 나도 어제 젓가락 떨어뜨렸어, 했다. 젓가락? 젓가락은 안 보이는데? 내 말에 그녀는 땅 밑으로 들어갔을 거야, 하두 질퍽해 보여서 떨어뜨린 게 아니구 충동으로 내쏘았거든, 화살 쏘듯이 말야…… 나는 어이가 없어 그녀를 쳐다보았다. 그녀는 희미하게 웃으며 왜? 하는 표정을 지어서 나를 객쩍게 했다.

그녀는 그랬다. 모든 일상이 턱밑에, 귀밑에 숨어 있는 주근깨처럼 나직하고, 때때로 너무나 조용해서, 곁에 있는 사람을 부담스럽게 했다.

그녀가 생각에 잠겨 있거나, 아무 몸짓도 안 하고 있으면 다가가서 흔들어보고 싶게 했다. 지금 생각하면 그것이 희재 언니의 균형이었는지도 모를 일인데, 그때는 잠시잠시 넋을 잃은 듯한 그녀의 그 작은 몸을 보면 정신차려, 정신차려…… 외쳐주고 싶어져서, 흔들어라도 보지 않으면 안 되었다.

희재 언니가 화를 내는 것을 나는 딱 한 번 보았다. 그 집 주인여자를 향해서였는데, 주인여자는 그 집에 살지 않았다. 얼굴도 내밀고 있지 않다가 말일 근처에 한 사흘 방세와 나머지 세금들을 받기 위해 들렀다. 여자가 오는 날은 자가용이 골목을 막고 있어 몸을 옆으로 돌려 통과해야 했다. 그 자가용 뒷좌석 선반에는 언제나 성경책이 놓여 있었다. 분을 뽀얗게 바른 콧잔등은 항상 반질거렸고, 깔끔한 성격에 계산이 정확한 여자였다. 그녀가 분담해서 나눠주는 방세를 제외한 공과금 계산서는 몇십원에서 몇원까지 세세하게 나와 있었다. 한번은 희재 언니가 팔천이십원이 나와서 팔천원을 건네준 모양이었다. 주인여자는 이십원은 안 줘? 했고 이십원까지 챙길 줄 전혀 생각 못 한 희재 언니는 얼굴이 빨개져서 백원을 주었는데 팔십원을 안 거슬러주더라는 것이었다. 팔십원 안 거슬러주세요? 라고 왜 말하지 못했냐고 나는 깔깔거리고 말았지만 희재 언니는 정말 무안당했다는 생각이 들고 여자가 싫었는지 골목에 세워진 차 바퀴 바람을 빼버릴까봐, 투덜거리며 손바닥을 비벼댔었다.

희재 언니는 가끔 타진 내 바지라든가, 새 옷을 샀는데 품이 크든지 하면, 언니가 다니고 있는 회사에 가지고 가서 멀쩡히 박음질하거나 줄여다주기도 했다. 한번은 오빠 청바지 밑단을 잘라내고 박음질할 일이 있었다. 언니는 조금 크다는 허리품까지 뜯어 딱 맞게 고쳐다주었다. 그즈음에 그녀의 생일이 끼어 있어서 오빠는 작은 스탠드를 선물했다. 물론 얼굴은 보지도 않고 나를 통해서였다. 스탠드 스위치를 꽂아 오렌지빛 불이 켜졌을 때 희재 언니는 얼토당토않게 전화 교환원이 꿈이었다고 말했다. 서울에 처음 왔을 때 그녀는 무슨 수를 써서라도 교환원이 되어 귀향하리라, 했는데 그것이 마음대로 안 되더라고 했다. 육 개월에서 일 년 정도 학원을 다녀야 되고, 학원을 마쳐도 바로 교환원이 되는 것도 아니고 체신청에서 치르는 국가고시에 합격해야 될 뿐 아니라…… 무엇보다도 학력이 문제였다고 했다. 야간 학원 수업반도 있어 입학을 할까 했는데 학원생 대부분이 고졸이어서 은연중에 학력이 고졸로 되어 있었는지 중학교밖에 졸업 안 했어요? 하더라는 것이었다. 학교 다니

는 일이 별로 재미가 없고 피곤할 뿐 아니라 야근을 못 하니 잔업수
당도 못 받아 집에 돈 부치는 일이 벅차다고. 그래도 그녀는 꼭 전
화 교환원이 되어야겠다고 했다. 학교를 졸업하면 바로 학원에 등
록을 할 것이라고, 그렇게 해서 전화 교환원 자격증을 따면 자기는
공원이 아니라며, 그녀는 오렌지 불빛 아래서 희미하게 웃었다.

　불빛 때문이었을까?

　그녀와 나는 포근해져서 가게에서 카스텔라를 두 개 사와 그 나
무상 위에 나란히 붙여놓고 성냥개비를 열아홉 개? 스무 개? 스물
한 개 꽂았다. 오렌지빛에 유황불은 잠깐 섞여들며 확 타올랐다. 그
녀는 또 희미하게 웃으며 말했다. 근데 참 아득해…… 멀미가
나…… 빨리빨리 다 살아버렸으면 좋겠어.

　내 방 창문을 열면 바로 내다보이는 공터에 누군가가 배추를 심
었다. 배추가 한 뼘가량 자라났을 때 희재 언니는 학교에 나가지 않
았다. 분명 아침이면 나와 함께 교복을 입고 육교까지 함께 가서 헤
어지곤 했는데 학교에는 가지 않는 것이었다. 처음에 한 사흘인가
는 무슨 일이 있어 먼저 집에 갔는가 했는데 그게 아니었다. 나 혼
자 시장에 들러 국거리를 사들고 대문을 열면 저절로 내 시선은 그
녀의 문을 더듬었는데 번번이 채워져 있는 열쇠통을 보았다. 열두
시…… 한시에 내려가봐도 그녀가 들어온 흔적이 없었다. 세시가
넘도록 기다려본 적도 있으나 그녀는 귀가하지 않았다. 그런데 어
느 틈에 왔는지 아침이면 그녀는 교복을 입고 먼저 나를 기다리고
있었다. 희재 언니의 얼굴은 소다를 넣어 부풀린 밀가루처럼 부어
있거나…… 벌겋게 눈이 충혈되어 있거나 해서…… 나는 뭐라 묻

기도 어려웠다. 어물쩡거리다가 나흘째 되는 날 그녀의 담임선생으로부터 호출을 받았다. 같은 회사에 다니는 학생에게 들으니 분명함께 회사에서 학교 간다고 교복까지 입고 나온다는데 중간에 어디로 가는지…… 그걸 아느냐? 물었다. 나는 며칠 그녀를 만나지 못했다고 했다. 집에는 들어오는 것 같더냐고 묻는 말에 잘 모르겠다고 고개를 저었다. 무슨 비행이라도 저지른 사람 뒷조사하듯 애정 없이 캐묻는 그이의 표정이 싫었다. 그는 내게 왜 학교에 안 나오는지 알아다달라 하였다. 만나면 물어보겠다고 건성으로 대답하는 내 뒤통수에 대고 사유가 무엇인지 타당하지 않으면 회사에 통보하겠다고 했다. 산업체 특별학급 조약에, 학교 다니는 동안은 그 회사에서 퇴직할 수 없다는 조항이 있었다. 그 때문에 학교와 회사는 긴밀하게 서로 연락을 취하고 있다는 걸 알고 있었다. 가끔 회사를 퇴직하고도 학교는 나오는 학생에게 회사에서는 보복조치로 퇴학건의서를 보내왔다. 이러지도 저러지도 못하고 골머리를 앓게 되는 일이 여러 건 있었는데 정말 회사의 건의대로 퇴학조치를 시킨 학생이 바로 희재 언니의 그 선생님 반이라는 걸 알고 있던 나는 회사에 통보하겠다는 그이의 말에 가슴이 찔끔했다.

반대로 학교에서 통보하면 회사에서 해직되는 것일까?

나는 어안이 벙벙했지만 다음날 희재 언니와 나란히 골목을 나서 육교 밑에 이르렀을 때 그이의 그 말을 전했다.

"학교 같은 건 상관없어."

그녀는 아침 공기를 훅 들이마시며 계단을 올라갔다.

"학교 안 다닐 거야?"

"……응."

"……왜?"

"돈 벌어야 해."

"그럼 교복은 왜 입고 다녀?"

"회사에서 그 시간에 나와야 되니까…… 나…… 취직했어."

우중충 물 먹은 하늘. 취직이라니? 목 언저리와 가슴팍께에 살쐐기가 쏘는 듯한 충격이 왔다. 지금도 들리는 것만 같다. 얕은 잠 속에서 헤매는 듯하던 그녀의 목소리…… 2공단 입구의 진희의상실이야, 저녁 여섯시부터 열한시까지만 일해주기로 했어. 일이 많을 때는 밤샘도 가끔 해.

학교에서 희재 언니가 어떤 조치를 받았었는지는 기억나지 않는다. 그녀가 왜 갑자기 학교까지 그만두고 이중 취직을 해야 했는지도 자세히 모른다. 얼핏 의붓아버지 밑의 그녀 남동생과 서울에서 함께 살아야겠다는 이야기를 들었던 것 같은데 정확한 건지 모르겠다. 희재 언니의 입에서 전화 교환원 따위라는 말을 들었고…… 다만 그때 그녀의 힘겹고 경사진 나날들을 나는, 우습게도 희미한 웃음으로 기억하고 있다…… 오래전에 읽은 책갈피 속에 무심코 끼워둔, 너무 바짝 말라버려 발견한 순간 부서져버리는 무슨 꽃처럼.

어느 날 새벽, 목욕탕에서 그녀를 보았다. 그 주일, 일요일 날 특근을 하는 통에 목욕을 못 한 화요일이나 수요일, 그런 새벽이었을 것이다. 새벽에 갑자기 목욕할 한 시간쯤의 틈을 내려고 다락문을 열고 오빠가 가발을 꺼낼 때 함께 일어났었을 것이다.

샤워기 아래서 비누질을 하고 있는데 그녀가 손을 뻗어 내 어깨를 만졌다. 그때도 그녀는 희미하게 웃었던 것 같다. 웃음, 그 웃음, 희미한 기억 속의 희미한 웃음…… 희미한.

"졸다가 손등을 박았어…… 새벽에."

그녀는 대야에 벌겋게 달아오른 손을 담그고도 희미하게 웃었다. 나는 현기증이 솟구쳐올랐다. 그녀의 부어오른 손등을 보는데, 그녀의 손등을 지그재그로 박아댄 미싱 바늘의 드르륵 소리가 물방울 소리에 섞여 들리는 듯했고, 내 몸에 쏟아져내리는 샤워물이 툭툭 치솟는 핏방울 같아서…… 퍽석 주저앉았다.

그녀의 작은 등을 밀어주면서 엉덩이께로 내려가는 아랫등에 푸르스름하고 넓게 번져 있는 점을 보았다. 지도 속의 어떤 익명의 섬처럼 잉크 같은 점은 희미한 꼬리를 보이며 배 근처까지 얼룩져 있었다.

"나 어렸을 때 별명이 뭐였는지 알아?"

점을 바라보는 내 눈을 느꼈는지 그녀는 돌아다보며 물었다.

"뭐였는데?"

"……점순이."

별로 우스울 것도 없는데 그녀와 나는 대야 속의 물까지 뒤엎으며 키득댔다. 점순이…… 점순이…… 똑같이 웃음을 터뜨렸다가 그녀의 웃음 끝을 붙잡고 내가 웃었고, 내 웃음 끝을 붙잡고 그녀가 웃었고…… 세상에 그보다 더 우스운 일은 없는 것만 같이, 턱이 뻣뻣해질 때까지 키득거렸다. 숨이 넘어갈 듯이.

집에 돌아올 때 그녀는 교복 차림이었다. 내가 아침을 짓는 동안 그녀는 교복을 입은 채로 방에 누워 잤다. 그녀를 깨워 다시 아침

출근을 할 때 그녀의 눈은, 미싱 바늘로 박아버린 그녀의 손등만큼
이나 벌겠다.

그녀가 술집에 나가냐는 이야기는 오빠가 먼저 했었다. 나는 마
치 무슨 큰일을 당한 사람처럼 펄쩍 놀라며 완강하게 부인을 했다.
아니야…… 오빠는…… 아니라니까. 내가 거의 울먹였는지 그럼
왜 새벽에 오니? 웬 남자가 새벽에 그애 방에서 나가는 것도 봤다.
말끝을 뭉뚱그리면서도 오빠는 의아하게 날 쳐다봤다. 내가 남자?
하고 반문하자 오빠는 안 할 말을 했다는 생각이 들었는지 동생인
가? 하며 더 묻지 않았다.

어느 날, 어떻게 되어서인지 국거리를 마련하지 못해 쩔쩔매다가
나는 부엌 창문으로 공터의 잔배추들을 발견했다. 나는 쌀 씻는 함
박지와 칼을 들고 공터로 갔다. 배추를 솎아다 삶아 썰어서 배추된
장국을 끓일 생각으로. 벌써 전철을 타려고 후다닥 뛰어가는 사람
들의 발소리를 들으면서 함박지에 배추를 솎아서 들고 오다가 희재
언니 방문을 열고 나오는 남자를 나도 봤다. 나는 함박지를 든 채로
우두커니 서서 남자를 쳐다보았고 남자는 땅에 코를 박듯 고개를
수그리고 대문을 빠져나갔다. 남자의 뺨엔 희재 언니의 등에서 보
았던 푸르스름한 점이 손바닥만큼 져 있었다. 대문까지 따라나가
남자의 뒷모습을 보았는데, 남자는 주머니에 손을 푹 찔러넣고 생
각에 절어 걷다가 바로 코앞에서 겨우 전신주를 피해 간신히 긴 골
목을 나갔다.

어느 날부턴가 그녀는 교복을 입지 않았다. 단화, 학생화 대신 선
반 위의 굽 높은 구두를 신었다. 선반 위엔 그 검은 학생화가 대신

없어졌다. 하얀 칼라가 있는 교복 대신 목까지 단추를 바짝 채운 블라우스를 입고 체크무늬 주름치마를 받쳐입거나, 바람이 불면 펄럭거리는 플레어스커트를 입고 자주색 가방 대신 얄삭한 손가방을 어깨에 걸쳤다. 출근길에 나와 함께 육교까지 갔던 일도 그녀 쪽에서 먼저 파기해버려, 가끔 대문을 나서면서 골목 끝을 돌아가는 그녀의 뒷모습을, 저쪽 육교 끝을 내려가는 그녀의 구두 끝을, 시장 속으로 숨어버리는 그녀의 작은 키를…… 어쩌다가 어쩌다가 보았다. 가끔 밤에 귀가해보면 그녀 방의 불이 먼저 켜져 있었던 날이 있었는데 그런 날은 삼층 우리 방문 앞에 시장 봐온 듯한 국거리가 놓여 있었다.

어느 일요일인가.

아침에 나는 희재 언니의 방문을 열어봤다. 그녀는 엎드려 자고 있었다. 그녀의 잠이 깰까 조용히 문을 닫았다. 이젠 깼겠지…… 이후 서너 번 더 그녀의 방에 갔는데 그녀는 꼼짝도 없이 잠중이었다. 저녁밥을 그녀 것까지 지어 쟁반에 담아 들고 갔을 때도 그녀는 그대로였다. 어두워진 그녀의 방의 형광등을 켜면서 나는 더럭 겁이 났다. 깜박거리는 불빛 속에서 나타났다 사라지는 그녀의 누운 몸이 주는 도망치고 싶은 두려움. 불이 켜지고 나는 우두커니 서서 희재 언니를 내려다봤다. 그녀는 내게로 등을 보이며 엎드려 있었는데 그 새 같은 어깨 밑 피부가 차갑게 식어 있을지도 모른다는 생각에, 털썩 주저앉아 이불을 들췄다. 그녀는 잔뜩 오그리고 두 주먹을 꽉 쥐고 있었다. 머리카락이 얼굴에 쏟아져 있어 사이사이로 보이는 옆얼굴이 더 누렇게 떠 보였다. 나는 그녀를 마구 흔들었다. 내

생각과는 달리 그녀는 콧소리를 내며 몸을 돌렸고, 그래도 안심이
안 된 나는 그녀의 뺨을 때리며 소리쳤다. 정신차려. 그때야 희재
언니는 눈을 멀뚱 뜨고 일어나 앉았다.

"……왜 그래?"

겁에 질려 있는 내 얼굴이 이상해 보였는지 그녀는 의아하다는
듯 나를 쳐다봤다. 그리 오래 잠을 잔 사람 같지가 않았다.

"……왜? 응?"

"……아니, 그냥."

"얘두 싱겁긴."

그녀는 방문을 열어보며 어마, 지금 밤이야? 했고, 주먹을 불끈
쥐고 잔 것도, 내가 놀라 흔들어댄 것도, 내게 뺨을 얻어맞은 것도
모르는지…… 다만 밤이 되어버렸다는 사실이 놀랍고 계면쩍은지
손바닥을 허리에 갖다대고 할 일이 많은데, 하며 희미하게 웃었다.

나는 이학년이 되었다. 희재 언니는 파마를 했다.

그 남자가, 새벽에 생각에 절어 전신주에 부딪힐 뻔하면서 골목
을 빠져나가던 그 남자가, 진희의상실 재단사라는 걸 알게 된 것도
그즈음이었다. 일요일인데도 희재 언니가 의상실에 나가던 날 시장
에 갔다가 진희의상실 안을 들여다보았는데 그 남자가 들고 있는
재봉가위에 유리창 역광이 튀어 반짝이고 있었다. 그 남자의 푸른
얼룩점. 희재 언니는 이백만원이 모이면 동생에게 주고 그이와 결
혼을 할 거라 했다.

그렇게 여름이 왔다.

무덥고 긴 여름.

폭풍이 여러 차례 휘몰아치고 갔던 여름.

긴 장마에 창고의 연탄들이 무너졌던 여름.

그 여름, 내 방의 창문을 열어도 공터는 보이지 않게 되었다. 공터에는 공사가 한창이었다. 포클레인은 그때껏 남아 있던 배추 뿌리를 뒤집었고(그 배추는 심어만 놓고 누가 돌보지도 않았다. 배추를 심어야 했던 이유가 법률상 아파트를 짓기 전 빈터로 놀려서는 안 되었기 때문이었다…… 나중에…… 나중에…… 들었다) 철근이 쌓여지고 벽돌이 날라져왔다. 창문 밖을 보면 공터와 전철역 대신 가계단을 오르내리는 인부들, 주홍색 플라스틱 바가지 모자를 쓴 남자들이 먼저 보였다. 하루가 지나면 눈앞의 건물은 더 높아져 있고…… 또 하루가 지나면 더 높아져 있고…… 지하철 안에서 밀물처럼 쏟아지던 사람들을 아예 바라볼 수 없게까지 되었던 무렵…… 어느 날 아침.

희재 언니가 출근길에 나를 기다렸다. 그즈음 들어 거의 없었던 일이라 나는 반갑게 그녀의 팔짱을 꼈다. 여름방학중이라 나도 사복 차림이어서 어색한 기분도 안 들었고 그녀와의 상면도 오랜만이라 나는 즐거워했다. 그녀도 자주자주 희미하게 웃었다. 손을 뻗어 내 얼굴을 다정히 만져주고 머리도 쓸어주었다. 뒤에서 바람이 불어 그녀의 하늘색 물방울무늬 플레어스커트가 우리보다 앞서가는 통에 그녀는 가끔 치마를 가볍게…… 가볍게 끌어모으면서.

헤어질 무렵, 그녀는 생각난 듯이 말했다.

"어마, 내 정신 좀 봐…… 나 시골 집에 며칠 좀 다녀올 거야…… 깜박 잊고 문에 열쇠를 안 채웠네. 니가 저녁에 가서 좀 채워줄래?"

"휴가야? 낮 동안은 어떻게?"

그녀는 고갤 끄덕이며 웃었다.

"뭐, 어쩌려구…… 가져갈 게 있어야지. 그래도 며칠 비울 거니까…… 니가 좀 채워줘…… 정신없다…… 열쇠통 꽂아놓구선 그냥 왔네."

"……그러지 뭐."

나는 그녀 말대로 저녁에 와서 그녀 방 열쇠를 먼저 채웠다. 방문 꼭대기 선반 위에 그녀의 학생화가 놓여 있었다.

여러 날이 지났다. 그녀의 방문은 열쇠가 채워져 꿈쩍하지 않았다.

돌아왔을까?

나는 대문을 들어서면서 버릇처럼 그녀의 방문을 보았지만 그대로였다.

휴가가 그렇게 길까?

고개가 갸웃거려질 무렵 그 남자가 찾아왔다. 남자는 잠겨진 열쇠통 밖에서 우두커니 서 있었다. 나는 꾸벅 그에게 인사를 했고 그이는 어색스럽게…… 힘들게 그녀의 안부를 물었다. 휴가에서 돌아오지 않았다, 하니 그 남자는 또 생각에 절어 돌아갔다.

십 년 후…… 나는 전설처럼 그 며칠 후의 일들을 느닷없이 떠올렸다. 무슨 일인가로 우연히 그 전철역을 지나가는데 통증이…… 날쌘 통증이 전철보다 먼저 앞질러 갔다.

그녀는 돌아오지 않았고 남자는 문을 부쉈다.

냄새 때문에, 기다림 때문에.

……아무도 그 방에 들어가지 못했다……

공터에 건물이 다 지어지기 전 오빠는 방위 제대를 했고, 방위 제대하기 한 달 전 과외 금지로 학원은 폐원이 되었다. 우리는 그 방, 그 다락방에 가발을 그냥 걸어놓고 이사를 했다…… 이후 오랫동안 다락방 천장이 무너지는 꿈을 꾸고…… 그 남자의 공포와 슬픔이 엇갈린 절망을 기억했다가…… 잊었다. 아이를 떼라 했지요. 헤어지자는 게 아니라 아직은…… 아직은…… 그러나 남자의 그 말이 그녀를, 너무나 그리워 지금 가슴이 쥐어뜯기는 것 같은 희재 언니를, 구더기밥이 되게 했다는 생각은 들지 않는다. 그녀의 희미한 웃음이…… 한줌이나 될까 한 허리가…… 유품으로 나온 백몇십만 원의 저축액이…… 그 남자는 아이를 떼라, 했고…… 나는 희미하게 웃고 있는, 어쩌면 그때는 희미하게 울고 있었을지도 모를 그녀를 안에 두고, 그 선반 위 육 개월도 채 못 신은 학생화를 안에 두고…… 열쇠를 채웠었다.

해설 | 황종연(문학평론가)

현대적 실존과의 접촉

비극은 세상에서 아무도 모르게 혼자
고통을 겪고 있는 평범한 사람에게 있다.
―조지 엘리어트, 『플로스의 물방앗간』

1. 일상적 경험의 소설화

사람이 그렇듯이 문학작품은 출생의 흔적을 갖고 있다. 문학작품
을 이루는 언어, 형식, 주제 성분 들은 갖가지 방식으로 그것이 특
정한 시대의 산물임을 느끼게 한다. 문학작품은 그 출생을 가져온
시대를 넘어 반향을 일으키는 것이 사실이지만 동시에 그 시대의
독특한 느낌을 보존하는 것도 사실이다. 『겨울 우화』를 읽다보면
어느덧 기억의 저편으로 사라진 1980년대를 간간이 떠올리게 된다.
여기에 실린 신경숙의 데뷔작 「겨울 우화」를 비롯한 열한 편의 작품
에는 동시대의 초상과 풍경, 동시대의 문학이 널리 공유하고 있었
던 삶의 표상들이 다소곳이 자리잡고 있다. 가령, 작중인물 가운데
젊은이, 특히 남자는 정치적 현실에 희생된 존재로 그려지곤 한다.
「겨울 우화」의 혁수는 학생운동에 관여했다는 이유로 대학에서 제
적을 당하고 그 이후 계속해서 몰락하는 삶을 살게 되며, 「어떤 실

종」에서 희옥이 '투사'라고 불렀던 그녀의 오빠는 휴학을 거듭하다 강제로 징집되어 군복무를 하던 중에 비참하게 죽고, 「初經」에서 양희의 오빠는 검거를 피하기 위해 학업을 중단하고 고향집에 내려와 은신하고 있으며, 「강물이 될 때까지」의 은섭은 전경으로 복무하는 동안 모교의 학생들과 격전을 벌여야 했던 괴로운 체험의 결과로 종전의 자신을 잃어버렸다고 느낀다. 그런가 하면, 한국전쟁의 역사적 유산도 때때로 일깨워진다. 「지붕」의 원희는 전쟁의 피해를 입어 심신이 온전치 않은 '곰배팔이'에게 겁탈을 당한 상처를 안고 있으며, 「聖日」의 전용수는 그에게서 사랑스런 소녀를 앗아간 전쟁의 공포를 이야기하고, 「강물이 될 때까지」의 아버지는 전쟁중에 자기를 보호해준 한 동네 어느 아낙네의 은혜에 보답하여 그녀의 묘소를 선산에 마련하고 지금까지 돌보고 있다. 이처럼 공동의 역사적, 사회적 경험에 대한 1980년대적 관심을 부분적으로 반영한 삶의 표상들은 신경숙이 1985년 이십대 초반의 나이에 데뷔한 작가라는 사실을 새삼스레 상기시킨다.

그러나 출생의 흔적이란 그 사람 스스로 형성한 자아만큼 흥미로운 것은 아니다. 『겨울 우화』에서도 우리의 관심을 끄는 것은 신경숙이 여러 갈래의 모색을 거쳐 획득하기 시작한 그녀 나름의 세계이다. 신경숙의 1980년대 작품들은 운동권 학생의 고난으로 불우한 젊음을 대표시키는 발상이 예시하듯이 동시대의 소설 일반과 그럴듯함의 문화적 코드를 공유하고 있지만, 그럼에도 동시대의 주류 리얼리즘 문학에서 충분히 독립된 한 세계가 형성중임을 몰라보게 되진 않는다. 그것이 어떠한 세계인가를 알려면 『겨울 우화』에서 특히 뛰어난 단편인 「밤길」에 잠시 주목할 필요가 있다. 이 작품의 여성 화자는 서울에서 'J시'까지 여행하는 동안 그녀의 친구 이숙에 대한 가슴 아픈 기억을 돌이킨다. 그녀의 회상에 따르면 이숙은 유년기에 이미 어머니의 무심하고 난폭한 행동에서 깊은 상처를 입었고, 사회에 적응하지 못하는 외로운 생활을 계속하던 끝에 스스로 굶어 죽었다. '집 잃은 달팽이'의 생생한 비유가 말해주듯이 이숙은 외부의 위험과 폭력으로부터 스스로를 보호할 방도가 없는 연약한 개인을 나타낸다. 「밤길」의 화자가 야간여행을 통해 발견하는 숨겨진 진실은 이숙과 같은 연약한 개인이 사람 각자의 본질일지 모른다는 것이다. 이숙 외에 화자가 여행중에 만나거나 회상하는 인물들—남편이 죽은 다음 비로소 사랑을 깨닫고 혼자서 아이를 기르고 있는 무유증無乳症의 여자, 이웃들이 버리고 떠난 텅 빈 마을에 남아 아버지의 임종을 혼자 지킨 어머니, 불우한 성장의 이력을 뒤로하고 마치 세상에서 스스로를 말소하듯 수녀가 되어버린 명실 등은 모두 인간이라는 존재의 가련한 연약함을 가리키고 있다. 이러한 인간 존재의 인식을 배경으로 이숙이 민감하게 체험한 그 소통과 공감의 부재라는 상황은 절박한 실존적 문제로 다가온다. 이숙에 대한 추억 속에서 화자가 확인하고 있는 것도 진심의 유대가 이루어지기 어려운 인간관계의 현실이다. 그녀는 이숙을 죽게 만든 것이 그녀 자신을 포함하여 이숙의 고통을 외면한 친구들이며, 각자 자신만을 사랑하는 사람들이라고 알려주고 있는 터이다. 「밤길」이 연약하고 외로운 고통을 절절한 느낌으로 전달한다면 그것은 또한 인간적 친밀성에 대한 간절한 희원의 표현이기도 하다.

1980년대에 이숙이라는 인물이 소설에 등장했다는 것, 그리고 그녀의 욕망이 깊은 공감으로 처리되었다는 것은 주목할 가치가 있는 사실이다. 그녀가 구현하고 있는 친밀성에 대한 갈망은 1980년대 주류 리얼리즘 소설에서는 자리를 얻기 어려운 것이었기 때문이다. 그것은 순정만화의 레퍼토리이거나 아니면 부르주아적 퇴영성의 발로에 불과하다고 여겨졌을지도 모른다. 그럼에도 신경숙은 우리가 보는 바와 같이 그것을 정교한 소설로 만들어놓았다. 「밤길」은 그래서 동시대의 소설을 풍미한 정치적 서사에 대한 모종의 항의가 아닌가 하는 추측마저 불러일으킨다. 작품에는 실제로 그러한 추측을 뒷받침하는 대목이 있다. 작중화자는 뉘우치듯 고백하는 가운데 "이숙이 혼자 있는 시간을 견디지 못해 쓰러져갈 때 우리는 (민주열사의) 장례식 행렬을 따라 시청엘 갔었다. (……) 그때에 우리는 어떤 열기에 설레이며 혼자 있는 그녀를 까마득히 잊고, 인파 속에 섞여 터질 듯한 갈망으로 (……) 거리를 헤맸다"고 말한다. 정치적 열광에 잠재된 자기기만을 암시하고 있는 이러한 발언은 신경숙 소설의 도덕적 감각이 1980년대 리얼리즘 소설의 그것과는 사뭇 다르다는 것을 확인케 한다. 도식적으로 말해서, 신경숙 소설은 주어진 사회의 역사적 가능성에 참여하는 영웅적인 삶이 아니라 사람들이 스스로를 보존하고 서로 의지하여 영위하는 평범한 일상을 존중하는 것이다. 「밤길」에서 신경숙이 관심을 기울인 경험적 현실은 처음부터 가족, 결혼, 우정과 같은 일상적인 인간관계의 영역에 한정되어 있다. 어떻게 보면 일상적 삶에 대한 긍정은 「밤길」에 숨어 있는 가장 중요한 주제라고 해도 좋을 정도이다. 기차칸에서 작중화자가 만난 여자가 "별을 품고 있듯 아기를 품고 있다"고 찬탄과 공감 속에 묘사된 장면을 생각해보라. 아이에게 젖을 먹이기 위해서라면 어떠한 고통도 감수하겠다는 마음을 다지는 그 모성의 여자는 일상의 윤리, 그것의 화신과도 같다. 「밤길」을 모형으로 삼아 말하자면, 1980년대 리얼리즘 서사와 변별되는 신경숙 소설의 기반은 바로 보통의 일상적 삶에 대한 새로운 긍정에 있는 셈이다.

일상적 삶에 대한 긍정이란 1990년대가 저물어가는 지금의 시점에서 보면 특별한 소설의 모럴은 아니다. 가족과 직장의 테두리 안에서 그날그날 살아가는 사람들을 이해하고 그들의 비근한 삶에서 문제를 발견하는 것은 1990년대 소설의 상례이기 때문이다. 그것은 특히 일상의 생활, 도덕, 정치에 대해 예민한 감각을 갖춘 여성 작가들의 활발한 활동을 통해 하나의 조류를 이루었다. 돌이켜보면, 일상적 경험의 소설화는 1990년대의 시대적 상황에서는 하나의 문학적 당위였는지도 모른다. 1990년대에 들어 한국문학에서는, 이미 여러 사람들이 지적한 바와 같이, 개인의 특수한 현실을 보편화하는 역사적 서사에 대한 신뢰가 사라졌다. 자본주의의 사멸에 대한 믿음에 기초한 변혁과 해방의 서사는 현존 사회주의의 붕괴와 함께 한낱 허구임이 드러났고, 포스트모더니즘의 물결을 타고 보편화의 서사 혹은 메타서사에 대한 회의가 널리 유행했다. 그러한 역사적 서사에 대한 불신이 소설에 초래한 것은 한마디로 재현의 위기이다. 종래의 소설은 리얼리즘의 미학적 전통에 따라 주어진 사회의 발전적 속성의 최대치를 드러내는 방식으로 재현에 역점을 두었지만, 서사에 대한 불신과 함께 그러한 재현의 기반도 무너진 것이다.

따라서 발전의 플롯으로 통일되지 않는 삶을 이해하는 것, 그날그날 반복되는 삶에 대해 아량을 갖는 것은 소설이 짊어진 새로운 미학적, 도덕적 책무가 되었다. 역사적 서사가 허구일 뿐만 아니라 폭력이기도 하다면, 자아를 보존하고 발전시키려는 사람 각자의 욕망을 존중하는 것은 소설의 당연한 방법적 선회가 아닌가. 『겨울 우화』에 실린 소설들은 모두 인간 해방의 서사가 아직 신뢰를 누리고 있던 시기에 쓰여졌지만 신경숙은 일상적 삶의 탐구가 소설의 과제임을 표명하고 있을 뿐만 아니라 그로부터 소설의 예술적 순화와 세련이 가능함을 보여주고 있다. 1990년대 소설의 판도 속에서 보면 신경숙의 1980년대 작품들은 선구적이었다고 생각된다. 서사를 불신하는 시대를 살아갈 소설은 그 작품들에서 안전한 활로 하나를 얻었다 해도 좋을 것이다.

2. 내적 독백, 혹은 방심의 문체

　일상적 삶에 대한 긍정은 따지고 보면 소설 장르에 기본적인 것이다. 주어진 사회의 역사적 운명을 대표적으로 살아가는 개인의 이야기라는 것도 그의 일상적 경험과 유리되면 소설이 아니라 서사시의 변종으로 떨어지고 만다. 소설이 일차적으로 다루는 개인의 행동은 자기보존이라는 목적에 봉사하는 행동이며, 그의 능력과 자원에 따라 친밀하고 편안하게 거주할 하나의 세계를 형성하는 행동이다. 소설이 취급하는 것은 '그의' 욕망, '그의' 행동, '그의' 세계라는 점에서 특수한 것이다. 소설은 인간의 보편적 역사가 있다는

414

것을 모르지 않지만 그것을 언제나 특수한 개인의 일상이라는 관점에서 가공하여 제시한다. 더욱이 소설은 보편적 역사를 소설 나름의 양식으로 가공하되 무엇보다 개인의 특수성을 풍부하게 하려는 목적에서 그렇게 한다. 개인이 그의 타고난 능력과 자원을 개발하여 세계 가운데 그의 안락한 자리를 차지하는 것은 소설이 일상적 삶에 대한 긍정이라는 철학 속에서 터득한 전형적인 이야기이다. 개인적 행복의 성취는 소설에서, 특히 교양소설이나 성장소설의 전통에서 특권적인 플롯을 이룬다. 그러나 그러한 플롯이 어느 사회, 어느 문화에서나 가능한 것은 아니다. 개인의 자기발전을 가능케 하는 조건과 자원이 빈곤한 사회에서 일상적 삶은 그것이 본래 갖고 있는 직접성, 친숙성, 반복성의 삭막한 표현이기 쉽다. 그것의 서사적 플롯은 역사, 축제, 모험과 자연스럽고 유기적인 연관을 맺지 못한다. 신경숙의 1980년대 작품에 암시되어 있는 한국사회는 대다수 개인의 자기보존 자체가 힘에 벅찬 노역이 되어 있는 사회이다. 이것은 무엇보다도 그녀의 소설에 그려진 불우한 젊은이들―마지못해 정치 집회에 가담한 대가로 대학에서 쫓겨난 이후 전락의 길을 걷는 「겨울 우화」의 혁수, 서울에서 사랑에 실패한 상처를 안고 고향에 돌아와 자기와 자기 세계의 몰락을 깨닫는 「강물이 될 때까지」의 덕인 등의 젊은이들이 예시하는 바와 같다. 그렇다면 일상적 삶이란 신경숙 소설에 가능성의 원천이 되어주는 것일 뿐만 아니라 만만치 않은 과업을 부과하는 것이기도 하다. 만사가 자기보존의 노역에 종속되어 있는 일상으로부터, 역사, 축제, 모험과 유리된 일상으로부터 소설을 만들어내려면 당연히 특별한 예술이 필요

할 수밖에 없는 것이다.

 신경숙의 특별한 예술이 무엇인가는 이미 어느 정도 알려져 있다. 섬세하다거나 감각적이라거나 여성적이라거나 하는 말로 수식되는 문체가 그것이다. 그러나 신경숙 소설의 문체는 명성이 자자하고 많은 모방을 낳고 있음에도 불구하고 그것의 특징에 대해서는 아직 언급할 여지가 많이 남아 있다. 우선 우리는 신경숙 소설의 문체가 주관적 의식의 재현에 치중한다는 기본적인 특징을 확인할 필요가 있다. 그녀의 소설에는 생생하고 구체적인, 특히 대상의 세목을 파고드는 묘사가 풍성하게 자리잡고 있지만 그것은 의식의 외부에 존재하는 대상을 사실적으로 그려내려는 목적과는 그리 관계가 없다. 외부의 대상들은 대개 작중인물들의 의식 속에서의 반영을 거쳐 나타난다. 게다가 그 대상들은 그 자체로서 중요하다기보다는 느낌, 지각, 기억, 생각, 상상 등과 같은 의식의 활동을 촉발하기에 중요하다. 「聖日」에 나오는 전용수의 이야기를 예로 들어보자. 전용수는 방송작가인 작중화자가 소개한 그의 일련의 엽서에서 어린 시절 한국전쟁을 겪으면서 체험한 공포를 정희라는 소녀의 죽음을 중심으로 이야기한다. 그의 사연은 공교롭게도 같은 이름의 소녀를 어려서 만난 적이 있는 작중화자의 회상과 함께 제시된다. 여기서 전용수의 이야기가 중요한 것은 전쟁의 참상에 대한 증언이기 때문이 아니라 작중화자로 하여금 그의 현재 속에는 부재하는 것과 조우하게 하는 계기이기 때문이다. 「聖日」의 주요 관심은 부재하는 것이 작중화자의 의식에 현전한 비상한 경험의 순간 — '聖日'이라는 그 조금은 엉뚱한 제목이 가리키는 것도 아마 이것일 것이다 — 바로 거기에 있다. 전용수라는 이야기상의 인물이 실재하지 않을지도 모른다는 추측을 남기는 「聖日」의 결말은 기경奇驚하고도 상징적이다. 신경숙은 대상에서 독립된 주관적 의식, 즉 내면적 경험이 그녀의 관심사임을 은근히 노출시킨 셈이 아닌가.

전통적인 소설에서 의식은 행동을 위한 준비나 동기가 되지만, 신경숙 소설에서는 정반대다. 신경숙 소설에서는 언제나 행동이 의식보다 빈약하고 의식에 종속되어 있다. 「겨울 우화」의 경우, 화자를 겸하고 있는 인물 명혜는 서술상의 현재, 집에서 외출, 창규 만남, 혁수 면회, 기차여행, 혁수 어머니 방문 순으로 일련의 행동을 하고 있지만, 이것은 하나의 스토리로서는 전혀 대수롭지도 흥미롭지도 않다. 「겨울 우화」를 내용이 풍부한 소설로 만들어준 것은 명혜의 행동을 테두리로 하여 그 속에 들어오는 명혜의 갖가지 지각, 기억, 상념이다. 명혜의 의식은 그녀가 행동하고 있는 시간과 공간에 별로 구속을 받지 않고 그 나름의 리듬에 따라 움직인다. 「겨울 우화」의 텍스트에서 확증하자면, 네번째 장에 나오는 명혜의 기차여행 장면에 주목해도 좋을 것이다. 기차 창밖의 풍경에 대한 언급 그리고 그 풍경에서 촉발된 생각의 재현과 함께 시작되는 그 장면은 명혜의 의식이 상당히 자유롭고 유동적인 과정 속에 있음을 알려준다. 그녀의 의식은 어떤 목적도 없이 우연한 인상이나 자극에 따라 대상을 이리저리 옮겨다닌다. 그 장면의 서두를 보면, 앞자리에 앉은 잉부를 관찰하던 명혜는 탄광으로 일하러 떠나던 시절의 혁수를 떠올리고, 이어 그녀의 맞선 상대에게 사과하고 있을 어머니를 생각하다가, 아버지가 자동차 사고를 당한 순간을 회상하고,

다시 현재로 돌아와 귤을 먹기 시작하는 잉부를 바라본다. 이처럼 기차칸 장면에서 명희의 의식을 배회하는 듯한 형태로 재현하는 데에 사용된 원리는 이른바 '내적 독백monologue intérieur'이라고 불리는 것이다. 그 작중인물의 의식을 재현하는, 현재시제와 일인칭 지시의 담론은 『율리시즈』로 대표되는 '의식의 흐름'에 비하면 온건하고 정돈된 편이지만 플롯에서 탈선한 감각적 인상이나 상념을 수용할 정도는 된다. 명희는 현재의 객관적 현실에서 심리적으로 분리되어 잡다하고 순간적인 인상이나 상념에 빠지곤 해서 종종 마음을 방임하고 있다는 느낌을 준다. 스토리가 그렇게 빈약한데도 「겨울 우화」가 사랑의 회복을 향한 내면적 싸움의 기록으로 읽히는 것은 바로 명희의 방심 덕택이다.

신경숙이 이해하고 있는 인간의 마음은 서로 다른 시간과 공간에 속하는 이미지, 인상, 상념 들이 더불어 살아가는 장소이다. 마음은 그것들에 넉넉한 양분을 제공할 뿐만 아니라 그것들을 변용시키고 그것들 사이의 새로운 관계를 만들어 외부의 세계와는 구별되는 가공의 세계를 생성시킨다. 그런 점에서 그것은 창조적인 것이다. 「조용한 비명」이라는 특이한 단편을 보면 마음의 창조적인 자유가 대담하게 발휘되고 있음을 알게 된다. 한 여자가 해안에 있는 장면에서 시작하여 그와 유사한 장면에서 끝나는 그 단편은 그 여자가 해안의 어느 마을에서 고시를 준비하며 혼자 살고 있는 애인을 만나 함께 여관에 들었다가 그들의 희망 없는 생활을 괴로워한 끝에 결별하고 마는 이야기 같다. 그러나 자세히 읽으면 알게 되듯 그것 모두가 실은 그녀의 마음속에서 일어난 일이다. 그녀가 해안의 입구에서 지어낸 환상이었던 것이다. 그처럼 환상의 마술까지 부리는 마음속에서는 일상의 삶이란 그저 기계적인 것, 반복적인 것, 직접적인 것이 아니다. 마음이 어떤 마술을 부리느냐에 따라 하루하루는 곳곳에서 감추어진 경이와 비의를 드러내며 '생의 일요일' 또는, 신경숙식으로는, '聖日'이 된다. 신경숙 소설에서 그 경이와 비의는 종종 은유의 원리로부터 나온다. 「聖日」에서 전용수가 사랑한 벙어리 소녀 정희와 작중화자가 알았던 병약한 소녀 정희, 「밤길」에서 외로움에 움츠리다 세상을 떠난 이숙과 세속에서 사라진 수녀 명실, 「강물이 될 때까지」에서 인골의 잔해가 나오는 황량한 마을과 사랑의 실패로 위기에 처한 여자의 내면, 「조용한 비명」에서 여자가 절박한 심정으로 찾아온 해안과 씨름선수들이 뒹구는 모래판 등은 모두 은유적 관계를 맺고 있다. 신경숙 소설에서 일상적 경험은 그것이 비록 자기보존을 위한 노역의 연속일지라도 어느 순간 경이와 비의의 시로 둔갑한다. 일상성에 대한 신경숙의 긍정은 다른 어디에서보다 창조적인 마음을 재현하는 그 내적 독백의 문체에서 가장 빛나는 표현을 얻었다 해도 무리한 주장은 아니다. 여기서 말라르메가 내적 독백을 창시한 작가 에두아르 뒤자르댕에게 보낸 그의 편지에서 찬사와 함께 남긴 다음과 같은 말을 참조하는 것도 괜찮을지 모르겠다. "(내적 독백은) 그토록 귀중하고 그토록 파악하기 어려운 일상생활을 표현하는 것이 그 유일한 존재 이유입니다."

3. 어머니라는 총총한 별빛

1980년대를 풍미한 인간 해방의 서사나 그밖의 보편적 역사의 관점에서 보면 신경숙 소설에 담긴 이야기는 사소하고 시시한 것이다. 신경숙의 작중인물들은 그들의 특수한 세계에 갇혀서 자신과 집단의 생명을 지속시켜야 한다는 일상의 도리에 규정된 생활을 반복하고 있는 것으로 보인다. 그들은 물론 나름대로 존재에 대한 물음과 마주치지만, 그것은 인류의 운명에 값하지 못하는 번민, 즉 근심에 불과하다. 「겨울 우화」의 명혜를 비롯한 인물들이 가끔 화두처럼 떠올리는 '희망'이라는 것도 무슨 장엄한 비전을 함축하는 것이 아니다. 그러나 신경숙 소설은 일상적 삶이 하찮은 것의 반복만은 아니라는 것, 그것이 인간의 자연스럽고도 심오한 자기표현이라는 것을 느끼게 한다. 신경숙 소설의 인물들에는, 일상의 산문이 시로 변하듯, 인간성의 정화精華로 현현하는 경이의 순간이 있다. 그러한 순간, 그들이 구현하는 것은 일상성의 문화에서 자라나온 자애로운 감성과 모럴, 주로 배려이다. 여기서 배려라는 말은 생명에 대한, 특히 스스로를 유지하기 힘든 약하고 가엾은 생명에 대한 연민, 동정, 돌봄을 총괄하여 가리킨다. 신경숙 소설에서 배려는 무엇보다도 가족관계에 있는 인물들 사이에서 두드러지게 나타난다. 「어떤 실종」을 비롯하여, 불행한 가족의 이야기를 담은 소설들은 거의 예외 없이 연민과 동정의 정감이 농후한 장면들을 포함하고 있다. 하지만 그러한 배려가 가족관계에 국한되어 있진 않다. 「밤길」에 나오는 두 삽화—기차칸에서 어느 검은 살갗의 건강한 여자가 배고파 우는 아이를 받아안고 젖이 나오지 않는 여자를 대신해서 거침없이 젖을 먹이는 장면, 그리고 명혜가 불우하게 성장한 학교 동기인 명실이 결국 수녀가 되었음을 알고 나서, 짐작건대 용기를 내자는 뜻으로, 명실과 눈을 한줌씩 먹는 장면은 좋은 예가 된다. 「밤길」에서 그 순정한 배려의 삽화는 개인의 숙명적 외로움이 강조된, 전체적으로 어두운 이야기의 틈새에서 영롱한 빛을 발하는 것이기도 하다.

일상적 삶과 문화를 긍정하는 신경숙 소설의 모럴을 감안하면, 그녀의 작품들에 가족이 중요하게 부각되어 있는 것은 전혀 이상한 일이 아니다. 사람들이 스스로를 보존하는 친밀한 공간으로서의 가족, 돌봄과 사랑의 보호 아래 있는 인간관계로서의 가족에 대해 신경숙의 인물들이 드러낸 애착은 워낙 가족주의적 모럴이 우세한 한국소설의 도덕적 관습을 고려하더라도 유별난 것이다. 신경숙의 데뷔작인, 그런 만큼 신경숙적 세계의 맹아를 보였다고 말할 수 있을 「겨울 우화」는 극히 단순화하면 결국 가족이라는 인간 유대의 형식에 대한 추인을 뜻하는 이야기다. 명혜가 느끼고 있는 갈등, 즉 사회적 상승에 대한 욕구와 혁수에 대한 미련 사이의 갈등이 최종적으로 해소되게 만드는 것은 혁수의 어머니가 구현하고 있는 가족적 인륜성에 대한 공감인 것이다. 자기확신이 없는 명혜가 혁수 어머니의 집에서 나오는 길에 저녁밥 짓는 연기가 솟아오르는 마을을 바라보는 대목에는 이런 말이 나온다. "저들에겐, 식구들의 저녁을 짓기 위해 아궁이 앞에서 짚불을 때며 연기 눈물을 흘리고 있을 저들에게는 확실한 무엇이 있을 것 같다." 가족에 대한 애착은 지금 인용한 구절에서처럼 그것이 약속하는 평온한 정착에 대한 찬양을 통해서는 물론 가족의 위기에서 심한 충격을 느끼는 작중인물들의 심리를 통해서도 표현된다. 「어떤 실종」은 이것의 적절한 예다. 이 작품에서 희옥은 그녀의 가족이 무섭고 비정한 세상 속에서 힘없이 붕괴하고 있음을 발견한다. 새벽녘 음습한 지하실 하숙방에서 그녀가 늙어버린 아버지와 함께 그들의 비참한 처지를 확인하는 장면은 그 부녀간의 사랑을 절절하게 전해주는 한편, 가족의 훼손이란 끔찍한 재앙이라는 느낌을 환기시킨다. 연약하고 자신없는 그녀의 의식 속에서 가족은 사람이 필요로 하는 모든 보호와 평화, 그것의 집단적 등가물로 나타난다.

『겨울 우화』에서 가족에 대한 애착이 표현된 방식을 보면 신경숙의 도덕적 감성이 다분히 전통적이라는 인상을 받게 된다. 「등대댁」에는 자신과 가족을 동일시하는 토종의 여성에 대한 특별한 찬사가 담겨 있기도 하다. 장남과 남편을 차례로 잃은 이후 남은 가족을 살리려는 일념에서 온갖 궂은일을 맡아 했고, 자기 몸속이 썩어가고 있는 지금도 자식들을 위한 밭일을 걱정하는 등대댁의 이야기를 작가-화자는 깊은 동정과 경의의 어조로 서술한다. 아예 "밤을 내려다보고 있는 저 별"에 비유하여 등대댁을 예찬하기도 한다. 등대댁은, 사내는 부엌에 들어가는 것이 아니라는 그녀 자신의 말에서 보다시피, 전통적인 가부장 사회의 산물이지만 신경숙은 그녀에게서 억압된 여성을 보는 대신에 거룩한 인간을 본다. 사실, 『겨울 우화』에는 '어머니의 신화'가 여기저기 잠복되어 있다. 「겨울 우화」에서 명혜는 그녀와 마주 앉은 잉부를 바라보다 "무엇이 여자를 저렇게 반짝거리게 하지"라고 속으로 감탄하는가 하면 잉부가 작별하며 남긴 웃음이 "천사의 웃음"이라고 말한다. 「初經」의 화자는 틈만 나면 장독대 청소를 하는 어머니에 대해 언급하고, 이어 "반짝 빛나고 있는 장독들을 보면 양희는 어떤 밝은 세계를 엿보고 있는 것 같아 절로 환해진다"고 덧붙인다. 「겨울 우화」의 명혜를 표본으로 삼아 말하건대, 어두운 하늘에 박힌 "총총한 별빛"처럼 "은밀하게 반짝이"는 것이 신경숙의 여성인물들의 희망이라면, 그러한 반짝임은 흥미롭게도 어머니로서의 여성이 갖고 있는 이미지이다. 신경숙 소설에 나타나는 어머니의 신화는, 페미니즘 정치학에 익숙한 눈에는 수상쩍게 보일 소지가 많다. 하지만, 생각해보면, 그것은 일상성의 긍정을 기반으로 하는 신경숙 소설에서는 불가피한 성분인지도 모른다. 안락한 친밀성의 일상세계를 존속시키는 노동과 배려의 화신으로 어머니−여성만큼 전형적인 것은 없으니 말이다.

그러나 그 가족에 대한 강렬한 애착에도 불구하고 신경숙 소설을 가족주의 선언처럼 읽는 것은 잘못이다. 『겨울 우화』에는 가족적 친밀성에 대한 환멸과 동시적으로 이루어지는 개체적 자아의 태동을 기록한 작품이 있다. 「初經」이 그것이다. 양희라는 이름의 여자아이는 어느 여름 그녀를 둘러싼 세계가 동요하고 있음을 느끼기 시작한다. 서울에서 대학을 다니던 오빠는 갑자기 집에 돌아와 어둠 속에 짐승처럼 숨어 있고, 언니는 아버지에게 매질을 당한 끝에 집을 나갔다. 가뭄이 들어 어른들 사이에 물싸움이 벌어지고 된장독 안에서는 벌레가 꾸물럭거리고 있다. 양희의 가족이 누려온 안락한 일상은 무너졌다. 그녀에게 행복한 유년의 상징과도 같은, 오빠와 함께 샛강에 나가 물고기를 잡는 편안한 밤의 어둠은 오지 않고 대기는 온통 햇빛으로 채워져 있다. "모든 것을 하얗게 질식시키는 햇빛" 아래 양희는 낯선 것들의 난데없는 출현을 목격한다. 집 옆에서는 남새밭 하나를 사이에 두고 교회가 건축중이고, 거리에서는 정읍의 시市 승격을 기념하는 밴드대의 합주가 펼쳐지고, 학교에는 풍금을 치는 하얀 얼굴의 전학생 정희가 있다. 자신의 세계가 낯선 것들의 침입을 받고 있음을 감지하는 가운데 양희는 또한 여성으로서의 자아를 의식하게 된다. 양희가 성적 정체성을 습득하는 과정은 그녀 자신에게 수치를 느끼는 자기비하의 계기를 포함한다. 친밀성의 세계를 상실하고 수치스러운 자아를 발견한 양희는 하얀 얼굴의 풍금 치는 정희로 대표되는 낯선 것의 매혹에 이끌린다. 그녀는 문득 "어디로 어디로 아주 먼 데로 갔으면" 한다. 그녀에게 일체화된 가족은 허구다. 바람을 피우고 있는 아버지가 양희에게 목격되는 소설 말미의 장면은 양희가 이미 간파한 진실에 최종적인 인준을 가하는 것에 불과하다. 「初經」에 제시되어 있는 것은 가족과의 심리적 유대를 상실하면서 개인적 독립의 과제에 직면하는 인간성장의 법칙이다. 양희는 이제 가족 너머에 있는 낯선 세계 속에서 그녀의 자리를 찾아야 한다. 그러나 「初經」은 그녀의 성숙이 행복의 전조가 아니라는 암시를 준다. 그녀보다 먼저 가족 너머의 세계에 들어간 오빠와 언니는 모두 난관에 부딪히지 않았는가. 오빠는 서울에서의 좌절과 함께 영원히 젊음을 잃어버렸는지 모르고, 언니는 미친 여자가 되어 어느 도시의 거리를 유랑하고 있을지 모른다. 친밀한 가족의 환상 속에 남아 있지도 못하고 그것에 대한 대안을 발견하지도 못하는 곤경 ― 이것은 신경숙 독자들에겐 아마도 친숙한 실존적 정황일 것이다.

4. 신경숙 소설의 아름다움

「初經」에서 양희가 성인이 되기 위한 이니시에이션을 거치는 것
은 한여름의 햇빛 아래서이다. 그 햇빛은 양희에게 그때까지 감추
어져 있던 세상의 '비밀'을 노출시키고 낯선 것의 매혹을 가르쳐준
다. 그러나 신경숙 소설에서 햇빛은 계몽의 담론에서처럼 마법의
사슬로부터의 해방, 이성의 인도를 받는 인간 성숙을 의미하지 않
는다. 그것은 개인에게서 그의 친근한 세계를 앗아가고, 그를 무서
운 공허함 속에 홀로 남겨두는 재앙을 나타낼 따름이다. "모든 것을
하얗게 질식시키는 햇빛"은 「初經」 이외의 작품에서도 나타난다.
「강물이 될 때까지」의 덕인에게 고향의 충만한 세계가 사라졌음을
깨닫게 하는 황량한 집 안과 마을은 한여름의 "폭양" 아래 있으며,
「조용한 비명」의 여자의 뇌리에는 공허하고 굴욕적인 도시생활의
기억과 함께 "도시의 강렬한 햇빛"이 떠오른다. 햇빛 아래 출현하는
낯선 것, 미지의 것, 타자적인 것과의 접촉은 따라서 신경숙의 인물
들에게 일반적으로 불행의 징조가 된다. 예컨대, 신경숙 소설에 기
이하리만큼 빈번히 등장하는 성당과 교회를 보자. "햇빛 아래 성당
은 늘, 학기가 반이나 지난 어느 날 불현듯 전학 와 운동장 포플러
나무 밑을 겉도는 도회의 여자애 같다"는 「황성옛터」의 구절이 말
해주듯이, 그것은 신경숙의 인물들이 자기들 것이라고 여기는 가족
과 소읍의 특수한 세계에 대해서 하나의 타자, 그 잦은 출현을 고려

하여 말한다면, 모든 타자들의 대표이다. 그런데 성당과 교회는 그 종교적 연관에서 생기기 쉬운 예상과는 달리, 치명적인 침해의 이미지를 띤다. 「지붕」에서 원희가 어린 시절에 곰배팔이에게 강간을 당한 장소는 바로 성당이며, 「初經」에서 양희의 언니를 망쳐놓은 남자는 교회 건물을 짓고 있던 인부이다. 이러한 성당과 교회로 대표되는 타자의 이미지는 타자와의 관계 속에 잠재된 자아 발전의 가능성이 신경숙 소설에서는 탐구되기 어렵다는 것을 시사한다.

　실제로 『겨울 우화』에서 우세한 것은 타자의 세계에 참여하는 자기초월의 서사가 아니라 자기 세계의 상실을 슬퍼하는 감상적 엘레지이다. 「황성옛터」를 보면, 서울에서 교사를 하고 있는 은선은 아버지를 돕기 위해 고향에 들렀다가 그녀의 세계가 속절없이 몰락하고 있음을 발견한다. 그녀에게 언제나 든든한 의지가 되어주었던 아버지는 병이 들어 스스로 몸을 가누기 어려울 정도이다. 아버지에겐 자랑스러운 아들이었고 그녀에겐 다정한 이성이었던 그녀의 오빠는 오래전에 죽었다. 이러한 남성적 보호의 소멸과 은유적 관계에 있는 것이 전래의 모습을 잃어가는 고향 마을의 변모이다. 고향의 명칭이 정읍에서 정주로 바뀌었는가 하면 어설프게 도시개발 사업이 벌어지는 중이다. 도로공사를 이유로 반쯤 끊어진 채 방치된 다리 아래로 어느 남녀가 추락한 사건이 암시하듯이, 고향 마을의 변화는 은선에게 위협적인 것으로 비쳐진다. 「황성옛터」에서 은선의 본래적 세계가 폐허로 변한 느낌은 자기존중이 결여된 그녀의 연약한 심리와 합성되어 처연한 여운을 남기고 있다. 「강물이 될 때까지」에서도 그와 유사한 느낌이 스토리의 정서적 배음(倍音)을 이룬다. 'S시'에서 사랑에 실패한 상처를 안고 고향집에 내려온 덕인은 아무 정열도 없이, 세상에 투신하지 못하고 살아온 자신을 후회하며 그 도시에서 보낸 몇 해가 공백으로 끝났음을 괴롭게 시인한다. 그 허망한 도시생활과 대조적으로 고향에서의 생활은 "무엇엔가 충만했던" 것으로 그녀에게 기억되어 있다. 그러나 그녀가 고향에 돌아와 새삼스레 깨닫는 것은 세월은 무엇 하나 그대로 두지 않는다는 것이다. "……이젠 여기도 생기롭지가 않아…… 어머닌 울고…… 고양이들은 눈 번뜩이고…… 어디서나 묘지 냄새가 나……"라며 그녀는 마침내 울먹인다. 그녀에게 행복은 오직 추억의 회랑에서만 발견되는 것처럼 보인다.

낯선 도시의 사람들 사이에 투신하지 못하는 자신을 고통스럽게 의식하면서 친밀성과 충만함이 그녀의 세계에서 사라졌음을 무력하게 확인하는 덕인—그녀의 처지는 신경숙 소설이 그리고자 하는 현대적 삶의 정황을 압축적으로 보여준다. 신경숙의 데뷔작은 사랑으로 충만한 생활을 향한 희망의 소생을 말하고 있지만, 그 이후에 발표된 작품들은 마치 그것을 철회하는 듯하다. 「강물이 될 때까지」는 서정인의 명작 「강」과의 상호텍스트성 속에서 갈수록 회한만 늘어갈 따름인 생에 대한 비감을 전해준다. 「조용한 비명」처럼 타인과의 관계에서 공허함을 느끼는 신경숙 인물들의 심정이 명시적으로 드러난 작품에서 그들의 일상은 그 황량한 실상을 감추지 못한다. 한 여자가 해안의 입구에 서서 그녀와 약혼한 남자를 바라보는 장면에서 시작되는 「조용한 비명」은 그녀가 당면한 현실에 절망한 나머지 약혼을 스스로 파기한다는 이야기를 담고 있다. 그녀는 약혼한 남자와의 사랑이 이미 권태에 침윤되었음을 감지하고 있을 뿐만 아니라 고시에 매달리고 있는 그의 도박에서 아무런 희망도 느끼질 못한다. 남자를 배반하기로 작정한, 게다가 남자 역시 같은 생각이었음을 발견한 그녀의 마음에 그날그날의 삶은 막막하고 지루한 싸움의 연속으로 비쳐진다. 그녀가 텔레비전 화면에서 보고 있는 모래판의 씨름경기는 바로 그러한 삭막한 일상의 구체적인 이미지이다. 신경숙의 소설이 흔히 그렇듯이 비유가 많은 「조용한 비명」에서 특히 상징적인 것은 해안에서 중년 남자와 테니스를 치던 어느 여자의 자살이다. 불륜을 무릅쓰고 투신한 사랑이 남자에겐 장난에 불과함을 깨닫고 고뇌에 빠져 있었을지도 모를 그녀는 우연하게도 옛날에 주위로부터 버림받은 사팔뜨기 소녀가 익사한 바로 그 바다에 스스로 몸을 던져 죽는다. 약혼한 여자의 배반을 알려주는 일련의 사건이 실은 그 여자의 내면에 전개된 환상이라는 사실을 생각하면, 테니스 치던 여자의 죽음은 실제로 일어난 사고가 아니라 그 여자 자신의 상상적인 자살이다. 그러하기에 그녀는 "그 여자는 죽었고 나는 간다"고 말한다. 그녀의 상상적인 자살을 통해 아무런 전율도 희망도 없는 삭막한 일상은 죽음의 사막이라는 이미지를 완성한다.

  신경숙 소설의 음표에서는 때때로 자살의 비명이 들려온다. 「밤길」의 이숙은 세상과 격리된 외로움의 고통을 호소하다가 굶어 죽었고, 「외딴 방」의 희재 언니는 결혼의 희망이 사라지자 목숨을 버렸다. 실제로 자살을 하지 않았다뿐이지 세상에서 스스로를 말소하고 싶어하는 인물은 신경숙 소설 곳곳에 자리잡고 있다. 그들은 마치 자기보존이란 얼마나 잔인한 자연의 명령인가를 말해주는 듯하다. 신경숙 소설에 표현된 궁핍과 고통은 낡은 철학적 통념에 따르면 비극이라는 이름엔 값하지 못하는 것이다. 헤겔식으로 말하면 비극이란 양립이 불가능한 두 가지 윤리체계 사이의 갈등에 내재하는 것이고, 역사의 작동하는 위기의 순간에 발생하는 것이다. 비극적 인간은 역사 속에서의 갈등과 폭력을 통해 인류가 스스로를 창조하고 해방시킨다는 것을 예시하는 인간이다. 하지만 그러한 거창한 비극의 개념이 과연 타당한 것인가. 그것을 뒷받침하는 창조와 해방의 보편적 서사가 정녕 믿을 만한 것인가. 이숙의 고통을 외면하게 만들고, 희재 언니를 침묵하게 만든 것은 혹시 그러한 서사가 아닌가. 신경숙 소설은 보편적 역사가 아니라 보통의 사연에서 비극을 느끼도록 요구한다. 아랫목 이불 밑에 밥그릇 두 개를 묻어놓고 언제 돌아올지 모르는 아들을 기다리는 노인, 대중목욕탕의 샤워기 아래서 실컷 울음을 터뜨리고 성당으로 총총히 돌아가는 수녀, 아들과 아내를 잃고 하나 남은 딸의 지하실 하숙방에서 백발가를 부르는 아버지, 혹은 이백만원이 모이면 동생에게 주고 결혼을 한다는 희망으로 열악한 생활을 견디는 여공―그들의 외롭고 가련한 존재에서 비극적 진실을 찾으라고 주문한다. 이러한 비극의 범속화는 물론 일상의 삶에 대한 긍정과 별개의 것이 아니다. 신경숙은 노동, 배려, 근심의 일상에 내재하는 비극을 조명함으로써 그것이 보다 나은 삶을 향한 모든 노력과 기획의 중심이 되는 영역임을 알려주고 있는 것이다. 하루하루가 회한의 강물이며, 죽음의 사막이라고 말하는 것은 그런 점에서 행복한 일상에 대한 애착을 표현하는 반어법이다.

　신경숙 소설에 화답하여 말하건대 일상성의 미학적, 도덕적 복권은 정당한 것이다. 일상이란 단순히 하찮은 물건의 집합, 시시한 사건의 반복, 무료한 노동의 지속이 아니라 삶의 모든 가능성의 출처이다. 하루하루 살아가는 시간과 공간에서가 아니라면 인간으로서의 삶을 어디에서 충족시키겠는가. 나날의 삶에서가 아니라면 육체의 진실, 영혼의 진실이 어디에서 스스로를 드러내겠는가. 찰스 테일러가 서양사상사의 맥락에서 지적했듯이 일상의 평범한 삶에 대한 긍정은 현대성의 중요한 윤리적 내용이다. 정녕 현대적인 인간이라면 자기 아들을 신에게 제물로 바치는 아버지나 패배한 전쟁에서 자기 가족의 목숨을 스스로 빼앗아 가문의 명예를 지키는 아버지를 칭송할 수 없다. 현재 대중소비사회라는 모습으로 나타난 현대사회의 발전은 일상생활에서의 만족을 증진시키려는 욕구에 따라 전개되어왔다. 현대 민주정치의 중심 현안은 만족스러운 일상에 대한 욕구를 어떻게 충족시키느냐, 한마디로 어떻게 복지福祉를 창출하고 유지하느냐 하는 것이다. 현대성의 관점에서 보면 인간이 기억하고 보전할 가치가 있는 것은 모두 일상생활에서 비극을 줄이려는 노력, 일상생활에 친밀성과 충만함을 증진시키려는 노력으로부터 생겨났다. 이러한 사실을 모르는 것은 삶을 산다기보다 관조하는 철학자들, 히스테리아와 파라노이아를 숭배하는 예술가들, 시대의 풍운아를 꿈꾸는 보나파르티스트들이다. 개인이라는 가련한 존재를 일깨우고, 배려와 사랑의 윤리를 요청하고 일상의 시를 쓰고 있는 신경숙 소설은 현대인의 깊고도 정당한 실존적 요구를 표현하는 것이다. 신경숙 소설의 아름다움은 바로 여기에서, 섬세하고 서 정적인 문체나 어떤 '대지적 모성'이나 공동체적 모럴이 아니라 현대적 실존과의 구체적인 접촉에서 온다. 『겨울 우화』가 보여주는 것은 물론 그러한 접촉의 시작에 불과하다. 현대의 일상적 삶에 대한 진실한 탐구가 되기에는 내용이 빈약하기도 하다. 여기에 그려진 일상의 비극은 이숙에게서 보이는 바와 같은 소아증小兒症, 즉 세계와의 분리를 극렬한 고통으로 받아들이는 나르시시즘적 심리에 지나치게 굴절되어 충분한 발견의 효과를 낳지 못하고 있다. 하지만 『겨울 우화』 이후 신경숙은 그녀의 문학적 생애에서뿐만 아니라 1990년대 소설사 전체에서도 중요한 성취인 「배드민턴 치는 여자」와 「감자 먹는 사람들」, 그리고 장편 『외딴방』을 썼다. 신경숙의 현대적 실존과의 접촉은 깊이와 실감을 더해가는 중이다.

이상한 일이다. 요즘은 저녁때만 되면 누가 부르는 것 같다. 담가 놓은 빨래를 건지던, 유한락스 냄새가 펄펄 나는 손으로 이마를 짚게 된다. 오래 잊고 있었는데, 요즘 갑자기 나는 산밭으로 나가서 호박을 따오고 싶고, 아욱을 뜯어오고 싶고, 그런데 여기서 빨래를 하고 있다니…… 나는 헹구던 빨래를 그냥 놓아두고 방으로 들어와 버린다. 내가 사는 이층방에서 내다보면, 낡은 한옥들 사이로 멀리 아득하게 높은 계단이 보인다. 의자에 앉아 그 계단을 물끄러미 보고 있으면, 어딘가에 잊혀진 샛길이 있을 듯하다. 나 아니면 누구도 거들떠보지 않을 개인적인 추락들을 바라보며 한없는 무망에 빠져 소설이라고 쓰면서, 내 소설들이 자연, 미학, 실천, 그 어느 울림도 되지 못하고, 무엇보다도 희망이 못 되는 것이 늘 마음에 걸렸다. 여전히 그런 마음으로 책으로까지 묶는다. 나는 이 슬픈 꼴을 버리고 다른 사유를 원한다.

열다섯 살 되던 해, 그해 마지막 모내기를 끝낸 날 저녁, 어머니는 내 손을 끌고 큰오빠가 있는 서울로 가는 기차를 탔다. 나는 가끔 그날 밤처럼 두 눈을 꾹 감고 뜨지 않는다. ……그 신작로, 그 산길, 그 묘지, 그 움막집, 그 성당, 그 다리밑……

그 읍내는 이제 시市가 되어 정읍역 팻말이 정주로 바뀌었다. 나는 가끔 정주역에 내려, 아주 천천히 유림극장을 지나고 중앙통을 지나고 우체국을 지나고 법원의 그 소나무를 지나본다. 내가 다니던 중학교를 들러, 남산동의 남국민학교로 가는 샛길을 걸어본다. 만홧가게였던 푸른 집과, 자전거 바퀴 구멍을 때우던 자전거포와, 외팔이 문방구 주인 아저씨가, 뙤약볕 아래서 꽃씨를 뿌리던 화단 앞을, 느릿느릿 걸어다니다보면, 아직도 그 길을 못 떠난 내 영혼이, 포플러나무 밑에 엎드려 고무신 속에 모래를 퍼담고 있다. 그랬다. 나는 그곳에서 조금 더 살고 싶었다.

　……어쨌거나, 나는 여기서 이 삽화들을 부려놓고 간다. 늘 당신의 큰딸이 무슨 일을 하는지 몰라, 이웃들에게 내 딸은 글씨 쓴다고 설명해야 했던, 끼니때마다 약을 한 주먹씩 드셔야 하는 아버지께, 글씨를 모아놓은 책을 보여드릴 수 있어서 다행이다. 내가 정읍적으로 사랑했던 사람들…… 어안이 벙벙했겠지만 나는 진짜 사랑했다. 사랑하지 말아야겠다고 마음먹었지만 뜻대로 되지 않았듯이, 영원히 사랑하려고 했어도 뜻대로 되지 않았다…… 내 모든 비참한 관계에 축원을!

1990년 10월

신경숙 씀

1990년에 출간되었던 첫 책을 새로 낸다. 스물셋에서 스물여덟까지 썼던 중, 단편들이니 내 이십대가 얼추 담겨 있다. 이 책을 처음 가졌을 때의 행복이 생각난다. 저녁밥을 짓다가 책이 나왔다는 전화를 받고 맨발로 출판사까지 뛰어갔었다. 두 권을 얻어와 그날 밤 머리 밑에 베고 잤다. 다시…… 다시 그런 행복을 느낄 수 있을까?

여러 날, 물웅덩이에 내 얼굴을 비춰보는 기분으로 다시 읽었다. 조금 고쳤고 작품 배열도 조금 바꾸었다. 제목이 '지붕과 고양이'였던 것은 '지붕'으로, '밤고기'였던 것은 '初經'으로 손보았다. 표제도 예전의 '겨울 우화'에서 '강물이 될 때까지'로 새로 한다. 앞으로 이 책을 정본으로 삼는다.

새벽에 빗소리가 잠을 깨웠다. 어제 새벽엔 바람 소리가 잠을 깨웠다. 빗소리와 바람 소리 사이로 시간이 불타고 있다. 예나 지금이나 믿는 게 있다면 사랑하는 마음이다. 어디서나 당신의 눈을 잊지 않으려는 마음이다.

1998년 7월

신경숙 씀

「겨울우화」는 내 등단작품이다. 1985년 겨울의 일이니 이십칠 년 전에 썼다는 얘기다. 그해 가을에 광화문우체국에서 펀치를 빌려 원고지의 구멍을 뚫던 생각이 난다. 그 시간에 어딘가에서 누군가 막 태어나기도 했을 것이다. 그때 나는 스물둘이었다. 쉰이 되어가는 요즘 쓰는 일은 점점 더 어렵고 두려워지고 있다. 하지만 어느 상황에서나 쓸 수 있었으므로 '여기'까지 올 수 있었다고 생각한다. 앞으로 나를 '저기'까지 가게 할 것 또한 내가 글을 쓴다, 는 것 외에 아무것도 없다는 것에 안도한다.

나의 첫 책이었던 이 책은 처음 출판했던 출판사가 문을 닫는 통에 잠시 고아가 되었다가 『강물이 될 때까지』로 다시 출간된 이력을 가지고 있다. 그리고 지금 표지를 새로 하면서 처음과 같이 「겨울우화」를 표제로 하자는 출판사의 의견에 동의했다.

나에게 이십칠 년 전이 있었듯이 누군가 이 책을 읽으며 이십칠 년 후가 있다는 것을 받아들인다면 기쁨이겠다.

2012년 10월

신경숙 씀

문학동네 소설집

겨울 우화

ⓒ 신경숙 2012

2판 1쇄	1998년 8월 10일
2판 9쇄	2004년 8월 20일
3판 1쇄	2012년 12월 20일
3판 4쇄	2014년 7월 30일

지은이 신경숙
펴낸이 강병선
책임편집 조연주 | 편집 박지영 | 디자인 김현우 유현아
마케팅 정민호 나해진 이동엽 김철민 | 온라인 마케팅 김희숙 김상만 한수진 이천희
제작 강신은 김동욱 임현식 | 제작처 영신사

펴낸곳 (주)문학동네
출판등록 1993년 10월 22일 제406-2003-000045호
주소 413-120 경기도 파주시 회동길 210
전자우편 editor@munhak.com | 대표전화 031)955-8888 | 팩스 031)955-8855
문의전화 031) 955-3576(마케팅) 031) 955-8864(편집)
문학동네카페 http://cafe.naver.com/mhdn

ISBN 978-89-546-1995-0 03810

* 이 책의 판권은 지은이와 문학동네에 있습니다.
  이 책 내용의 전부 또는 일부를 재사용하려면 반드시 양측의 서면 동의를 받아야 합니다.
* 이 도서의 국립중앙도서관 출판시도서목록(CIP)은 e-CIP 홈페이지(http://www.nl.go.kr/ecip)에서
  이용하실 수 있습니다.(CIP제어번호: CIP2012005349)

www.munhak.com